20세기 한국시론 1

20세기 한국시론 1

한국현대시학회 편

글누림

머리말

대학에서 한국의 현대문학이 하나의 학문으로 자리 매김을 하게 된 것은 그리 먼 일이 아니다. 누구나 아는 바와 같이 각 대학의 국문학과에 한국현대문학 강좌가 설강되기 시작한 것은 1960년대부터였다. 현대문학 전공 학자가 전임 교수로 등장하기 시작한 것도 이 무렵이다. 따라서 그 이전의 한국현대문학에 대한 논의는 학문이라기보다는 비평의 수준에 머물렀고 그것도 소위 문단비평이 대부분이었다.

한국 최초의 대학이라 할 일제 강점기 시절의 '경성제국대학 조선어과'는 그 출발부터 이미 '조선어'와 '조선 고문학'을 대상으로 하였지 현대문학은 논외였다. 여러 가지 이유가 있었겠으나 현실적인 여건으로 볼 때도 아마 그리될 수밖에 없었을 것이다. 당시에는 현대문학이라고 불릴 수 있는 창작 문학작품들이 대학에서 논의할 만큼 양적으로 축적되지도 못했고, -설령 이들을 연구대상으로 한다 하더라도- 작품을 객관적으로 평가하는 데 필요한 시간적 거리도 확보되어 있지 않았기 때문이다.

그러나 이후 40여 년이 지난 오늘 특히 2000년대에 들어서면서 대학에서의 한국문학연구는 격세지감을 느끼게 할 만큼 괄목할 만한 성장을 이룩하였다. 가히 한국현대문학연구의 르네상스를 맞이하지 않았나 하는 느낌이 든다. 이는 물론 대학에서 우수한 인력이 다수 배출되고 그들이 기울인 각고의 노력이 거둔 성과에서 기인하는 것이지만 그에 앞서 그간 한국문학작품의 생산이 과거에 비해 양적인 면에서나 질적인 면에서 크게 신장된 것과도 무관하다 할 수 없을 것이다. 요즘 한국문학작품의 수준이 노벨상 수상 후보로 논의될 만큼 세계의 주목을 받고 있다는 것은 다 아는 바와 같다. 따라서 그만큼 대상이 될 자료로서의 창작품이 풍부하고 우수하니 연구 또한 활성화될 수밖에 없을 것임은 두말할 필요가 없다.

그럼에도 불구하고 아직 미완의 숙제가 하나 남아 있었다. 문학이론의 핵심이자 창작의 토대라 할 우리 문학의 시론(詩論, Poetics) 즉 '한국현대시론'이 확립되지 못했다는 점이다. 그것은 아마도 시인 자신들과 연구자가 공히 책임 져야 할 문제일지도 모른다. 전자의 경우는 지금까지는 아직 자신의 성숙한 시론을 제시할 수 있는 시인이 우리 시단에 그리 많지 않다는 사실에서, 후자의 경우는 그 지향하는 학문적 태도의 편향성에서 설명될 수 있을 것이기 때문이다. 그 결과 지금까지 대학에서의 한국 현대문학연구는 한국의 시론이 아닌 외국－서구의 시론을 추종하거나 그 방법론에 전적으로 의존하여 한국의 시를 논의할 수밖에 없었던 것이 사실이다. 이유야 어떻든 이는 한국의 현대문학 연구를 학문적 사대주의에 빠트릴 위험을 지녔다는 점에서 우리 학계가 언제인가는 극복하지 않으면 아니 될 사안이었다.

그런데 이번에 그 같은 문제들을 해결하기 위한 본격적인 노력으로서 우리 학계의 젊고 패기 있는 시론 교수들이 본서를 간행하게 되었다. 즉 우리 현대 시사에서 객관적으로 평가받은 대표적인 시인들의 시론을 수합하여 이를 자료적 차원으로부터 비평적 차원으로 상승시키고 나아가 문예학적 이론으로 정립하여 명실공히 통시적인 관점에서 한국현대 시론으로 체계화시킨 것이다. 경하할 일이다. 물론 첫 시도라는 점에서 미흡한 점이 없지도 않다. 연구자들의 문학적 관심이나 지향이 다양해서 그 체계의 틀이 다를 수 있다는 점, 부분적으로 자료수집이 불충분한 면도 있다는 점, 그 대상이 된 시인들이 아직 생존하고 있어 그들의 시론이 앞으로 어떻게 전개되어 갈지 불확실하다는 점, 시인의 시론을 검토함에 있어 그 창작과정과 철저하게 비교 분석하는 노력이 부족했다는 점 등이 그것이다.

그러나 모든 일이 그렇듯이 한 입에 배부를 수는 없다. 다만 이로써 주춧돌은 놓은 셈이니 그 모자라는 부분은 앞으로 부지런히 보완하여 서구 시론에 버금가는 한국현대시론의 확립을 기약할 뿐이다. 선구적인 업적이라는 그 한가지만으로도 본서의 간행은 우리 학계의 근래에 보기 드믄 업적이 될 것이다. 필자 여러분들의 노고를 진심으로 치하한다.

2006년 12월
서울대학교 인문대학 교수
한국현대시학회 고문
오세영

차 례

제1부 실험 혹은 아방가르드

제2부 리얼리즘의 다양한 층위

제 3 부 존재탐구의 새로운 지평

제1부 전통 미학의 확장

김억

김소월

박용철

정지용

조지훈

유치환

송수권

김억

격조시형과 주체적 시론 형성

1. 김억 시론 재고찰의 시사적 의의

한국근대시사에서는 1920년대를 대표하는 시의 흐름을 일러, 흔히 유미주의 또는 퇴폐주의라고 부른다. 퇴폐주의라는 말이 의미하듯 이 시기의 시에 대해서 무기력한 세기말적 허무주의라는 인식이 지배적이다. 이와 함께 이 시기의 시들에 대해서 병적이며 패배주의적인 낭만주의라는 평가도 있어 왔다. 위와 같은 인식은 1910년대 후반부터 소개되었던 상징주의에 대해서도 크게 다르지 않다. 한국 근대문학에서의 상징주의란 외국 문예 사조의 소개로부터 시작된 것이며, 때로는 한국근대문학의 비연속성을 주장하는 근거가 되어 왔다. 그러나 한국근대문학에서 상징주의라는 것이, 분명 1920년대 초의 유미주의·퇴폐주의와의 연관성을 부정할 수 없는 것이며 서구로부터 유입된 것이 사실이더라도, 과연 서구 문학의 추수로서 세기말적 데카당의 한국판이라고 규정지을 수 있는가에 대해서는 논란의 여지가 있다.[1] 이러한 문제의식에서 1920년

* 나민애 / 서울대학교 강사

대라는 근대문학의 형성기를 지배했던 상징주의나 낭만주의에 대해 최근의 논의 경향은 상당 부분 변모하고 있다. 예를 들자면 낭만주의나 상징주의를 통해 드러나는 인간 내면의 섬세한 욕망들은 동양 정신의 명상적 성격과 연결되며 상징주의의 동양사상적 바탕, 곧 정관주의, 노장사상과의 상관성이 드러난다는 논의 등이 바로 그것이다.[2]

한국의 근대시사에 상징주의와 낭만주의 등이 도입된 필연성은 무엇이고, 그것은 어떻게 변모되었으며 어떤 모양새로 어떤 영향을 끼쳤는가 등 근대문학사조사에 내재되어 있는 이러한 문제점에 봉착했을 때 김억의 시론을 고찰할 필요성이 제기된다. 김억은 상징주의를 본격적으로 소개했고, 한국 현대시의 최초의 시론가[3]이며 근대 문학론의 형성에 가장 먼저 지대한 영향을 미쳤기 때문이다.[4]

안서 김억(1986－?)[5]은 한국 시사에 있어서 1910년대부터 1920년대까지 가장 활발한 활동을 한 문인 가운데 한 명이다. 1910년대 후반 주요한과 함께 안서에 의해 시도된 한국 근대시는 육당에 의해 이룩된 신시에서 한 단계 발전적 지양의 면모를 보여주는 것으로 평가받고 있다.[6] 안서 김억의 활동으로 우선, 최초의 단행본 시집이자 최초의 역시집 『오뇌의 무도』(광익서관, 1921)를 간행한 사실을 들 수 있다. 김억의 활동이 끼친 영향에 대해 당시 이광수는 김억의 역시집 『오뇌의 무도』 이후 새로 나오는 청년의 시풍이 온통 오뇌의 무도화하였다고 평하였고 김윤

---

1) 최근의 논의는 1920년대 문학을 서구 상징주의, 낭만주의 문학의 모방이며 퇴폐주의로 한정하는 관점에 대해 재고찰의 가능성을 제시한다(조영복, 『1920년대 초기 시의 이념과 미학』, 소명출판, 2005, 38쪽 참조).

2) 조영복, 위의 책, 55쪽.

3) 오세영, 『한국낭만주의시연구』, 일지사, 1980, 250쪽.

4) 김윤식, 『한국 현대문학 비평사』, 서울대학교출판부, 1999, 15-16쪽 참조.

5) 안서 김억(본명 김희권)은 1986년 11월 30일 평북 정주에서 태어나 1950년 9월 10일 납북된다. 박노균, 『안서 김억 연구』, 서울대학교 박사학위논문, 1982, 8쪽 참조.

6) 오세영, 앞의 책, 235쪽.

식은 이에 덧붙여 사상 뿐 아니라 시정신까지 그러했다고 평한 바 있다. 그리고 김억은 시 번역 뿐 아니라 백대진, 황석우 등과 함께 한국 시단에 상징주의를 활발하게 소개 번역하였다.[7] 이 외에 그는 『해파리의 노래』(조선도서, 1923), 『봄의 노래』(조선도서, 1925), 『금모래』(조선도서, 1925), 『안서시초』(조선도서, 1929), 『지새는 밤』(조선도서, 1929) 등의 시집을 상재한 시인이기도 하다.

김억은 상징주의 이론의 도입뿐만 아니라 시 창작과 지속적인 시론의 전개를 통해 활발한 활동을 펼친다. 김억의 시론이 한국근대문학사 초두에 비중있게 놓여있으므로 이에 대한 선행 연구는 진작부터 많은 진전을 보여 왔다.[8] 본고에서는 김억의 시론이 내용상 크게 세 가지 특징으로 구분되며 시기상으로는 1925년을 기점으로 초·중기 시론과 후기 시론으로 나눌 수 있다고 본다. 우선 초기 상징주의 사조를 번역, 소개하던 시기의 글을 일러 상징주의 시론이라고 지칭할 수 있을 것이다. 이에 대해서는 김억이 소개한 상징주의 시론이 엄밀하게 말하여 과연 김억 자신의 시론 범주에 포함될 수 있느냐의 문제가 제기될 수 있다. 그러나 객관적인 사조 그 자체를 기술했다기 보다는 이를 통해 김억이 얻으려고 한 지향점, 많은 사조 중에서 특히 상징주의에, 그리고 상징주의 중에서도 베를레느에 치우쳤던 김억의 편향성, 이후 김억의 시론에 미친 영향을 고려해 볼 때 상징주의 시론을 김억의 시론 전체 범주와 무관하게 생각할 수는 없을 것으로 보인다. 다음으로, 이 상징주의 시론을 바탕으로 하여 김억이 한국 근대문학이 나아가야할 방향을 지시한 보다

7) 한계전, 『한국현대시론연구』, 일지사, 1983, 13쪽.

8) 오세영은 김억 시론의 3대 본질을 감상의 시론, 음악의 시론, 생명의 시론이라고 보아 김억 시론의 근본적 특성을 추출하였다. (오세영, 앞의 책, 244-261쪽, 참조) 그리고 김은전은 김억 시론에 대한 구체적이고 상세한 고찰을 거쳐 김억 상징주의 시론 연구의 종합과 완결을 시도하였으며(김은전, 『김억의 프랑스 상징주의 수용양상』, 서울대 박사학위논문, 1984) 많은 논자들이 문학사에서, 혹은 상징주의 시고찰 등과 함께 다룬 바 있다.

자생적 시론을 자유시론이라고 부를 수 있다. 그리고 후기의 시론은 조선적인 내용과 형식, 음율 등에 대한 고민에서 나온 격조시론인데 이것은 국민문학론[9]과도 연관되는 것이다.[10]

2. 상징주의 시론과 주체적 시론의 특성

2.1. 상징주의 시론의 특징

김억이 문학사상 가장 높은 평가와 관심을 받고 있는 부분은 상징주의[11] 수용에 관한 부분이다. 한국 문학에 처음으로, 그리고 본격적으로 영향을 끼친 서구 문예사조는 소설 쪽에서는 사실주의였고 시에서는 상징주의였다. ≪신문계≫, ≪학지광≫과 특히 ≪태서문예신보≫에 번역되고 시험된 상징주의나 그에 따른 시작(詩作)은 분명히 ≪창조≫ 소설 중심의 자연주의나 사실주의, ≪백조≫ 중심의 낭만주의보다 빠르고 본격적이었던 것이다.[12] 그리고 상징주의의 영향을 받은 김억과 황석우

9) 여기서 사용한 '국민문학'이라는 용어는 1930-1940년대 문학사에서의 국민문학파와는 다른 의미를 지니고 있어 설명을 요한다. 1920년대 국민문학이란 당대 문단의 큰세력을 이루고 있었던 경향문학에 대항하여 민족주의 이념을 구현하려 했던 전통지향적 민족문학이었다.(오세영, 앞의 책, 267쪽 참조).

10) 이 외에 김억의 시론에는 '번역시론'이라는 범주를 또 고려할 수 있다. 그러나 김억의 번역시론은 창작적 번역, 직역이 아닌 의역을 강조한 사실로 압축되거니와 이 경우의 시론은 시의 본질보다 번역관에 의해 좌우되는 문제라고 생각되어 번역시론의문제는 논의에서 제외한다.

11) 상징주의(Symbolism 영, Symbolisme 불, Symbolismus 독)라는 용어는 르루(Piérre Leroux)에 의해 1829년 ≪글로브(Globe)≫에서 처음 사용하였다. 이후 상징주의는 프랑스 시단에서 새로운 시의 동향으로 등장하고 상징주의의 선구자인 보들레르에 의해 시학이 확립된다. 그리고 말라르메(베를레느, 랭보 등 계승자를 통하여 상징주의의 여러 국면이 개척되었다고 간주된다.(김은전, 『한국상징주의시연구』, 한샘, 1991, 293쪽 참조).

등의 시가 한국 문학사상 현대시의 모습을 갖춘 시기의 대표작이라고 할 수 있다.[13] 프랑스 상징파 시의 도입은 1916년 9월호 ≪학지광≫지와 동년 6월호 ≪신문계≫에 각각 발표된 억생(김억)의 「요구와 회한」과 백대진의 「이십세기초두구주제대문학가를 추억함」에서 비롯된다.[14]

김억의 상징주의 소개는 초기 활동에 국한되어 이루어지는데 김억의 상징주의에 대한 이해와 수용을 알아볼 수 있는 대표적 자료는 「요구와 회한」(≪학지광≫ 10, 1916. 9. 4), 「ᅋᅳ랑스시단」(≪태서문예신보≫ 10-11호, 1918. 12. 7-12. 14), 「스ᅋᅵᆼ쓰의 고뇌」(≪폐허≫ 1920. 7. 25)[15]를 들 수 있다.

「요구와 회한」은 베를레느, 보들레르 두 시인을 소개함으로써 상징주의 소개의 장을 연 글이다. 일반적으로 보들레르에 대한 비판이 오해에서 비롯된 것임을 밝히고 그의 악마주의에 대해 설명하고자 했다. 이 글의 제목인 「요구와 회한」은 곧 베를레느와 보들레르 두 시인의 미와 진신(眞神)에 대한 동경과 갈구, 즉 '요구'와 그 요구가 좌절되어 세속적 의미에서의 타락한 데 대한 '회한'을 단적으로 가리키고 있다.[16]

그러나 이 글은 길이가 짧고 첫 소개이니만큼 아직 상징주의에 대한 이해가 충분하지 못한 것으로 보인다. 상징주의에 초점이 맞춰져 있다기보다는 자주 노출되는 회한, 공포, 불안, 비애 등의 단어를 통해 다만 심정적인 차원에서 두 시인의 좌절과 슬픔, 세기말적인 분위기에 동조하고 있다. 이 글의 의의는 이후 김억이 소개하는 상징주의의 특성을 그

---

12) 정한모, 『한국현대시문학사』, 일지사, 1974, 310쪽.

13) 김은전, 「프랑스 상징주의의 한국 이입과 현대시의 전개」, 『문예사조사』, 민음사, 2002, 465쪽.

14) 김학동, 『한국근대시의 비교문학적 연구』, 일조각, 1981, 2쪽.

15) 이후 시론의 일부를 인용할 경우에 본문에는 제목만 표기하며 구체적인 발표지면과 시기 등은 참고문헌의 목차로 대신한다. 인용문은 띄어쓰기와 한자어는 읽기 쉽게 현대화, 한글화하여 표기하며 중요한 한자의 경우 선택적으로 한글화하지 않기로 한다.

16) 김은전, 앞의 논문, 8쪽.

대로 보여주고 있기 때문에 그 시발점이 된다는 점이다. 김억이 상징주의를 소개함에 있어서 상징주의의 특성으로 가장 중요시 한 것은 데카당적 요소와 음악성이었고 상징주의 인물로는 베를레느와 보들레르에 치중하였다. 상징주의에서 지적 상징주의가 세계의 깊은 통일, 이데아의 세계를 추구하는 말라르메의 계열로 볼 수 있다면 감정적 상징주의는 내밀한 음악, 가느다란 현의 떨림, 소도구의 악기 등에 연연하는 데카당파의 사맹이나 베를레느의 계열이라고 할 수 있다.[17] 전자는 백대진에 의해서, 후자는 안서에 의해서 소개되었으며 안서는 베를레느 중심의 음악성, 감상성을 받아들여 그의 중기의 자유시론을 형성하게 된다.

「요구와 회한」이 두 시인에만 한정하여 소개하고 있다면 「쯔랑스시단」에서는 프랑스 상징주의 시단 전반에 대한 해설로 확대되며 그 다루는 시인의 수도 다수에 이르고 있다. 이 글은 김억의 물음, '시란 무엇인가'에 대해 많은 해답을 제시해 주었으며 그의 시론에 지대한 영향을 미친 것으로 보이는 중요한 자료로 볼 수 있다. 우선 서두에서는 1866년 고답파에서 베를레느, 말라르메, 릴라당 등의 데카당스파, 심볼리스트, 베르 립리스트까지의 변천을 시대적으로 개관하고 난 후 상징주의의 특징들을 이끌어내고 있다.

> 音響, 色彩, 芳香, 形相-이들은 그들의 영을 무한계로 잇끌어가는 상징이 안이고, 그들 자신의 영이며, 쏘아서 무한이엿다. (중략) 상징주의란 무엇인가. 상징파 시인들은 잡기 어려운, 이해를 뛰어나는 신비적 해답을 우리에게 제공한다. 만은 그 가장 옳은 해답은 아마 간단한 듯하다. 즉 기술을 말아라, 다만 암시 그것인 듯하다. 상징은 신비의 換意라고도 싱각홀 슈 있다. (중략) 암시는 곧 환상이다. 또 다른 사람의 말을 드르면 눈에 보이는 세계世界와 눈에 안보이는 세계世界, 물질계物質界와 영계靈界, 무한無限과 유한有限을 상통相通식히는 매개자媒介者가 상

17) 한계전, 앞의 책, 16-17쪽.

징象徵이라 한다. 암시暗示다. 신비神秘다. 그렇기 때문에 난해難解의 시詩라는 쑤지람을 밧는다.[18)]

우선 이 글에서는 '음향, 색채, 방향, 형상'이 상징주의의 중요한 요소들임을 밝히고 있다. 그리고 '기술'이 아닌 '암시'로서의 '상징', 즉 물질계와 영계를 상통하는 매개자로서의 '상징 · 암시 · 신비'를 동의어로 설명하고 있다. 안서는 상징주의에 있어서 '암시'는 신비적 해답을 제공해 준다고 말하고 이어서 시가 대상을 암시함으로써 꿈, 즉 혼의 참모습을 드러낸다는 유명한 말라르메의 시론과 보들레르의 조응의 이론까지 소개하고 있다. 「요구와 회한」을 쓴 지 2년 만에 상징주의 본질에 비교적 정확하게 접근하고 있는 발전을 보인다고 할 수 있다.

이 글이 안서의 시론에서 중요한 지점을 차지하는 더 큰 이유는 시에 있어서 '언어의 발견'을 가능하게 했다는 사실에 있다. 「쯔랑스시단」에서 '상징파 시가의 특색은 의미에 있지 아니하고 언어에 있다. 다시 말하면 음악과 같이 신경에 닷치는 음향의 자극-그것이 시가이다.'라는 구절은 안서 개인적 시론이나 이후 근대시사에서도 중요한 역할을 담당한다. 안서는 상징주의 시론을 단순히 사조론적 측면에서만 수용했던 것은 아니었다. 「쯔랑스시단」에서 확인되듯 비로소 안서는 상징주의 시론으로부터 언어의 운율의식에 눈을 뜨게 되었고, 그것이 그로 하여금 궁극적으로 자유시론을 형성하는 계기를 마련해 주었다. 운율의식에의 개안과 자유시론의 형성은 이후 「시형의 음율과 호흡」에서도 재차 강조된다.

2.2. 근대적 자유시에 대한 이론적 근거 확보

김억은 상징주의 시론에 대한 소개에 이어 근대적 자유시에 대한 이

18) 김억, 「쯔란스 시단」, ≪태서문예신보≫ 10-11호, 1918. 12. 7-12. 14.

론적인 근거를 그의 시론에서 펼치게 된다. 그 가장 중요한 특성의 하나는 위에서 살펴본 것처럼 언어의 중요성에 대한 관심이었다. 육당 최남선의 경우 시가 지닌 미학을 뚜렷하게 자각하지 못했으며 그것을 단지 사회 계몽의 수단으로 이용했던데 반해 김억은 시의 독자적인 미적 가치를 인식하고 있었다. 이런 의미에서 김억은 최초의 시론가로 간주될 수 있었는데[19] 그는 시론에서 시가 의미에 의해서가 아니라 시어에 의해서 쓰여진다는 사실을 거듭 강조한다.

> 더욱 詩歌에 니르러서느 言語가 곳 詩歌라 하지 안을 수 업서 (중략) 詩歌에서 言語가 賤待되며 驅使된다하면 그 詩歌는 文字의 排列에 지나지 못할 것입니다. (중략) 言語란 것은 思想이나 意思나의 符號에 지내지 아니하야 思想이나 意思만을 발표케 되면 일은 足하다는 意見을 가진 이가 적이 아니한 듯시 보여 얼토당토 아니되는 似而非的 言語를 使用하는 이가 만슴니다만은 이것은 思想이 言語이며 意思가 言語인 것을 생각지 못한 데서 생긴 잘못으로 言語란 엇던 의미로 보아 하느님과 갓치 위대하며 숭고하야 침범할 수 업는 神聖性이 잇슴니다.[20]

위의 인용문을 통해 김억은 근대 문학의 초창기에 이미 시에서 차지하는 언어의 중요성을 강조하고 있음을 볼 수 있다. 실제 시작에서는 1930년대 시문학파, 모더니스트들을 통해 언어의 문제가 중시되었음을 상기할 때 김억의 언어관은 매우 선구적인 입지를 차지한다고 볼 수 있다. 그는 언어가 사상이나 의미만을 의미하는 것이 아니라 침범할 수 없는 신성성이 있다고 볼 수 있는데 이러한 언어관은 시의 존재론적 어의의 본질을 설명하는 견해이다.[21]

그러나 김억은 시의 본질이 언어라고까지는 생각하지 않았다. 그는

---

19) 오세영, 앞의 책, 250쪽.
20) 김억, 「밟아질 조선시단의 길」(상)(하), ≪동아일보≫, 1927. 1. 2-3.
21) 오세영, 앞의 책, 250쪽.

의미보다 언어를 우위에 놓았으며 다시 언어보다 음악을 우위에 두었다.

> 의미의 시가는 표현할 수가 없고 그 호흡과 고동을 느끼는 그 시인에게만 詩味를 이해할 수 있는 침묵의 시밖에 업술 줄 압니다. 언어 또는 문자의 형식을 알게 되면 詩味의 半分은 없어진 것이요, 언어와 문자는 충동을 그려 내일 수 없지요. (중략) 인격은 육체의 힘의 조화이고요 그 육체의 한 힘, 호흡은 시의 음율을 형성하는 것이겟지요. 그러기에 단순히 시가 보다 더 시미를 주는 것이요, 음악적이 되는 것도 쏘한 할슈 없는 한아 한아의 호흡을 잘 언어 또는 문자로 조화시킨 것이겠지요. 시에 음악이 들어오게 한 것은 말하면 여러 가지 되겟지요. 음악은 경이의 예술의 극치라 하는 말도 드럿슴니다.[22)]

한국 최초의 근대 자유시론이면서 창작시론이라 할 수 있는 「시형의 음율과 호흡」[23)]에서 김억은 언어 표현의 한계를 지적한다. 언어는 신성한 가치를 지니며 미학적이고 의미 우위의 것이지만 호흡으로 표현되는 운율과 음악에는 미치지 못한다. 위의 글은 시에서의 음악성을 살리기 위하여 호흡을 어떻게 조절하여 율격화하는가에 초점이 놓여 있다. 시의 의미는 그 '호흡과 고동'을 느끼는 경우에만 이해 가능한 것이지 문자를 통한 의미 표현은 이미 그 자체로 의미의 절반을 잃어버린 것이다. 이때의 언어는 문자에 귀속하는 것, 한계를 지니는 것으로 이해되었는데 언어나 문자는 내적 충동을 그려낼 수 없으며 오직 음악만이 예술의 극치라는 것이다. 이러한 관점은 말라르메・베를레느의 작시법에 영향받은 것으로서, 상징주의의 음향 강조, 음악성 강조를 수용한 결과이다. 시에서 음악성, 운율, 리듬에 대한 강조는 「작시법」에서도 강조되는데 작시법의 주요 내용은 '시란 고조된 감정의 음악적 표현'이라는 주제에

---

22) 김억, 「시형의 음율과 호흡」, ≪태서문예신보≫ 14호, 1919. 1. 13.
23) 곽명숙, 「상징주의적 경향과 그 전개」, 『20세기 한국시의 사적 조명』, 태학사, 2003, 79쪽.

초점이 맞추어져 있다.

그렇다면 이러한 언어관과 율격론에 기초한 자유시란 어떠한 것이었는가. 「쯔란스시단」에 의하면 '재래의 시험과 定規를 무시하고 자유자재로 사상의 微韻을 잡으려 하는 다시 말하면 平仄이라든가 압운이라든가를 중시치 아니하고 모든 제약 유형적 율격을 버리고 美妙한 언어의 음악으로 직접 시인의 내부 생명을 표현하려는 散文詩'가 자유시이다. 전통적인 시의 규범을 거부하고 리듬을 자유화함으로써 '시인의 내부 생명' 즉 시인의 영혼을 표현한다는 상징주의 시론에 입각한 자유시의 개념을 안서는 그대로 받아들이고 있는 것이다. 이러한 자유시 개념은 「스뗑쓰의고뇌」에서도 다시 반복된다.

> 자유시는 누가 발명하였나? 람보가 산문시에서 발명하였다. 쥬루 라쯔르게가 독일에서 가저왓다. 뻬레 쯔리판이 왈트 화잇만의 작품을 번역할 때에 가저왓다. 마리에, 크리신스카가 발명하엿다. 구스타쁘 칸은 자기가 발명하엿다 하는 여러 말이 잇다. 만은 엇지하엿으나 상징파 시가에 특필할 가치 잇슴은 물론인 바, 재래의 시형과 규정을 무시하고 자유자재로 사상의 미운을 잡으려 하는—다시 말하면 平仄이라던가 押韻이라던가를 중시하지안이하고 모든 제약, 유형적 율격을 바리고 오묘한 언어의 음악으로 직접, 시인의 내부 생명을 표현하랴는 산문시다.[24]

김억은 '자유시는 누가 발명하였나'라는 질문에 대해 설명하면서 자유시와 산문시를 동일한 용어로 사용하고 있다. 엄밀한 의미에서 자유시와 산문시의 개념은 서로 일치하지 않지만 김억이 강조하고자 한 부분은 확실하다. 정해진 율격에 따를 경우 김억이 중요시한 언어의 음향, 음악성은 획득되기 어려워진다. 음악성이 보다 자유로운 형태로 발현되기 위해서는 형식적 제약이라든가 유형적 율격이 없어야 하며 유형적

24) 김억, 「스뗑쓰의고뇌」, ≪폐허≫ 1, 1920. 7. 25.

율격이 아닌 무형적 율격이 바로 음악성의 발현으로 이어진다. 김억이 말하고 있는 산문시는 자유시, 외형율이 아닌 내형율만을 지닌 시를 의미하고 있으며 이는 근대적인 자유시의 추구로 이어진다. 내부로부터 우러나오는 노래를 자유롭게 표현하는 일이 새로운 음악이자 새로운 자유시가 추구하는 바였던 것이다.

그러나 김억의 자유시에 대한 개념은 애초부터 상징주의 시론을 받아들여 형성된 것이었기 때문에 그 범주를 크게 벗어나지 못하는 것이었다. 다만 그의 언어관은 상징주의를 떠나 근대 시학의 언어관을 건드릴 수 있는 중요한 발언으로 이루어졌지만 이에 대해 보다 깊은 성찰이 전개되지 못하고 음악성과 운율의 문제에 귀착했다. 따라서 그의 시론은 한 때 자유시를 주장하다가 후기에 정형시로 회귀하고 다시 1934년도에는 자유시로 전회하는 등,[25] 근대문학 초창기의 시론관이 확립되지 않았음을 등을 보여주고 있다. 이러한 문제점에도 불구하고 김억의 자유시론은 우리 근대 시사에서 중요한 위치를 차지한다. 비록 상징주의 시론을 거쳐서 자유시론을 전개하고 있기는 하지만 이러한 시론은 이후 근대시와 현대시의 발전 가능성을 담보할 수 있는 이론적 근거가 되기 때문이다.

2.3. 격조시형을 통한 주체성 확립 시도

김억의 운율에 대한 관심은 상징주의 시론의 도입에 의해 시작되었지만 그는 이 운율 문제를 끝까지 고찰함으로써, 주체적인 시론에 도달하게 된다. 김억의 후기 시론은 「격조시형논소고」로 대표되는데 조선적인 시형, 즉 정형율을 추구하는 이 시론이 기타의 국민문학 주창자, 시조론

---

25) 김억은 「나의 시단생활 이십오년기」(≪신인문학≫ 2, 1934. 10)에서는 정형시를 버리고 다시 '자유스러운 입체적 자유시'를 쓰겠다는 의견을 펼친다.

자들과 변별점을 가져야 하는 이유는 김억의 운율이 자유시론의 내재율에서부터 변화를 거쳐 도달한 지점이기 때문이다.

> 지나인에게는 지나인의 예술이, 프랑스는 프랑스의 예술이 있을 것이다. 즉 인습에 기인해서 불문의 영문시가 있으며 조선 사람에게는 조선 사람다운 시가 있다. (중략) 조선사람으로는 엇더한 음율이 가쟝 잘 표현된 것이겟나요. 조선말로의 엇더한 시형이 적당한 것을 몬저 살펴야 합니다. 일반으로 공통되는 호흡과 고동은 엇더한 시형을 잡게 할가요.[26]

1919년 시론 「시형의 음률과 호흡」은 상징주의 시론의 영향 하에 놓여있었는데도 불구하고 이때부터 김억은 우리만의 고유한 시와 시형에 초점을 두고 있었다. 그가 프랑스 상징주의를 하나의 유행사조를 추수하는 시대적 이유에서[27] 소개한 것만이 아니라 한국 근대문학의 정착과 성장이라는 목적 하에 주체적 입장을 견지하고 있었음을 알 수 있다. 그는 프랑스의 예술은 프랑스의 예술이요, 조선 사람에게는 조선 사람다운 시가 있다고 말한다. 즉 프랑스 상징주의의 주체적 수용을 통해 조선의 음율과 시형, 호흡, 고동을 찾아내고자 했다.

문학사적으로 김억의 활동에서 가장 중요시된 부분은 서구 상징주의 시와 시론의 소개이지만 김억 개인의 시론의 전개에 있어 가장 본질적인 지점은 아니다. 왜냐하면 그의 중・후기 시론은 초기 상징주의 시론에서 받아들여 지속적으로 발전시키는 부분이 있는가 하면, 서구의 관점을 극복하고 고유한 견해를 개진하는 부분이 있기 때문이다. 1916년부터 상징주의 시론을 소개했던 김억은 대략 1925년 전후를 계기로 서

26) 김억, 「시형의 음율과 호흡」.
27) 1910년대 일본 시단의 해외시 수용이 상징파 쪽으로 치우쳐 있었다. 따라서 일본 유학 중이었던 김억이 1910년대 초반 일본에서 영향 받았기 때문에 상징주의를 소개했다는 논의가 있다(김용직, 『한국근대시사』, 학연사, 1986, 486쪽 참조).

구에 대한 관심에서 전통에 대한 관심으로 변화를 보인다. 김억이 그가 1910년대 후반에 주력했던 상징주의 시론을 전면 폐기한 것은 아니었다. 그가 운율 문제를 가장 중시했던 이유는 받아들였던 상징주의 시론에서 음악성이 가장 중요한 것으로 파악했기 때문일 수 있다. 여기서 한 걸음 더 나아가 김억은 상징주의 시론을 통해 독자적인 문학관을 확립해나가는 과정을 거치고 이후, 어느 정도 자생력이 갖추어지자 조선 현실에 근거를 둘 수 있는 문학의 형식을 찾은 것이다.

> 조선시단의 밟지 아니할 수 없는 길의 하나로는 조선말을 존중함에 있다고 합니다. (중략) 우리의 시가에는 고유성이 오래동안 등한시 되었습니다. 이미 외래의 사상을 조선의 옷에 담았다는 말을 하였으니 이것 하나만으로 보아서 조선의 시가가 반드시 잡고사야 할 것을 잡지 못하고 오래동안 방황한 것을 알 수 있습니다. (중략) 결국 한 마디로 말하면 문예에 없어서 아니될 고유의 향토성이란 작품에 대한 작가의 개성 그것과 같아서 그것 없이는 그 나라ㄴ 민족을 대표할만한 고유한 문예가 있을 수 없습니다. 이 점에서 시가가 자기의 서야 할 자리 되는 향토성에 서지 못할 때에는 '시가의 존재' 조차 인정될 수가 없다고 본 즉 소위 '시가답은 시가'라는 것은 말할 것도 없습니다.[28)]

이 글을 「ᄠᅳ란스 시단」이나 「스ᅋᅵᆼ쓰의고뇌」와 비교해 본다면 그 내용뿐만 아니라 문체나 어조 역시 많은 변화가 있음을 알 수 있다. 전자가 데카당스한 분위기와 세기말적 사상, 여성적이고 감상적인 어조,[29)] 미학과 신비주의 등으로 요약된다면 후자의 어조는 훨씬 남성적이고 단호

28) 김억, 「밟아질 조선시단의 길」.

29) 이에 대해 김영철은 김억의 '상징주의 수용의 특징은 여성주의(페미니즘)의 확립이다. 베를레르의 비애의 미학을 안서 특유의 섬세한 시적 감각을 통해 수용함으로써 한국문학의 페미니티의 원류를 형성하였다.'고 평가하였다 (김영철, 「한국 상징주의의 수용양상」, 『인문예술논총』2, 1983, 22쪽).

할 뿐만 아니라 건강한 조선주의의 단면을 보여주고 있다. 내용 또한 그러한데 「밟아질 조선시단의 길」 상편에서는 주로 조선 시가가 추구해야 할 내용의 측면에 대한 언급을, 하편에서는 조선사람의 고유한 호흡에 맞는 시형으로 시조와 민요를 주장한다. 외래의 사상을 조선의 옷에 담아왔다는 문제의식, 고유성과 향토성에 대한 고찰은 이미 외래의 사상이 지배하는 시기를 거쳤거나 거치고 있으며 그 사조에서 빠져나와 객관적 시선으로 사태를 판단할 수 있음을 의미한다. 이러한 의미에서 조선적인 정신과 형식의 추구는 단순히 복고적인 회귀 지향이라고 그 의미를 축소할 수는 없다. 더욱이 김억은 정형시에 대한 지속적인 고수를 주장한 것이 아니라 자유시의 실험 단계를 누구보다 먼저 거친 시인이라는 측면에서 그의 조선주의는 적극적으로 해석되어야 할 것이다.

김억의 글들은 초기에는 주로 서양의 문학이론을 소개하는데 그치고 있으나 후기로 갈수록 서양의 이론에 바탕을 둔 자신의 시론들을 펼친다. 그의 주체적이고 조선적인 시에 대한 개념이 가장 극적으로 펼쳐진 글은 「격조시형논소고」이다. 이 글에서 그는 음절과 시형에 따라 시에 많은 변화가 있음을 논하는데 초기에 주장한 자유시의 내재율의 개념이 후기에 오면서 자유시의 이념과 반대되는 정형시에 가까워지고 있음을 보여주는 대표적인 글이다. 김억의 시론을 전반적으로 살펴보면 그의 시론이 우리 근대시론사에서 중요하게 다루어져야 하는 이유, 김억이 시인이나 사조 수용자뿐만 아니라 시론자로서 재조명되어야 하는 이유를 알 수 있다. 그의 시론은 양적으로도 상당할 뿐만 아니라 그 축적된 글을 통해 내용상, 시대상 굴곡과 변화를 통한 다양한 면모를 보이고 있다. 수용하고, 성장하고, 변화하며 실험하는 시론이라고 할 수 있는데 그 다양성 속에서는 어떤 일관된 김억의 의도, 시대적 요청이 일관되게 전제되어 있는 것으로 보인다.

2.4. 시론을 통한 '혼의 재구'와 그 영향관계

근대 문학 초창기에 안서의 당대적 위상은 현재 문학사에서의 비중보다 훨씬 컸을 것으로 보인다. 안서의 『오뇌의 무도』는 청년 문사들에게 필독서로 읽혔었고 그의 시론 또한 본격적인 최초의 시론으로 등장했다. 당시 김억의 번역시, 창작시, 시론은 시단에 새롭게 등장하여 전반적인 영향을 남기기에 부족하지 않았다. 또한 김억이 문학활동의 처음에 주력했던 것은 서구 상징주의의 소개였으나 이는 단지 소개라는 중개자적 역할에만 국한되지 않는 것으로 보인다. 왜냐하면 앞서 언급한 것처럼 상징주의 시론은 그의 자유시론의 출발점이 되며 이후 상징주의 내지 상징주의적 시풍은 1920년대 문단 문학을 지배하는 한국 근대문학의 주요 사조로 자리잡기 때문이다. 안서의 상징주의 시론의 의의는 ≪폐허≫, ≪백조≫ 등 하나의 흐름을 형성했던 동인지 문학의 정신적 기반을 조성하였다는데 있다. 아래의 인용글들은 그 구체적인 사례가 될 것이다.

> 찰나의 망각을 얻으려함은 '깨는 심정'의 산靈을 보려함이며, 따라서 보다 더 아름다운 상아탑을 동경하는 바―곧 영원의 요구하고 요구하기 말지 아니하는 데의 바램을 노래함이다.
>
> 그 끝은 구하여 구하여 얻어지지 아니하는 고통에 할 수 없이 그들은 방랑, 분탕의 온갖 죄업을 하나니―그러나 그 깰때의 (뉘웃츰) 산靈에 말미야서, 진신을 보며, 참 심정을 보게 됨에 그들은 인공적 천국을 지으며 탄락의 뒤를 따르게 됨이다.[30]
>
> 그들의 영은 泥醉에 빗나는 것이 안이고, 각성의 때에 하나님을 보앗다. 끼는 맘―그들의 산靈이다.[31]
>
> 나는 시를세가지로 난호고십습니다. 모론여긔 시라는 것은 서정시의

30) 김억, 「요구와 회한」, ≪학지광≫ 10, 1916. 9. 4.
31) 김억, 「뜨란스 시단」.

> 뜻입니다 제일의시가는 시혼의 선물이 시인자신의맘에 잇서, 시인자신만이 늣길수잇고 표현은할수업는 심금의 시가라고 할만한것입니다. (중략) 시가의깁흔성당에는 시인자신의 시적황홀만이 겨우 들어갈수가 잇고 그 이외에는 엇더한사람의 시적황홀이라도 들어갈수가 업는까닭입니다. 시혼시상을 문자라는 표현에 담아노흔 제이의 시가에 대한 가치의 탐색도 또한 어렵습니다. 그것은 그 시혼을 완전한 표현이업는 문자의 매개로는 다치볼가, 말가한 경우밧게 이해와 감상력이 니르지못하는까닭입니다. (중략) 소월군의 시. 님의 노래와 녯이약이(개벽 이월호)의 두편은 문자로 표현된것밧게 황홀의시혼의 빗남이 업습니다.[32]

본래 서구 상징주의 시론에서 '영혼', '영'은 '시인의 내부 생명'이며 이를 표현한 것이 바로 시이다.[33] 인용 부분은 문맥적으로 보들레르, 데카당파가 퇴폐와 절망에 빠지는 이유와 그 이후를 설명하는 부분이다. 여기에는 '산靈'이라는 용어가 등장한다. 이 '산靈'이란, '깨는 심정', '깨는 맘'과도 같은 용어인데 일상과 퇴폐 속에서는 보지 못하는 부분이 보이게 되는 원인을 의미한다. 「요구와 회한」에 의하면 이 '산靈'은 각성의 때이며 이것에 의해 '진신(眞神)', 즉 하나님을 보게 되며 동경하는 바에 대한 바람을 '노래'하게 된다. 그렇다면 이 '산靈' 이야말로 '노래' 하게 하는 계기, 즉 시가 창작되게 되는 계기라고도 할 수 있는데 '산靈' 이라는 것은 영혼과 마찬가지로 존재 내부에 잠들어 있는 것이다. 상징주의 시론에서의 '영혼', '영'은 이후 김억의 시평(「시단의 일년」[34])에 녹아들어가 '시혼'이라는 용어로 표현되게 된다.

한국 전통에서도 '영혼', '혼령', '영' 등의 용어는 이미 존재하고 있었

---

32) 김억, 「시단의 일년」, ≪개벽≫ 42, 1923. 12. 1.

33) 한계전, 앞의 책, 24쪽.

34) 이 글은 김소월의 「님의 노래」와 「옛 이야기」 시 두 편에 대해 시혼이 부족하다는 혹평을 하는 내용인데, 이후 김소월의 유일한 시론 「시혼」은 이 글에 대한 반박으로 나온 것이며 김소월의 시혼이라는 개념의 사용 또한 이 글과 떼어놓고 언급할 수 없다.

지만[35] 김억의 시론이 시기적으로 앞서있었다는 점, 그의 소개와 시론들이 거의 최초의 것이었다는 점을 상기할 때, 1910년대 후반부터 상징주의 시론을 소개하면서 비로소 구체적으로 한국 근대시의 영역에 들여오는 이론적 기반을 마련한 것으로 보인다. 물론 번역된 상징주의 시의 영향력 또한 빼놓을 수 없겠지만 상징주의 시론을 통해 '영혼', '혼'이라는 개념이 문학적 개념으로서의 기반을 획득하기 시작하였다. 이 용어들의 자연스러운 사용, 즉 문학의 주제로 사용되는 이유가 왜 중요한가는 김억 상징주의 시론의 시사적 의의와 관련되는 문제가 된다.

당대는 종교, 성리학적 질서, 사회 계급적 질서 등 기존의 가치 체계가 붕괴되고 와해된 상황이었다. 이 때 가장 중요한 것은 물질적 변화의 추구가 아니라 오히려 물질적 변화를 헤치고 이 와해된 것들의 자리에 다시 새로운 가치 체계를 구축하는 것이었다. 파편들을 조립하고 새로운 의미를 구성하는 것, 정신적인 대응력을 키우는 것의 한 방편으로, 눈에 보이지 않는 보다 강력한 존재인 '영'을 확인하고 구성하고 그에 의지해 보는 시도가 있었으며 이것이 1920년대 신비주의적, 상징주의적 경향의 시 창작이라고 할 수 있다. 따라서 한국근대문학에서 이 단어들이 중요한 이유는 이를 통해 문인들이 추구하고자 한 지향점이 당시 정신주의의 한 단면을 형성하고 있기 때문이다. 재구의 시도는 그 자체로서 의미를 가지고 있으며 근대의 미학성 추구, 즉 중세의 신을 대신하는 근대의 진, 선, 미의 개념을 추수하고자 하는 포즈를 취한 것이 아니라 오히려 이것을 극복하는 초월성의 추구이다.[36] 김억이 상징주의 시론을

35) 박현수는 그의 논문에서 '영' 혹은 '영혼'이라는 말이 우리의 출판물에 언제 정확히 등장했는지는 알기 어렵지만 초기 기록의 하나로 1884년 6월 14일 한성순보의 「亞里斯多得里傳」에 그 용례가 보이며 종교관련 잡지에서 널리 사용된 것으로 보인다고 밝힌다(박현수, 「1920년대 동인지의 '영혼'과 '화원'의 의미」, 어문학 90호, 어문학회, 2005, 566쪽 참조).

36) 박현수는 ≪폐허≫선언문의 분석을 통해 계몽주의에 의해 정신이 말살된 세계인 '폐허'와 이를 극복하는 '영혼'의 문제를 분석하며 폐허파가 강조했던 영혼은 물

통해 문학담론 안으로 들여온 '영혼', '혼' 등의 사용은 이후 1920년대 동인지 시대의 낭만주의, 신비주의적 경향 즉, 구체적으로는 그들의 영혼과 혼의 문제에 대한 탐구, 신비한 대상과 세계에 대한 추구 등과 이어진다. 이러한 바탕 위에서 영원한 세계, 영원한 구원의 여성상도 추구될 수 있었다.

이 모든 활동들은 '혼'의 박탈을 막기 위한 우리 '혼'의 재구 노력과 연결된다. 김억은 우리 '혼'의 재구 노력의 일환으로 후기 시론에서는 보다 구체적인 방법을 선택하는데, 그 일환으로 조선적인 음율과 시형을 모색하는 과정을 시작한다. 그가 강조한 '조선적 운율'이나 '조선적인 미'의 추구는 우리의 정신적 지표를 확립하자는 의식을 가지고 취해진 것이었다. 지금까지는 조선적이지 않으면 안된다는 후기 시론의 완경한 입장은 초기 서구 시론을 받아들이던 때와는 정반대의 입장에 처해 있는 것으로 파악되어 왔다. 그러나 정신사적 측면에서 바라본다면 서구의 것과 조선의 것이라는 이분법으로 초기 시론과 후기 시론을 나눌 수 없고 두 가지가 하나의 기획 위에 있는 지점들임을 확인할 수 있다. 즉 서구라는 남의 '혼'을 빌려와 우리 '혼'을 비추어보고 이어 우리 '혼'을 재구하는 주체적인 과정이 그의 초기시론에서부터 후기시론까지 이어지는 일관된 주제라고 할 수 있을 것이다.

3. 결 론

김억은 당대의 활동과 영향력에도 불구하고 현재 연구자들의 관점으

질주의에서 배제되었던 초월성의 다른 이름이라고 파악한다(박현수, 위의 글, 564-565쪽 참조).

로는 주요한과 김소월등의 시편에 가려져 그 가치가 비교적 높게 평가되어 오지 않았다. 그러나 김억은 비평, 시론, 시작, 번역 등 활발한 활동 범위만큼이나 한국근대시 형성의 많은 측면에 두루 걸쳐 다각도로 논의될 수 있는 문제적 문인이다.

본고에서는 김억의 시론을 통해 그가 근대시 형성에 어떠한 영향을 미쳤는지 그 시대적 의의를 살펴보고자 했다. 본고에서 고찰한 김억의 시론은 크게 세 가지 정도의 특징으로 요약될 수 있다. 첫째는 1916년부터 시작된 프랑스 상징주의 시론의 소개와 내면화이다. 프랑스 상징주의를 통해 김억은 근대시라는 개념에 접근했을 뿐 아니라 이러한 개념은 근대시의 정착과 형성에 이론적 근거가 되었다. 김억을 통해 비로소 한국 근대시사에는 단평이 아닌 체계적 시론이 가능했으며 이는 1910년대 후반의 소설론의 부진을 염두해 볼 때 근대문학의 형성을 살펴볼 수 있는 중요한 자료로서 기능할 수 있다. 둘째로 김억은 상징주의 시론을 추수적으로 받아들인 것이 아니라 이를 바탕으로 끊임없이 주체적이고 독창적인 운율과 형식을 만들고자 했음이 드러나는데 그는 상징주의 시론의 영향을 바탕으로 자유시론의 형성과 운율에의 실험을 추구하였다. 세 번째로 김억의 시론은 지속적인 운율과 시형에의 관심, 또 서구적 개념의 시를 넘어선 조선적인 내용과 형식의 시가 등 다양한 면모를 지녔으며 당시 문단에서 항상 선구적인 역할을 했던 것으로 보인다.

나아가 김억의 시론은 초반의 서구지향적 성격과 후반의 전통지향적 성격으로 크게 나누어질 수 있으나 이 상반된 입장은 하나의 연결고리를 통해 이어질 수 있다. 김억이 초기 상징주의 시론을 받아들이면서 그와 함께 도입되었던 '영혼'과 '영'의 개념은 1920년대 상징주의 풍의 시단에서 지속적으로 추구된 '영혼', '영원', '신비' 등에 대해 문학적 개념으로 기능할 수 있는 기반을 갖추게 한다. 이 개념들이 사용된 사회적 문화적 종교적 배경은 더 연구되어야 하겠지만 근대의 가장 첨예한 정신들이 시대적 변화에 대해 정신주의의 깊이를 확보하고 내면화하는 데 김억의 시론이 중요한 역할을 담당했다는 것을 알 수 있다. 이른바 김억의 시론은 상징주의의 수용 측면뿐만 아니라 1920년대 시의 흐름과도 긴밀한 연관관계를 지니며 시론사적 의의를 넘어 문학사적 의의 또한 획득할 수 있다고 볼 수 있다.

▸▸▸ 참고문헌

「예술적 생활-H군에게」, ≪학지광≫ 6, 1915. 7. 23.
「요구와 회한」, ≪학지광≫ 10, 1916. 9. 4.
「쏘로굽(SOLOGUB)의 인생관」, ≪태서문예신보≫ 9-14, 1918. 11. 30-1919. 1. 3.
「뜨란스 시단」, ≪태서문예신보≫ 10-11호, 1918. 12. 7-12. 14.
「시형의 음율과 호흡」, ≪태서문예신보≫ 14호, 1919. 1. 13.
「문학 니야기」, ≪학생계≫ 1호, 1920. 7. 25.
「스핑쓰의고뇌」, ≪폐허≫ 1, 1920. 7. 25.
「로덴빠흐(Georges Rodenbach)1-2」, ≪개벽≫ 10-11, 1921. 4-5.
「근대문예1-8」, ≪개벽≫ 12-21, 1921. 7. 6-1922. 3. 1.
「서문 대신에」, 『잃어진 진주』(1924. 3 간행), 1922. 1. 25, 평문관.
「민중문예론」, 佛國 로멘 로멘 작, 안서 역, ≪개벽≫ 26-29, 1922. 8. 1-1922. 11. 1.
「무책임한 비평」, ≪개벽≫ 32, 1923. 2. 1.
「시단의 일년」, ≪개벽≫ 42, 1923. 12. 1.
「조선심을 배경삼아」, ≪동아일보≫ 1924. 1. 1.
「시단산책-금성, 폐허이후를 읽고」, ≪개벽≫ 46, 1924. 4. 1.
「타고아의 시」, ≪조선문단≫ 2, 1924. 11.
「사로지니 나이두의 서정시」, ≪영대≫ 4-5, 1924. 12. 5-1925. 1. 11.
「프로베르」, ≪동아일보≫, 1924. 12. 8, 15.
「아더 시몬스」, ≪조선문단≫ 4, 1925. 1.
「만년의 레오 톨스토이」, ≪동아일보≫ 1925. 1. 21.
「오류의 희극-한시에 대하야의 필자에게」, ≪동아일보≫ 1925. 2. 23.
「시단산책-이월시평」, ≪조선문단≫ 6, 1925. 3.
「직관과 표현」, ≪동아일보≫, 1925. 3. 25, 1925. 4. 13.
「삼월시평」, ≪조선문단≫ 7, 1925. 4.
「작시법」, ≪조선문단≫ 7-12, 1925. 4.-1925. 10.
「예술대인생문제1-5」, ≪동아일보≫, 1925. 5. 11, 16, 20, 25, 31, 6. 9.
「김동인」, ≪조선문단≫ 9, 1925. 6.
「이예츠의 연애시」, ≪조선문단≫ 10, 1925. 7.
「광명은 동방에서1-3」, ≪동아일보≫, 1925.7. 25, 8. 2, 8. 5.
「비를 노래한 시」, ≪조선문단≫ 11, 1925. 8.
「을퍼진 가을의 노래」, ≪조선문단≫ 12, 1925. 10.

「荒文에 대한 잡문」, ≪동아일보≫, 1925. 11. 19.
「예술의 독자적 가치－시가의 본질과 현시단」, ≪동아일보≫, 1926. 1. 1-1. 3.
「현시단」, ≪동아일보≫, 1926. 1. 14.
「문단만어」, ≪時鐘≫ 2, 1926. 2.
「프로문학에 대한 항의」, ≪동아일보≫, 1926. 2. 7-8.
「예술과 감상」, ≪조선문단≫ 14, 1926. 3.
「소곰쟁이에 대하여」, ≪동아일보≫, 1926. 10. 8.
「시인구락부」, ≪동광≫ 17, 1926. 11. 1.
「조선시인선집을 읽고서」, ≪동아일보≫, 1926. 12. 14-22.
「계몽편－조선산화의 필자에게」, ≪문예시대≫ 2, 1927. 1.
「異鄕의 꼿서문」, ≪조선문단≫ 18, 1927. 1. 1.
「밝아질 조선시단의 길(상)(하)」, ≪동아일보≫, 1927. 1.2-3.
「논문과 시가－정월잡기 독후감」, ≪동아일보≫, 1927. 2. 5-6. 8.
「이식문제에 대한 관견」, ≪동아일보≫, 1927. 6. 28, 29.
「「조선시형에 관하야」를 듯고서」, ≪조선일보≫, 1928. 10. 18-21, 23-24.
「프로메나도 · 센티멘탈라」, ≪동아일보≫ 1929. 5. 18-21, 23-28, 30.
「시가의 음미법」, ≪조선일보≫, 1929. 10. 18-22, 12. 1, 3, 5.
「「시가집」을 읽고서」, ≪동아일보≫, 1929. 11. 20-23.
「환멸의 주요한군(문인의 인상)」, ≪중외일보≫, 1929. 11. 29.
「어의 · 어향 · 어미－어감상 관찰」, ≪조선일보≫, 1929. 12. 18-19.
「어감과 시가－어의와 음향의 양면」, ≪조선일보≫, 1930. 1. 1-2.
「무엇보다도 감명있는 작품을－비평」, ≪동아일보≫, 1930. 1. 1-3.
「격조시형논소고」, ≪동아일보≫, 1930. 1. 16-26, 28-30.
「시론」, ≪大潮≫ 2, 4, 5, 1930. 4. 15, 7. 1, 8. 1.
「이론보다도 몬저 작품을」, ≪大潮≫ 3, 1930. 5. 15.
「감상안 상실된 시평에 대하야」, ≪大潮≫ 3, 1930. 5. 15.
「시형 · 언어 · 압운」, ≪동아일보≫, 1930. 7. 31-8. 3, 5-10.
「시가의 현실성」, ≪매일신보≫, 1931. 1. 5, 7-9.
「언어의 순수를 위하여」, ≪동아일보≫, 1931. 4. 1-4.
「역시론」, ≪동광≫ 21, 1931. 5. 1.
「독서우감」, ≪동아일보≫, 1931. 7. 27.
「염상섭씨의 근업－「사랑과 죄」를 읽고서」, ≪동아일보≫, 1931. 8. 10.
「독서잡감」, ≪동아일보≫, 1931. 8. 24.

「최서해의 근저 「홍염」을 읽고서」, ≪동아일보≫, 1931. 9. 21.
「신미년 시단 <그 부진과 신시인>」, ≪동아일보≫, 1931. 12. 10-12, 15-17, 19.
「갑프시인집」, ≪동광≫ 30, 1932. 1. 25.
「불가리아 현대작가 스타마토으 단편집」, ≪조선일보≫, 1932. 2. 4-6, 8.
「언어 · 언어 · 언어」, ≪조선일보≫, 1932. 2. 11, 13, 14, 18, 20, 23, 26.
「시단의 회고」, ≪매일신보≫, 1932. 2. 14, 16-19.
「시예술창작론－망평자와 작가의 태도」, ≪매일신보≫, 1932. 5. 27-31.
「칠월의 시가－잡지시평」, ≪매일신보≫, 1932. 7. 29-31, 8. 2-4.
「작시법」, ≪동광≫ 36, 1932. 8.
「가을을 노래한 시가－감상과 태도」, ≪매일신보≫, 1932. 9. 15-18, 19.
「가을의 등대－시가감상」, ≪조선일보≫, 1932. 11. 27, 29-30.
「시단의 회고와 전망」,≪매일신보≫, 1933. 1. 1, 3, 5, 7.
「오류의 오류－조벽암씨에게」, ≪조선일보≫, 1933. 1. 25-27.
「눈을 읊은 노래」, ≪농민≫, 1933. 2. 1.
「유행가사관견」, ≪매일신보≫, 1933. 10. 15, 17, 19.
「시에 어리운 가을」, ≪매일신보≫, 1933. 11. 8-11.
「書籍二題」, ≪학등≫, 1933. 12. 1.
「시단일년의 회고」, ≪매일신보≫, 1933. 12. 12-17, 19-20.
「작품과 작가의 태도」, ≪조선일보≫, 1934. 5. 23-26.
「서해의 삼주기를 마즈며」, ≪조선일보≫, 1934. 6. 12-15, 17.
「「현대조선단편집」에스역에 대하야」, ≪삼천리≫ 54, 1934. 9.
「언어의 임무는 음향과 감정에까지－번역에 대한 나의 태도」, ≪조선중앙일보≫, 1934. 9. 27-29.
「나의 시단생활 이십오년기」, ≪신인문학≫ 2, 1934. 10.
「요절한 연행시인 김소월에 대한 추억」, ≪조선중앙일보≫, 1935. 1. 22-26.
「소월의 생애와 시가」, ≪삼천리≫ 59, 1935. 2.
「춘원선생의 시가」, ≪삼천리≫ 61, 1935. 4.
「시가로 읊펴진 봄」, ≪조선문단≫ 22, 1935. 4. 11.
「사월의 시가」, ≪매일신보≫, 1935. 4. 10.
「시는 기지가 아니다－李箱씨「正式」」, ≪매일신보≫, 1935. 4. 11.
「용어는 枝葉이 아니다－韓黑鷗씨 등의 언어」, ≪매일신보≫, 1935. 4. 12.
「뜻이 분명해야－柳葉씨「춘추팔두」」, ≪매일신보≫, 1935. 4. 13.
「구인시집에 대하야」, ≪매일신보≫, 1935. 4. 14.

「시가의 선을 끝내고」, ≪삼천리≫, 1935. 12.
「시가를 쓰려면은」, ≪신인문학≫ 11, 1936. 1. 10.
「작시법」, ≪삼천리≫ 70, 74, 1936. 2, 1936. 6.
「「조산문학의 세계적 수준관」-빙허·동인의 단편을 예로」, ≪삼천리≫ 72, 1936. 4.
「시인구락부」, ≪중앙≫ 34, 1936. 8. 1.
「조선문학의 정의」, ≪삼천리≫ 76, 1936. 8. 1.
「연행시인, 소월」, ≪삼천리≫ 126, 1938. 11.
「시가도 현대를 반영(상)-군가적 색채가 농후」, ≪매일신보≫, 1939. 1. 4.
「시가는 군가적 경향(하)」, ≪매일신보≫, 1939. 1. 6.
「소월의 생애」, ≪여성≫ 39호, 1939. 6.
「김소월의 추억」, ≪博文≫ 8, 9, 1939. 6. 1, 7. 1.
「시단일년 회고-특히 세 시집에 대한 감상」, ≪동광≫ 50, 1939. 12. 1.
「김동환저「국경의 밤」」, ≪삼천리≫ 134, 1940. 7. 1.
「칠월의 시단」, ≪조선일보≫, 1940. 7. 17-19, 23-24.
「국가와 개인」, ≪매일신보≫, 1940. 11. 30, 12. 2.
「「永華」와 「青色馬」」, ≪조광≫ 62, 1940. 12.
「시의 족적 삼십년」, ≪중앙신문≫, 1947. 11. 1.
「思故友-소월의 예감」, ≪국도신문≫, 1949. 11. 15.
「시가와 국어문제」, ≪서울신문≫, 1949. 12. 19.

김소월의 「시혼」과 자아의 원근법

1. 자아의 원근법적 범위와 '영혼'의 위상

김소월의 「시혼」은 우리 근대시론의 서두에 놓여 있다. 개화기 때 신채호의 글로 알려진 「천희당시화」가 시에서 조선적인 전통을 강조한 이래 별 그렇다 할만한 시론이 없었다. 1925년에 쓰인 이 시론은 김억의 시평에 대해 반박하면서 자신의 견해를 밝힌 것이다. 김소월은 여기서 당시 우리 시에서 가장 중요한 문제라고 생각되는 '영혼'의 문제를 제기했다. 당시 낭만주의적인 시인들의 경향이 프랑스 풍의 영향으로 퇴폐적이고 신경증적인 것으로(특히 보들레르적인 것으로 생각되는) 기울어 있을 때 소월은 전통적인 우리 영혼의 거대한 강물을 끌어대고 있었다. 김억은 김소월을 키웠지만 이러한 혼란 속에서 정확하게 자신의 길을 제대로 찾아내지 못했던 것 같다. 그의 시들은 초창기 데카당스 풍에서 벗어나 민요시풍을 띄웠지만 그것은 지나치게 전통에 대한 인위적이고 형식적인 집착으로 끝났던 것이다. 그가 키운 김소월은 비록 데카당스적인

* 신범순 / 서울대학교 교수

영향을 받았지만 그러한 것들을 적절히 소화해낼 수 있었다. 그렇다고 그가 이러한 일들을 손쉽게 해결했던 것은 아니다. 그의 시들은 여러 가지 굴곡들이 있다. 그것은 때로는 민요적이며 또 때로는 현대적이다. 전통적인 정한의 감정이 있는가 하면 현대적인 감각이 있기도 하다. 그의 시들 중에서 성공작 가운데는 이 둘을 적절히 잘 융합시킨 독특한 것들이 있다. 예를 들면 <여자의 냄새> 같은 것이 그러하다. 우리는 김소월이 어떻게 샤마니즘적인 영적인 세계와 현대적인 감각의 세계를 그렇게 미묘하게 통합시킬 수 있었는지 정확히 알지 못한다. 그의 시들 중에는 아직 미개척지에 놓인 꽃들처럼 우리의 시야 밖에 놓인 것들이 많이 있다. 그러한 꽃들의 빛과 향기를 알기 위해서 그의 시론에 나타난 몇 대목을 읽어볼 필요가 있다. 거기에는 그의 시를 빚어낼 수 있었던 황홀경의 이야기가 실려있다. 이 '황홀'이란 느낌은 그의 시들이 전체적으로 우수와 슬픔과 한 같은 어두운 정조에 지배되는 것임에도 불구하고 그 모든 것들을 관통하며 이끌어 갔던 강력한 힘이다. 그것은 바로 시적인 창조의 힘인 것이다. 그리고 이 '황홀'이란 것은 그의 스승인 김억의 시평에서 가장 핵심적인 것이기도 했다. 따라서 김소월의 시론을 제대로 파악하기 위해서는 김억의 시론에 대한 이해가 선행되어야 한다. 그 둘 사이에는 이렇게 선명하게 계승된 개념이 있다. 그리고 그러한 계승은 마치 물결처럼 파동치며 변화된 상태로 흘러갔다. 김소월은 자신의 황홀을 갖고 있었던 것이다. 이러한 문제들에 대해 먼저 알아보기로 하자.

김소월의 「시혼」(≪개벽≫ 1925. 5)의 1장 부분은 우리 각자에게 있는 "그림자 같이 반듯한 각자의 영혼"에 대해 언급한다. 그는 여기서 이러한 영혼을 발견하는 자로서 말한다. 그것은 마치 우리가 잃어버리거나 잊어버렸던 어떤 소중한 것을 어렵게 되찾아 냈을 때의 그러한 감정을 동반하고 있다. 그가 이 영혼을 어떻게 발견하는지 보자.

> 그렇습니다. 곳 이것입니다. 우리는 우리의 몸이나 맘으로는 일상에 보지도 못하며 느끼지도 못하는 것을, 또는 그들로는 볼 수도 없으며 느낄 수도 없는 밝음을 지워버린 어둠의 골방에서며, 살음에서는 좀더 도라앉은 죽음의 새벽빛을 받는 바라지 위에서야, 비로소 보기도 하며 느끼기도 한다는 말입니다. 그렇습니다, 분명합니다. 우리에게는 우리의 몸보다도 맘보다도 더욱 우리에게 각자의 그림자 같이 가깝고 각자에게 있는 그림자같이 반듯한 각자의 靈魂이 있습니다.[1)]

그는 자신의 영혼에 대해서가 아니라 '영혼'이라는 것에 대해 말한다. 위에 인용된 것에 따르면 그에게 '영혼'이란 사람의 본질에 해당한다. 즉 몸과 마음보다도 우리 자신에게 가장 가까운 것이다. 그는 '그림자'라는 비유적 이미지를 통해서 이 영혼을 설명하고 있다. 여기서 특이한 것은 몸과 마음과 영혼을 구분하고 있다는 점이다. 여기에는 '존재의 원근법'이라고 할만한 것이 있다. 즉 '나'의 원근법적 존재론이 그에게는 전제되어 있다. '나'의 존재론적 범위는 본질적인 중심부로부터 영혼, 마음, 몸 순서로 배치되어 있다. 영혼보다도 '나'의 본질에 더 가까운 것에 대해서는 언급되지 않는다. 김소월에게 이러한 원근법적 존재론은 어디서 유래된 것인지는 몰라도 매우 중요한 것으로 자리잡고 있다. 왜냐하면 '영혼'을 '나'의 본질적 요소로 강조하는 이러한 생각이 그에게 삶과 죽음의 경계를 자유롭게 넘나들 수 있게 했기 때문이다. 그것은 육체의 한계를 초월할 수 있는 것으로 작용했다.

그의 「시혼」 첫 부분을 다시 읽어보면 이미 도시적 일상에 대한 거부감으로 가득 차 있다. 물론 그가 그러한 거부감을 자세히 직접적으로 언

---

1) 김소월, 「詩魂」, ≪개벽≫ 59호, 1925. 5, 12쪽. 원래 발표된 것에는 띄어쓰기가 전혀 되어있지 않은 것을 여기서는 현대식 표기로 수정했다. 그의 이러한 띄어쓰기 무시는 1930년대 이상처럼 파괴적인 의도에서 나온 것이라기보다 오히려 전통적인 글쓰기 방식을 보여준 것이다. 개화기의 글들을 보면 띄어쓰기가 없이 되어 있는 전통적인 문체가 일반적이었다. 띄어쓰기는 근대적 글쓰기 형태인 것이다.

급한 것은 아니다. 그로부터 떠나있는 산과 숲과 바다의 자연 속 깊이 들어간 자의 황홀경을 통해 도시적 일상에 대한 거부감은 간접적으로 드러난다. 그는 고독하게 그러한 자연의 깊이, 밤의 어두운 깊이 속으로 들어간다. 도시적인 일상은 그에게는 인공적인 밝음과 소음으로 가득차 있다. "다시 한번, 도회의 밝음과 지꺼임이 그의 文明으로써 光輝와 세력을 다투며 자랑할 때에도, 저, 깊고 어두운 산과 숲의 그늘진 곳에서는 외로운 버러지 한 마리가, 그 무슨 슬픔에 겨웠는지, 쉬임없이 울지고 있습니다."라고 그는 말했다. 그는 어둠의 깊이 속에 빠진 자연을 밝은 도시와 대비시킨다. 그는 "적막한 가운데서 더욱 사무쳐오는 환희를 경험하(기)" 위해 도회로부터 멀리 떨어진 밤의 숲 속으로 들어가는 것이다. 그의 슬픔과 고독은 마침내는 죽음의 경계선까지 내려간다. "어두움의 거울에 비치어 와서야 비로소 우리에게 보이며, 살음을 좀더 멀리한, 죽음에 가까운 산마루에 서서야 비로소 살음의 아름다운 빨래한 옷이 생명의 봄두던에 나부끼는 것을 볼 수도 있습니다." 이 구절에서 그가 자연의 깊이 속에서 고독한 가운데 맞이하는 환희가 어떠한 것들로 둘러싸여 있는지 알 수 있다. 그것은 슬픔과 고독 그리고 죽음에 둘러싸여 있다. 그의 시학은 이렇게 해서 영혼의 깊이와 높이 속에서 자리를 잡는다. 그것은 어두움의 깊이인 것이며, 죽음의 높이인 것이다. 근대적 일상과 거기 매여 있는 육체의 한계를 벗어나기 위해 그는 이 두 가지 항목을 마련했다. 그의 용어로 말하면 그것은 '어둠의 거울'이며 '죽음에 가까운 산마루'이다. 그가 「시혼」 2장에서 영혼을 산에 비유하고 시혼의 음영을 水面이나 달에 비유하는 것도 이 두 가지 표현에서 나온 것이다. 김소월은 시적인 창조력의 측면에서 영혼을 다루기도 하는데, 그것을 '시혼'이라고 했다. 이에 대해서는 다음 장에서 다루어보기로 하자.

그런데 먼저 김소월의 이러한 영혼 관념이 독자적으로 나온 것이 아니라는 점에 대해 유의할 필요가 있다. 우리는 이것을 두 가지 측면에서 생각해보기로 하자. 첫 번째는 그의 스승인 김억의 정신사적 행보와 관련되는 것이며, 또 다른 하나는 김억과 김소월이 주로 투고했던 ≪개벽≫지의 개벽운동과 맞물린 새로운 정신사적 탐구에 연관되어 있다. 1920년대는 특히 서구에서 수입된 문예사조와 사상관념들에 의해 매우 혼란스러운 양상이 전개되던 때였다. 낭만주의와 데카당스 그리고 자연주의와 사실주의 등은 전체적으로 '자아주의'라는 말로 요약될 수 있는 '나'에 대한 새로운 생각을 불러일으켰다. 자아, 자유, 자기 등 '나'와 관계되는 말들은 과거와는 단절되는 새로운 분위기와 관념을 불러일으키는 것들이 되었다. 당시에 요절했던 남궁 벽은 <자아의 존귀>라는 시에서 "이 신비의 세계 속에서/ 자기라는 불가사의한 것을 발견할 때,/ 나는 그윽히 자아존귀의 감을 느낀다."라고 말할 정도였다.[2] <별의 아픔과 기타>라는 표제 아래 발표된 이 시는 당시 '자아'라는 말에 낭만주의적인 신비함과 우주적인 가치를 내건 많은 시인들을 대변한다. 그러나 근대적 자아라는 것은 이보다는 좀더 철저하게 근대적인 사회를 구성해가는 개인주의적 측면을 강화하는 이데올로기적 개념이었다. 당시 많은 지식인들이 서구적인 자아 개념에 대해 엄청난 혼란을 겪고 있었다고 보인다. 데카르트와 루소와 니체 사이에서 그들은 방황했다. ≪개벽≫지만이 그러한 혼란을 통과하면서 분명하게 우리식의 '자아'개념을 새롭게 구축하고자 노력했다. 김기전은 당시 근대적인 자아관념들을 '자아주의'라는 말로 요약해서 비판했다. 그는 「우리의 사회적 성격의 일부를 고찰하야 써 동포형제의 자유처단을 促함」이란 긴 제목의 글을 발표했다. 그는 우리 사회의 전환기를 맞아서 우리의 주체를 어떻게 구축해야 할 것인가에 대해 말했다. 근대로의 전환기에서 세계 여러 나라의 세력들이 개입하고 충돌하는 가운데 근대적으로 변환되는 양상을 그는 비판적

2) 남궁 벽, 「자아의 존귀」, ≪신생활≫ 8호, 1922. 8, 123쪽.

으로 고찰하고자 했다. 그는 「우리의 今日主義와 自我主義」라는 소제목 아래서 우리 민요 <수심가>의 한대목을 가져와서 우리의 '금일주의'를 비판했다. "인생한번죽어지면 萬樹長林에 雲霧로구나"라는 수심가 한 대목을 들면서 "우리의 금일주의는 심히 우리를 못살게하도다. 우리의 다수는 무슨 일에든지 10년 이후의 일을 생각하야써 경영하지 아니하나니 그 십년을 어떻게 기다릴까 하는 까닭이다."[3] 그는 모든 것이 "죽어지면 그만이다"라는 이러한 천박한 원시적 생사관 때문에 긴 안목으로 치밀하게 진행시켜야 되는 일들이 모두 포기되고 말았다고 했다. 그는 이러한 것을 과거 전제정치의 산물로 보았다. 그 전제정치가 가렴주구의 횡포로 일반의 생명재산을 유린함으로써 개인들의 생명재산을 보장해주지 못했기 때문에 그러한 생각이 만연되었다는 것이다. 그는 이렇게 봉건적인 전제정치를 비판한 다음 근대적인 자아주의에 대한 비판으로 옮아간다. 사실 그의 과녁은 여기에 있다. 그는 이렇게 자아주의와 제국주의 혹은 군국주의를 연관시킨다. "오늘 세상은 자아주의가 제일 많이 발휘되었다 할지니 소위 군국주의이니, 제국주의이니 하는 것은 필경이 자아주의를 일민족이라는 큰 자아주의로 확장한 것에 지나지 못한 것이다. 이 의미에서 금일 자아주의는 좌의 두 종으로 나누어 볼 수가 있다. 갑, 자못 자아 一個뿐의 이익을 아는 자아주의, 자기의 민족사회를 통하여 자아의 이익을 圖코자하는 자아주의".[4] 여기서 김기전은 두 번째 자아주의를 비판적 대상으로 삼는다. 두 번째 자아주의는 분명하게 당시 식민지적 상황 속에서 일본제국주의를 향해서 말한 것이기도 했다. "자기와 자기민족의 이익을 증진할 수 있을지나 다른 개인이나 민족은 희생되어야 할 것인바 필경 세계로의 미움을 받을지오". 당시 새로운 개념, 새시대 분위기를 드러낸 단어로 각광받았던 '자아'라는 말을 이렇

3) ≪개벽≫, 1921. 10, 13쪽.
4) 위의 책, 14쪽.

게 전체적인 문맥에서 파악해, 비판한 사람은 별로 없다. 그는 그러한 '자아'라는 개념에 심취한 사람들을 오히려 어리석은 자들로 여겼다.

따라서 ≪개벽≫지를 중심으로 새로운 '개벽운동'에 동참했던 사람들은 그렇게 수입되어 유행하는 서구적 '자아' 개념 대신 새로운 '자아' 개념을 내세울 필요를 느꼈다. 이러한 개벽운동의 중심이론가 중의 하나인 야뢰 이돈화는 여러 편의 글을 썼는데, 그 첫 번째 본격적인 글이 바로 「意識上으로 觀한 自我의 관념」이다. 이 글은 그의 「인내천연구」 연작 중의 일곱 번째 글이다. 그는 여기서 전통적인 개념이었던 '小我'와 '大我'라는 단어를 가져와서 이 문제를 돌파하고자 했다. 그는 이 글에서 이제 "철학상에 나타난 인내천주의의 一段을 기록하고자 함에 먼저 생각나는 것은－意識문제라 하겠다"고 하면서 의식의 문제를 제기했다.[5] 그는 이보다 먼저 발표된 글에서는 '우주개벽' 시대에 세계개조를 위해서는 인류의 靈力을 증진시켜야 한다고 말했었다.[6] 그는 근대적인 자아 개념에서 배제된 영적인 측면에 대해 분명하게 한마디 한 다음 근대 철학 일반에서 가장 중요한 의식의 문제로 넘어간 것이다. 그는 노자의 ≪도덕경≫ 한 구절을 인용함으로써 만물을 이름짓는 자로서의 '사람－자기'를 분명한 주체로 삼았다. "노자의 이른바 <無名天地之始, 有名萬物之母>라 大吼한 哲義를 借 하여 만물의 근본원리를 일언하면 만물의 名은 人－自己의 창조한 바이며 만물의 활용도 人自己로 自用하는 바이 되지 아님이 一도 無하리라"라고 풀이했다. 노자의 이 구절은 인간론이 아니라 道論이었다. 이돈화는 그것을 인간론으로 풀어냈다. 그는 여기서 기존 종교의 神이나 佛도 모두 사람이 창조하여 만들어 진 것이라고 말했다.[7] 이러한 사람의 창조적 측면에 대해 지적하면서 그는 '의식'

5) 야뢰 이돈화, 「의식상으로 관한 자아의 관념」, ≪개벽≫, 1921. 1, 73쪽.
6) 이돈화, 「신시대와 신인물」, ≪개벽≫ 3호, 1920. 7, 15쪽.
7) 이 부분은 노자를 인내천주의로 풀어낸 것이다. 이돈화는 ≪개벽≫ 창간호에서 이미 인내천주의의 창도자로서 최수운을 부각시켰다. 최수운 자신은 '인내천'이란 말

과 '자아'의 범위가 어떠한 것일까를 물었다. "의식이라 함은 여하한 것일까 又는 의식과 자아의 범위가 여하한 것일까 又又 의식과 우주의 관계가 여하히 될까". 이러한 질문이 새로운 종교적 차원의 물음이며 인내천주의적 입장에서 가장 적당한 연구 주제라고 자신있게 말할 수 있다고 하였다.[8)]

우리는 지금 이돈화가 제기하는 이러한 문제가 당대에 아니 지금까지도 얼마나 야심찬 것이었는지 잘 실감하지 못한다. 왜냐하면 그러한 것들 즉 영혼이나 하늘 같은 것들이 언급되면 대개 모두 지나가버린 낡은 관념이라고 생각하기 쉽기 때문이다. 이돈화는 그러한 선입견을 돌파하기 위해 당시 서구 근대철학의 많은 부분을 이끌어오지 않으면 안되었다. 지금 보면 물론 그 대부분이 치밀한 수준에까지 육박하지 못한 것처럼 보여도 중대한 논점들에 대해서는 상당히 정확히 파악했다고 생각된다. 그리고 그에게 중요했던 것은 서구 철학 자체의 세부적인 내용이 아니라 우주와 인간에 대한 관점들이었다. 그는 서구철학과 과학의 여러 지식들을 가져옴으로써 인간 신체의 세포에 관한 지식들을 동원하고, 물질의 원자론까지 원용하면서 과거 허술하게 보였던 전통적인 인내천주의 속의 인간론을 새롭게 혁신시키려 했다. 그러한 혁신의 중심점에는 모든 물질에도 감정이나 의식이 있다는 네케리 이론이 있다. 그는 인간 세포에까지 또 그 세포를 조직한 원자들에도 그러한 의식작용이 있다는 것을 범신론적인 수준으로 확장시켰다. 결국 대우주 속에서 매우 작은 물질과 원자들의 의식이 진화되어 사람이라는 고도의 결정체를 낳

을 쓰지 않았다. 그는 侍天主라는 말을 썼고 그 후계자인 최시형은 養天主라는 말을 썼다. 어떤 것이든 사람이 하늘을 모신다는 말인데 그 주체는 사람의 의지이다. ≪동경대전≫의 <포덕문>에서 최수운은 모든 인간을 동등한 존재로 파악하지 않았다. 단지 인간은 동일한 조건을 갖고 있을 뿐이다. 누가 노력하여 마음을 닦는가 하는 문제가 인간과 하늘의 결합문제를 좌우했던 것이다.

8) 이돈화, 「의식상으로 관한 자아의 관념」, 앞의 책, 73-74쪽 참조.

았고, 그 사람에서 가장 진화된 의식을 마련했다는 것이다. 그는 물질계와 정신계를 함께 굴러가는 것으로 본 것이다. "물질계와 정신계는 유일의 우주활동에 말미암아 운행하는 것이었다".[9] 사람은 의식적으로 이 대우주의 진화의 목적과 합하는 운동에 동참해야 한다고 그는 주장한다. 그에 의하면 사람의 의식계라는 것은 이 우주의 혼돈한 암흑 속에서 일부를 개척하여 자신의 세계를 창조하는 임무를 맡고 있다. 그러나 그가 이렇게 근대적 의식의 측면에만 주목한 것은 아니다. 그는 또한 直覺界라는 말을 쓰기도 했는데 그것은 의식의 한계를 넘어서 우주 전체의 의식을 직접적으로 깨우치는 각성을 말한다. 따라서 그의 의식은 '소아'의 한정된 의식과 이렇게 우주전체(만물의 의식)와 연관되고 합일된 '대아'의 우주적 의식으로 나누어진다. 인내천주의 식으로 말한다면 사람은 우주의 최고의식의 중심이며 사람의 '자아' 속에는 본래부터 그러한 대아의 본질이 존재한다는 것이다. 사람은 본래 우주를 재료로 만들어졌다는 관념이 그에게는 있었던 것이다.

이돈화는 그 후에 영혼의 문제를 좀더 본격적으로 다루게 된다. 그는 「吾人의 新死生觀」에서 '자아'의 시초와 종말을 생사의 문제로 보고 영혼의 의미를 추구한다. 그는 신체를 기계적으로만 파악하는 물질관을 비판하면서[10] 생명은 육체의 결과가 아니라고 못박는다. "생명은 육체의 결과가 아니오 실로 그의 원인이며 본원이니라, -생명이 유함으로써 육체가 생하며 또 생명이 멸함과 공히 육체가 頹하는 것이었다". 그는 물질적인 육체가 생명의 근본이 아님을 분명히 하고 "만일 眞의 영혼이

---

9) 여기에 연속된 부분에 현대철학을 넘어설만한 문제의식이 덧붙여진다. "此우주에는 인류출생 이전부터 물질이 유함과 동시에 그 물질에 표현하는 의식이 병행하였다 할지니, 但 人은 그 물질을 人자체의 영양물로 하고 점차 발전하여 고도의 의식을 결정케 하였을 뿐이었다. -우주의 間에 의식계 즉 정신계는 물질계와 병행하는 것이었다." 이렇게 물질과 비 물질이 서로 병행하면서 상호작용하는 우주관은 그 당시부터 지금까지의 정신사에서볼 때 매우 독특한 것이라 하지 않을 수 없다.

10) 이돈화, 「吾人의 신사생관」, ≪개벽≫ 20호, 1922. 2, 26쪽 참조.

何者임을 알고자 하면 먼저 생명의 靈妙不可思議함을 알아야 할지라"라고 말했다.[11] 그는 영혼의 근본은 어디에 있는가라고 묻고 그것은 마음도 아니며 신경조직도 아니고 다만 '우주의 大活精'이 능히 사람의 영혼이 된다고 했다. 이렇게 보면 위에서 그가 '소아'와 '대아'로 구분했던 자아의 두 범주에서 영혼은 대아의 의식에 속한다고 하겠다. 그것은 우주 전체의식에 속하기 때문에 소아의 마음이나 신경조직(감각)의 차원을 넘어서 있다. 이렇게 그는 당대의 물질적 과학과 대비되는 영혼의 과학을 전개하려 했다. '개벽운동'자들에게 '영혼'이라는 이 새롭게 해석되는 정신적 개념은 정신과 육체(물질과 비 물질)라는 두 범주로 구성되는 '자아'의 영역 속에서 새로운 위치를 부여받아야 했다. 그것은 영혼에 대한 유교적 주자학적 규정을 벗어나야 했는데, 그것은 주로 제사법에 대한 해석에서 神位를 어떻게 설정해야 할 것인가 하는 문제에 초점이 맞추어졌다.[12] 그것은 일종의 '招魂'에 대한 문제이기도 했다. 어떤 영혼을 제사에 초빙해야 할 것인가 하는 것이 논의되기 시작했던 것이다. 이에 대해서 본격적으로 논한 사람은 猪巖이었다. 그는 제사문제에 대한 제종교 즉 기독교 유교 불교의 입장들을 살피고 그러한 종교들의 사후관념과 영혼관념을 비판적으로 극복하고자 했다. 그는 천도교의 영혼관념을 새롭게 천명하면서 세인이 거의 알지 못하는 이 관념이 앞으로 조선문화건설에서 매우 중대한 영향력을 가질 것으로 보고 적극적으로 소개하고자 했다. "그러니까 이제 그들의 영혼문제에 대하여 愚見으로 구구히 논할 바 없고 玆에 少하나마 그 문제의 일단을 발표할 것은 천도교에 在한 사후관념이니 그는 아직 世人이 一人도 알지 못하는 중에 있으며 또 그가 장래 朝鮮文化建設上 多大한 영향이 있을 것임으로서

11) 위의 책, 29쪽.

12) 그는 여기서 유교적 제사의식에서 조상의 신위를 모시는 제사 대신 자신의 위패를 모시는 '向我設位'를 주장했다. 물론 이때 '나'라는 것은 '대아'를 말하는 것이다.

라."[13]

저암의 이 글은 영혼관념을 초월적인 천상세계에 두지 않고 사회정신과 일치시킨다는 점에서 어디에서도 보기 어려운 독특한 견해를 표명했다. 그는 우주를 범신론적으로 보면서도 하나의 통일적인 공적인 영혼 즉 신으로 생각했다. 그는 기독교적인 인격신을 분명히 부정했다. "萬象의 精靈 其者 總體가 즉 神이 되나니 고로 우주는 신의 制造한 자가 아니오 신의 表顯한 자임"이라고 그는 말했다. 그는 말하자면 우주 자체를 신으로 본 것이다. 금수와 초목과 사람의 구별은 우주적 영혼의 진화론적인 表顯方式이 상이한 現象일 뿐이라고 보았다. 그는 다윈적인 진화론을 물질과 생물들의 생존투쟁적인 결과로 본 것이 아니라 우주적 영혼의 발전적인 표현양상으로 본 것이다. 여기서 그도 역시 인내천주의를 표방한다. 즉 이러한 영적인 진화론에서 사람은 물질적 조직이 가장 巧妙한 존재로서 진화의 최극점에 있으며 만물의 영장이며 천지의 주인공이라고 말했다. 그는 "신의 최고 表顯으로 된 人의 靈魂이 但히 육체의 소멸과 共히 다시 神과 융합 일치한다"고 함으로써 기존의 종교철학적 견해들과 상당히 다른 견해를 표명했다. 그는 개별적인 영혼들의 존재나 그들에 대한 인격신의 심판 같은 것들을 모두 영혼문제에서 제외시켜버린 것이다. 여기서 그는 색다른 전환점을 마련했는데 즉 우주적 영혼에 흡수된 영혼들을 다시 사회정신과 통합시켰기 때문이다. 우리는 특히 이 부분에 주목할 필요가 있다. 왜냐하면 죽음이란 것은 이 세계로부터 완전히 떠나서 전혀 다른 차원으로 가버리는 것이 아니라 남아있는 사람들의 세계 속으로 회귀하고 있기 때문이다. 그는 이렇게 말하고 있다. "그러고 보면 人의 영혼도 신과 융합하는 一刹那 아니 육체 소멸하는 一瞬間 신과 공히 宇宙總精神에 融合乃已할지니 然할진대 人의 死

13) 저암, 「제사문제를 기회로하여 영혼문제를 一言하노라」, ≪개벽≫ 제5호, 1920. 11. 36-37쪽.

後靈魂의 존재는 하등 의미가 無함과 如한 感想이 있도다 그러나 다시 深考하면 旣述함과 如히 진화학상 人이 旣히 신의 전능력으로 表顯한 자인 고로 此點에서 신의 중심 즉 우주의 중심은 인류의 정신으로 보지 아니치 못할지니 然하면 인류정신 즉 人世의 總社會精神은 즉 神의 왕국이 되지 아니치 못할지라 고로 人의 영혼이 神과 융합일치한다 함은 결국 人의 영혼은 社會精神과 융합일치한다 함이니".[14] 따라서 사람의 영혼은 죽은 뒤에 천당이나 지옥에 가는 것이 아니고 다른 방법으로 轉生하는 것도 아니며 영원히 이 사회정신과 융합해서 사회정신으로 영적생활을 도모해가는 것이라고 주장했다. 그는 기존 종교들인 기독교와 불교 그리고 유교적인 영혼관을 이렇게 비판하고 극복하고자 했다. 그의 견해는 바로 우리가 살고 있는 이 세계와 사회가 물질적이며 동시에 영적인 것이라고 강력하게 주장하고 있는 셈이다.

우리는 비록 이러한 이돈화와 몇몇 개벽운동의 이론가들이 근대적 식민주의의 압박 속에서 그들의 이러한 정신과학을 치밀하게 진행시키는데 실패했다고 해서(일본 식민주의의 주도면밀한 탄압과 일종의 근대적 세계주의자들인 사회주의자들의 방해공작으로 말미암아) 이러한 소중한 시도들을 모두 소박한 종교적 이론으로만 도외시할 수는 없다. 천도교는 비록 종교적 이름으로 내세워졌지만[15] 그 안에서는 우리 나름대로의 새로운 세계관을 개척하고 있었기 때문에 그것은 종교차원에만 그치는 것이 아니었다.

우리는 개벽운동자들의 이러한 탐구가 특정 종교현상에 국한되는 것처럼 비추는 것만이 아님을 당시의 흐름 속에서 간파해야 할 필요가 있다. 이러한 독특한 영혼관념은 개화기 이후 구국운동의 첨병에 섰던 신채호나 신규식 같은 사람들에서부터 이미 나타난다. 이들에게 중요했던

14) 위의 글, 37쪽 참조.
15) 오히려 '종교'라는 탈 속에 숨은 개혁운동의 철학적 탐색이라고 규정해야 할 것이다.

것은 현재 자신들이 몸담고 있어야 할 나라를 그 뿌리로부터 회복시키는 일이었다. 그 일의 첫 번째는 바로 영혼의 회복이었다. 그들에게 나라의 혼을 부르는 이 '招魂'은 죽어가는 국가와 국토의 영혼을 부르는 일이었다. 신규식은 당시 한국인들의 '마음의 죽음'을 되살리려 했다. 나라는 망했어도 마음 속의 나라가 죽어서는 안되었기 때문이다. 그는 이렇게 말했다. "가령 우리들의 마음이 아직도 죽어버리지만 않았다면 비록 지도가 그 빛을 달리하고 역사가 칭호를 바꾸어 우리들의 대한이 망하였을지라도 우리들 사람마다의 마음 속에는 스스로 하나의 대한이 있는 것이니 우리들의 마음은 대한의 혼인 것이다."[16] 신규식은 물질적인 국가가 사라진 마당이지만 여전히 죽여서는 안될 '마음 속의 국가'에 대해 말했다. 그는 그것을 국가의 영혼이라고 생각했던 것이다. 그리하여 그는 이 격정적인 글의 마지막 부분에서 "우리들의 國魂은 어디에 있는가? 내 상하사방으로 그를 부르노라!"[17]라고 외쳤다. 그는 이러한 초혼을 역사적인 것으로 만들었다. 그리고 그것은 당대적인 것만이 아니라 그 이전의 역사를 거슬러 올라간다. 즉 중국에 예속됨으로써 우리 자신의 진정한 역사를 망각한 "千古의 비통한 이야기"에 대해서 말해야 하는 것이다. "슬프다! 나라의 역사를 잊어버렸다 함은 무엇을 말함인가? 나라의 문헌은 곧 나라의 정신인 것이며 그러한 문헌은 곧 국사에서 찾을 수 있는 것이다. 아아, 우리 한국은 이제부터 다시는 역사가 있을 수 없는 것이며, 지금까지는 비록 있다고는 하나 없음과 다름 없었다."[18] 그는 우리나라 5천년의 역사를 담고 있던 經籍이 당나라 李世勣에 의해 불탔으며, 원나라 세조가 고려사를 깎아내렸고, 견훤의 난리 때 신라의 사서들이 탔던 것의 예를 들면서 우리에게 진정한 역사적 문헌

16) 신규식, 「한국혼」, 보신각, 1971, 15쪽. 본래는 1914년에 한문으로 쓰인 것인데 후대에 한글로 번역한 것에서 인용했다.

17) 한문 원문은 이렇다. "國魂今何在 我將上下四方招之".

18) 위의 글, 27쪽.

들이 남아있지 않음을 한탄했다. 단군 시대 이래의 '신성한 역사'라는 것이 자취도 없이 사라져버린 것이다. 우리의 三神祠와 숭령전은 모두 폐허가 되었다. 그는 "아사달의 산언덕과 왕검성 옛터에 머리를 돌이킬 때마다 나는 눈물이 흩뿌려짐을 금할 길이 없다."[19]고 하면서 나라의 혼을 불렀다. "우리들의 신성한 역사는 또 다시 빛날 날이 있을 것이냐? 오호 동포들이여! 일어날지어다!"[20] 신규식은 이렇게 우리 '마음 속의 국가'를 되살리려 했는데, 그것은 막연한 것이 아니라 과거 우리를 침탈하고 예속시켰던 역사의 장막을 거둬냄으로써 발견되어야 할 우리의 '신성한 역사'였다. 그는 당시 일본에 예속된 상황 속에서, 일본학자들에 의해 축소되고 왜곡되어 가던[21] 우리 역사의 진실된 모습을 되살려냄으로써 사람들에게 분명한 국가상을 심어주고 싶었던 것이다.

신채호도 역시 <꿈하늘>이란 소설로부터 우리 자신의 고유한 역사에 대한 관념을 회복시키기 위해 노력했다. 그의 서문과 이 소설 속에 나오는 삽입시인 <가갸풀이>를 함께 살펴볼 필요가 있다. 여기에는 신채호만의 독특한 '招魂'의 풍경이 있다. 그는 서문에서 이렇게 말했다. "한놈은 원래 꿈많은 놈으로 근일에는 더욱 꿈이 많아 긴 밤에 긴잠이 들면 꿈도 그와 같이 길어 잠과 꿈이 서로 終始하며 또 그 뿐만 아니라 곧 멀건 대낮에 앉아 두 눈을 멀뚱멀뚱히 뜨고도 꿈같은 지경이 많아 님나라에 들어가 檀君께 절도 하며 번개로 칼을 치며－한놈은 벌써부터 꿈나라의 백성이니 독자 여러분이여 아시압소서."[22] 이렇게 그는 이 소

19) 위의 글, 20쪽.
20) 위의 글, 47쪽.
21) 우리나라 역사를 축소왜곡하는데 주도적인 역할을 했던 몇몇 일본인 학자가 있다. 그 중 대표적인 사람이 바로 1920년대 경성제국대학 문리대 학장을 지냈던 금서룡이다. 이들은 우리역사를 그들에게 예속시키기 위해 조작했던 중국의 과거 사서들을 경전처럼 떠받들면서 중국의 그 못된 짓을 이어받았다.
22) 신채호, <꿈하늘>, 김병민 편, ≪신채호문학유고선집≫, 연변대학출판사, 1994, 18쪽.

설의 주인공 한놈을 꿈꾸는 존재로 만들었다. 이 꿈은 시공간을 초월해서 여러 시대의 영혼들을 불러올 수 있는 계기로 작용한다. 한놈은 몇만 길이나 되는 커다란 무궁화 가지 위에 핀 큰 방만한 꽃 속에 앉아 있었는데 갑자기 하늘 한복판이 갈라지며 천상적인 세계가 펼쳐지는 것을 본다. 그는 수많은 환상적인 시련을 겪으며 시험당한다. 그가 앉은 무궁화꽃은 그 모든 것을 무사히 넘길 수 있도록 해주는 공간을 그에게 제공한다. 그 꽃은 바로 우리 고유의 정신세계를 상징하는 꽃이었다. 한놈은 영계에서 벌어지는 환상적인 전투장면을 보기도 한다. 신채호는 이러한 천상세계의 장면들을 현실계의 투영으로 만들었다. 한놈에게 현현한 을지문덕의 영혼은 이렇게 말하고 있다. "그러하다. 靈界는 肉界의 射影이니 肉界에 싸움이 끄치지 않는 날에는 靈界의 싸움도 그치지 않느리라."[23] 여기서 을지문덕의 영혼 역시 석가나 예수의 천당지옥설을 비판한다. "대저 宗教家 始祖된 석가나 예수가 천당이니 지옥이니 한 말은 별로히 寓意한 곳이 있거늘 어리석은 사람들이 그 말을 집어먹고 소화가 못되어 亡國滅族의 모든 병을 앓는도다." 망한 나라의 種子로서 부처나 상제에게 비는 것이 한심한 노릇이라는 것이다. 신채호는 이 대목에서 그의 소설 <一目大王의 철퇴>에서 했던 말 즉, "석가와 공자의 혼이 우리나라에서 왕노릇하고 있다"라는 생각을 표출하고 있다. 한놈의 꽃은 바로 그러한 외래적인 정신을 거둬낸 우리 고유한 정신을 상징했던 것이다.

신채호는 이 소설 속에 삽인된 <가갸풀이>에서 그러한 전통적 정신에 대한 초혼을 통해 강력하게 주체적으로 나아가야 할 방향을 제시했다. 그의 '아와 비아의 투쟁'이 한글 자모를 익히는데 썼던 전래의 '가갸풀이' 노래 형식을 빌어서 새롭게 개작되었다. "도됴두듀 도령님의 넋을

23) 위의 책, 24쪽.

받어 두려운 놈 배이없다/ 드디다 드릴 곳이 있으리니 지경따라 서고지고/ 라랴러려 라팔불고 북도쳤다 러랴말고 칼을 빼자".[24] 이 노래에서 신채호가 우리 고대사에서 매우 중요시했던 '도령'이 나온다. 그것은 신라대의 화랑의 다른 이름, 그 이전의 이름이다. 수두시대의 정신세계를 표현한 이 '도령'의 넋을 한놈이 계승한다. 신채호의 초혼은 여기서 분명한 정신사적 계보학을 보여준다. 그는 축소되고 왜곡된 과거 역사 속에서 파편처럼 흩어진 우리 역사의 조각들을 끌어모아 꿰어맞추는 '會通'의 역사방법을 통해서 그러한 우리 정신의 계보를 정확히 파악했다. 그는 그 이후 <招魂>(1907.12.18), <영웅기념제>(1909.7.31) 등의 시가를 통해 비판적인 역사학과 초혼을 서로 맞물리게 하면서 사람들에게 우리의 정신을 되찾아 주려 노력했다. 신채호가 흩어진 자료들 속에 남은 파편들을 이어붙이며 복구했던 우리의 고대사는 그야말로 '신성한 역사'에 값한다. 그의 이 역사적 풍경은 여전히 식민사관과 전래의 사대주의적인 사관의 그림자에서 완전히 벗어나지 못한 오늘날의 역사적 풍경 속에서 여전히 그늘에 가려져 있다. 그의 역사관에 대한 비판은 이미 1930년대 사회주의자들에 의해 집요하게 이루어져왔다. 홍효민과 김태준이 그 대표자들인데 그들은 단군시대를 신화로 몰고가는 일본인 학자들의 견해를 추종하고 동시에 우리 고대사를 고대노예제라는 맑스적 역사관에 도식적으로 꿰어맞추는데 급급한 나머지 그 시대를 신성시 하는 사람들을 비웃는 것이 진보적인 태도라고 착각했다. 그러나 신채호의 역사관은 물질만을 본질적인 것으로 생각하는 천박한 유물론적 역사관과 그 뿌리부터 다르다. 그는 물질과 생물들의 線組的 진화라는 것에 뿌리박은 역사관에 대립해 있다. 즉 그는 물질적인 것들을 이끌어가는 정신의 역사에 관심이 있으며, 그러한 선조적 시간에 배열된 역사가 아니라

24) 위의 책, 63쪽.

과거의 여러 역사적 시간들이 서로 중첩되어 진행되는 역사에 대해 관심이 있었던 것이다. 그가 소설형식을 빌어서 보여준 것이 바로 그것이다. 한놈에게 보여준 을지문덕의 천상세계는 과거의 역사들이 한놈의 당대적 현실세계에 중첩되어 있음을 보여준다. 그에게 역사란 그러한 정신들이 새롭게 배열되며 그 시대의 하늘에 정신사의 장막을 드리우는 그러한 역사였다. 한놈에게 그 시대의 하늘은 자신이 과거 역사의 정신들과 대화하며 새롭게 만들어내야 할 정신의 거대한 천막과도 같았다. '초혼'이란 바로 그러한 하늘천막에 수놓아야 할 과거 정신의 꽃들을 초빙하는 일이었던 것이다. 신채호는 조선시대의 몽유록들이 흔히 중국적인 고대 인물의 영혼들을 등장시켰던 것을 이렇게 전복시켰다. 그에게 꿈과 영혼의 세계는 우리 자신의 색채를 띄는 것이어야 했다. 그에게 영혼들이 거주하는 하늘나라는 지상세계의 투영이었기 때문에 그의 꿈과 천상세계를 우리식의 풍경으로 만들어놓는 것은 매우 중대한 문제였다. 이러한 면에서 신채호의 관점은 우리의 역사와 문학 양쪽에서 여전히 여러 가지 논쟁적인 문제들을 제출하고 있다.

이상에서 우리는 개벽운동을 이끌었던 사람들의 영혼관과 비판적인 역사의식을 주도했던 사람들의 영혼관을 살펴보았다. 이 둘의 영혼관은 주로 철학적이고 역사학적인 측면에서 서로 다른 측면을 강조해서 말했지만 근본적으로는 일치한다. 특히 신채호가 천상세계를 지상세계의 투영이라고 본 것은 저암이 사후영혼을 사회정신과 일치시킨 것과 흡사하다. 그 당시 우리의 근대화를 주도했던 서구적 혹은 일본적 지식인들에 비해 이들에게는 선명하게 우리 자신의 주체적인 정신을 강조하는 시각이 두드러졌다. '자아'라는 개념조차 서구적인 개인주의적 자아와 현저하게 대립되는 '대아'라는 개념이 우세했다. 그리고 이들에게 서구적인 근대주의적 자아가 이미 상당부분(사실 거의 전적으로) 포기한 '영혼'의 문제가 오히려 더 중대한 것으로 부각되어 있음을 알 수 있다. 이러한 부분에 대한 연구는 1920년대 전후의 격변적인 움직임을 단지 근대화라는 시각으로 조망하는 것이 문제있다는 것을 밝혀줄 것이다. 이미 거기에는 서구적인 근대를 비판하고 부정하기 위한 우리 자신의 중요한 문제의식과 노력 그리고 실천이 있었던 것이다. 우리는 이러한 부분에 대해 거의 무시해왔다.

2. 김소월의 '초혼'에 대하여

김소월의 시와 시론에 나타나는 '영혼'에 대해 나는 앞에서 잠깐 언급했었다. 그의 시 <무덤>과 <초혼>, <여자의 냄새>와 「시혼」에 나타나는 이 영혼에 대해 알기 위해 우리는 당대의 견고한 흐름이었던 '개벽운동'과 역사회복운동을 살펴보았다. 거기서 영혼의 개념은 사회적 총정신이었으며, 과거의 주체적인 정신의 꽃들이었다. 김소월은 오산학교 시절 이돈화에게서 배울 기회가 있었을 것이다. 한때 그 학교의 교장은 ≪개벽≫지의 주요 필자였던 徐椿이기도 했다. 김소월은 따라서 '개벽운동'을 선도하던 사람들의 사상을 잘 알고 있었을 것이다. 그의 몇몇 유고작들을 보면 그러한 정신세계를 엿볼 수 있을만한 대목들이 여러 군데서 보인다. 그는 단지 옛 정서를 옛 가락으로 읊었던 '情恨의 시인'만은 아니었다. 그의 시론에 앞서서 그의 시들에 나타나는 정신적인 측면을 살펴보면서 그의 작품들 배경에 놓인 그의 정신사적 풍경을 추론해보기로 하자.

그는 신채호나 개벽운동에 서있던 필자들처럼 열정적으로 자신의 생각을 펼치지 못한 채 가냘픈 서정시인으로 남았다. 그러나 그의 시 중에는 <저급생활>처럼 검열에 전문이 삭제된 시가 있다. 그리고 그의 숙

모였던 계희영의 증언에 의하면 형사들의 감시생활에 못이겨 수많은 원고를 불태웠다고도 한다. 그 역시 식민지의 시대를 처량하고 아름다운 서정시인으로만 살지는 못했던 것이다. 그의 육필원고로 남아있던 몇편의 시들이 묻혀있던 그의 다른 한 측면을 엿보게 해준다.

> 그만 두자, 자네, 나는 이제 더.
> 자네를 걸어 너저분한 말을 늘어놓지 않겠네.
> 나는 朝鮮人, 자네는 바람
> 나와 자네는 너무도 알고, 다시금 자네는 朝鮮山川을 집삼아 떠도는 바람이므로.
> 京城, 平壤, 鐵原, 開城, 新義州, 釜山,
> 조선의 아무데나 풀이나 나무, 도시와 촌락
> 아무런 곳이나 조선이거든 가는 곳마다,
> 마음을 바람아 물어보라, 朝鮮이라는 朝鮮의 넋에다가, 그대 말로.[25]

이 시에서 김소월은 조선산천과 그곳에서 사는 사람들의 마음에 대해 무슨 말인가 하고 싶어했다. 그는 그 구체적인 내용을 괄호 속에 넣어버린다. 조선 국토 어디에나 떠도는 바람에게 그는 말한다. '조선의 넋'에게 그들의 마음을 물어보라고 말이다. 넋이 들려주는 말은 우리들의 말로 쉽게 번역되지 못할 것이다. 그러나 바람은 조선과 조선인의 마음을 자신의 말로 옮겨놓았는지 모른다. 시인은 그 바람의 말에 귀를 기울여야 한다. 그는 다른 또 한편의 육필원고인 <마음의 눈물>에서 "못잊히고, 못잊혀 그립길래 내가 괴로워하는 조선이여."라고 노래한다. "마음에서 오늘날 눈물이 난다"라고도 노래한다. 다른 두편의 시 <봄과 봄밤과 봄비> 그리고 <봄바람>도 비슷한 분위기를 갖고 있다. 두 편의 시도 우리나라의 각 지명들을 들어가면서 우리 산천에 자리 잡고 있는 사람들의 불행한 삶에 대해 말한다. 그에게 봄바람은 우리 산천 어디에도

25) 김소월, 「무제」, 김용직 편, 『김소월전집』, 문장사, 1982, 300쪽.

불며 우리 산천을 넘어 다른 나라에도 골고루 부는 것이다. 이 차별없이 부는 바람에게 호소하는 것은 왜인가? 그는 그렇게 골고루 부는 바람에게 왜 이 땅이 이렇게 황량하고 이 땅에서 사는 사람들은 왜 이렇게 고통을 받는가 하는 것을 불평하고 있는 것이다. 이러한 마음이 드러난 것이 "자네를 걸어 너저분한 말을 늘어놓지 않겠네."라는 부분이다. 세상을 돌아다녀본 바람이라면 우리의 이 힘들고 괴로운 형편을 잘 알 것이다. 왜 모든 것에 골고루 불어주는 바람이 우리의 이 불공평한 현실에 대해서는 모른 척 하는가 말이다. 김소월의 이 푸념은 바람에 빗댄 것이지만 이 세상을 다스리는 초월적인 존재가 있다면 그에게 마치 강력하게 항의하는 말처럼 들린다. 그 봄바람은 잘사는 나라인 "구라파의 사기사와 기계업자와 외교관의 혓바닥을 불고/ 돌고 돌아, 다시 이곳, 조선사람에/ 한 사람인 나의 염통을 불어준다." 그는 <봄바람>의 마지막 부분에서 이렇게 외친다. "아! 자네는 갇히운 우리의 마음을 그 얼마나 꾀이노!"26)

우리는 이 몇 편의 육필원고를 통해서 김소월의 다른 시편들에서도 중요한 모티프가 되는 바람과 땅의 이미지를 발견하게 된다. 이 두 이미지 계열의 의미를 파악하는 것은 그의 세계관과 영혼의 의미를 파악하는 데 결정적인 것으로 작용한다. 우리는 <밧고랑 위에서>나 <상쾌한 아침>, <바라건대는 우리에게 우리의 보습대일 땅이 있었더면>, <여름의 달밤>과 <바람의 봄>, <비단안개>, <담배> 등 속에서 땅과 바람의 이미지를 발견해낼 수 있다. 이 모든 것들을 관통하는 기본적인 생각은 우리의 삶이 발디디고 서 있을 수 있으며, 집을 짓고, 거기서 경작하여 먹고 살 수 있도록 해주는 땅(토지)이 있어야 한다는 점이다. <여름의 달밤>은 그러한 생각을 이상적인 꿈의 상태로 만들어놓은 시이다.

26) 위의 책, 204쪽.

아마도 이 시에는 김소월이 꿈꾸었던 가장 소박한 이상향적 삶이 그려져 있다고 생각된다. <밧고랑 위에서>는 그러한 이상향을 향해 나아가며 일하는 자들의 기쁨을 그렸다.

우리두사람은
키높이가득자란 보리밭, 밭고랑위에 앉았어라.
일을畢하고 쉬이는동안의기쁨이어.
지금 두사람의이야기에는 꽃이필때.

오오 빛나는태양은 나려쪼이며
새무리들도 즐거운노래, 노래불러라.
오오 은혜여, 살아있는몸에는 넘치는 은혜여,
모든은근스러움이 우리의맘속을 차지하여라.

세계의끝은 어디? 慈愛의하늘은 넓게도덮혔는데,
우리두사람은 일하며, 살아있어서,
하늘과태양을 바라보아라, 날마다날마다도,
새라새로운歡喜를 지어내며, 늘 같은땅위에서.

다시한번 활기있게 웃고나서, 우리두사람은
바람에일리우는 보리밭속으로
호미들고 들어갔어라, 가즈란히가즈란히,
걸어나아가는기쁨이어, 오오 생명의 향상이어.[27)]

이 시를 김소월의 시집에서 따로 떼어놓으면 전혀 그의 시로 생각되지 않을 만큼 이 시는 활기차고 밝다. 전혀 애조를 띠지 않은 이러한 세계가 과연 김소월에게 있었던 것인가? 보리밭과 그 위에 떠있는 태양이 어울려 그려내는 이 황금빛의 세계는 지금까지 거의 그 의미가 추적되지 못했다. 우리 근대문학에서 이 '황금빛 세계'는 별로 거론되지 못했

27) 김소월, 『진달래꽃』, 매문사, 1925, 147-148쪽.

다. 당대 문인들에게도 이러한 이미지는 잠깐 동안의 꿈처럼 단편적으로 나타났다가 사라지는 것이었다. 그것은 마치 먼나라 화가인 밀레의 <만종> 그림처럼 아련한 동경적 이미지로만 나타난다. 예를 들어 조명희의 「집없는 나그네의 무리」에 나오는 한 구절을 보자. "밀레의 晩鍾을 볼때 우리는 이러함을 느낀다. 자연과 인간—평화와 노동—苦鬪와 신앙—아름다운 하늘 밑 너른 들 밭고랑 사이에, 흙의 아들인 농부는 저 태양과 동무하여 즐거이 땀흘리며 일하였다. 땅을 팔적마다 들었다놓았다 하는 그의 괭이는 햇빛에 빛났을 것이다. 흙덩이가 넘어갈적마다 그의 입에서는 노래가 흘렀을 것이다. 그의 괴로운 땀은 도리여 즐거움의 힘이 된다. 그러할때마다 그의 머리 위에 있는 하늘이 마치 慈母가 어린아기를 보아줌같이 언제든지언제든지 그를 내려다보고 있다. 바람은 언제든지 그의 주위에 너울거리고 있다. 땅은 언제든지 그의 몸을 떠받쳐주고 있다. 그래서 그는 이 우주의 帝王者같이 뵈인다. 뵈일뿐만아니라 실로 그는 이 위대장엄한 세계를 등에 짊어지고 서서있는 帝王者이다."[28] 조명희의 이 수필적 단상 속의 한 구절을 시로 옮겨놓으면 김소월의 <밭고랑위에서>가 될 것 같다. 태양과 밭 그리고 힘들지만 보람있었던 노동과 달콤한 휴식, 이러한 것들이 김소월과 조명희에게서 똑같이 발견된다. 그리고 그것은 먼 이국땅의 한 화가인 밀레의 <만종>에 부여된 황금빛 이미지로 수렴된다. 단지 김소월의 시에는 조명희가 위에서 언급한 '너울거리는 바람'이 없을 뿐이다. 그러나 김소월의 다른 또 한 편의 시 <여름의 달밤>에 그 생명력에 가득차서 빛나는 바람이 나온다. "마을로 銀숫드시 오는 바람"이 평화로운 휴식으로 가득한 여름의 달밤에 일했던 밭에서 마치 그 모든 수고로운 노동을 칭찬하고 축복하듯 호미와 쇠스랑이 걸려있는 집으로 불어오는 것이다. 따라서 이 두편의 시

28) 조명희, 「집없는 나그네의 무리」, ≪개벽≫, 1924. 3, 122-123쪽.

즉 <밭고랑 위에서>와 <여름의 달밤>은 서로 짝이 되는 자매시편으로 창작된 것이다. 낮과 밤, 태양과 달, 노동과 휴식, 현실과 꿈이 서로 대립하지 않고 자연의 생명력있는 변화의 리듬을 보여준다. 그것들은 이 세계와 삶의 아름다운 두 측면, 황금빛 세계의 두 측면인 것이다. 나는 이 황금빛 세계야말로 김소월이 궁극적으로 지향했던 창조적 목표라고 생각한다. <바라건대는 우리에게 우리의 보습대일 땅이 있었더면>과 <상쾌한 아침>은 그러한 황금빛 세계를 향해 나아갈 수 있다는 가냘픈 희망에 힘을 실어주려고 노력한 시편들이다. <상쾌한 아침>에서 그는 간절함 염원을 담은 자신의 의지를 짧지만 영원히 추구될 것 같은 어조로 표현했다. "나는 생각한다, 다시금, 시원한 빗발이 얼굴에 칠때,/ 예서뿐 있을 앞날의 많은 變轉의 후에/ 이땅이 우리의 손에서 아름다워질 것을! 아름다워질 것을!"[29] 그의 우울한 정서들은 모두 그 자체가 목적이 아니었다. 그것은 단지 이러한 황금빛 세계를 향한 그의 발걸음이 좌절됨으로써 빚어진 것이었다. 그는 황금빛 세계를 꿈꾸기도 하고 가리기도 하는 구름과 안개, 어둠에 대해 노래했다. 또 그러한 것들의 원소인 물과 한이 어린 채 떠도는 넋과 슬픔의 영혼에 대해 노래했다.

김소월에게 '봄바람'은 매우 미묘한 원소이다. 그것은 황량한 겨울의 얼어붙은 땅을 녹이고 생명의 싹을 틔우며, 꽃을 피어나게 한다. 그 봄바람은 바로 황금빛 세계를 일깨우는 원소인 것이다. 그러나 아무리 바람이 불어와도 이미 이 땅은 황량하다. 그것은 대지의 황량함과 땅의 결여를 나타낸다. 이상화의 <빼앗긴 들에도 봄은 오는가>의 주제는 김소월에게도 다른 방식으로 존재한다. 이 두 시인들에게 땅이란 단지 소유권을 갖는가 그렇지 못한가의 문제만은 아니다. 이상화의 시를 잘 읽어보면 빼앗긴 땅이지만 그곳을 봄신령에 잡혀서 헤매이는 주인공이 나온

---

29) 김소월, <상쾌한 아침>, 김억 選, 『소월시초』, 박문출판사, 152쪽.

다. 그의 대지는 단지 물질적인 것만은 아니다. 그것의 생명력은 '봄신령'이라는 영혼의 측면을 가짐으로써 비로소 존재하게 된다. 김소월에게 '봄바람'은 바로 그러한 영혼의 성격을 띤다. 그러나 앞으로 우리의 논의를 좀더 분석적으로 정확하게 진행하기 위해서 나는 이 '영혼'의 문제를 영과 혼으로 나누어서 생각해보고 싶다. 김소월의 봄바람은 주로 '넋'이란 말과 연관된다. 우리가 앞에서 다루었던 육필원고 중 <무제>에서 조선의 넋에다가 물어보라고 했던 그 바람도 넋의 요소를 지녔다고 할 수 있다. '넋'이란 영과 혼의 범주에서 어디에 속하는가? 여기서 이 문제에 대해 자세히 논할 수는 없다. 나는 대략적으로 '넋'이란 '혼백'의 영역에 속하는 것으로 규정하고 싶다. 그것은 하늘의 영역에 속하는 영과 구분된다. 즉 땅의 영역에 속하지만 물질에 포섭되거나 구애되지 않고 떠도는 응집된 기의 일종일 것이다. 봄바람은 한 생명체의 넋이라기보다는 대자연의 넋이기 때문에 떠도는 것이 아니고 공기의 강물처럼 계속 흘러가는 것이다. 그것은 대지와 그 속에서 웅크리고 있던 것들에 태양의 기운을 강렬하게 쏟아 붓는다.

마스페로는 중국의 『시경』에 나오는 싯구들 중에서 봄 축제와 관련된 부분들에 주목했다. 거기서 溱水와 洧水가 합치는 부분에서 벌어지는 축제는 남녀가 결합하는 들판의 잔치로 끝난다고 했다. 봄 들판에서 남녀는 난초를 붙잡고 상서롭지 못한 기운을 털어내면서 혼과 백을 결합시키는 축제적 행위를 했다.[30] 여기서 남녀는 대지의 혼백을 상징하는 것

30) 마스페로는 『시경』 <鄭風>편에 나오는 <溱洧>시편을 혼인의 성격을 갖지 않는 남녀간의 축제적 어울림으로 해석했다. "이 축제들은 혼인의 성격을 갖지 않는다. ㅡ겨울의 해로운 기운이 막 추방될 때는 젊은 남녀가 결합하는 순간이다. 야외에서 이들이 결합하면 봄바람이 자극을 받는다. 그 결합이 가져다준 일종의 약동하는 힘으로 새해의 순환이 다시 시작되고, 토양의 생식능력이 새로이 보강된다." (마스페로, 『도교』, 신하령, 김태완 역, 까치, 1999, 238쪽), 마스페로는 마르셀 그라네의 연구를 인용했는데, 그라네는 이 시가에 대한 중국측 자료들을 소개했다. 그가 소개한 것을 인용한다. "정나라의 풍속에는 3월 上巳날에 이 두 강(진수와

이다. 서로 떨어졌던 혼과 백은 봄이 되어서 다시 결합된다. 아마도 여기서 혼백은 천지의 다른 표현일지도 모른다. 그러나 천지는 너무나 광대한 범위를 갖는 것이고 관념적인 것으로 변화된 것이어서 이러한 축제적 문맥에서는 자연스럽지 못하다. 남녀는 자신들의 육체에 사랑의 불길을 집어넣었다. 땅의 육체인 백은 그 위에서 강렬하게 불어대는 봄바람인 혼을 받아들여 생명의 불꽃을 피우기 시작한다. 사랑이란 이렇게 우주적으로 의인화된 축제를 만들어냈다.

김소월의 <바람의 봄>에는 완결되지 못하는 봄, 환희의 축제로 갈 수 없는 처지의 슬픈 연인의 봄이 있다. 이 봄의 바람은 불어대면 댈수록 그러한 연인들의 슬픔을 크게 확장시킬 뿐이다.

> 봄에 부는바람, 바람부는봄,
> 적은가지 흔들리우는 부는봄바람,
> 내가슴 흔들리우는 바람부는봄,
> 봄과 바람과 나는 함께우노라.
> 바라보면 꽃과술은 그대의앞에,
> 그대를 위하여 나는설워하노라.[31]

사실 <밭고랑위에서>의 두 사람을 단지 노동하는 두 사람이라고 생각해서는 안된다. 밭의 풍요를 일구기 위해서는 사랑하는 한 쌍의 남녀가 있어야 한다. 육체적인 노동만이 풍요를 일군다는 식의 경제학적 시

유수)에서 魄과 이어주려고 魂을 불러내고, 상서롭지 못한 기운을 몰아내려고 정화의식을 행했다.(≪太平御覽≫)", "진수와 유수 상류에서 백과 결합시키려고 혼을 불러내고 손에 난초를 들고 상서롭지 못한 기운을 떨어버리는 정화의식을 행한다.(≪宋書≫)" 그라네는 이 축제가 都梁縣의 산기슭에서 열렸다고 했으며 거기 도량향이란 난초가 자란다고 했다. 난을 따는 것은 축제의 일부인데, 젊은 남녀는 이 안을 손에 들고 상서롭지 못한 기운, 공기나 계절의 더러움 따위를 떨어버렸다는 것이다. 마르셀 그라네, 『중국의 고대 축제와 가요』, 신하령·김태완 역, 살림, 195쪽 참조, 앞의 인용은 135-136쪽.

31) 김소월, <바람의 봄>, ≪개벽≫, 1922. 4.

각이 서정시를 지배해서는 안된다. 시에서 이 모든 것들은 언제나 하나의 지시대상을 가리키는 협소한 기호들로 존재하지 않는다. 김소월의 시에 전반적으로 나타나는 사랑의 주제는 이러한 밭에서의 노동과 다른 것이 아니다. 우리는 시적 기호의 층위에서 '대지/땅/밭'이란 계열체를 발견해야 할 것이고, 그것이 서로 연속적인 기호의 흐름 속에서 자신의 의미영역들을 가지고 있음을 알아야 한다. 한정되고 개별화 된 것들은 좀더 광막한 범위 속에서 자신들의 의미를 찾아낸다. 개별적인 것들은 자기 스스로 자신의 의미를 규정하는 실존적 개체들이 아니다. 그것들은 광막한 우주에서 파스칼적인 절대적 허무를 느끼지 않는다. <밭고랑위에서>의 하늘과 태양은 바로 그렇게 삶의 의미로 가득찬 우주를 표상한다. 그것은 날마다 바라보아도 "새라새로운 환희를 지어내며" 늘 같은 땅 위에서 빛나고 마치 알을 품듯 대지의 모든 것을 덮어준다. "세계의 끝은 어디? 慈愛의 하늘은 넓게도 덮혔는데,"라고 노래한 것이 바로 그러한 것이다.

우리는 김소월의 밭과 그 속에서의 일이 남녀간의 사랑의 문제와도 연관된다는 것에 대해 말했다. 그것은 마스페로가 말했던 『시경』 속의 한 장면에 내포된 봄축제의 의미였다. 혼백을 결합하는 이 축제적 행사는 물론 고대 중국에만 있었던 것은 아니다. 우리의 고대 축제들에도 산의 동굴신인 隧神을 모시는 축제가 있었다. 그것은 아마도 대지의 구멍속에 생명력을 불어넣는 영둥신과 연관된 것인지도 모른다. 제주도나 전남지역 일부에 남아있는 영둥제는 우리식의 고대 봄축제의 희미한 잔영을 보여준다. 김소월의 시편들에서 지배적인 정조인 이루어지지 못하는 사랑에 대한 한탄은 단지 그 개인의 파탄된 사랑노래가 아니다. 우리는 앞의 육필원고에서 분명하게 드러난 그 사랑의 다른 측면을 엿보았던 것이다. 즉 그가 <바람의 봄>이나 <봄밤>[32] 등 그의 생전에 공식적인 잡지에 발표되었던 것들에서 볼 수 없었던 것들이 거기 드러나 있다.

즉 그것은 우리 땅의 구체적인 이름들(경성, 평양, 개성 등)이며 그 모든 것들을 통합한 이름인 '조선'이란 것이다. 그가 감추어 두었던 이 산문적인 세계가 공개적으로 발표할 수 없었던 그의 육필원고 속에 남아있었다. 우리는 따라서 그의 '봄바람'에서 좀더 비개인적이고 비서정적인 생각들을 읽어낼 수 있게 된다. 반대로 그의 서정시에서 노래하는 '사랑'의 주제 역시 그러한 비개인적이고 비서정적인 영역에 얽혀있음을 알 수 있다.

우리는 1920년대 전반기를 휩쓴 낭만주의적 사랑을 모두 같은 것으로 오해하기 쉽다. 그러나 데카당적 경향에서 출발했던 김억을 스승으로 모셨지만 김소월은 그러한 경향에 휩쓸리지 않았다. 그에게도 신채호류의 '초혼'이 있었던 것이다. 그의 서정시들에서 목소리를 높이는 '나'는 근대적인 자아가 아니다. 그리고 그의 시들에 나오는 영혼들은 그러한 개인적인 사연에 얽힌 것들이 아니다. <무제>의 떠도는 넋들은 <팔벼개노래>에서 떠도는 기생과도 같은 존재이다. "푸른 밤 창살마다 등불 빛에 기는 넋아!/ 이름없는 넋들이라, 이 넋이 뉘 넋이랴?"라고 그는 <무제>에서 노래했다. 그는 <팔벼개노래>에서는 조선과 낯선 중국 땅에까지 떠도는 처량한 기생의 노래를 담았다. 그러한 기생들의 몸이 다 삭고 사라진 상태에까지 그의 사념은 뒤쫓아 그들의 '떠도는 넋'을 노래한 것이다. 그에게는 이렇게 당시 우리나라 전반적인 상황에 대한 고통스러운 인식이 있었다. <인종>에서는 그의 후손들을 어버이 없는 고아로 인식하는 처절함까지 보여준다. 그가 "슬픔 속에는 사뭇 우리의 정신이 있다"(<인종>)고 말할 수밖에 없는 배경이 여기 있다. 따라서 그의 <초혼>에서 그가 산꼭대기에 올라서 부르는 이름은 단지 자기가 사랑했던 한 애인만의 이름이 아니다. 그것은 단지 사랑의 형식으로 부를 수

32) ≪개벽≫(1922. 4)지에 <바람의 봄>과 함께 발표된 시임.

밖에 없는 이름, 이땅의 모든 넋을 대표하는 한 이름인 것이다. 그는 <초혼>에서 바로 그 이름을 부른다. 그것은 영원히 불러대야 할 이름, "부르다가 내가 죽을 이름"이다. 이 시에서 '이름'이란 과연 무엇이기에 자신의 운명을 걸고 부르겠다고 한 것일까? 우리는 김소월의 시학에서 문제되는 '시혼'의 의미를 밝힐 수 있는 입구에 이렇게 해서 다다르게 되었다. 허공에서 산산히 흩어진, 이 부서지고 헤여진 이름이야말로 그의 시적 창조가 이루어지는 광막한 벌판이다. 그의 사념과 상상력이 손에 붙잡을 수 없는 이 무형의 지평을 헤매이고 있다. 그의 시적 황홀경도 이곳에서 그 이름에 대해 사유하고 상상하면서 비로소 일어나게 된다. 나는 이 무형의 지평을 그의 '자아의 원근법'에서 영혼의 위상과 관련시켜 논의해보겠다. 그것은 우리가 앞에서 보았던 몸과 마음과 영혼의 원근법적 범주와 관계되는 것이기도 하다.

김소월은 몸의 세계에 대해 여러 가지 기호들로 나누어 이야기했다. <팔벼개노래> 같은 시에서 보듯이 마치 물건처럼 매매되는 처지에 놓인 몸으로부터 <밭고랑위에서>처럼 태양의 활력이 가득한 "살아있는 몸"[33]에 이르기까지 그의 시에는 다양한 몸의 이미지가 있다. <술과 밥>, <옷과 밥과 자유> 등에서 김소월은 우리의 몸을 최소한 살게 해주는 기본적인 것들을 언급했다. <生과 돈과 死>, <돈타령> 등에서는 현실적으로 몸을 지탱할 수 있게 해주는 활력으로서의 '돈'에 대해 노래한다. 그의 이러한 다양한 몸의 기호들은 그의 '대지/땅/밭'의 기호계열과 대응한다. <생과 돈과 사>에서 돈이 없어 어디 의지할데도 없고 잠자리와 끼니까지 걱정할 수밖에 없는 신세는 봄에 울어대는 머구리 신세조차 부러워하게 된다. <돈타령>에서는 "만주갈까? 광산엘 갈까?"라고 하면

33) 그는 이 시에서 몸과 맘의 활기찬 조화 상태를 노래했다. "오오 은혜여, 살아있는 몸에는 넘치는 은혜여,/ 모든 은근스러움이 우리의 맘속을 차지하여라."에서 '살아있는 몸'은 태양의 활력이 넘치는 몸을 가리킨다. 은근스러움이 가득한 '맘'은 그러한 몸의 정신적 상태를 말해준다.

서 돈없이 떠도는 신세를 보여준다. 그것은 떠도는 기생의 몸에 비해 별로 나은 것이 없는 상태이다. 이 '몸'은 결국 <돈타령>에서 말한 것처럼 '만주'나 '광산' 같은 황량한 곳으로까지 내몰린다. <차안서선생삼수갑산운>은 마침내 황무지 같은 곳에 갇히게 된 몸을 노래한 것이다. "아하, 삼수갑산이 날 가둡네."라고 했다. 그곳은 산이 첩첩쌓인 곳이고 중국의 촉나라로 가는 길처럼 험난한 길이 이어진 곳이다. 그는 자신을 따뜻하게 감싸줄 고향에서 떠나 마치 험난한 삼수갑산에 갇힌 것처럼 그렇게 갇혀있다. 이 시의 마지막에서 이렇게 노래한다. "不歸로다 내몸이야/ 아하, 삼수갑산 못 벗어난다." 그는 여러 시편들을 통해서 마치 '귀촉도'라고 울어대는 것 같은 두견새를 등장시켰다. 고대 중국의 촉나라 황제가 당했던 불행한 사연을 담고 있는 설화가 이 새에 연관되어 있는데, 이 피를 토하는 것 같은 울음을 우는 새는 바로 촉나라 황제인 望帝의 혼이었다. 김소월에게도 이 영혼의 새가 자주 등장한다. <차안서선생삼수갑산운>은 "불귀로다 내몸이야"같은 구절에 나오는 '불귀'라는 말을 통해 그러한 魂鳥의 분위기를 시 전체 속에 가득 채웠다. 이 '불귀'라는 말은 바로 그 망제의 혼이 울어댈 때 내는 소리였었다. 그것은 자신이 황제로 있던 나라로 돌아가지 못함을 한탄한 소리이다. 김소월의 '진달래꽃'에는 이러한 魂鳥의 계속되는 울음 끝에 뱉어낸 피의 빛깔이 반영되어 있다. 결국 김소월에게 종국적으로 다가온 몸의 황무지적 감옥은 한이 서린 넋의 상태를 부각시킨다. <초혼>에서 "산산히 부서진 이름"이라는 것은 이렇게 갇힌 몸의 죽음을 가리킨다. 영혼의 옷과도 같았던 몸이 산산이 부서져 깨어진 상태에서 영혼은 그 몸의 옷을 벗고 영적인 하늘 속을 떠돈다. 본래 초혼은 망자의 옷을 사방으로 흔들면서 떠도는 혼의 이름을 불러대는 행위였다. 이 시에서 '이름'은 바로 그러한 옷과 연계된 기표이다. 우리는 이름과 옷과 몸이 서로 하나의 계열을 이루고 있음을 발견하게 된다. 옷은 몸을 대체하는 기호이고, 이름은 옷과 다른 차원에서 그 몸을 대체하는 기호가 된다. 물론 이 시에서 이름이란 그 이름을 불러대는 소리인 것이고 그것은 그 이름의 주인에게 도달하지 못한 채 허공 속에서 사라진다. 이 시는 김소월의 시학에 자리잡고 있는 자아의 원근법적 존재론에서 영혼의 위상이 얼마나 심각한 것인지를 잘 보여주고 있다. 그것은 <생과 돈과 사>에 나오는 여러 가지 감정들, 즉 슬픔과 괴로움, 즐거움과 기쁨, 사랑과 미움 등보다 훨씬 본질적인 것이다. "슬픔과 괴로움과 기쁨과 즐거움과/ 사랑과 미움까지라도, 지난 뒤 꿈 아닌가!"라고 그는 말했던 것이다. 그리고 "그러면 그 무엇을 제가 산다고 합니까?"라는 근본적인 질문을 던진다. 이 시의 결론은 이렇다. "이 세상 산다는 것, 나도무지 모르갔네/ 어데서 예 왔는고? 죽어 어찌 될 것인고?/ 도무지 이 모르는데서 어째 이러는가 합니다." 그는 이 감정의 굴곡이 많은 인생을 마치 꿈같은 것이라고 정의하면서도 그 꿈의 먼 흐름에 대해 생각한다. 그에게 죽음 뒤를 모른다는 사실은 이 모든 것의 궁극적인 의미에 대한 불가지론으로 귀착된다. 그에게 영혼의 세계는 그러한 꿈의 먼 흐름, 죽음 뒤의 세계가 안고 있는 비밀을 담고 있다. 그 영혼이야말로 마침내 이 꿈같은 현실의 혼란스러운 의미들을 말끔히 정리해서 꿰뚫어 알 수 있는 시선을 갖고 있을 것이다. 바로 그러한 영혼을 발견하고 그것과 다시 강렬하게 결합하는 것이야말로 <생과 돈과 사>에서 제기했던 인생의 의문을 푸는 지름길이 될 것이다.

3. 시혼의 황홀과 감각의 우주적 확장

김소월이 이렇게 영혼의 세계에 대해 강조하고 있다고 해서 그가 이 지상의 세계를 부정하는 것은 아니다. 이미 <밭고랑위에서>에서 그가 보여준 '황금빛의 세계'라는 것은 이 지상의 세계라는 기반이 없이는 절대 이루어질 수 없다. 바로 이러한 기초 위에서 그의 「시혼」에 나타나는 영혼의 의미를 풀어가야 할 것이다. 「시혼」은 이 영혼에게 이 세계의 본질을 파악할 수 있는 진리의 담당자라는 위치를 주었다. 그는 도회로 대표되는 근대적 세계에서는 사물의 정체를 파악할 수 없다고 보았다. 그러한 근대적 일상에서 벗어나 자연 속으로 깊이 들어가서야 비로소 우리 자신 속에 있는 영혼이 깨어나게 된다. 그 영혼은 여기서 두가지 측면을 갖고 있는데 그것이 바로 악기와 거울이란 기호와 관련된다. 이것은 바로 영혼의 본질적인 인식론의 두 측면을 가리킨다. 즉 시각적인 것과 청각적인 것이다.

> 가장 높이 느낄 수도 있고 가장 높이 깨달을 수도 있는 힘, 또는 가장 강하게 진동이 맑지게 울리어오는, 反響과 共鳴을 항상 잊어버리지 않는 樂器, 이는 곧, 모든 물건이 가장 가까이 비춰 들어옴을 받는 거울, 그것들이 모두 다 우리 각자의 영혼의 표상이라면 표상일 것입니다.[34]

그에게 영혼은 인식론적 측면과 감각적인 측면을 갖고 있다. 위에서 느낌과 깨달음의 두 측면에 대해 말한 것은 바로 이것이다. '가장 높이'라는 말로 그는 영혼의 이러한 두 측면이 자아의 그 두 측면 중에 가장 높은 위계를 갖는 것으로 설정한 것이다. 그것은 일상적인 감각과 깨달음보다 위에 있다. 그는 <돈타령>에서 "몸에 값진 것 하나도 없네/ 내 남은 밑천이 本心이라."고 노래했다. 그러나 이 '本心'이란 것은 우물처럼 고여있을 뿐 영혼의 활력을 갖고 있지 못하다. 김소월은 「시혼」에서 이 세상의 사물과 우주자연에 대해 강렬하게 교섭하고 활력적으로 소통하는 영혼에 대해 말한 것이다. 그의 악기는 팽팽하게 줄이 당겨져 있고 거울은 투명하게 닦여있다. 즉 그의 영혼은 팽팽하게 당겨진 활처럼 우

34) 김소월, 「시혼」, ≪개벽≫, 1925. 5, 12쪽.

주의 모든 것에 매우 섬세하게 공명한다. 그리고 그의 거울은 너무나 투명하게 닦여서 사물을 바로 비춘다. 이렇게 활력으로 가득찬 채 우주적으로 활짝 열려있는 영혼이야말로 그의 시적 창조의 입구에 놓여 있게 된다. 아무런 영혼이나 이 입구에 다가서는 아닌 것이다. 즉 그의 '몸'이 여러 가지 위계적 양상을 띠듯이 그의 영혼도 역시 그러하다. 그것은 무기력하게 떠도는 넋으로부터 창조력으로 가득한 섬세한 영혼에 이르기까지 다양한 위계를 갖는다. 그렇다면 그가 이 영혼을 시적인 창조로 전환시킬 수 있도록 해주는 '시혼'이란 과연 어떤 것인가에 대해 알아보자. 그는 「시혼」 2장에서 바로 이 '시혼'에 대해 말했다.

> 그러한 우리의 영혼이 우리의 가장 이상적 美의 옷을 입고, 완전한 운율의 발걸음으로 미묘한 節操의 풍경많은 길 위를, 情調의 불붙는 산마루로 향하여, 혹은 말의 아름다운 샘물에 心想의 적은 배를 젓기도 하며, 이끼돋은 관습의 崎嶇한 돌무더기 사이로 추억의 수레를 몰기도 하여, 혹은 洞口楊柳에 春光은 아리땁고 十二曲坊에 풍류는 번화하면 風飄萬點이 산란한 碧桃花꽃잎만치 훗는 우물 속에 卽興의 두레박을 놓기도 할 때에는, 이 곧, 이르는 바 詩魂으로 그 순간에 우리에게 顯現되는 것입니다.35)

이 부분의 첫줄에 김소월의 핵심적인 주장이 있다. 다른 것들은 그것을 풀어놓은 것이다. 시혼은 즉 영혼이 '이상적인 美의 옷'을 입은 것이다. 우리는 여기서 <초혼>을 떠올릴 수 있을 것이다. 우리는 거기서 영혼을 부르기 위해 이름을 불러댔으며, 그것은 죽은 자의 몸을 감쌌던 옷을 대체한 기호라고 말했었다. 이름과 옷은 그 안에 담길 영혼의 포장지와도 같다. 그리고 만일 그 영혼이 제대로 담긴다면 그러한 것들은 마치 과일의 껍질처럼 영혼과 유기적인 관계를 맺어서 그 영혼의 외적 표현

35) 위의 책, 12쪽.

이 될 것이다. 김소월은 영혼과 옷(이름/몸)의 이러한 관련을 자신의 수사학으로 작동시킨다. 영혼의 미적인 옷은 미의 감각적 세계를 다채롭게 수놓는다. 그것은 운율에서든, 시적인 정조에서든, 말의 조직에서든 그 여러 가지 감각적인 옷의 세계를 자신에 맞게 이상적인 미의 옷으로 가꾸어낸다. 그것은 이러한 옷을 크고 작게 또는 깊고 얄게 얼마든지 변화시킬 수 있는 것이다. 그러나 이 모든 것을 다양한 모습으로 바꿀 수 있는 시혼은 "시간과 공간을 초월한 존재"이기도 하다. 그는 이것을 "영원의 존재며 불변의 成形"이란 말로 표현했다.

자기의 시를 변호하기 위해 김억을 의식하면서 전개한 이 영혼의 시학은 마치 플라톤적인 이데아론을 보는 듯 하다. 지금까지 이러한 김소월의 플라톤적인 관념론에 대해 엄정하게 꾸짖는듯한 태도로 송욱 이래로 많은 사람들이 비판해왔다. 그러나 대개 이러한 비판자들은 김소월 자신이 기본적으로 갖고 있던 자아의 원근법적 존재론에 대해 알지 못했다. 그리고 그러한 영혼문제가 당대에 제기하고 있던 심각한 사상적 지향점이 무엇인지 전혀 알지 못했던 것이다. 단지 서구적 근대에 대한 맹목적인 긍정과 追隨에 따라 이 진리의 잣대 위에서 김소월의 영혼적 관념론은 당연히 비판될 수밖에 없었던 것이다. 그런데 우리는 김소월이 영혼에 대한 절대적인 생각을 갖고 있지 않음을 앞에서 이미 보았다. 그에게는 영혼의 위계라는 것이 있었고 영혼의 다양한 상태가 있었던 것이다. 다만 「시혼」에서 그는 그러한 영혼의 절대치를 상정하고 싶었던 것처럼 보인다. 그것은 우리들이 일상적으로 감각할 수 있는 범위를 초월해 있다. 그런데 김소월은 이 영혼의 능력을 완전히 딴 세계에 존재하는 초월자로서 말하기보다는 우리의 감각능력을 최대치로 확장시켰을 때 도달할 수 있는 그러한 경지로 묘사했다. 즉 우리의 감각들인 시각과 청각은 거울과 악기로 표상될 수 있다. 그러나 우리 대부분의 악기는 줄이 당겨져 있지 못하고 현이 고르지도 못하다. 그리고 우리의 거울은 투명하지 못하며 매끄럽지도 못하다. 따라서 우리는 우리 자신 속에 있는 영혼을 발견해야 한다. 그것은 우리의 감각이 작동하는 몸과 마음의 영역보다 우리 자신의 본질에 가깝게 자리잡고 있다. 그것이 사실은 '나'의 숨겨진 본질이다. 그것은 천상세계에 따로 있지 않고 지상에 있는 '내' 안에 있는 것이다.

만일 김억에 대한 강렬한 비판을 의식하지 않았다면 김소월은 자신의 이 시학을 좀더 유연하게 전개했을지도 모른다. 즉 영혼의 최대치만을 내세우지 않고 그 영혼의 다양한 정황에 대해서 말했을 수도 있다. 그리고 거울과 악기의 다양한 상태에 대해서도 말했어야 한다. 왜냐하면 한 시인이 언제나 최상의 영혼으로 시를 만들지는 못하기 때문이다. 이 부분에서 그는 분명히 오류를 범했다. 그러나 그는 이 글에서 그 당시 누구도 들여다보지 못했던 영혼과 감각의 접합적인 부분에 대해 말할 수 있었다. 이 부분에 그의 독특한 시학이 자리잡고 있다고 생각한다. 그것은 한마디로 표현한다면 '그림자의 시학'이다. 그에게는 영혼의 그림자가 있었다. 그것은 자아의 그림자로서의 영혼과 그 영혼의 그림자로서의 여러 현상세계를 말한다.

> (1) 우리에게는 우리의 몸보다도 맘보다도 더욱 우리에게 각자의 그림자같이 가깝고 각자에게 있는 그림자같이 반듯한 각자의 영혼이 있습니다.

> (2) 詩作에도 역시 시혼 자신의 변환으로 말미암아 詩作에 異同이 생기며 우열이 나타나는 것이 아니라, 그 시대며 그 사회와 또는 당시 情境의 여하에 의하여 작자의 심령상에 무시로 나타나는 陰影의 현상이 변환되는데 지나지 못하는 것입니다.[36]

---

36) 위의 책, 13쪽.

우리는 김소월의 영혼의 계열에 대한 이름의 계열, 즉 '이름/옷/몸'의 계열에 이렇게 해서 '그림자'(여기서 '陰影'이라고 한)를 하나 추가할 수 있게 되었다. 그런데 이 그림자는 그가 다른 곳에서 인생과 세상의 여러 가지 혼란스러운 현상을 꿈같은 것이라고 했을 때의 그러한 꿈같은 그림자하고는 전혀 다른 것이다. 이러한 인생의 그림자들은 자아의 원근법에서 마음과 몸의 범위에서만 발생된 그림자이다. 위에서 김소월이 시혼의 그림자로 말했던 것은 영혼이 그러한 몸과 마음의 세계에서 입고 있는 옷으로서의 그림자이다. 바로 이러한 차이점에 그의 시학이 자리잡고 있다. 그것이 바로 시적 황홀경의 출현과 관련된다. 즉 「시혼」 1장에서 그가 "우리는 적막한 가운데서 더욱 사무쳐오는 환희를 경험하는 것"이라고 했었다. 어둠의 거울과 죽음에 가까운 산마루는 바로 그러한 적막한 황홀경이 마련되는 장소이다. 거기서 자신의 영혼이 눈을 뜨고 일상적인 감각이 느끼지 못하는 경지에 도달하는 것이다. 그렇지만 그 영혼은 여전히 '나'의 몸과 마음이라는 옷을 입고 있다. 그는 그 옷에 거대한 우주적 활력을 주고 광채로 빛나도록 해주는 것이다. '황홀'이란 바로 이렇게 몸과 마음의 옷이 영혼의 활력과 광채로 빛나기 시작함으로써 열리는 우주적 소통의 경지이다. 그가 '그림자'란 비유를 든 것은 시시각각에 따라 변화하는 그림자처럼 그 영혼의 옷도 꾸준히 변화하는 물결 속에 있음을 가리킨 것이라 하겠다.

김소월의 이러한 그림자 시론은, 몸과 마음이란 프리즘을 통해서 다채롭게 나타나는 '영혼의 감각'이란 과연 어떤 것이며, 그 의미는 무엇일까 하는 물음으로 우리를 데려간다. 1920년대 초창기 상황에서 이러한 김소월의 시론은 몇 가지 도전적인 문제를 던진다. 즉 그는 근대적인 사조의 범람 속에서 자아와 세계를 우리 식의 전통적인 개념과 언어와 사유 속에서 다시 재정립하고 탐구할 수 있도록 해주는 그러한 지적 흐름 속에 동참하고 그 흐름을 풍요롭게 할 수 있었다. 그것은 서구의 근대적 자아 개념에 휘말렸던 당대의 많은 지식인과 문인, 예술가들에 대해 매우 비판적인 위치를 차지하는 것이 된다. 물질적인 대상에 대한 물질적 육체의 감각만을 인식의 기초로 삼는 근대적 인식론에 대해서도 마찬가지 이야기를 할 수 있다. 김소월과 개벽운동을 이끌었던 사상가들은 이러한 물질주의와 협소한 자아론을 비판하고자 했다. 그들은 그러한 물질론을 타파하기 위해 '영혼'의 개념을 새롭게 제기하고 그에 대해 더 면밀하게 탐구하지 않을 수 없었다. 바로 이 부분에서 1920년대 개인주의적인 낭만주의자들과 김소월은 분명하게 갈라진다. ≪백조≫와 ≪폐허≫, ≪장미촌≫, ≪금성≫지에서 몇 사람을 제외하고는 거의 서구적인 자아주의에 대한 낭만적인 환상에 깊이 빠져있었다. 홍사용만이 그러한 경향에서 빠져나올 수 있었다. 그러한 개인적 낭만주의에서 벗어났던 박영희나 이상화 같은 사람들은 계급적인 관점으로 이동했다. 그러나 경향파 문인들에게 그물을 뒤집어 씌운 것은 더욱 철저하게 물질론으로 경사된 사회주의적 세계관이었다. 그들에게 '자아'라는 것은 단지 그들의 육체적 기원이 어떠한 사회적 그물 속에서 나온 것인가 하는 물음 속으로 귀결될 뿐이다. 영혼이란 것은 다만 관념적 허상이 되어 '자아'의 존재론에서 지워져버렸다.

몸의 감각을 어떻게 해석할 것인가 하는 문제가 여기서 핵심적인 것이 되었다. 나는 김소월의 '영혼의 감각'을 새롭게 해석하기 위해서는 이것을 당대의 데카당스적인 신경증적 감각 즉 퇴폐적 감각 그리고 이 퇴폐적 감각을 넘어서기 위해 팔봉이 주장했던 '감각의 혁명' 이 두 가지와 대비시켜야 한다고 생각한다. 팔봉 김기진은 베를렌느와 보들레르로 대표되는 데카당스적인 퇴폐적 감각에 대해 이렇게 말했다. "그리하여 저 위대한 세기말의 소극적 절망적의 데카단 사상이 출생한 것이다. 과학문명의 극도의 압박은 도회의 발달이 되고, 사람의 신경은 말초의 관능적 변질이 되고야 말았다."[37] 그는 이것을 "병적으로 발달된 미각"[38]이라고도 했다. 이러한 말초적 감각이란 생활의 공리적 측면을 잊어버린 감각, 즉 삶의 건강한 총체성을 잃어버린 채 세계와 생활을 개조하려는 적극적인 의지를 상실한 상태의 감각이다. 그것을 그는 '환멸의 비애'에 빠진 염세주의자들, 즉 "미래파와 보들레르 일파의 퇴폐파와 — 다다이즘"[39] 등을 가리키는 것으로 해석했다. 그는 문학의 혁명은 사상의 혁명만으로 되는 것이 아니고 "현대인의 생활을 개조하지 않으면" 안 된다고 했다. 그러한 개조는 현대인의 정신에서 저절로 우러나오는 것이 아니며, 유물사관적 견지에서 '사회의 변화'를 선행시켜야 한다는 것이다.[40] 그가 사상의 혁명 대신 '감각의 혁명'을 주장하게 되는 것은 바로 이러한 유물론적 사유에서 비롯한다. 그는 이렇게 말했다. "감각의 혁명은 금일에 앉아서 第一着으로 실행하지 않으면 아니된다. 지금까지, 꾸부러진 교화를 받어오든 우리들이, 기성지식으로부터 양념받은 우리의 감각을 하루라도 바삐 씻어 없애야만 할 일이다. 그리하여, 온전한 생명에서 흐르는 문학을 작성할 수 있고, 병적으로 발달된 우리의 미각은 본질로 돌아갈 수 있는 것이다. 인간성의 본질로 돌아가자면, 감각의 혁명을 먼저하고, 그러한 뒤에 인간개조를 해야 한다."[41] 김기진이 보기에 퇴폐적인 감각주의는 사회적인 삶 전체를 유익하게 이끌어가는 방향과 단절되어 있다. 그러한 병적인 심미주의는 예술의 공리성을 무시한 것이다. 그에게 예술은 "愉快와 有益의 양면"을 갖고 있다. 즉 "審美와 功利를 합해서 가지고 있는 것"이었다. 원칙적으로는 옳은 말이 되겠지만 김기진은 예술의 공리성을 너무 직접적으로 생각한 것 같다. 아무튼 그에게 당대 유행하던 보들레르 풍의 퇴폐적 감각들은 모두 혁명적

---

37) 김기진, 「今日의 문학, 明日의 문학」, ≪개벽≫ 44호, 1924. 2, 46쪽.
38) 위의 책, 54쪽.
39) 위의 책, 46쪽.
40) 위의 책, 47쪽.
41) 위의 책, 53-54쪽.

으로 부정되지 않으면 안되는 것이었다. 그것을 '감각의 혁명'이라고 했던 것이다.

이러한 김기진에게서 영향을 받아 사회주의적인 경향을 띠게 된 박영희는 그러한 퇴폐적 문인의 대표격인 보들레르에 대한 본격적인 논문을 썼다. 그것은 「'惡의 花'를 심은 보들레르론」이다. 흔히 당대에 '신경파 문예'라는 말이 유행했는데 박영희의 이 글은 바로 그 '신경'에 대한 그 나름의 관점을 보여준 것이다. 우리의 논의를 위해 핵심적인 두 대목만 들어보기로 하자.

> (1) 이와같이 그의 신경과 그의 육체는 피곤하여 쇠약함으로 그의 심리의 일부는 병적, 多怯的의 정신을 갖게 되었다. 암실에서 자라난 꽃과 같이 異國情調의 병적 요소를 갖게 되었다.[42]

> (2) 또한 그 시는 그의 예민한 신경과 한가지 관능의 세계로 나가게 되었다. 香, 色, 臭, 形式(아마 形色을 잘못 표기한 것 같다) 들에 五官에 날카로운 자극을 취하게 되었다. 가장 발달된 보들레르의 오관은 가장 관능적 색채를 농후하게 하였다.[43]

박영희는 이 글의 첫부분에서 근대에 이르러 인생의 문제에서 '신경'이란 말이 자주 쓰인다고 시작했다. 그는 고대의 작가들이 '사상으로' 썼다면 근대의 작가들은 '신경으로' 썼다는 것이다. 그런데 박영희는 여기서 보들레르의 감각주의와 영혼의 관계를 살필 수 있었다. 그는 스텀씨의 견해를 소개한다고 하면서 이처럼 말했다. 즉 육체적인 뇌 속에서 작동하는 이성은 감각을 가지고 진리를 파악한 것처럼 사람들을 속였다는 것이다. 보들레르는 그러한 육체 속에 영혼의 창을 만들어놓음으로써 "실제인 五官을 통하여서 상상의 창을 내어다보는 것이다."[44] 그는

42) 박영희, 「'악의화'를 심은 보들레르론」, ≪개벽≫ 48호, 1924. 6, 15쪽.
43) 위의 책, 17쪽.

보들레르의 <머리카락 속의 半球>같은 시를 분석함으로써 "가닥가닥 피곤한 靈의 새로운 驚異"를 노래했다고 하였다. 보들레르는 육체적 감각 속에 영혼의 창을 열어놓음으로써 그러한 감각 밖에 있는 영혼의 세계를 바라보았다는 것이다. 이 시에 대해 해설한 후 박영희는 이렇게 말했다. "정열에 뛰는 예민한 신경을 가진 자의 부르짖는 노래이다. 그 얼마나 신경적인 노래이랴. 이와 같이, 보들레르는 五官의 발달로 하여서, 色, 香, 臭들의 모든 감각적 노래를 부르게 되었다."

김기진의 '감각의 혁명'은 바로 이러한 병적인 보들레르적 신경파적 감각주의를 비판하고 새로운 생활의 건강한 감각을 지향하려 했던 것이다. 그러나 그는 그러한 '감각의 혁명'이 구체적으로 어떠한 내용을 갖는 것인지에 대해서는 말하지 못했다. 박영희도 역시 보들레르적인 신경파적 감각을 영혼에 대한 보들레르적 관점과 연관시키고는 있지만 그 이상으로 나아가지는 못했다.

우리는 감각에 대한 이들의 논의를 김소월의 자아론 속에 위치시켜 생각해보아야 할 것이다. 그렇게 하기 위해서는 앞에서 보았던 '몸/마음/영혼'의 범주에서 '감각'을 어디에 위치시켜야 할 것인가 하는 문제가 제기된다. 감각은 일단 몸과 마음 사이에 위치시킬 수 있다. 김소월에게서 감각의 문제는 악기와 거울로 표상되는 시각과 청각의 문제로 다뤘던 것이고, 위에서 보들레르의 경우에는 五官의 감각으로 다룬 것이므로 그것은 감각기관과 관련된다. 그런데 시에서 감각이란 그러한 감각기관의 물질적인 인식만을 다룬 것이 아니어서 문제가 복잡해진다. 즉 감각이란 예술적인 차원에서는 마음과 영혼의 범주에까지 파고들어 생기는 신비한 감각들까지를 포괄하는 것이다. 나는 김소월의 '영혼의 감각'을 여기서 보들레르적인 신경파적 감각과 구별할 필요를 느낀다. 상

44) 위의 책, 18쪽.

당히 유사한 것 같은 이 둘 사이에 어떠한 차이점이 있는 것일까? 먼저 김소월은 자신의 시론에서 최대치의 영혼의 상태를 설정하고 그것의 그림자들인 감각의 세계를 시적인 창조의 세계로 생각했다. 그러나 박영희가 소개한 보들레르는 그러한 영혼의 최대치를 상정하지 않고 '피곤한 靈들의 세계'를 노래하고 있다. 그는 자신의 감각기관을 영혼의 최대치 속에 활짝 열어놓는 것이 아니라, 병적인 상태의 감각들 자체를 최대한의 감수성으로 확장한다. 병적인 감각은 신경증적으로 확장된다. 그것은 악마적인 영혼의 창을 열게 된다. 이러한 방향은 우리가 김소월의 「시혼」을 분석했던 것에서 보았던 것과 완전히 반대되는 것이다. 김소월의 영혼은 그 최대치의 활력으로서 감각들을 끌어 모으고, 그것의 병적인 상태들을 자신의 힘으로 회복시키면서 그 모든 그림자들을 광채나는 옷으로 바꾼다. 그러나 보들레르의 경우에는 그러한 병적인 감각을 태양의 활력으로 변화시킬 수 있는 영혼의 힘이 없다. 그는 병적인 감각들을 신경증적으로 확장하고 그것들을 혼효시킴으로써 황홀경을 만들어내려 한다. 그것이 그의 '인공낙원'의 세계이다. 김소월에게 영혼의 세계라는 것은 이러한 인공낙원과는 거리가 멀다. 그가 「시혼」에서 영혼의 장소로 마련했던 것은 자연의 높은 산마루이며 어둠의 깊이였던 것이다. 그에게 영혼의 감각이란 이러한 우주적 높이와 깊이를 필요로 했다.

김소월은 그러한 영혼적인 울림이 깃들어 있는 몇 편의 아름다운 시를 남겼다. 여인의 촉감과 향기를 담은 <이 한밤>, <여자의 냄새> 시각적인 미묘한 감각을 노래한 <장별리>와 <비단안개> 같은 시들이 그것이다. <이 한밤>은 보들레르의 <머리카락 속의 반구>와 대비할 만한 작품이다. 그는 대동강의 깁섬에서 만났던 한 여인에 대한 회상에 젖는다. 이 회상의 초점에는 그녀의 머리카락과 눈에 대한 감각이 있다. "실비는 흔들리며 어둠의 속에/ 새카만 그네의 눈, 젖어서 울때,/ 흐트러진 머릿길 손에는 감겨,/ 두 입김 오고가는 몽롱한 향기." 이 사랑했던 여인에 대한 회상은 자신의 손에 감겼던 그녀의 머리카락이 주는 감각이었다. 그 촉감을 둘러싸고 그 여인의 향기와 어둠 속 실비의 흔들렴, 그녀의 젖은 눈 같은 것들에서 발견되는 섬세한 시각적 감각들이 배경처럼 늘어서 있다. 그는 그러한 것들로부터 멀리 떨어진 나라에 있듯이 그것을 회상한다. 그 장면은 마치 하늘에 떠있는 달처럼 나의 잠자리 위에 환하게 솟아있다. 이 시의 모든 감각들은 마지막의 이 달 이미지에 지배된다. 그것은 내 최대치의 꿈이며 나의 솟구친 영혼이다. 회상의 장면들에 나타나는 감각들은 모두 이 달빛에 의해 찬란한 추억의 무늬들로 변한다.

김소월은 <장별리>에서도 이러한 이별의 장면을 노래했다. 대동강 한복판에서 연인과의 이별 장면을 그는 마치 한폭의 아름다운 풍경화처럼 금실 은실로 수놓았다. 평양의 將別里에 "금실은실의 가는 비는/ 비스듬이도 내리네, 뿌리네.// 털털한 배암무늬 돋은 양산에/ 내리는 가는 비는/ 위에나 아래나 내리네, 뿌리네." 매우 간략하게 노래한 한 구절에서 지명은 그 자체로 이별의 배경이 된다. 벌새들이 빗속을 울며 떠도는 대동강 한복판에서 비는 쉴틈도 없이 내리고 뿌린다고 했다.[45] 이 인상파적 감각주의는 그의 시들에서는 특이한 것이다. 이 시의 모든 이미지는 모두 이별의 슬픔을 강조하는 빗줄기를 향하고 있다. 화려한 색채를 띤 장별리는 배암무늬 돋은 양산과 더불어 이 슬픈 장면을 장식한다. 그러한 것들이 화려할 수록, 정작 이별하는 본인들의 슬픈 감정과 전혀 다

45) 대동강은 <서경별곡>에서부터 이미 연인들의 이별에 대한 노래에서 중심적인 모티프가 된 곳이다. 근대시에서도 이 강은 주요한의 <불노리> 이후 사랑하는 연인들의 사랑과 이별을 노래하기 위한 배경이 된다. 이 강은 홍사용이 이별과 그리움에 대해 말했던 단상에서도 등장한다. "우수경칩에 대동강물이 푸르든 마든 그리움이 아니면 그리도 애끓히 게울일이 무엇이 있나.－관서의 수심가나 천안삼거리나－심청이의 노래도 그리움의 노래다."(홍사용, 「그리움의 한묶음」, ≪백조≫ 3호, 1923. 9) 그 강은 모든 사연을 안고 흐르는 사랑의 강인 것이다. 김억 역시 <대동강>을 썼는데 이 시를 두고 몇 가지 논쟁이 있었다.

른 모습을 보이는 것처럼 될 수록 슬픔은 커진다. 비는 거리를 금은으로 수놓으며 양산을 파고든다. 그것은 이별의 한복판을 깊이 파고든다. 슬픈 감정을 싸고 있는 이 감각들은 슬픔의 높은 봉우리 밑에 잔잔하게 깔려 있다. 그것들은 그 슬픔의 꼭지점에서 이미 승화된 상태에 놓인 영혼이 내려다본 풍경이다.

김소월은 <여자의 냄새>와 <聲色>을 씀으로써 그러한 '영혼의 감각'의 두 차원을 보여주었다. <여자의 냄새>는 마치 <초혼>의 그 열정적인 몸부림이 모두 가라앉은 상태에서 거울과 악기가 붙잡아낸 영적인 여인상을 그린 것 같다. 그것은 마치 죽은 여인의 영혼이 마나처럼 자신의 둘레에 있는 자연물들에 깃들어 있는 그러한 영적인 풍경을 만들어냈다.

> 푸른 구름의 옷 입은 달의 냄새.
> 붉은 구름의 옷 입은 해의 냄새.
>
> 아니 땀냄새, 때묻은 냄새,
> 비에 맞아 축업은 살과 옷냄새.

그는 여인의 냄새에 대해 노래한다. 김소월의 해와 달이 여기 다시 등장한다. 그러나 그것은 여인의 냄새와 연관되어 나타난다. 구름의 옷은 이미 대자연의 해와 달이 된 그 여인의 냄새를 불러내는 회상적 기호이다. 우리는 이미 그의 해와 달이 그가 꿈꾸었던 이상향적 하늘의 기호임을 알았다. 구름은 바람과 더불어 이 대지를 강력하게 휘도는 영적인 활기였다. 이 시에서 사랑했던 여인의 영혼은 내가 꿈꾸었던 이상향적 세계의 기호들이 된다. 김소월은 이 시의 3연에서 이러한 영혼이 탄생하기 전의 우울한 풍경, 즉 해체되는 몸의 풍경을 노래했다. "보드라운 그리운 어떤 목숨의/ 조그마한 푸릇한 그무러진 靈/ 어우러져 비끼는

살의 아우성...". 한 여인이 이 세상의 바다에서 파선된 채 맞게 되는 죽음에 대해 말해주는 이 구절은 희미하고 어두워진 영과 죽음 속에서 해체되는 몸을 노래한 것이다. 그러나 이러한 우울한 풍경을 벗어난 그녀의 영혼은 하나씩 그녀를 묶고 있던 그 우울한 분위기를 벗어난다. 여기에는 영혼의 승화라고 할만한 것이 있다. 그녀의 주검을 장사지내고 난 후 느꼈던 "유령실은 널뛰는 뱃간엣 냄새" 같은 것들도 모두 극복된다. 그녀의 영혼은 낮은 차원의 영혼에서 비상한다. 해와 달은 그녀의 우주적 표상이다. 모든 감각은 그 최대치 영혼의 감각인 구름의 옷을 입는다. 그 밑의 감각들은 모두 이 천상의 옷을 향해 가는 계단처럼 놓여있다. 그러나 김소월은 이 시의 반대편에 놓일 수 있는 <聲色>을 썼다. 유고작으로 발표된 이 시는 그의 일상 주변에서 끊임없이 따라다니는 유령적인 얼굴에 대해 노래한 것이다. 그것은 불교 사원의 꿈과 함께 그의 비참했던 삶을 구원하지 못했던 우울한 그의 마지막 삶의 편력 속에 떠도는 망령이었다. "오오 넋이여, 그대도 쉬랴. 나도 편히 쉬랴고 한다."고 그는 노래했다. 그는 자신의 원근법적 존재론 깊은 곳에 숨어있던 영혼의 세계를 향해 비상했다. 그러나 그를 압박했던 시대와 생활이 그 영혼의 날개를 꺾어버렸다. 그의 스승인 김억은 그를 추억하면서 이렇게 말했다. "소월의 死는 나에게 참을 수 없는 설움을 줍니다. 무어라고 형용하기 어려운 새카만 생각을 줍니다."[46] 그는 산촌에 은둔했던 김소월을 플로베르와 비교했다. 소월은 총명했지만 이 세상의 악과 부정을 발견하고 낙망하지 않을 수 없었다고 그는 말했다. 그가 전해준 김소월의 한마디는 우리를 바늘끝처럼 찌른다. "우리들의 노래가 과연 이 세상에다 바늘끝만한 光明이라도 던져줄 수가 있을 것입니까. 저는 그렇게 생각지 아니합니다, 우리는 쓸데없이 비인 하늘을 향하고 노래하

46) 김안서, 「소월의 생애와 시가」, ≪삼천리≫, 1935. 2.

는데 지내지 아니하는 것입니다, 조금도 이 얄망구즌 世道人心에 줄 바가 없는 것이지요".[47] 김소월은 <聲色>에서 바로 그 세상의 얼굴, "그 얼골, 얄망궂은 그 얼골이/ 또온다, 까부린다, 해족이 웃으며."라고 했었다. 그가 꿈꾸며 도피하던 장소인 이불 속의 잠과 꿈마저 이 세상의 유령적 얼굴에 오염되었을 때 그는 자살로 삶을 마감했다.

47) 위의 책, 433쪽.

▶▶▶ 참고문헌

김소월, 「詩魂」, ≪개벽≫ 59호, 1925. 5.

박용철

존재와 변용의 시학

1. 박용철 문학의 위상

용아(龍兒) 박용철(1904－1938)은 1930년 3월에 창간된 ≪시문학≫지를 통해 문단에 등장한 이후 시인으로서, 비평가로서, 번역가로서, 문예지 편집인으로서 한국 현대문학사에 큰 자취를 남겼다. 박용철이 보여준 다양한 활동만큼이나 그의 문학에 대한 연구도 다양한 분야에서 심층적으로 진행되어 왔다. 그것은 크게 박용철 문학에 대한 전체적 연구[1)]와 박용철 시론에 대한 연구[2)]로 나누어질 수 있는데, 전체적으로 시인, 번

---

* 오형엽 / 수원대학교 교수

1) 김윤식, 「용아 박용철 연구」, 학술원 논문집 9집, 1970.
이기서, 「용아 박용철 연구」, 고려대 석사학위논문, 1971.
김학동, 「용아 박용철 연구」, ≪국어국문학논총≫, 탑, 1977.

2) 한계전, 「박용철에 있어서 하우스만 시론의 수용」, ≪관악어문연구 2≫, 1977.
김훈, 「박용철의 순수시론과 기교」, 『한국 현대시사 연구』, 일지사, 1983.
김명인, 「순수시의 환상과 문학적 현실」, 『한국 근대시의 구조 연구』, 한샘, 1988.
정효구, 「1930년대 순수서정시 운동의 시대적 의미」, 『한국현대시사의 쟁점』, 시와 시학사, 1991.
이승훈, 「박용철의 시론」, 『한국현대시론사』, 고려원, 1993.
이명찬, 「시의 언어에 대한 새로운 자각」, 『한국현대시론사 연구』, 문학과 지성사,

역가, 문예지 편집인으로서의 박용철보다 비평가로서의 박용철에 무게 중심이 주어졌다고 볼 수 있다. 이는 박용철이 『시문학』지를 중심으로 순수서정시 운동을 전개하면서 이론적 근거를 제공한 점과, 이 이론 및 비평이 1930년대 문단의 역학 관계나 좌표에 하나의 중요한 문학사적 개입으로서 작용하였다는 점과 밀접한 관련을 가진다.

박용철이 등장한 1930년대는 한국 현대문학의 전개에 있어서 전형기로서, 프로문학이 퇴조하고 시대의 중심사상이 모색되는 주조 탐색의 시기였다. 시대의 중심 사상을 모색하는 전형기의 공간은 새로운 문학론과 비평이 활발하게 시도되고 상호각축을 벌이는 양상을 낳는다. 따라서 이 시기에 서구 사조에 근거를 둔 지성론, 모랄론, 휴머니즘론, 행동주의론, 고전론, 세대론 등 다양한 비평활동이 이루어진다.[3] 또한 1930년대는 서구 모더니즘의 수용으로 문학에 있어서의 현대성의 인식이 본격화된다. 이미지즘과 주지주의를 중심으로 한 모더니즘이 수용되어 모더니티 지향의 문학사적 흐름을 선명히 하고, 전통 지향과 모더니티 지향을 결합한 순수시의 경향과 함께, 카프 계열에 속했던 문인들도 창작방법론을 중심으로 한 비평적 관심을 지속함으로써, 다양한 비평적 유파를 형성하고 견제와 비판을 통해 비평의 수준을 향상시킬 수 있었다.

현대성의 인식을 통해 얻어진 이러한 비평의 다양성과 수준 향상은 시론의 경우에 더욱 두드러지게 나타나는데, 김기림을 중심으로 한 소위 모더니즘 시론, 임화를 중심으로 한 소위 리얼리즘 시론, 박용철을 중심으로 한 소위 낭만주의 시론, 혹은 순수 시론이 그 예가 된다. 각 유파의 대표적 시론가로서 김기림·임화·박용철이 각자의 시론을 전개하던 중 그들의 시관이 첨예하게 한 자리에서 경합하게 된 것은, 1935년에서 1936년에 걸쳐 벌어진 소위 기교주의 논쟁에서이다. 이 논쟁은

1998.

3) 김윤식, 『한국근대문예비평사연구』, 일지사, 1976, 202-203쪽 참고.

김기림・임화・박용철이 자신 및 자신이 속한 유파의 입장과 관점을 확인하고 상대편에 대해서는 대타의식을 더 분명히하는 계기가 되는데, 이 계기를 통해 세 비평가는 각자의 시론을 더욱 심화하고 정립하는 데 노력을 기울인다. 그리하여 세 시론가가 주장하고 정립하려고 한 소위 모더니즘 시론, 리얼리즘 시론, 낭만주의 혹은 순수 시론은 이후 각각의 계보를 형성하면서 1980년대까지 한국 현대시사에 세 개의 큰 물줄기를 형성해 온 것이다.

따라서 이 글은 순수서정시 운동을 주도한 박용철의 문학을 시론 중심으로 고찰하면서 그것이 지닌 현재성을 검토하려는 의도에서 작성된다. 박용철 시론을 크게 전기 시론과 후기 시론으로 나누어 그 특징을 구조의 측면에서 고찰하고, 계보의 측면을 중심으로 그 현재적 의미를 살펴보고자 하는 것이다. 박용철 시론은 새로운 관점과 정교한 연구방법에 의해 더 심층적으로 연구될 필요가 있다. 따라서 이 글은 낭만주의나 심미주의 등의 문예사조적 개념을 선입관으로 개입시키지 않고 텍스트 자체로부터 미학적 원리나 양식을 규명하고, 시론 자체의 연구에 있어서 전개과정에 따른 통시적 고찰과 비평의 원리를 추출하는 공시적 고찰을 상호보완적으로 시도하며, 박용철 시론이 지닌 문제설정 및 미적 현대성의 개념을 고찰함으로써, 그 구조와 계보에 접근하고자 한다.

2. 박용철 시론의 구조

2.1. 존재의 시학

박용철의 시관은 문학적 이념이나 기법의 측면에서 벗어나 문학의 본질이라고 할 수 있는 어떤 것에 닿아 있다. 이러한 인식은 1920년대 후반의 계급주의 문학과 민족주의 문학이 지향했던 목적의식에서 벗어나 시의 본래적 측면을 되새기는 계기를 제공한다. 이데올로기의 갈등으로 혼란을 빚고 있던 1920년대 후반에서 1930년대 초반의 시단에 대해 시의 순수성을 주장하고 확보하려는 시도는, 다른 한편으로 세계, 즉 구체적·객관적 현실과의 관련성을 고려하지 않는 문제점을 낳는다. 1930년 3월 ≪시문학≫지 창간을 계기로 발표한 「'시문학' 창간에 대하여」에는 박용철 시론의 기본 정신이 나타나 있다.

> 시라는 것은 시인으로 말미암아 창조된 한낱 존재이다. 조각과 회화가 한 개의 존재인 것과 꼭같이 시나 음악도 한낱 존재이다. 우리가 거기에서 받는 인상은 혹은 비애 환희 우수 혹은 평온 명정 혹은 격렬 숭엄 등 진실로 추상적 형용사로는 다 형용할 수 없는 그 자체 수대로의 무한수일 것이다. 그러나 그것이 어떠한 방향이든 시란 한낱 고처(高處)이다. 물은 높은 데서 낮은 데로 흘러나려온다. 시의 심경(心境)은 우리 일상생활의 수평 정서보다 더 고상하거나 더 우아하거나 더 섬세하거나 더 장대하거나 더 격월(激越)하거나 어떠튼 '더'를 요구한다. 거기서 우리에게까지 '무엇'이 흘러 '나려와'야만 한다.[4)]

"시라는 것은 시인으로 말미암아 창조된 한낱 존재이다." 이 한 문장에는 박용철 전기 시론의 특징을 결정짓는 몇 가지 중요한 관점이 내포되어 있다. 첫째, 시를 하나의 '존재'로 보는 관점이다. 이는 시를 하나의 자율적 객체로 본다는 점에서 '시와 시인의 분리'를 전제로 한 것이다. 둘째, 이러한 '시와 시인의 분리'는 '시와 현실의 분리'와 연결되어 임화가 중심이 된 프로시의 특징, 즉 현실과 이념 중심의 시관에 대응하는 의미를 지닌다. 그것은 "한낱"이라는 부사가 강조된 데서도 암시된다.

---

4) 박용철, 「'시문학' 창간에 대하여」, ≪조선일보≫, 1930. 3. 2./『박용철 전집』 2, 동광당서점, 1982, 142-143쪽.

"한낱"에는 시를 거창한 이념의 선언이 아닌 그저 노래 자체로 보는 관점이 내포되어 있는 것이다. 셋째, 박용철의 '존재로서의 시'가 지닌 '시와 시인의 분리'는 뉴크리시즘에 근거한 김기림의 그것과도 차별성을 지닌다. 그것은 "시인으로 말미암아 창조된"에서 유추될 수 있다. 김기림이 시와 시인을 분리하는 것은 시의 존재로서의 가치를 객관적으로 평가하기 위해서인데 반해, 박용철의 그것은 시보다 시인의 가치를 더 높이기 위해서인 것이다. 따라서 "한낱"이라는 부사에는 시보다 시인의 가치에 더 비중을 두는 관점도 내포되어 있다. 결국 이 하나의 문장 속에는 임화로 대표되는 리얼리즘 시론의 이념성과, 김기림으로 대표되는 모더니즘 시론의 작품 중시를 동시에 부정하는 대타의식이 용해되어 있는 것이다.

"한낱 존재"인 '시'보다 더 큰 가치를 지닌 '시인'을 박용철은 "비범한 심정"을 지닌 "천재적 존재"로 간주한다. 그리고 이 천재적 개인에 의해 창조되는 시를 "더욱이 어떤 순간에 감득(感得)한 희귀한 심경(心境)을 표현시킨 것"으로 설명하고 있다. 이는 낭만주의적 시관에 가까운 것인데, 박용철이 19세기 서구 낭만주의 서정시를 번역하면서 얻어진 소박한 시론이라고 볼 수 있을 것이다. 그런데 박용철은 전기 시론에서 시인과 시의 관계, 즉 창작과정의 관점보다 시와 감상자의 관계, 즉 수용과정의 관점에 주안점을 두고 있다. 박용철은 시를 시인과 분리하면서 시간적·공간적 현실과도 분리시켜 하나의 예술적 형상으로서 객관적 존재로 파악한다. 그리고 시보다 시인에게 더 큰 가치를 둔다. 그런데 '존재로서의 시'의 관점에서 시와 시인의 관계를 창작과정에서 천착하는 것은 자체 내 모순을 야기한다. 즉 '시와 시인의 분리'라는 자율성의 관점과, 천재적 개인으로서의 시인이 시를 창조하는 과정을 천착하는 관점을 하나로 통합하는 것에는 난점이 따르는 것이다. 이러한 난점으로 인해 박용철은 '존재로서의 시'를 시의 '수용과정'에 대한 관점과 우선 결부시키게 되는 것으로 보인다.

'존재로서의 시'는 시를 그 자체의 예술작품으로 보는 입장으로 미적 자율성을 인정하는 관점을 지닌다. 그러나 '존재의 시론'이 지닌 이 미적 현대성의 측면은 단순히 칸트의 '예술의 자율성' 개념으로서의 '시와 시인(현실)의 분리'라는 자족적인 차원에서 형성된 것이어서 소극적인 한계를 지닌다.[5] 그것은 소박한 낭만주의적 시관이 지닌 내밀하고 폐쇄적인 공간에 갇히게 되는 것인데, 박용철은 이러한 협소함을 인식하고 나름대로 넘어서기 위해 '존재의 시론'을 시의 '수용에 대한 관점'과 결부시키는 것으로 보인다. 박용철의 본격적인 첫 시론에 해당되는 「효과주의적 비평논강」[6]은 이러한 고찰의 연장선에서 시의 사회적 효용론의 양상을 보여준다.

박용철이 언급하는 예술작품의 사회적 효과는 두 가지 측면에서 프로문학이나 민족주의 문학의 관점과 구별된다. 첫째는 예술의 사회적 영향력은 간접적으로 작용한다는 점이다. 둘째는 이러한 간접적 영향력이 작품을 읽는 독자의 인상, 심정의 변화, 달라진 태도, 사회적 활동이라는 전이과정을 통해 설명되고 있는 점이다. 결국 박용철은 예술은 그것의 인상을 받아들이는 독자의 수용과정을 거쳐 간접적으로 사회에 영향을 미친다고 말함으로써, 프로문학과 민족주의 문학이 주장하는 직접적 사회 계도의 목적성에 반발하고 있는 것이다. 따라서 박용철의 이론적 기초가 비록 인상주의의 한계에 머물러 있고, 예술의 자율성에 대한 인식이 현대 사회의 속성에 대한 구체적인 저항의 의미를 확보하지 못했

5) 김명인은 "분석 불가한 절대의 개성적인 미로서, 시를 느끼는 태도로서 박용철의 존재로서의 시론은 스스로를 내밀하고 폐쇄적인 공간으로 유폐시키는 미의 밀실, 곧 순수시론의 세계를 마련하는 데 있다"고 지적하고 그 논리를 A. E. 포우에 연원을 둔 심미주의와 관련시킨다(김명인, 「순수시의 환상과 문학적 현실」, 앞의 책, 226쪽).

6) 박용철, 「효과주의적 비평논강」, ≪문예월간≫ 창간호, 1931. 11. 1. / 『박용철 전집』 2, 26-33쪽.

다 하더라도, 당시 문단에 던지는 비평적 개입으로서 의미 있는 평가를 받을 수 있다. 한편 이러한 박용철의 입장에는 인상주의적 비평의 관점이 유지되고 있는데, 이 글의 "우리의 판별력으로 그것을 측량할 수 있고 없는 문제는 있으나"라는 표현은, 인상주의적 비평에 의한 독자의 수용이 쉽지만은 않다는 여지를 남긴다. 다음 인용문은 이 문제에 대한 박용철의 입장을 잘 보여준다.

> 비평가의 직능… 그러나 한개의 작품이 개인의 심리에 나아가 사회에 끼치는 영향은 과연 측정하기 쉬울 만큼 두드러진 것이냐, 아니다. 이 영향은 지극히 미세한 것이어서 비상(非常)한 천재의 진맥이 아니고는 알아낼 수 없는 것이다. (중략) 보통의 독자는 자기의 받은 인상을 분석하야 언어로 발표할 수도 없는 미소(微少)한 영향을 더구나 사후의 실증적 측정이 아니라 예측할 책임을 문예비평가는 가지는 것이다. 그러므로 비평가는 특별히 예리한 감수성을 가지고 자기의 받은 인상을 분석하므로 일반독자의 받을 인상을 추측하야 이 작품이 사회에 끼칠 효과의 민감한 계량기, 효과의 예보의 청우계(晴雨計)가 되어야 한다.7)

박용철은 한 작품이 개인의 심리에서 나아가 사회에 끼치는 영향은 지극히 미세한 것이어서 '비상한 천재의 진맥'이 아니고는 알아낼 수 없다고 말한다. 그리고 이것을 예측하는 책임이 문예비평가에게 있다고 보는데, 이 점에서 박용철은 비평가를 특별히 예리한 감수력을 지닌 비범한 천재로 간주하고 있다. 원래 낭만주의 시론의 기본 개념은 시인을 천재적 개인으로 보고, 시를 그 천재의 영감이나 상상력이 자발적으로 유출되어 표현된 것으로 본다. 박용철은 이러한 관점을 역으로 적용하여 작품을 감상하고 그 효과를 측정하는 비평가에게 이 천재의 지위를 부여한다. 다시 말하면, '존재의 시론'과 '수용과정의 관점'을 결부시키고 이를 더 확장하여 사회적 효용론으로서 비평가의 역할을 강조하는

7) 위의 글, 28쪽.

것이다.

지금까지의 논의를 요약하면, 시를 하나의 '존재로 보는 관점'과 그것을 감상자, 혹은 비평가의 입장에서 바라보는 '수용과정의 관점'이 박용철 전기 시론을 특징짓는 중요한 요소가 된다. 이제 박용철 전기 시론이 지닌 형식적 특징을 살펴보기로 하자.

우선 '시가 한낱 존재'라는 언급 바로 다음의 문장 "조각과 회화가 한개의 존재인 것과 꼭같이 시나 음악도 한낱 존재이다"라는 진술을 주목할 수 있다. 시와 음악을 하나로 묶어서 말하는 박용철의 태도에는 시의 속성을 음악적 특징과 결부시켜 사고하는 관점이 용해되어 있다. 이러한 관점은 조각·회화가 지닌 공간적 형식과 구별하여 시를 음악이 지닌 시간적 형식과 관련시키는 것으로 이해된다. 이것은 시를 "고처"로 보고 물이 높은 데서 낮은 데로 흘러내리는 비유를 사용한 대목에서도 확인될 수 있다. 물이 흘러내리는 것은 그 유동성으로 인하여 회화적 형식이 지닌 공간성보다 음악적 형식이 지닌 시간성과 밀접한 관련을 지니기 때문이다. 「'시문학' 창간에 대하여」의 이러한 단편적 진술과 관련하여, ≪시문학≫ 창간호의 편집후기에는 다음과 같은 대목이 눈에 띈다.

> 우리는 시를 살로 색이고 피로 쓰듯 쓰고야만다. 우리의 시는 우리 살과 피의 맺힘이다. 그럼으로 우리의 시는 지나는 거름에 슬적 읽어치워지기를 바라지못하고 우리의 시는 열번스무번 되씹어읽고 외여지기를 바랄뿐 가슴에 느낌이 있을때 절로 읇어나오고 읇으면 느낌이 이러나야만 한다. 한말로 우리의 시는 외여지기를 구한다. 이것이 오즉 하나 우리의 오만한 선언이다. (중략)
>
> 한 민족의 언어가 발달의 어느 정도에 이르면 구어(口語)로서의 존재에 만족하지 아니하고 문학의 형태를 요구한다. 그리고 그 문학의 성립은 그 민족의 언어를 완성식히는 길이다.[8)]

8) 박용철, 「시문학」 창간호 후기, 1930. 3./『전집-2』, 218-219쪽.

"살"과 "피"로 쓰는 시는 머리로 쓰는 시가 아니라 몸 전체로 쓰는 시를 의미하는데, 이는 '생리'를 중시하는 시관이다. 이것은 임화 시론으로 대변되는 프로시의 '이데올로기'와, 김기림 시론으로 대변되는 모더니즘 시의 '지성'에 대한 대타 개념으로 설정된 측면도 지닌다. 이 대타 의식은 프로시나 모더니즘시에 맞서는 소위 시문학파 시동인들의 결속감으로 이어지는데, 그것이 인용문에 반복되는 "우리"라는 표현으로 나타나는 것으로 보인다. 그런데 박용철은 이처럼 살과 피로 쓰여지는 시가 외워지기를 바란다. 외워지는 시란 시를 생리와 체험에 근거한 청각적 감흥의 대상으로 보는 것을 의미한다. 즉 박용철에게 있어 시란 곧 노래이다. 가슴에 느낌이 있을 때 절로 시가 읊어나오는 것은 '감정의 자발적 유출'이라는 워즈워스의 낭만주의적 표현론에 닿아 있는데, 박용철은 그 관점을 수용과정에도 적용하여 시를 읊으면 느낌이 일어나야 한다고 말한다. 시를 노래로 보고 그 느낌과 표현을 중시한 이러한 관점은, 박용철의 시론이 생리에서 자연스럽게 흘러나오는 음악적 운율을 중시하는 것을 확인시켜 준다.

생리와 음악적 운율을 중시하는 태도는 박용철이 "시인은 천성(天成)이요 배화되는 것이 아니라하며 시란 감정의 자연스런 발로며 분방한 횡일(橫溢)"[9]이라고 요약한 바 있는 서구 낭만주의 시관과 밀접한 관련성을 지닌다. 서구의 낭만주의는 감성적 세계인식과 유기체적 세계관, 관념주의로 요약되며, 그것은 다시 천재로서의 창조적 자아, 직관과 상상력 옹호, 초개인적인 힘, 기연론적(起錄論的) 세계관, 범신론적 자연, 원시 동경(primitivism), 시간적 · 공간적 동경, 내면적 동경 등으로 세분될 수 있다.[10] 그런데 박용철의 전기 시론이 소박한 낭만주의적 표현론이 닿아 있다는 것은 그의 미적 현대성이 소극적인 차원, 즉 사회의식과 결별

9) 박용철, 「신미 시단의 회고와 비평」, 『박용철 전집』 2, 6쪽.
10) 오세영, 「낭만주의」, 『문예사조』, 고려원, 1983, 88-118쪽 참고.

된 예술의 순수성을 추구하는 것과 관계된다. 서구의 낭만주의는 예술 형식의 합목적성, 미적 판단에 있어서의 무관심성 등으로 요약되는 칸트의 '예술의 자율성 이론'을 사상적 배경으로 하는 동시에, 프랑스 혁명의 좌절과 산업혁명의 와중에서 사회적 압박에 대한 대항으로서 시를 우월한 실재의 가치로 인식하고 옹호한 점에서 미적 현대성의 적극적 차원을 지닐 수 있었다. 이에 반해 박용철의 전기 시론은 감성적 직관과 유기체적 세계관으로 프로시와 모더니즘시가 지닌 이성적 주체에 의한 진보적 역사관에 대응한 점에서 미적 현대성의 일면을 지니지만, 그것이 다분히 사회적 현대화의 진행과 유리된 채 예술의 순수성을 추구하는 측면에만 한정된 점에서 소극적 의미를 지니게 된다.

2.2. 변용의 시학

박용철의 시론에 일종의 질적 변화의 계기를 마련해 준 것은 하우스만A. E. Housman의 시론 「시의 명칭과 성질」(The Name and the Nature of Poetry)이다. 박용철은 하우스만이 1933년 2월 캠브리지 대학의 레슬리 스티븐 강연으로 행한 이 시론을 번역하여 ≪문학≫ 제2권(1934. 2)에 권두 논문으로 발표하는데, 이를 통해 자신의 시론을 이론적으로 체계화하여 이후 본격적인 시론을 발표하게 된다. 하우스만의 시론이 박용철에게 미친 영향은 크게 두 가지 관점에서 정리될 수 있다. 하나는 시의 수용과정에 대한 종전의 입장을 확인하는 것이고, 또 하나는 시의 창작과정에 대한 새로운 이해를 얻는 것이다.

> ① 시는 말해진 내용이 아니요 그것을 말하는 방식이다. 그러면 그것은 분리해서 따로 연구할 수 있는 것이냐, 언어와 그 지적 내용 그 의미와의 결연은 상상할 수 있는 가장 긴밀한 결연이다. 혼성되지 않은 순연한 시 의미에서 독립된 시 그런 것이 어디 있겠느냐. 시가 의미를 가지

고 있을 때에도 (언제나 그러한 것이지마는) 그것을 따로 끌어내는 것은 재미스럽지 않다. (중략) 의미는 지성에 속한 것이나 시는 그렇지 않다. 만일 그렇다 하면 18세기는 더 좋은 시를 썼을 수 있을 것이다.[11)]

② 내 생각에는 시의 산출이란 제1단계에 있어서는 능동적이라는 것보다 오히려 수동적 비지원적(非志願的) 과정인가 한다. 만일 내가 시를 정의하지 않고 그것이 속한 사물의 종별만을 말하고 말 수 있다면, 나는 이것을 분비물이라고 하고 싶다. 종나무의 수지(樹脂)같이 자연스런 분비물이던지 패모(貝母) 속에 진주같이 병적 분비물이던지 간에 내 자신의 경우로 말하면 이 후자인 줄로 생각한다. (중략) 이렇게 뇌에 와서 제공되는 시사(示唆)의 원천은 내가 인식할 수 있는 한에서는 심연 즉 (내가 이미 말한 바와 같이) 흉와(胸窩)이다.[12)]

①에서 하우스만은 시에서 말해진 내용보다 말하는 방식에 비중을 둔다. 그리고 시에서 내용을 따로 끌어내어 연구하는 것은 바람직하지 않다고 보는데, 그 근거로 언어와 내용(의미)의 긴밀한 결합관계를 제시한다. 이러한 관점은 '내용과 형식의 유기적 결합설'으로 요약될 수 있을 것이다. 전기 시론에서 "그 '무엇'까지를 세밀하게 규정하려면 다만 편협에 빠지고 만다", "이 영향은 극히 미세한 것이어서 비상한 천재의 진맥이 아니고는 알아낼 수 없는 것이다"라고 말한 바 있는 박용철에게, 이러한 하우스만의 견해는 자신의 견해를 확인하고 심화시키는 계기가 되기에 충분한 것이다. 이 관점은 시의 수용과정에 대한 종전의 입장 확인이라고 볼 수 있다.

②에서 하우스만은 자신의 체험을 통해 시 창작과정을 구체적으로 서술한다. 그 내용은 크게 두 가지로 요약될 수 있는데, 하나는 시 창작의 일단계를 수동적 비지원적(非志願的) 과정으로 보는 것이고, 또 하나는

11) A. E. Housman, 박용철 역, 「시의 명칭과 성질」, ≪문학≫, 1934. 2. / 『박용철 전집』 2, 60-61쪽.

12) 위의 글, 72-73쪽.

그 원천을 심연 즉 흉와로 간주하는 것이다. 시작 과정의 수동성은 시를 "분비물"로 보는 관점에서도 드러나는데, 하우스만에게 있어 시작이란 이성의 근거를 둔 기교의 문제가 아니라 신체적 본능의 문제인 것이다. 이러한 시작의 원천으로 본 "흉와"는 신체적·본능적 중심부로서 심정의 근원인 영감을 상징한다. 결국 하우스만의 체험적 시론은 '신체적 본능에 의한 수동설'과 '영감설'로 요약될 수 있다. 이 관점은 시의 창작과정에 대한 새로운 이해에 해당한다.

하우스만의 「시의 명칭과 성질」이 번역되고 3, 4년간의 침묵 후에 발표된 「을해시단총평」(≪동아일보≫, 1935. 12)은 박용철 후기 시론의 첫 자리에 놓인다. 그것은 전체적으로 김기림과 임화를 비판하고 정지용과 ≪시원(詩苑)≫을 옹호하는 내용으로 되어 있다. 이러한 내용은 이 평문이 기교주의 논쟁에 개입하면서 제출된 사정과도 관련된다. 박용철은 김영랑·정지용 등으로 대표되는 시문학파를 옹호하면서, 임화 중심의 현실과 내용을 중시하는 프로 시파와 김기림 중심의 지성과 형식을 중시하는 모더니즘 시파를 비판하는 것이다.

> ① 우리는 이러한 출발점을 가져서는 안된다. 선인(先人)과 같은 시를 쓸 우려가 있으니 우리는 새로운 고안을 해야 한다는 데서 출발하면 거기는 의상사(衣裳師)에로의 길이 있을 뿐이다.
>
> 우리는 이러한 출발점을 가져야 한다. "우리는 전생리(全生理)에 있어 이미 선인과 같지 않기에 새로히 시를 쓰고 따로이 할 말이 있기에 새로운 시를 쓴다"(전생리라는 말은 육체, 지성, 감정, 감각 기타의 총합을 의미한다).[13]
>
> ② 임화 씨의 논문 「담천하의 시단 1년」(≪신동아≫ 송년호)은 세밀한 토의의 대상이 되기에는 너무 수많은 사실 인식의 착오와 논리의 혼란이 있다. 그러나 그 논문의 본질은 역시 표제(表題) 중시의 사상에 있고 시적 기법을 이해함에 있어서는 시를 약간의 설명적 변설(辨說)로 보

13) 박용철, 「을해시단총평」, ≪동아일보≫, 1935. 12./『박용철 전집』 2, 83-84쪽.

는데 지나지 않는다. (중략)

시는 아름다운 변설 적절한 변설 이로정연(理路整然)한 변설 이러한 약간의 변설에 그칠 것이 아니다. 특이한 체험이 절정에 달한 순간의 시인을 꽃이나 혹은 돌맹이로 정착시키는 것 같은 언어 최고의 기능을 발휘시키는 길이다.[14]

①에서 박용철은 모더니즘 경향의 시인들을 새로운 고안에 급급한 의상사라고 비판하는데, 그 원인을 김기림의 시론이 '생리'가 아닌 '지성'에 근거하는 점을 든다. 그리고 지성과 의상사의 길을 기교주의와 연결시킨다. 이러한 박용철의 김기림 비판은 '지성' 혹은 '기교' 대 '생리'라는 대립개념을 토대로 이루어지는데, 박용철이 주장하는 '생리'는 전기 시론에서부터 유지되어 하우스만 시론의 수용으로 더욱 강화된 중심 개념이다. 그것은 '살과 피', '흉와', '덩어리', '분비물' 등의 비유를 모두 포괄하고 있는데, 박용철은 '전생리'라는 용어를 사용하고 그것이 육체, 지성, 감정, 감각 등의 총합을 의미한다고 정의한다. 이러한 포괄적 의미 부여는 생리의 속성상 논리적 검증이 불가능한 점에서 어느 정도 주관적 언급이라고 할 수도 있는데, 이러한 포괄성에는 김기림 시론의 지성이 지닌 편협함과 대비시키려는 의도가 내포되어 있는 듯이 보인다. 아무튼 박용철은 지성이나 시적 기법보다 그것을 가능케 하는 생리적 필연이 시의 본질이라는 입장인데, 이러한 관점의 지성 비판은 실제비평에 해당하는 「기상도」에 대한 평가[15]에도 그대로 적용된다.

---

14) 위의 글, 85쪽, 87쪽.

15) "이 시의 인상은 한 개의 모티브에 완전히 통일된 악곡이기보다 필름의 다수한 단편을 몬타-쥬한 것 같은 것이다. (중략) 시인의 경복할 만한 노력과 계획에 불구하고 시인의 정신의 연소가 이 거대한 소재를 화합시키는 고열에 달하지 못하고 그것을 겨우 접합시키는데 그쳤든 것 같다. 그 중에서도 필자의 가장 불만 인 점은 이 시가 명랑한 아침 폭풍경보에서 시작해서 다시 명랑한 아침 폭풍경보 해제에 끝나는 이 완전한 좌우동형적 구성이다". 박용철, 「을해시단총평」, 『박용철 전집』2, 95쪽.

②에서 박용철은 임화 시론의 본질을 '표제 중시의 사상'으로 보고, 시적 기법의 차원에서는 시를 '설명적 변설'로 본다고 언급한다. 이는 임화 시론이 지닌 내용 우위의 시관을 지적한 것으로서, 시를 주로 내용의 측면에만 치중하여 인식하는 태도를 가리킨다. 이러한 내용 우위의 시관은 "시인은 시대현실의 본질이나 그 각각의 세세한 전이의 가장 민첩하고 정확한 인지자이어야 하고 그것을 시적 언어로 반영 표현해야 한다"[16]라는, 임화의 진술에 나타난 시대현실의 인지와 그 반영의 관점을 내포하고 있다. 이에 대해 박용철은 시대현실보다 그것을 체험하는 개인의 생리적 필연으로서 엉어리를 표현하는 것이 더 중요하다고 피력한다. 따라서 박용철은 '변설 이상의 시'를 주장하고, 이어서 그것을 체험과 변용의 차원에서 언어 최고의 기능을 발휘하는 길이라고 설명한다. 이는 「을해시단총평」에서 이미 「시적 변용에 대하여」의 주된 내용이자 자신의 시론의 정점에 해당하는 체험과 변용에 대한 인식을 어느 정도 가지고 있었음을 보여준다.

박용철 후기 시론의 중요성은 시의 창작과정에 대한 탐색에서 찾을 수 있다. 이 창작과정의 시론은 하우스만 시론의 수용뿐 아니라, 기교주의 논쟁의 과정에서 임화 시론과 김기림 시론에 대응하는 나름의 독자적인 시론을 제시한다는 의도도 그 계기로 작용한다. 즉 임화나 김기림의 시론이 간과하고 있는, 시의 생성과정에 작용하는 은밀한 비밀을 밝혀냄으로써 시의 본질을 천착하고자 한 것이다. 박용철은 「'기교주의'설의 허망」에서 임화와 김기림 시론에 대한 대안으로 시 창작과정의 비밀을 밝히려 했지만, 표현 이전의 충동에 비중을 두는 종전의 관점과 언어 표현의 기술을 고려해야 한다는 새로운 관점 사이에서 균열을 일으킨다. 이 균열의 근본 원인은 언어를 단순히 표현의 도구로 보는 관점에

16) 임화, 「담천하의 시단 1년」, ≪신동아≫, 1935. 12./『문학의 논리』, 서음출판사, 1989, 611쪽.

있는데, 박용철은 이 균열을 해소하기 위해 '체험'과 '변용'의 개념을 집중적으로 탐색하는 것으로 보인다. 이러한 탐색은 박용철의 마지막 시론인 「시적 변용에 대하여」에서 구체화된다. 이 평문은 종전의 시관들을 한 차원 높은 수준에서 결집하고 승화시키고 있다.

> 우리의 모든 체험은 피 가운데로 용해한다. 피 가운데로, 피 가운데로, 한낱 감각과 한 가지 구경과, 구름같이 펴올랐든 생각과, 한 근육의 움직임과, 읽은 시 한 줄, 지나간 격정이 모도 피 가운데 알아보기 어려운 용해된 기록을 남긴다. (중략)
>
> 흙 속에서 어찌 풀이 나고 꽃이 자라며 버섯이 생기고? 무슨 솜씨가 피 속에서 시를, 시의 꽃을 피여나게 하느뇨? 변종을 맨들어내는 원예가. 하나님의 다음가는 창조자. 그는 실로 교묘하게 배합하느리라, 그러나 몇 곱절이나 더 참을성있게 기다리는 것이랴!
>
> 교묘한 배합, 고안, 기술, 그러나 그 위에 다시 참을성있게 기다려야 되는 변종 발생의 챈스.[17)]

인용문은 '체험'과 '변용'이라는 중심 개념으로 요약될 수 있다. 먼저 첫 단락은 '체험'에 대한 진술로서, "우리의 모든 체험은 피 가운데로 용해한다"라는 문장에 집약된다. 감각, 구경, 생각, 근육의 움직임, 시 한 줄, 지나간 격정 등의 모든 삶의 체험들이 피 가운데로 용해된다는 말은, 생리적 필연성으로 육화된다는 의미이다. 둘째 단락은 이러한 체험의 '변용'에 대한 진술이다. "피 속에서 시를, 시의 꽃을 피여나게 하는" 것은 신체적 · 생리적으로 육화된 체험에서 시를 생성시키는 과정, 즉 시 창작과정인데, "무슨 솜씨가"라는 구절은 이 창작과정에 '기술'이 요구된다는 의미가 된다. 그런데 박용철은 이 변용에 '기술'뿐 아니라 '기다림'이 요구된다고 지적하고, "몇 곱절이나 더 참을성있게 기다리는

17) 박용철, 「시적 변용에 대하여」, ≪삼천리문학≫ 창간호, 1937. 1./『박용철 전집』 2, 3-4쪽.

것"이라고 강조한다. 이 기다림은 시 창작의 과정이 단순한 의도적 기술의 문제가 아니라 비의도적·생리적 필연성에 근거하고 있음을 의미하는 것이다.

결국 박용철 후기 시론의 요체인 '체험'과 '변용'은 '경험의 신체적 육화'와 시 제작과정에서의 '기술' 및 '기다림'으로 요약되는 것으로, 표현 이전의 충동과 시 창작과정의 기술 사이에 존재하는 모순을 해소하려는 시도인 것이다. 박용철은 「시적 변용에 대하여」에서 릴케의 '체험'과 '변용'을 중심으로 상징주의적 시론을 수용하여 시 창작과정상의 표현의 문제를 천착하고 있음에도 불구하고, 표현 이전의 충동인 영혼·영감·감정의 독자적 가치를 보존하고 싶어한다. 이 고민은 시 창작과정으로서의 언어표현의 관점이 '기술사(奇術師)'의 차원으로 떨어질 우려에서 기인하는데, 이를 해소하기 위해 박용철은 체험과 변용의 시론에 '나무'의 비유와 '영감'의 성장설을 도입하게 된다.

> 시인은 진실로 우리 가운데서 자라난 한 포기 나무다. 청명한 하늘과 적당한 온도 아래서 무성한 나무로 자라나고 장림(長霖)과 담천(曇天) 아래서는 험상궂인 버섯으로 자라날수 있는 기이한 식물이다. (중략) 그는 다만 기록하는 이상으로 그 기후를 생활한다. 꽃과 같이 자연스러운 시, 꾀꼬리같이 흘러나오는 노래, 이것은 도달할 길 없는 피안을 이상화한 말일뿐이다. 비상한 고심과 노력이 아니고는 그 생활의 정(精)을 모아 표현의 꽃을 피게 하지 못하는 비극을 가진 식물이다.
>
> 영혼이 우리에게 와서 시를 잉태시키고는 수태를 고지하고 떠난다. 우리는 처녀와 같이 이것을 경건히 받들어 길러야한다. 조금이라도 마음을 놓기만하면 소산(消散)해 버리는 이것은 귀태(鬼胎)이기도 하다. 완전한 성숙이 이르렀을 때 태반이 회동그란이 돌아 떨어지며 새로운 창조물 새로운 개체는 탄생한다.
>
> 많이는 다시 영감의 도움의 손을 기다려서야 이 장구한 진통에 끝을 맺는다.[18]

박용철은 시인을 나무에 비유한다. '나무'의 비유는 여러 가지 의미에서 유기체적 시관을 함축한다. 나무는 성장하고 성숙하는 생명체인 점에서 생명에의 의지를 지니고 있다. 또한 나무는 기후나 온도 등의 환경 여하에 따라 다르게 자라나는 비의지적 수동성과 생리적 필연성을 지닌다. 그런데 이러한 언급은 표현 이전의 충동에 해당하는 체험이나 생리적 필연성을 강조하는 관점이므로, 박용철은 그것이 절대화되는 것을 경계하여 다시 표현과정의 고심과 노력이 중요함을 덧붙인다.

그래서 인용문의 후반부는 표현의 꽃을 피게 하는 창작과정의 노력을 강조하게 된다. 영감이 시를 잉태시키고 시인은 처녀같이 그것을 받들어 기른다는 비유는 역시 유기체적 시관에 입각해 있다. 잉태에서 탄생에 이르는 진통의 과정은 생명의 씨앗이 자라나 꽃을 피우고 열매를 맺는 유기적 성숙의 과정에 해당된다. 영감은 이 유기적 성숙과정에서 최초의 씨앗에 해당하지만, 그것이 완전한 성숙에 이르러 탄생하기 위해서는 경건한 태교와 기다림이 필요하다. 결국 박용철은 '생리적 필연성'과 '언어표현의 기술'이라는 두 관점 사이를 왕래하며 '체험'과 '변용'의 시론을 구체화하고 있는 것이다. 이 평문의 제목이 '시적 변용에 대해서'라는 점에서도 알 수 있듯, 박용철은 이 시론에서 주로 언어표현의 기술을 포함하는 '변용'의 과정을 천착하려 했던 것으로 보인다. 그러나 표현 이전의 충동에 해당하는 영혼·영감·감정 등의 고유한 가치에 대해 애착을 유지하고 있는 박용철은, 그것을 다시 강조하면서 시론을 끝맺는다.

> 시는 시인이 느려놓는 이야기가 아니라, 말을 재료 삼은 꽃이나 나무로 어느 순간의 시인의 한 쪽이 혹은 왼통이 변용하는 것이라는 주장을 위해서 이미 수천 언을 버려놓았으나 다시 돌이켜 보면 이것이 모두 미

---

18) 위의 글, 7-9쪽.

> 래에 속하는 일이라 할 수도 있다. 시인으로서나 거저 사람으로나 우리게 가장 중요한 것은 심두(心頭)에 한 점 경경(耿耿)한 불을 길르는 것이다. (중략) 이 무명화(無名火) 시인에게 있어서 이 불기운은 그의 시에 앞서는 것으로 한 선시적(先詩的)인 문제이다. 그러나 그가 시를 닦음으로 이 불기운이 길러지고 이 불기운이 길러짐으로 그가 시에서 새로 한 걸음을 내여드딀 수 있게되는 교호작용이야말로 예술가의 누릴 수 있는 특전이요 또 그 이상적인 코-스일 것이다.[19]

인용문의 전반부에서 박용철은 시 창작과정의 '변용' 보다 그 이전의 내면적 '체험'이 더 중요하다고 말하고, 그것을 "무명화(無名火)"라고 부른다. 이 '무명화'는 전기 시론에서부터 견지해 온 박용철 시관의 중심 개념인 표현 이전의 충동, 즉 영혼・영감・감정을 의미한다. 이것을 '불'에 비유한 것은 생명에의 의지와 성스러운 기운을 암시하기 위함이요, '무명'이라고 한 것은 언어 표현 이전의 상태, 즉 시 이전의 상태를 의미하기 위한 것으로 보인다. 따라서 이 '무명'은 릴케의 '이름없는 것'과는 변별성을 지닌다. 릴케의 대지의 사상은 시인의 내면공간에서 언표 가능한 세계의 사물들이 언표 불가능한 비의(秘意)를 지닌 상태로 변용하는 것을 말하는 데 반해, 박용철의 '무명'은 변용 혹은 언어표현 이전의 순수한 영감의 상태를 말하는 것이기 때문이다. 그런데 박용철은 이 무명화, 즉 선시적(先詩的)인 것이 가장 중요하다는 전제하에, 시에서 새로운 한 걸음을 내닫기 위해서는 이 불기운과 언어표현의 기술을 연마하는 것 사이에 교호작용이 요구된다는 지적을 덧붙인다.

결국 박용철 후기 시론의 요체는 전기 시론에서부터 견지해 온 표현 이전의 충동에 애착을 가지면서, 그것과 교호작용하는 언어표현의 기술적 문제를 '체험'과 '변용'의 시론으로 구체화하는 데 있다. 그 구체화의 작업은 표현 이전의 충동을 중시하는 관점과 언어적 표현과정을 천착하

19) 위의 글, 9-10쪽.

는 관점 사이의 균열을 안은 채 그 사이를 왕래하면서, 유기체적 시론의 의미 있는 성과를 이루었다고 평가될 수 있다.

3. 박용철 시론의 계보

전기 시론과 후기 시론의 연속성 및 변별성을 포괄하여 박용철 시론의 특징을 전체적으로 규정하는 것은 유기체적 문제설정이다. 문학의 유기체론[20]은 우선 유비적 사유와 유기체적 세계관에 기초한다. 사유방법으로서의 '유비'(analogy)는 '논리'와 대비되는 것으로서, 인간의 내면과 외부 현상을 결합시켜 동일화하거나 닮지 않은 것 사이에서 동일성을 찾는 것이다. 인간적 삶이나 행위를 자연 현상에 견주는 전통적 사유 형태도 이 유비에 해당한다. 한편 유기체적 세계관은 이 유비적 사유가 하나의 세계관으로 정립된 것으로서, 세계・우주・혹은 대상을 정적 기계주의로 보지 않고 식물과 같은 동적 유기체로 보는 관점이다. 유기체란 이미 만들어져 고정된 대상이 아니라 만들어지고 있거나 자라나고 있는 과정의 생명체이다. 생명체는 탄생・성장・소멸의 연속성을 그 본질로 삼는다. 따라서 이 유기체적 세계관은 유기체적 자연관, 유기체적 역사관 등을 포함하고 있다. 유기체적 자연관이란 자연을 스스로 활동하는 생명체로서 세계정신이나 신(神)이 내재하는 공간으로 간주하는 관점을 말하고, 유기체적 역사관은 시간의 흐름, 즉 역사 자체를 고정된 대상으로 보지 않고 탄생・성장・소멸의 지속적 과정으로 보는 관점을 말한다. 이러한 유비적 사유방식과 유기체적 세계관을 기초로 한 문학 유기

20) 문학유기체론의 일반적 개념은 구모룡, 「한국근대유기론의 담론분석적 연구」, 부산대 박사학위논문, 1992, 10-22쪽 참고.

체론은 과정이론 · 존재이론 · 가치이론 · 역사이론 등의 이론 영역을 갖는데,[21] 그 전체적 내용은 연속성 · 역동성 · 전체성 등의 중심개념으로 요약된다고 볼 수 있다. 문학 유기체론의 일반적 개념들은 동 · 서의 전통적 문학관에 그 뿌리를 두고 있는데, 근대 이후의 문예사조나 미적 실천으로서는 직접적으로 낭만주의적 문학관과, 간접적으로 상징주의적 문학관과 관련성을 지닌다.

유기체적 문제설정을 특징으로 하는 박용철 시론의 계보에 해당하는 시론으로 1930년대 후반의 정지용 시론, 1940년대의 조지훈 시론, 1980년대 이후의 최동호 시론 등을 들 수 있다. 시론 이외의 분야로는 1930년대 김환태, 김문집의 인상주의 비평, 식민지 시대에서 해방 이후까지 이어지는 조윤제의 유기체적 문학사론, 김동리 · 조연현의 구경적(究竟的) 삶의 비평도 여기에 속한다고 볼 수 있다. 유기체적 문제설정은 동 · 서양의 고전적 문학관과 밀접한 연관성을 가지고 있으므로, 한국 고전시론사 연구도 이 유형의 계보적 연구의 대상이 될 것으로 판단된다. 따라서 박용철 시론을 거점으로 하는 유기체적 문제설정의 계보적 연구는 국문학 연구의 중요 과제인, 고전문학과 현대문학의 연속성을 규명하는 데에도 기여할 것으로 생각된다.

박용철 시론의 현재성을 점검할 때, 그 영향 관계가 앞서 언급한 유기체적 문제설정 이외에도 작용하고 있음을 밝히는 것은 한국 현대시론사 연구에서 하나의 중요한 쟁점이 될 수 있다. 그 하나의 사례로서, 김수영 시론이 지닌 박용철 시론과의 관련성을 간략히 정리하면서 이 글을 마무리하고자 한다.[22] 김수영의 시론은 지금까지 모더니즘과 리얼리즘의 이분법적 대립 구도 속에서 각각 연구되어 왔다. 그러나 김수영의

21) 정금철, 『현대시의 기호학적 연구』, 새문사, 1990, 16쪽.
22) 자세한 내용은 졸고, 「김수영 시론과 박용철 시론의 관련성 연구」, 『어문연구』 39집, 2002. 8을 참고할 것.

시론은 박용철의 '생명 시론'과의 연관성을 계보학적으로 고찰할 때 그 정체가 더 선명히 해명될 수 있다.

김수영 시론의 핵심이 되는 미학적 근거는 '힘'에 있는데, 이 '힘'의 정체와 그 발생 과정을 중심으로 김수영 시론을 요약하면 다음과 같이 정리될 수 있다. 첫째, 시 혹은 언어 이전의 내용으로서 '양심'과 '사상'과 '지성'을 중시한다. 둘째, 시의 '내용'을 '시를 논한다는 것－산문－현실성－모험－세계의 개진'과 동류항에 놓고, 시의 '형식'을 '시를 쓴다는 것－노래－예술성－모호성, 미지의 혼돈－대지의 은폐'와 동류항에 놓는다. 셋째, 시의 내용은 산문의 모험 및 세계의 개진을 통해 자유의 이행으로서의 혼돈에 도달함으로써 시의 형식과 만나고, 시의 형식에 해당하는 혼돈과 자유가 확보됨으로써 결핍된 지성의 문제가 충족된다는 점에서 시의 형식은 다시 시의 내용이 된다. 넷째, 김수영은 '자유의 이행'을 통해 시의 내용과 시의 형식, 현실성과 예술성, 세계의 개진과 대지의 은폐를 동시에 온몸으로 밀고 나감으로써 회귀와 확장을 끝없이 지속하는, 양극의 모순과 극복의 과정을 보여준다. 다섯째, 이처럼 온몸을 통한 '자유의 이행'을 통해 '힘'을 구현하는 시가 생성될 때, 그것은 '사랑'과 '혼란' 그리고 '죽음'과도 상통하는 차원을 획득한다.

김수영이 시 이전의 내용을 중시하고 그 내용의 차원에 '양심'과 '사상'과 '지성'을 대응시키는 양상은 '내용 중시의 시론'으로서, 선시적인 것, 즉 시 이전의 체험이나 충동을 중시하는 박용철의 시론과 유사성을 지닌다. 그리고 김수영이 온몸을 밀고나가는 투신의 과정에서 내용과 형식 사이의 양극의 모순을 극복하려는 지향은 '창작과정상의 시론'으로서, '체험'과 '변용'의 개념을 중심으로 시인의 창작 체험에 초점을 맞추는 박용철 시론과 유사성을 지닌다. 더 나아가 김수영 시론은 박용철 시론의 핵심인 경험의 신체적 육화를 통한 유기체적 시론의 차원을 계승하고 있다. 박용철의 '생명 시론'은 생리적 필연성과 언어 표현 과정상의 기술 문제를 상호교섭적으로 탐구함으로써, 경험의 신체적 육화와 시 창작과정의 기술 및 기다림을 중시한다. 김수영의 시론은 온몸을 동시에 밀고나가는 투신을 통해 현실성과 예술성, 세계의 개진과 대지의 은폐 사이의 교호작용을 끊임없이 추구함으로써 시의 내용과 형식 사이의 간극을 통합시켜나갔다. 즉 김수영 시론이 보여준 내용과 형식의 모순 극복 과정은 박용철 시론이 보여준 체험과 변용의 모순 극복 과정의 연장선에 놓여있다고 볼 수 있다. 이런 차원에서 김수영의 시론은 모더니즘의 한계를 극복하고 리얼리즘으로 전개되었다는 기존의 일반적인 평가보다는, 모더니즘과 리얼리즘의 양극을 유기체적 문제설정으로 통합시켜나갔다고 보는 것이 더 타당할 것이다. 결국 김수영의 시론은 1930년대 김기림의 모더니즘 시론이 보여준 기하학적 문제설정과 임화의 리얼리즘 시론이 보여준 변증법적 문제설정을 통합하는 중요한 계기로서, 박용철의 신체적 육화에 근거한 생명 시론의 유기체적 문제설정을 흡수함으로써, 한국 현대시론의 전개에 있어서 현대성의 한 중요한 성과를 얻게 되는 것이다.

▸▸▸ 참고문헌

박용철, 「'시문학' 창간에 대하여」, ≪조선일보≫, 1930. 3. 2.
______, 「효과주의적 비평논강」, ≪문예월간≫, 1931. 11.
______, 「문예시평」, ≪문예월간≫, 1931. 12.
______, 「신미시단의 회고와 비판」, ≪중앙일보≫, 1931. 12. 7.
______, 「문예계에 대한 신년 희망-소설계에」, ≪문예월간≫, 1932. 1.
______, 「쎈티멘탈리즘도 가(可)」, ≪동아일보≫, 1932. 1. 12.
______, 「실험 무대- 제2회 시연초일(試演初日)을 보고」, ≪동아일보≫, 1932. 6. 30-7. 5.
______, 「피란델로 작 '바보'에 대하여」, ≪동아일보≫, 1933. 11. 25-26.
______, 「여류시단 총평」, ≪신가정≫, 1934. 2.
______, 「을해시단 총평」, ≪동아일보≫, 1935. 12. 24-12. 28.
______, 「'기교주의'설의 허망」, ≪동아일보≫, 1936. 3. 18-19.
______, 「기술의 문제」, ≪동아일보≫, 1936. 3. 21-25.
______, 「병자시단의 일년 성과」, ≪동아일보≫, 1936. 12.
______, 「정축년 회고-시단」, ≪동아일보≫, 1937. 12. 21-23.
______, 「시적 변용에 대하여」, ≪삼천리문학≫, 1938. 1.

전통과 근대의 대립에 대한 지용의 입장

1. 서 론

김윤식 교수는 한국 근대시를 전통지향성과 근대지향성의 교체・반복으로 설명했다[1]. 남기혁은 이런 방식의 설명이 "한국 근대 시사의 중요한 결절을 이루는 지점에서 예외 없이 전통적 서정성을 중시하는 시 창작과 소위 근대주의적 실험을 추구하는 시 창작이 순차적이거나 동시적으로 등장하여 한국시의 내면을 풍요롭게 만들었다는 점을 고려한다면 이 모델을 통해 한국 시사를 점검하는 것에는 큰 무리가 없다[2]"고 말한다. 그러면서 그는 이 두 가지 대립적 경향을 통해서 한국 근대 시사를 설명하기 위해서 필요한 세 가지 전제를 제시한다.

첫 번째는 전통지향성과 근대지향성은 문학사를 설명하기 위한 모델이므로 개별 시인이나 유파의 시적 담론 전체를 어느 하나의 항목에 기계적으로 대입할 수 없다는 점이고, 두 번째는 한국 근대시에 나타난 전

* 권정우 / 충북대학교 교수

1) 김윤식, 『한국현대 시론비판』, 일지사, 1986, 289-230쪽.

2) 남기혁, 「김소월 시의 근대와 반근대 의식」, ≪한국시학연구≫, 2004, 219-220쪽.

통지향성을 '전근대성'이라고 규정하는 것은 옳지 못하다는 점이며, 세 번째는 전통지향성을 민족 주체성, 자문화의 우월성과 연결 짓는 것도 옳지 못하다는 점이다[3].

남기혁의 이런 주장은 전통을 전근대적인 것으로 본다든지, 민족의 고유한 것으로 보는 근대주의적 관점을 극복하고 전통을 보는 새로운 안목을 제공해준다는 점에서 의의를 찾을 수 있다. 그렇지만 전통을 근대를 초극하는 대안으로 보는 것이나, 전통의 범위를 민족적, 국가적 영역으로 한정짓는다는 점에서 한계를 지니고 있다. 먼저, '전통을 수용함으로써 근대를 초극한다'는 표현은 전통과 근대가 상호 대립적이라는 것을 전제로 한다. 근대사회를 사는 사람들에게는 전통적인 것을 통해서 근대가 지니는 한계를 극복하는 것이 중요한 관심사이며 전통이 지닌 이와 같은 역할이 중요하다. 그러나 이런 주장이 전통과 근대가 대립적인 관계만을 지닌다는 전제로부터 나온 것이라면 재고할 필요가 있다. 전통과 근대는 상호 보완적인 측면도 존재하는데, 이런 관계를 보지 못하고 이 둘을 대립적인 것으로만 파악하면 그가 김윤식 교수의 한계로 지적했듯이 "한국 근대시사의 전개를 일종의 순환론으로 환원하여 설명하는 비변증법적 사고"[4]에 빠지고 만다.

다음으로, 민족의 고유한 혈통이나 문화적 순수성을 전제로 한 전통이 허구이듯이 한 민족이나 한 국가에만 국한된 전통을 설정하는 것도 허구이기 쉽다. 민족이나 국가 간의 교류가 거의 없는 근대 이전 사회에서도 그랬지만, 특히 근대 사회는 고립되어 존속할 수 없으므로 문화나 전통을 지리적, 인종적 차원에서 구분하고 이를 절대시 하는 것은 합리적이지 못하다.

본고에서는 전통에 대한 이와 같은 관점에 입각해서 정지용의 시론을

3) 위의 논문, 220-221쪽.
4) 위의 논문, 219쪽.

검토하려 한다. 본고의 일차적인 목적은 정지용이 전통과 근대[5])의 관계를 어떻게 설정했는지를 시론을 대상으로 살펴보는 것이다. 황종연은 1930년대 고전부흥운동에 대해서 "그것(고전부흥운동)은 문학창작의 구체적인 현안과는 상당한 거리가 있었"[6])다고 평가했지만 이는 평론가들이 남긴 글만을 대상으로 내린 결론일 뿐이며, 정지용과 같은 작가의 글에 대해서는 다른 평가가 내려질 수 있다.

전통과 근대에 대한 정지용의 입장이 밝혀지면 정지용의 시세계를 새롭게 해석하고 평가하는 데 도움이 된다. 정지용의 시세계와 관련된 주요 쟁점으로는 바다시편을 비롯한 그의 초기시를 서구 이미지즘의 영향으로 충분하게 설명이 가능한가 하는 점, 종교시편은 초기 시나 후기 시와 어떤 관계를 지니는가의 문제, 후기 산 시편을 전통 지향적 시로 보는 것이 타당한가의 문제, 해방이후에 씌어진 몇 편의 참여시를 정지용 시세계에서 예외적인 작품으로 취급해야 하는가의 문제 등이 있다. 본고의 이차적인 목적은 정지용의 시론을 검토함으로써 이런 중요한 쟁점을 해결할 수 있는 근거를 마련하는 데 있다.

정지용은 전통과 근대가 혼종된 시대를 살았으며 그의 시에도 이런 현상은 그대로 반영되어 있다. 기존의 연구에 따르면 정지용의 시세계가 근대지향적인 이미지즘 시에서 전통지향적인 산수시로 급격하게 변화되었다는 것이 정설로 되어있다. 그런데 이런 식의 해석은 전통과 근

---

5) 정지용은 그의 시론에서 전통과 대비되는 개념으로서의 '근대'라는 단어를 사용한 적이 없다. 그는 전통과 대비해서 새로움이라는 표현을 사용한다. '새로움'은 '근대'와 동일한 표현은 아니다. 그렇지만 '새로움'이라는 표현이 사용된 예를 살펴보면 그것이 어떤 경우에는 근대적이라는 의미인 경우도 있고 근대적인 것을 포함해서 넓은 의미의 새로운 것, 참신한 것을 의미하는 경우도 있다. 본고에서는 정지용이 새로움이라는 단어를 근대적이라는 의미로 사용한 것을 대상으로 설정하였으므로 그가 말하는 '새로움'을 '근대'라고 읽는 데에는 크게 무리가 없을 것이다.

6) 황종연, 「1930년대 고전부흥운동의 문학사적 의의」, ≪한국문학연구≫ 제11집, 1989, 218쪽.

대를 상호배타적으로 보는 연구자의 관점이 반영되었을 수 있다. 정지용은 많은 시론을 쓴 것은 아니지만 시론을 통해서 전통과 근대에 대한 자기 견해를 펼치고 있다. 지금까지 우리가 가지고 있었던 전통에 대한 편견에서 벗어나 그의 시론을 새롭게 이해하고 해석하면 그의 시세계를 새롭게 설명할 수 있을 것이다.

특히 그가 쓴 시론은 시인으로서의 시작경험으로부터 비롯된 것이다. 전통과 근대가 혼종된 시대에 시를 쓴 시인이기 때문에 전통과 근대의 대립과 갈등을 어떻게 해소해야 하는가의 문제가 현실적인 문제였다. 따라서 그가 어떤 식의 결론을 내리든 그것은 실천적이라는 점에서 문학이론가들의 관념적인 진술 보다는 우위를 점한다. 그리고 그는 그가 고백하고 있듯이 서구의 문학이론을 공부한 적이 없기 때문에 전통과 근대의 대립을 근대주의적 시각에서 보는 위험으로부터 자유로울 수 있었다.

2. 전통과 근대에 대한 지용의 시론

지금까지 연구자들이 정지용의 시론에 대해서 관심을 집중했던 부분은 유기체적 시관[7],이나 언어와 미의식에 대한 관심, 또는 정신주의에 대한 강조[8]였다. 유기체적 시관은 한 편의 시가 시인의 감성과 지성뿐만이 아니라 意力, 체질, 교양, 지식 등 다양한 요인들이 복합적으로 작용한 결과라는 원론적인 수준에서 나온 발언이므로 큰 의미를 부여하기는 어렵다. 또한, 언어와 미의식에 대한 관심도 정지용 시론의 핵심이

7) 김윤식, 『한국 근대문학 양식론고』, 아세아문화사, 1980, 65-76쪽.
8) 이숭원, 『정지용 시의 심층적 탐구』, 태학사, 1999, 217-221쪽.

아니다. 이숭원이 지적한 것처럼 정지용은 그의 시론에서 언어보다도 정신의 문제를 더 중요시했다[9]. 정지용이 「시의 옹호」에서 '시인은 구극에서 언어문자가 그다지 대수롭지 않다'고 직접 말했으므로 이견이 있을 수 없다.

그런데도 연구자들이 정신주의보다 언어와 미의식에 더 큰 관심을 보이는 이유는 정지용의 시세계를 해명하는데 후자가 전자보다 훨씬 실용적이기 때문이다. 다시 말해, 전자와 달리 후자는 창작 방법론에 해당하므로 시인의 시세계의 특징을 밝히는데 직접적인 도움을 줄 수 있다. 그러나 시인 스스로 상대적으로 중요하지 않다고 말한 언어와 미의식에 주목해서 정지용의 시세계를 연구하는 것은 정지용 시의 핵심을 포착하기 어려운 방법이라는 한계를 지닌다.

정지용 시론의 핵심은 정신적인 것에 있다. 이숭원은 정지용이 정신적인 것을 시인의 창작 자세에 대해서 언급한 것으로 여겨 시인의 마음자세가 맑고 깨끗해야 하는 것을 정신적인 것의 내용이라고 말한다. 그래서 정지용의 백록담이 보여주는 깨끗함, 잡티가 묻지 않는 정갈하고 그윽한 아름다움이 그가 추구한 정신의 내용이라고 주장한다. 이것은 그의 시에서 더러운 것에 대한 혐오로 나타나기도 하고 인간사나 세속사에 대한 거부로 굴절되기도 한다고 말한다[10]. 정지용이 강조한 정신적인 것을 이숭원과 같이 이해할 때 '그가 정신의 순정함을 강조하는 것은 혼탁한 현실로부터 시인을 격리시키는 결과를 가져온다'는 비판[11]은 필연적이다. 그러나 정신적인 것의 내용은 이숭원이 주장하는 바와 같지 않을 가능성이 크다. 정지용이 말한 정신적인 것이 무엇을 의미하는지 규명하기 위해서는 그의 발언을 정확하게 이해할 필요가 있다.

9) 위의 책, 217쪽.
10) 위의 책, 218-9쪽.
11) 위의 책, 219쪽.

> 정신적인 것은 만만하지 않게 풍부하다. 자연, 人事, 사랑, 죽음 내지 전쟁, 개혁 더욱이 德義적인 것에 멍이 든 육체를 시인은 차라리 평생 지녀야 하는 것이, 정신적인 것의 가장 우위에는 학문, 교양, 취미 그러한 것보다도 <愛>와 <기도>와 <감사>가 據한다. 그러므로 신앙이야말로 시인의 일용할 신적 糧道가 아닐 수 없다[12].

위의 구절에서 우리가 주목해야 하는 것은 두 가지이다. 하나는, 그가 정신적인 것의 외연으로 자연, 人事, 죽음 내지 전쟁, 개혁, 학문, 교양, 취미, <愛>와 <기도>와 감사를 꼽고 있다는 점이다. 그가 자연뿐만 아니라 인사와 전쟁, 개혁 등을 정신적인 것으로 제시하는 것을 볼 때 정신적인 것을 인간사나 세속사에 대한 거부라고 이해하는 것은 옳지 않다. 다른 하나는 정지용이 정신적인 것이 필요한 이유를 논하고 있는 점이다. '시인은 德義적인 것에 멍이 든 육체를 평생 지녀야 하기 때문'에 <愛와> <기도>와 <감사> 같은 정신적인 것이 필요하다고 말한다. 德義적인 것은 도덕과 정의 같은 사회적 관습을 의미하는 것으로 볼 수 있다. 사회적 관습의 구속으로부터 해방되기 위해서는 시인이 말하는 것처럼 신앙이 필요할 수 있는데, 이때 신앙이란 현실세계에서의 종교를 뜻하는 것이라기보다는 관습화된 도덕적 판단을 초월하는 순수한 차원에서의 철학적, 윤리적 판단을 의미한다고 보는 것이 옳을 것이다. 이렇게 본다면 그가 시인에게 신앙이 필요하다고 한 말은 시인이 구도적 자세를 가져야 한다는 의미로 이해할 수 있다.

정지용이 직접 진술한 내용을 근거로 할 때, 그가 강조한 정신적인 것은 인간사나 세속사를 거부하는 고고한 정신이라기보다는 자연과 인사, 사회를 관습적 시선으로 보는 것을 지양하고 구도적 자세로 새롭고 올바르게 보는 것이 필요하다는 의미로 이해하는 것이 타당할 것 이다.

'정신적인 것'을 이렇게 이해하면, 정신적인 것은 대상을 대하는 시인

12) 정지용, 「시의 옹호」, ≪문장≫ 5호, 1939.

의 올바른 관점이 무엇인지를 밝힌 것일 따름이고 이것 자체가 창작 방법론이 되지는 못한다. 「시의 옹호」를 보면, 정지용은 정신적인 것이 중요함을 논한 뒤에 창작 방법론을 제시한다. 그것이 앞에서 인용한 구절에도 보이는 '전통과 근대의 대립을 시인이 어떻게 극복해야 하느냐'의 문제이다.

2.1. 전통에 대한 입장

정지용이 시론에서 전통에 대해서 자주 언급하는 것은 넓게 보아 1930년대 중·후반기의 주류 담론으로 부상한 '조선적인 것'과 긴밀히 연관되어 있다. 문학 영역에서는 민족적 특수성을 중요하게 여기는 '고전 부흥론'이 있다. 고전 부흥론은 동아일보가 주도적으로 전개한 민족주의 문화운동이 촉발의 계기가 된 것[13]이다. 고전 부흥론은 문학인들의 현실적인 필요에 의해서 촉발된 것이 아니라 사회운동으로부터 영향을 받아서 발생한 문예담론이다. 그런데 김신정이 지적하고 있듯이 "조선적인 것에 관한 비평담론이 당대 문화운동의 흐름과 일정하게 유사한 맥락을 형성한다고 하더라도, 담론의 구체적 배경과 실제 전개 과정은 상당히 복잡하고 다양한 편차를 보인다."[14] 문장파로 분류되는 이병기, 이태준, 정지용은 전통에 대한 입장이 각기 달랐다. 김신정의 연구에 따르면 이병기는 전통을 외적 규범으로, 이태준은 미적 취미로, 정지용은 예술적 혁신의 계기로 삼았다[15].

정지용은 당대 사회의 '조선적인 것'에 대한 담론으로부터 영향을 받아 전통에 관심을 가지고 전통에 대한 자기의 생각을 시론으로 펼치거

13) 황종연, 「한국문학의 근대와 반근대」, 동국대 박사학위논문, 1992, 17쪽.
14) 김신정, 「'미적인 것'의 이중성과 정지용의 시」, 『정지용의 문학세계 연구』, 깊은샘, 2001, 98쪽.
15) 위의 논문, 107-116쪽.

나 전통적인 것을 시에 수용한다. 그가 시론을 통해서 밝히는 전통에 대한 생각은 전통을 '조선적인 것'의 테두리 내에서 사고하는 당대적 사고를 뛰어 넘는다는 점에서 의의를 찾을 수 있다.

> 시학과 시론에 자주 관심할 것이다. 시의 자매 일반예술론에서 더욱이 동양화론 서론에서 시의 향방을 찾는 이는 비뚤은 길에 들지 않는다. 경서 성전류를 심독하야 시의 원천에 침윤하는 시인은 불멸한다.

정지용이 동양 고전 전통을 중요하게 여기는 근거로 제시되곤 하는 대목이다. 많은 논자들이 지적하고 있듯이 정지용은 동양 고전에 관심이 많았으며 조예도 깊었다. 정지용에게 전통이란 단지 '조선적인 것'을 의미하는 것이 아니었다. 그가 전통으로 생각하는 것은 주로 동양의 고전, 더 정확히 말하면 동북아의 고대사상과 문학, 예술이다.

그런데 그가 생각하는 전통을 이렇게 한정하면 두 가지 문제가 발생한다. 하나는 그가 가톨릭 사상에도 관심을 가지고 시 창작을 할 때에도 가톨릭 사상의 영향을 받은 시편들을 쓰곤 했다. 정지용이 중요하게 여긴 전통을 동북아의 고대 사상과 문학, 예술로 한정하면 그가 지속적으로 관심을 보였던 가톨릭 사상은 전통과 이질적인 성격을 띠는 것으로 여겨질 수밖에 없다. 실제로 이런 사고에 근거해서 정지용 연구자들은 정지용의 종교시편을 후기 산시편과 관련이 없다고 여긴다. 그런데 최승호가 지적했듯이 그는 절대적이고 보편적인 진리관을 지니고 있었으며 가톨릭 신앙에서 이런 미학의 근본을 구하고 있었다[16]. 그의 시세계에서 가톨릭 사상의 영향은 종교시편을 썼던 1930년대 중반의 몇 년 동안만 나타났던 것이 아니라 그의 시세계 전반을 지배했다. 만약 가톨릭 신앙이 정지용의 시세계에 미친 영향을 일시적인 것으로 여긴다면 1939

16) 최승호, 「정지용 자연시의 은유적 상상력」, 위의 책, 69-71쪽.

년 6월에 문장 5호에 발표한 「시의 옹호」에도 “신앙이야말로 시인의 일용할 신적 糧道가 아닐 수 없다”고 하면서 신앙의 중요성을 강조한 것을 설명하기 어렵다. 위에 인용한 대목에서도 정지용은 ‘경서 성전류를 심독’해야 한다고 말하는데 이때 그가 말하는 성전류에는 기독교의 성전이 포함된다. 이와 같은 사실에 비추어 볼 때 그는 ‘조선적인 것’을 넘어서서 동북아의 고전 사상은 물론 서양의 기독교 사상 또한 전통으로 여겼다는 것을 알 수 있다. 그가 이처럼 조선적 한계는 물론 동양(동북아)적 한계마저 넘어섰기 때문에 종교시편을 창작하는 것은 전통을 창조적으로 계승한다는 의미를 지닌다. 그런데 기독교 사상을 ‘전통’의 범주에 넣을 수 있다는 지용의 생각이 시대를 앞선 것이어서 지용과 다른 전통관을 지닌 연구자들은 지용의 신앙시가 지니는 전통 지향적인 요소를 간과하기 쉬웠던 것이다.

그가 생각한 전통을 동북아의 고대 사상, 문학, 예술 등으로 한정할 경우 그가 근대사회의 문제를 회피하고 전통으로 돌아가려 했다고 잘못 생각하기 쉽다. ‘조선적인 것’도 그렇지만 동북아의 전통 문화를 강조하는 경우 대개는 근대적인 것과 대비되는 것이어서 양자의 조화를 꾀하려는 시도는 나타나기 어렵다. 이런 이유로 대부분의 연구자들이 동양 고전 사상과 깊은 관련이 있는 정지용의 후기 산시편을 동양 고전 사상으로 회귀한 것이라고 평가 한다. 정지용의 산시편이 동양 고전 사상을 그대로 담고 있지 않은데도[17] 이런 평가가 내려지는 이유는 연구자들이 전통, 특히 동양 고전 전통과 근대를 대립되는 것으로 여기고 있었기 때문이다. 그런데 정지용이 쓴 다음 대목을 보면 정지용은 전통을 답습하는 것은 예술 활동에서 의미 없는 일이라는 것을 분명히 인식하고 있었다.

---

17) 졸고, 「정지용의 바다시편과 산시편의 연속성 연구」, ≪비교한국문학≫ 12권 2호, 2004.

> 그러니까 당시 비정치성의 예술파가 적극적으로 무슨 크고 놀라운 일을 한 것이 아니라 소극적이나마 어찌할 수 없는 위축된 업적을 남긴 것이니 문학사에서 이것을 수용하기에 구태여 인색히 굴 까닭은 없을까 한다.
>
> 그러나 그것이 조선시의 悠遠한 기준이 되어야 한다든지 신축성 없는 시적 모형을 다음 세대에까지 유습 시켜야 하는 것은 아니다. 그래야 한다면 그것은 일제 중압하의 조선시의 상속일 뿐이요, 조선시의 선수권은 언제든지 소시민층이 보유한다는 것이 된다.
>
> 지금 송강, 진이의 시조에 육박할 만한 시조가 새로 나온다고 하자. 그것이 봉건 이조문학 유산의 모조가 아닐 수 없음과 같은 것이다[18].

정지용이 말하려고 하는 것은 일제 말기에 쓰인 순수문학 작품들이 당대 상황을 고려할 때 나름의 의의를 지닌다는 것이다. 그는 이런 의의는 분명히 존재하지만 이것을 인정한다고 해서 탈식민지 상황에서도 이와 같은 시가 계속 씌어져야 한다든지, 이와 같은 시가 지니는 의의가 지속되는 것은 아니라고 말한다. 특히, 현재 송강이나 진이의 시조에 육박할 만한 시조가 씌어졌다 하더라도 이조문학 유산의 모조일 뿐 대단한 의미를 지니는 것이 아니라고 말하는데, 그가 시조 부흥 운동과 같이 전통을 답습하는 문학행위가 지니는 한계를 명확히 인식하고 있다는 것을 알 수 있다.

전통을 수용하되 그것을 그대로 답습하는 것은 가치 없는 행위라는 주장은 새로울 것이 없어서 정지용만의 독창적인 생각이라고 보기 어렵다. 전통을 올바로 수용하는 문제는 전통을 답습해서는 안 된다는 식으로 원론적인 차원에서 더 나아가지 못하는 경우가 많다. 대개의 경우 이런 한계에 봉착하는 이유는 실천과 분리된 관념적 차원에서 논의가 제기되기 때문이다. 정지용은 시론에 근거해서 시를 쓴 것이 아니라 시 창작 경험을 바탕으로 얻은 시에 대한 인식을 시론으로 표현했다. 그러므

18) 정지용, 「조선시의 반성」, ≪문장≫ 27호, 1948.

로 정지용이 전통의 답습을 비판하는 것은 그 나름의 대안을 마련해 두고 있다고 추론할 수 있다.

2.2. 근대에 대한 입장

정지용이 전통과 대비되는 개념으로 설정한 것은 '새로움'이다. 그런데 그가 근대라는 표현 대신 '새로움'이라는 표현을 사용했다고 해서 그가 근대에 대한 고민을 하지 않았다고 여기는 것은 옳지 못하다. 정지용은 김소월과 마찬가지로 전통과 근대가 혼종된 시대를 살았다. 「향수」나 「고향」과 같은 시를 보면 정지용이 근대와 전통의 대립과 갈등에 대해서 고민했다는 것을 알 수 있다. 다만, 정지용은 연구자가 아니라 시인이었으므로 근대와 전통의 문제 또한 창작 과정에서 마주치는 문제와 관련해서 관심을 보였다. 그것이 바로 전통과 새로움의 대립과 갈등이다.

어떤 시대를 사느냐에 관계없이 모든 시인은 전통과 새로움의 대립과 갈등에 대해서 고민한다. 전통에 치중하면 작품이 새롭지 않고, 새로움을 추구하다보면 전통과 멀어질 수밖에 없다. 문화적 전통은 사람들에게 친숙함과 안정감을 주지만 구태의연하다는 한계가 있으며 새로움은 반대로 사람들의 눈길을 끌 수 있지만 정서적으로 불안정하게 만들기 쉽다는 한계를 지닌다.

정지용과 같이 전통과 근대가 혼종된 시대를 사는 문학인은 이 문제에 더 민감할 수밖에 없다. 그리고 이때 새로움은 주로 근대적 문학 기법이나 근대 사상처럼 근대의 테두리 내에서 시도되는 것이 대부분이다. 그가 처한 특수한 상황을 고려할 때, 그가 말하는 새로움을 근대적인 것과 연관 지을 필요가 있다.

> 이제 그대의 시가 천문에 처음 나타나는 미지의 성진과 같이 빛날 때 그대는 희한히 반갑다. 그러나 그대는 훨썩 지상으로 떨어질 만하다. 모든 맹금류와 같이 노리고 있었던 시안을 두리고 신뢰함은 시적 겸양이다. 시가 은혜로 받은 것일 바에야 시안도 신의 허여하신 배 아닐 수 없다. 시안이야말로 기계적인 것이 아니라, 차라리 선의와 동정과 예지에서 굴절하는 것이요, 마침내 상탄에서 빛난다. 우의와 이해에서 배양될 수 없는 시는 고갈할 수밖에 없으며, 보아줄 만한 이가 없이 높다는 시, 그렇게 불행한 시를 쓰지 말라. 시도 기껏해야 말과 글자로 사람 사는 동네에서 쓰여지지 않았던가. 부지하허의 일개 노구를 택하야 백낙천은 시적 애드바이서－로 삼았다든가[19].

1920-30년대 한국 시단에서 근대, 혹은 근대적인 것은 그것이 지닌 새로움으로 인해서 최고의 가치로 인정받았다. 정지용 또한 근대적인 것의 일종인 이미지즘에 입각해서 쓴 시를 통해서 문단의 주목을 받았다고 여겨진다. 위의 인용문을 보면 정지용은 지나친 새로움을 경계해야 한다고 말하고 있는데, 그의 이런 발언은 끊임없이 자기 시 세계를 혁신해 나가며 새로운 시를 썼던 시인 자신의 이력과 일치하지 않는 것처럼 보인다.

이와 같은 모순을 해결하기 위해서는 정지용이 말하는 시의 새로움이 무엇이냐를 구체적으로 고찰할 필요가 있다. 정지용은 시 창작 단계에서가 아니라 시가 독자에게 수용되는 단계에서 지나친 새로움이 문제가 된다고 말한다. 달리 말해서 새롭게 쓴 시라고 하더라도 독자가 이해하고 가치를 인정해 주는 시는 아무런 문제가 되지 않는다. 그런데 새로우면서도 보통의 독자들도 이해할 수 있는 시를 쓰는 것은 쉽지 않다. 정지용이 생각할 때 시인이 갖추어야 하는 가장 중요한 능력이 바로 이것인데 그의 표현에 따르면 이것이 '시안'이다. 시안은 그가 '신의 허하신

---

19) 정지용, 「시의 옹호」, ≪문장≫ 5호, 1939.

바'라고 표현했듯이 천부적인 능력이다.

김기림을 비롯해서 1930년대 한국의 모더니스트들이 '근대적인 것'을 수용함으로써 새로운 작품을 쓰려고 했다. 이와는 달리 정지용은 '근대적인 것'은 그것 자체로 절대적 가치를 지니는 것이 아니라 시인이 어떻게 작품에 수용하느냐에 따라서 그것이 지니는 가치는 크게 달라진다고 생각했다. '천문에 나타나는 미지의 성진과도 같은' 새로움을 지니는 작품은 시안이 없는 시인이 작품이기 때문에 문제가 된다. 정지용에게 '근대적인 것'은 새로움의 요소로서 필요한 것이긴 하지만 이것을 적절하게 다룰 줄 아는 시인에 의해서 다루어져야만 가치를 발하는 것이다.

> 예지에서 참신한 영해의 訥語, 그것이 차라리 시에 가깝다. 어린아이는 새 말바께 배우지 않는다. 어린아이의 말은 즐겁고 참신하다. 으레 쓰는 말일지라도 그것이 시에 오르면 번번히 새로 탄생한 혈색에 붉고 따뜻한 체중을 얻는다.[20]

정지용이 가치 있게 여기는 새로움은 어린아이가 하는 말이 지니는 새로움과 유사한 새로움이다. 어린아이의 말이 새로운 이유는 예지에서 벗어나 있기 때문이다. 예지는 이성적이고 합리적이어서 진실을 말하지만 보편타당한 사실일 뿐이지 참신하지는 않다. 고정관념과 관습적 판단에 입각해서는 새로운 시를 쓸 수 없다. 어린아이는 새로운 단어를 만들어 내는 것이 아니라 있는 자기가 배운 단어로 새로운 조합을 만들어 낸다. 이것이 정지용이 가치 있게 여기는 새로움에 해당한다.

정지용은 '근대적인 것'과 새로움을 동치로 여기지 않는다. 즉, '근대적인 것'은 새로움의 일종일 뿐 전부가 아니라는 생각이다. 그는 어린아이들의 말이 예지, 즉 이성과 합리성으로부터 벗어나 있기 때문에 참신하다고 말한다. 그의 이런 발언의 기저에는 이성과 합리성을 특징으로

---

20) 정지용, 위의 글.

하는 근대 혹은 '근대적인 것'은 참신하기 어렵다는 생각이 깔려있다. 시에 새로움을 부여하는 것은 '근대적인 것'처럼 재료가 지닌 새로움이 아니라 재료를 배치하는 방법이다. 새롭지 않은 재료라 하더라도 그것을 어떻게 배치하느냐에 따라 새롭고 참신할 수 있다.

이와 같은 정지용의 시론은 그의 후기 산시편을 분석하고 평가하는데 도움이 된다. 일례로 「백록담」을 보면, 산이나 산을 오르는 자아, 자연 풍광 등 이 시에 사용된 요소들은 모두 전통시에서 찾아볼 수 있다. 그런데 전통시에서 산을 오르는 자아는 산과 일체감을 느끼거나 산과 일체가 되는 것을 당연하게 여기는데 반해서 이 시에서 자아는 산을 오를수록 기진해진다. 자아는 산과 일체가 될 수 없다는 것을 몸으로 느낀다. 근대 사회에서 산을 오르는 행위는 운동의 일종으로서 사람들이 산에 오르는 것은 자기의 신체적 능력을 시험하거나 신체를 단련하기 위해서다. 신체적 능력이 떨어지는 사람이 산을 오르면 자기의 신체적 한계를 느끼는데, 백록담은 근대인의 시선으로 자아와 산의 관계를 그리고 있다.

이 시에서는 자연 풍광을 보는 자아의 시선도 이전 사회의 그것과 현격히 차이가 난다. 근대 이전 사회에서 자아는 자연을 경이로운 시선으로 본다. 따라서 그는 자연을 물질적 실체로 여기는 것이 아니라 신성한 존재로 여긴다. 반면에 「백록담」의 서정적 자아는 자연을 물질적 실체로 여긴다. 그는 지금 여기에 존재하는 구체적인 자연, 즉 물질적 실체에 관심이 있으므로 그것을 객관적, 사실적으로 묘사한다. 자연은 근대 이전에도 존재했지만 자연을 대하는 자아의 시선과 그것을 그려내는 방법을 달리함으로써 시인은 자연을 참신하게 노래할 수 있었다.

> 현실과 사태에 대응하여 정확한 정치 감각과 비판의식이 희박하면 할수록 유리되면 될수록 그의 시적 표현이 봉건적 습기 이외에 벗어날

> 수 없는 것을 본다. 시의 재로도 될 수 있는 대로 현실성이 박약한 것일수록 <시적>인 것이 되고 언어도 이에 따라 생활에서 후퇴된 것이므로 그런 것이 <교묘한 완성>에 가까울수록 우수한 粉飾이 될지언정 생활하는 약동하는 시가 될 수 없는 것이다. 시가 낙후되었다는 것은 풍속적 유행에 견디지 못한다는 것이 아니라 생활과 실천에서 돌아서거나 낙오되거나 —말하자면 역사의 추진과 함께 능동하지 못함에서 그러한 것이다.21)

정지용이 '근대적인 것'에 관심을 가진 이유는 그것이 유행이기 때문이 아니라 그것이 현실이기 때문이다. 물론, 그가 접하는 모든 '근대적인 것'이 현실이었던 것은 아니다. 위의 인용에서도 볼 수 있듯이 그는 근대적인 것을 우상화하여 우리의 현실과 동떨어진 서구의 근대적인 것을 추종하는 경향을 신랄하게 비판한다.

그는 '근대적인 것'은 현실을 구성하는 중요한 요소로 여긴다. 당대의 근대적인 것을 포착하면 당대 현실을 객관적으로 인식하는데 유리하다. 그렇다고 해서 모든 '근대적인 것'이 현실은 아니며 '근대적인 것'만으로 현실이 구성된 것도 아니라는 것을 그는 명확하게 인식하고 있었다.

그는 '근대적인 것'보다는 현실을 중요하게 여겼다. 만약 그가 거꾸로 현실보다 '근대적인 것'을 더 중요하게 여겼다면 김기림처럼 근대를 찬양하거나 이상처럼 근대를 비판하는 시를 썼을 것이고 초기의 경향은 큰 변화 없이 후기까지 이어졌을 것이다.

그런데 그의 시세계는 잠시도 안정을 용납하지 않는다. 동시와 민요풍의 초기 시에서 바다시편으로 변화된 것이나 바다시편에서 종교시편으로 나아간 것, 그리고 종교시편에서 산시편으로 변화된 것도 보통 시인들에게서는 찾아보기 어려운 큰 변화지만 산시편과 해방 이후 씌어진 현실 참여 시편들 사이의 차이와 비교하면 앞의 변화는 오히려 자연스

21) 정지용, 「조선시의 반성」, ≪문장≫ 27호, 1948.

럽게 여겨진다.

그만큼 정지용이 해방 이후에 현실 참여적 경향의 시를 쓴 것을 설명하기 어려운데, 정지용이 '근대적인 것'에 관심을 둔 이유도 현실을 명확하게 인식하기 위해서였다는 사실을 고려하면 이 문제를 해명하기 쉬워진다. 정지용에게 전통적인 것이 그것 자체로 의미가 있었던 것이 아니라 현실을 포착하는데 도움이 되기 때문에 의미를 두었던 것처럼 근대적인 것도 마찬가지이다. 식민지 시대에는 현실 참여 이데올로기가 주변적인 것이어서 현실을 파악하는데 오히려 장애가 되는 측면이 있었는데 해방이 되면서 상황이 변화했다. 현실 참여 이데올로기는 사회의 주류 담론이 된 것이다. 이제 이런 사실을 무시해서는 현실을 올바로 파악할 수 없게 되었다.

이처럼 변화된 상황에서 정지용의 시도 큰 변화를 겪는다. 자아와 대상, 대상을 보는 자아의 시선 등을 포함해서 현실 참여 시편들은 산시편과 유사성을 찾기 어렵다. 현상적으로 현격한 차이가 있지만 시를 창작할 때의 근본적인 태도는 변하지 않았다는 사실을 알지 못하면 대부분의 연구자가 그러하듯이 정지용의 현실 참여 시편들을 정지용 시세계에서 예외적인 작품으로 분류하고 본격적인 연구 대상에서 배제하는 잘못을 범하기 쉽다.

2.3. 전통과 근대의 조화

전통과 근대는 대립적인 개념으로 인식되기 쉽다. 남기혁은 "식민지적 근대가 전통과 근대라는 비동시적인 요소들이 공존하면서 길항하는 시공간을 만들어 내기 때문에"[22] 양가적인 것으로 인식된다고 한다. 그런데 그가 말하는 것처럼 근대가 전통을 개인의 자유와 실존을 억압하

22) 남기혁, 앞의 논문, 246쪽.

는 타자로 인식하고, 전통은 또 전통주의를 통해서 근대의 억압에 맞서는 것처럼 이 둘이 대립적인 개념만 있는 것은 아니다. 전통과 근대를 대립적인 개념으로 인식하는 경우에는 전통을 절대시하는 '상고주의'나 '조선주의', 아니면 근대를 절대시 하여 전통을 부정하는 입장을 취하게 된다. 이런 입장은 모두 관념적인 것이어서 지속적으로 생명력을 지닌다든지, 논의가 발전된다든지 하기 어렵다.

정지용은 전통과 근대를 대립적인 것으로 여기는 이분법적 인식태도로부터 비교적 자유로울 수 있었는데, 그것은 그가 시인으로서 구체적 현실과 밀접한 관계를 유지했기 때문이다. 특히 그는 현실을 감각적으로 인식하는 능력이 뛰어났기 때문에 지식인들이 빠지기 쉬운 관념적 사유 태도를 취하지 않을 수 있었다. 정지용의 감각적 능력이 탁월하다는 것은 많은 논자들이 인정하는 바인데 김신정은 "사물을 느낄 줄 알고 그 느낌을 정확하게 표현할 줄 아는 능력으로서의 정지용 시의 '감각'은 시각을 통해 사물을 파악하고 시각적으로 이미지화하는 능력에 제한되어 있는 것이 아니라 좀 더 근본적인 감각의 원천으로서, 주로 촉각에 근거를 두고 있다는 점에서 다른 시인들과 구별되는 특징을 보인다."[23]고 주장한다.

시각적 이미지는 사물의 겉모습을 그리는 데 효과적이며 구체적인 체험이 없이는 불가능하다. 이런 점에서 시각적 이미지가 뛰어난 시를 쓰기 위해서는 시인이 대상을 직접 관찰해야만 한다. 그런데 시각적 이미지를 표현하기 위해 대상을 관찰하는 것은 촉각적 이미지를 표현하기 위해 대상을 경험하는 것과 비교하면 피상적인 접촉이라고 할 수 있다. 그만큼 대상이 지니는 촉각적 이미지를 표현하기 위해서는 대상을 더 직접적으로 체험해야 한다. 정지용의 시가 초기에 쓰인 동시부터 후기

23) 김신정, 앞의 책, 29쪽.

에 쓰인 산시편 까지 촉각적 이미지가 일관되게 효과적으로 표현되었다는 것은 그가 실체적 현실에 지속적으로 관심을 기울였다는 것을 말해준다.[24)]

> 가장 타당한 시작이란 구족된 조건 혹은 난숙한 상태에서 불가피의 시적 회임 내지 출산인 것이니, 시작이 완료한 후에 다시 시를 위한 휴양기가 길어도 좋다. 고인의 서를 심독할 수 있음과 새로운 지식에 접촉할 수 있음과 모어와 외어 공부에 중학생처럼 굴종할 수 있는 시간을 이 시적 휴양기에서 얻을 수 있음이다. 그보다도 더 좋은 것을 얻을 수 있는 것은 바다와 구름의 동태를 살핀다든지 절정에 올라 고산식물이 어떠한 몸짓과 호흡을 가지는 것을 본다든지 들에 나려가 일초일엽이, 벌레 울음과 물소리가, 진실히도 시적 운율에서 떠는 것을 나도 따라 같이 떨 수 있는 시간을 가질 수 있음이다. 시인이 더욱이 이 시간에서 인간에 집착하지 않을 수 없다. 사람이 어떻게 괴롭게 삶을 보며 무엇을 위하여 살며 어떻게 살 것이라는 것에 주력하며, 신과 인간과 영혼과 신앙과 애에 대한 항시 투철하고 열렬한 정신과 심리를 고수한다. 이리하여 살음과 죽음에 대하여 점점 단이 승진되는 일개 표일한 생명의 검사로서 영원에 서게 된다.[25)]

시인은 시를 많이 쓸 필요는 없고 좋은 시를 쓰기 위해서는 시를 쓴 뒤에 휴식기를 잘 보내야 한다는 것이 정지용의 생각이다. 그는 시인이 휴식기에 해야 할 일을 크게 두 가지로 제시하고 있다. 첫 번째는 간접체험이다. 고전을 읽는 것, 신간서적을 읽는 것, 우리말 공부와 외국어

24) 정지용의 현실 참여 시편에서는 촉각적 이미지가 나타나지 않는다. 이를 통해서 우리는 현실 참여 시편이 이데올로기(관념)에 의거해서 씌어졌다는 것을 알 수 있다. 그러나 이데올로기에 근거했다고 해서 시인이 현실과 밀접한 관계를 맺어왔던 것에 근본적인 변화가 생긴 것으로 보기는 어렵다. 이데올로기적 현실 또한 구체적 현실의 일종이기 때문이다. 다만 이데올로기와 실체적 현실간의 괴리가 커서 촉각적 이미지로서 이를 표현하는 데에는 일정 정도의 시간이 필요했을 것이다.

25) 정지용, 「시와 발표」, ≪문장≫ 9호, 1939.

공부를 하는 것이 여기에 해당한다. 고전을 읽는 것과 우리말 공부를 하는 것은 전통을 습득하는 것에 해당하고 신간서적을 읽는 것과 외국어 공부를 하는 것은 변화된 현실, 즉 '근대적인 것'을 파악하는 것에 해당한다. 정지용은 전통을 습득하는 것과 '근대적인 것'을 파악하는 것 모두 중요하다고 말한다. 이 글에 따르면 그는 전통과 '근대적인 것' 모두를 중요하게 여기고 있음을 알 수 있다.

시인이 휴식기에 해야 할 두 번째 것은 직접체험이다. 그가 말하는 직접체험이란 단지 구체적인 대상을 '보는 것'에 그치지 않는다. 그는 대상을 단순히 관찰하는 것이 아니라 대상과 하나 되는 경험을 하는 것이 필요하다고 말한다. 시인이 대상과 하나가 되지 않아도 대상을 시각적 이미지로 표현할 수 있다. 그러나 대상과 하나가 되지 않으면 그것을 촉각적 이미지로 표현하는 것은 불가능하다. 그는 관념보다는 현실, 현실에서도 대상을 직접 몸으로 느끼는 생생한 현실을 중요하게 여긴다.

> 진부한 것이란 具足한 器具에서도 매력이 결핍된 것이다. 숙련에서 자만하는 시인은 마침내 매너리스트로 가사제작에 전환하는 꼴을 흔히 보게 된다. 시의 혈로는 항시 抵身타개가 있을 뿐이다.
>
> 고전적인 것을 진부로 속단하는 자는, 별안간 뛰어드는 야만일 뿐이다.
>
> 꾀꼬리는 꾀꼬리 소리 밖에 발하지 못하나 항시 새롭다. 꾀꼬리가 숙련에서 운다는 것은 불명예이리라. 오직 생명에서 튀어나오는 항시 최초의 발성이어야만 진부하지 않다.
>
> 무엇보다도 돌연한 변이를 꾀하지 말라. 자연을 속이는 변이는 참신할 수 없다. 기벽스런 변이에 다소 교활한 매력은 갖출 수는 있으나 교양인은 이것을 피한다. 鬼面驚人이라는 것은 유약한 자의 슬픈 괘사에 지나지 않는다. 시인은 완전히 자연스런 자세에서 다시 비약할 뿐이다. 우수한 전통이야말로 비약의 발디딘 곳이 아닐 수 없다.[26]

---

26) 정지용, 「시의 옹호」, ≪문장≫ 5호, 1939.

생생한 현실을 포착해내어 그대로 표현하는 것을 정지용은 '자연스러움'이라고 한다. 자연스러움을 얻기 위해서는 다음 세 가지가 필요하다. 첫 번째는 부단히 자기 변신을 꾀해야 한다. 변신을 하지 않으면 변화하는 현실을 좇아갈 수 없다. 변화는 낯선 것을 추구하는 것처럼 보이지만 실제로는 자연스러움을 얻기 위해서다. 끊임없이 변신하지 않으면 자연스러움으로부터 멀어진다.

두 번째는 전통을 알아야 한다. 전통이란 변화되기 이전의 현실이다. 전통을 알지 못하면 변화된 현실이 어떤 맥락에서 생겨났는지를 알 수 없다. 생생한 현실을 포착할 수 없는 것이다. 고전적인 것을 진부로 속단하는 근대중심주의적 사고 하에서 창작된 작품은 새롭거나 참신하지 않고 '기벽'스러울 뿐이다.

세 번째는 현실에 입각해서 창작을 해야 한다. 현실에 토대를 두지 않은 채 새로움 자체를 목적으로 한 작품 창작은 오히려 참신함을 얻을 수 없다. 현실에 입각해서 창작을 할 때 참신함을 얻을 수 있고, 이것이 전통이 되어 지속적인 발전을 하는 것이 가능하다.

정지용에게 전통이란 과거 사회가 생생한 현실을 포착해서 표현해 낸 것이며, 근대적인 것이란 변화된 현실 자체를 말한다. 자연스러움을 얻기 위해서는 전통과 근대적인 것이 조화를 이루어야 한다는 것이 정지용의 생각이다. 이것은 그의 작품을 보면 분명하게 드러난다. 정지용의 바다시편이 참신한 것은 이미지즘과 같은 근대적 문예사상이나 기법과 같은 현실과 동떨어진 '근대적인 것'에 의지했기 때문이 아니라 근대인의 시선과 같은 변화된 현실에 입각해서 대상을 노래했기 때문이다. 그리고 정지용의 바다시편은 자연을 노래하는 문학적 전통이 없었다면 쓰일 수 없었을 것이다. 전통에 입각하되 전통을 그대로 답습하는 것이 아니라 변화된 현실, 즉 '근대적인 것'을 충실하게 수용해서 창작을 함으로써 정지용은 작품에 참신성을 부여할 수 있었다.

3. 정지용 시론의 의의

정지용은 시론을 많이 발표하지는 않았다. 1938년 8월과 9월에 걸쳐 ≪여성≫지에 발표된 「시와 감상」, 1939년 ≪문장≫지에 발표된 네 편의 글, 「시의 옹호」(1939. 6), 「시와 발표」(1939. 10), 「시의 위의」(1939. 11), 「시와 언어」(1939. 12), 그리고 해방 후 ≪문장≫ 27호에 발표한 「조선시의 반성」(1948. 10) 등이 그가 쓴 시론의 전부다.

그는 평론가나 문학 연구자가 아니었지만 그가 쓴 시론은 평론가나 문학 연구자의 시론과 달리 개성적이라는 장점을 지닌다. 특히 그의 시론은 창작방법론으로서의 실천적 성격이 강하다. 그것은 그가 작품 창작을 하는 과정에서 습득한 깨달음을 시론에 담아냈기 때문이다. 이 점을 고려하면 그의 시론에 입각해서 그의 시세계를 설명하는 것도 유용하다는 것을 알 수 있다.

정지용의 시론은 "엄격한 체계를 갖추고 있지 않기 때문에 때로는 앞뒤의 주장이 모순되는 것처럼 보이기도 한다"[27]는 비판을 받기도 한다. 그러나 1939년에 ≪문장≫지에 발표된 네 편의 글은 짧은 기간에 씌어졌기 때문에 모순되는 내용을 담고 있기 어려우며, 앞 절에서 살펴보았듯이 실제로 그의 시론은 일관성을 유지하고 있다. 이런 일관성은 시론에서 뿐만 아니라 작품 창작에서도 견지되고 있다. 다만 정지용 시세계의 진폭이 일반적인 수준을 벗어나기 때문에 지금까지 연구자들이 그의 시세계 전반을 아우를 수 있는 분석틀을 찾는 것이 어려웠을 뿐이다.

그는 시론을 통해서 언어의 중요성이라든지 유기체적 시관이라든지 정신의 중요성 등과 같은 많은 중요한 주제를 제기하는데 그의 시론에 일관되게 나타나는 중요한 주제 가운데 하나가 전통과 근대를 어떻게

27) 이숭원, 앞의 책, 207쪽.

조화시킬 것인가의 문제이다. 그는 전통을 우리 민족만이 지니는 '고유한 것'으로 인식하는 당대 사회의 일반적 인식 틀을 벗어났다. 그는 우리 민족 고유의 전통에 얽매이지 않고 동북아 사회의 전통 문화 뿐만이 아니라 인류의 문화적 전통을 수용해야 한다는 생각을 가지고 있었다. 이런 자세를 견지함으로써 당대 사회의 전통논의를 토대로 한 여타 시인들의 작품과는 질적으로 다른 새로운 작품 세계를 펼쳐 보일 수 있었다.

또한 근대에 대해서도 일본을 통해서 수용한 관념적인 차원에서의 '근대'나 '근대적인 것'을 근대로 인식하는 당대 사회의 수준을 넘어서서 당대 사회 현실이 된 '근대'나 '근대적인 것'을 근대로 인식하는 현실적인 사유를 전개한다. 이것이 가능했던 것은 그가 문학 이론가가 아니라 작품 창작을 하는 시인이었기 때문에 창작, 즉 실천의 차원에서 전통과 근대의 문제를 고민했기 때문이며, 특히 그가 현실을 감각적으로 포착하고 표현하는 데 천부적인 재능을 지니고 있었다는 점도 중요하다.

그는 전통을 단지 수용하는 것에서 그친 일반적인 전통주의와는 달리 전통과 근대적인 것을 조화시키려는 시도를 했다. 이러한 시도가 나올 수 있었던 것은 그가 전통과 근대적인 것을 상호대립적인 관계로 인식하는 당대의 한계를 뛰어 넘었기 때문이다. 그는 전통과 근대의 문제를 실천적으로 해결하기 위해 합리적인 대안을 도출해 내야 하는 시인의 입장이었기 때문에 당대의 사고를 뛰어 넘는 새로운 사고를 전개할 수 있었다.

4. 맺음말

정지용 시론의 핵심은 정신적인 것에 있다. 그가 중요하게 여긴 정신적인 것은 인간사나 세속사를 거부하는 고고한 정신이 아니라 자연과 인사, 사회를 관습적 시선으로 보는 것을 지양하고 구도적 자세로 새롭고 올바르게 보는 것을 말한다. 정신적인 것은 대상을 대하는 시인의 관점을 제시해 줄 뿐이다. 정지용의 구체적인 창작 방법론은 '전통과 근대의 대립'을 극복하는 방안으로서 제시된다.

정지용은 당대 사회의 '조선적인 것'에 대한 담론으로부터 영향을 받아 전통에 대한 자기의 생각을 시론으로 펼치거나 전통적인 것을 시에 수용했지만, 시와 시론에 드러나는 전통에 대한 생각은 전통을 '조선적인 것'의 테두리 내에 한정하는 당대적 사고를 뛰어넘었다.

정지용은 근대에 대해서도 당대적 사고와는 다른 차원에서 사고한다. 그는 시 창작 단계에서가 아니라 시가 독자에게 수용되는 단계에서 지나친 새로움이 문제가 된다는 입장을 취한다. 1930년대 한국의 모더니스트들이 '근대적인 것'을 수용함으로써 새로운 작품을 쓰려고 했던 것과 달리 정지용은 '근대적인 것'은 그것 자체로 절대적 가치를 지니는 것이 아니라 시인이 어떻게 작품에 수용하느냐에 따라 달라진다고 생각했다. '근대적인 것'은 새로움의 일종일 뿐 전부가 아니며 시에 새로움을 부여하는 것은 '근대적인 것'처럼 재료가 지닌 새로움이 아니라 재료를 배치하는 방법에 있다는 것을 인지하고 있었던 것이다. 그는 '근대적인 것'을 현실을 구성하는 요소로 여긴다. 따라서 그가 '근대적인 것'에 관심을 둔 이유는 현실을 명확하게 인식하기 위해서였다.

그는 전통과 근대를 대립적으로 여기는 이분법적 인식태도를 넘어서서 양자를 조화시키려 노력한다. 그가 이처럼 이분법적 사고의 한계를 극복할 수 있었던 것은 시인으로서 구체적 현실과 밀접한 관계를 유지했기 때문이다. 특히 그는 현실을 감각적으로 인식하는 능력이 뛰어났기 때문에 지식인들이 빠지기 쉬운 관념적 사유 태도를 극복할 수 있었다.

정지용에게 전통이란 과거 사회가 생생한 현실을 포착해서 표현해 낸 것이며, 근대적인 것이란 변화된 현실 자체를 말한다. 그는 문학작품이 추구해야 하는 최고의 경지를 자연스러움에 두는데, 전통과 근대적인 것이 조화되어야만 자연스러움을 얻을 수 있다고 말한다. 그는 이와 같은 시론에 입각해서, 전통에 토대를 두되 전통을 그대로 답습하는 것이 아니라 변화된 현실, 즉 '근대적인 것'을 충실하게 수용해서 창작을 함으로써 작품에 참신성을 부여할 수 있었다.

정지용 작품 창작을 하는 과정에서 습득한 깨달음을 시론에 담아냈기 때문에 그의 시론은 개성적이며 창작 방법론으로서의 실천적 성격이 강하다. 전통과 근대를 보는 관점에서도 전통을 우리 민족만이 지니는 고유한 것으로 인식하는 당대 사회의 일반적 인식 틀을 벗어났으며 근대에 대해서도 당대 사회 현실이 된 '근대'나 '근대적인 것'을 근대로 인식하는 현실적인 사유를 전개했다.

▶▶▶ 참고문헌

정지용, 『정지용전집』2 – 산문, 민음사, 1988.
______, 「시의 옹호」, ≪문장≫ 5호, 1939.
______, 「시와 발표」, ≪문장≫ 9호, 1939.
______, 「시와 언어」, ≪문장≫ 11호, 1939.
______, 「조선시의 반성」, ≪문장≫ 27호, 1948.
김신정, 「'미적인 것'의 이중성과 정지용의 시」, 『정지용의 문학세계 연구』, 깊은 샘, 2001.
김윤식, 『한국현대 시론비판』, 일지사, 1986.
남기혁, 「김소월 시의 근대와 반근대 의식」, ≪한국 시학연구≫, 2004.
이승원, 『정지용 시의 심층적 탐구』, 태학사, 1999.
최승호, 「정지용 자연시의 은유적 상상력」, 『정지용의 문학세계 연구』, 깊은샘, 2001.
황종연, 「1930년대 고전부흥운동의 문학사적 의의」, ≪한국문학연구≫ 제 11집, 1989.

전통서정시학의 현대적 의미

1. 들어가는 말

주지하다시피 조지훈은 문협정통파의 핵심멤버이다. 그는 시인으로서뿐만 아니라 시론가로서도 단연 문협정통파의 이념을 가장 잘 대변하고 있다. 문협정통파의 이념은 통상 '生의 究竟'의 탐구로 요약된다.[1] 물론 문협정통파에서 내세우는 생의 구경 탐구도 단일하지는 않다. 김동리, 서정주 등과 같이 불교 내지 샤머니즘과 관련된 계보도 있고,[2] 조지훈과 같이 유가사상과 관련된 계보도 있다.[3] 조지훈 계열은 주로 유가적인 생명사상에 기반을 둔 미학이념으로 서정시를 쓰고 그 시학을 구축해온 셈이다.

조지훈 계열의 맨 선두는 단연 이병기로 소급된다. 이병기에 와서 비로소 전통서정시학이 현대적 서정시학의 하나로 자리 잡기 시작한 것이

* 최승호 / 서울산업대학교 교수

1) 김윤식, 『한국근대문학사상비판』, 일지사, 1978, 196-202쪽.
2) 오세영, 『20세기 한국시 연구』, 새문사, 1989, 217-224쪽.
3) 최승호, 『한국 현대시와 동양적 생명사상』, 다운샘, 1995, 169-210쪽.

다.[4] 그리고 정지용이 그 다음 세대로 연결되고 조지훈이 마지막으로 전통서정시학을 현대화하는데 가장 큰 공헌을 한 것이다. 한마디로 말해 전통서정시학의 현대화의 이론적 완성은 조지훈에 이르러 이루어진 것이다. 사실 조지훈 이후 전통서정시학에는 이렇다 할 진전이 별로 없었다. 그러던 것이 1990년대 들어와 문단에서 서정성 회복 운동의 물결을 힘입고 소위 정신주의를 표방하면서 그 이론적 논의가 다시 고개를 들기 시작한 것이다.[5] 이미 후기산업사회로 접어든 1990년대 한국사회는 전통적인 서정시학을 새롭게 정립시킬 토대를 마련하고 있었던 것이다. 소위 신서정이란 이름으로 불리워지는 정신주의 계열의 전통적 서정시는 후기산업사회에서 충분한 전략적 의미를 지니는 것이다. 전략적 의미는 곧 미학적 의미이다. 근대이후 미학이란 결국 산업사회에서 자본의 논리와 그 힘에 맞서서 어떻게 인간이 살아가야 하는가의 문제의식에서 출발하기 때문이다. 소위 신서정에서 말하는 제 미학적 조건과 자질들이 바로 그런 미학적 전략적 성격을 띠고 있다고 보아야 할 것이다.

1990년대의 정신주의의 물결 속에 가장 새롭게 주목받은 시인이 조지훈이다. 조지훈에 대한 연구가 새롭게 행해지고, 새삼 다시 전집이 간행되는 이유가 거기에 있는 것이다. 왜 이 시대 다시 조지훈인가. 1990년대 정신주의를 표방한 시론가들의 미학적 전략적 전범이 조지훈에게서 발견되고 있기 때문이다. 다시 말하면 조지훈의 시론 사상에서 이미 산업사회에서의 서정시학의 의미를 읽을 수 있기 때문이다.

본고에서는 바로 근대이후 산업사회에서 조지훈의 전통서정시학이 지니는 미학적·전략적 의미를 심도 있게 살펴보고자 한다. 조지훈의 서정시학은 한마디로 자연서정시를 토대로 하고 있다. 자연서정시란 자

4) 최승호, 『한국적 서정의 본질 탐구』, 다운샘, 1998, 43-53쪽.
5) 대표적 논자로 최동호 교수를 들 수 있다.
최동호, 『삶의 깊이와 시적 상상』, 민음사, 1995, 18-38쪽.

연과 인간과의 관계 맺는 방식에서 출발한다. 조지훈의 서정시학을 통해서 자연서정시에서는 어떠한 자연관과 인간관이 나타나는지 살펴보고자 한다. 근대 이전에 전개된 자연관이나 인간관이 근대이후 전개된 자연관이나 인간관과 어떻게 다른가를 살펴보고, 그가 어떤 믿음 위에서 자신의 미학을 구축하고 있는가 살펴보고자 한다.

그리고 이런 자연과 인간의 만남을 매개하는 언어에 대해 살펴보고자 한다. 조지훈이 언어에 대해 어떤 철학을 가지고 있기에 그런 시학이 가능한가 알아보고자 한다. 그리고 그 언어철학에서 빚어지는 서정성에 대한 믿음을 살펴보고자 한다. 끝으로 그 언어를 매개로 한 자연과 인간간의 생명적 일치 체험을 살펴보고, 그 생명적 일치 속에서 생명적 질서를 살펴 보고자 한다. 그리고 그 생명적 질서를 통해서 서정적 질서가 어떻게 나타나는가 알아보고자 한다. 이 서정적 질서는 곧 조지훈의 말에 따르면 바로 도의 구현에 의해 이루어진다.[6] 이로써 조지훈 서정시학에 대한 층위별 검토가 심화되어 질 것이다.

2. 자연과 인간에 대한 믿음

전통적인 자연서정시에서는 누구나 없이 인간과 자연에 대한 무한한 '믿음'을 가지고 있다. 예로부터 동양의 산수화나 산수시에서는 그것이 지극히 자명한 전제였다. 자연이 선하고 완미하다는 믿음은 너무나 자연스러워 의심의 여지없이 당연한 것으로 받아들여져 왔다. 그리고 그 믿음의 바탕 위에서 사람들은 그림을 그리고 시를 써 왔다. 그런데 근대 이후 동양에서의 자연서정시는 자연에 대한 꼭 같은 믿음을 가지고 있

6) 조지훈, 「시의 원리」, 『조지훈 전집』3, 일지사, 1973, 16쪽.

으면서도 그 미학적 의미가 새롭다. 근대 이전에는 그런 미학사상이 무반성적인 것으로, 그리고 당연한 것으로 생각되었기 때문에 전략적 의미는 분명하지가 않았다. 그러나 근대 산업사회 이후 전통적 미학사상은 새롭게 조명되면서 전략성을 획득하는 것이다. 근대체험 이후, 특히 서양사상 체험 이후, 자연이나 인간에 대한 믿음은 그렇게 자명하지만은 않게 된 것이다. 자연이나 우주를 바라보고 해석하는 것은 어떤 전제 위에 서 있는 것이다. 자연이 완미하고 절대적으로 선하다고 생각하는 것도 하나의 가설 위에 서 있고 믿음 위에 서 있는 것이다. 세계관에 따라 달리 볼 수도 있는 것이다. 오늘날 과학기술 문명의 발달로 자연 환경이 하나의 생존적인 문제로 다가오게 됨에 따라 자연과 인간에 대한 새로운 관계를 모색하게 된 것이다. 여기에 바로 전통적 서정시학의 현대화 문제가 놓여있는 것이다.

그러면 우선 전통서정시학에서의 자연관을 좀 더 깊이 있게 살펴보자. 전통서정시 중에서 가장 대표적인 장르는 단연 자연서정시이다. 자연서정시란 자연을 소재로 쓴 서정시이다. 이 중에서도 전통적 자연서정시란 그 속에 전통사상이 내재되어 있는 자연서정시인 것이다.[7] 전통적 자연서정시에는 자연 景物과 같은 물질적 상태의 묘사뿐만 아니라 어떤 정신적인 것이 들어가 있는데, 곧 전통 동양적 의미의 자연의 理法이 들어가 있다는 것이다. 동양인들은 자연 그 자체를 이치가 구현된 것으로 보았다. 그리고 유가들에 따르면 그러한 자연은 우주의 근본일 뿐만 아니라 인체처럼 살아 움직이는 생명체, 유기체로 생각되어졌던 것이다. 즉 우주는 그 전체가 一氣로 되어 있고, 그 一氣는 끊임없는 회전운동을 하고 있다는 것이다. 그리고 우주 속의 만물은 바로 그 一氣의 부분으로 되어 있다는 것이다. 그리고 이때 氣 자체는 生意를 지니고 있

7) 최승호, 『한국 현대시와 동양적 생명사상』, 다운샘, 1995, 92-99쪽.

고, 생명현상은 바로 기의 운동에서 비롯된다는 것이다. 즉 우주 자체는 끊임없는 생명운동을 하고 있다는 것이다.[8)]

우주 자연 자체가 바로 생명체로서 운동을 하고 있다는 것, 그리고 이 생명운동의 방식(way), 다시 말해 氣의 운동 방식이 바로 천지만물의 이치요 우주적 질서인데, 그것이 바로 道요, 형이상이라는 것이다. 자연 속에 바로 그런 형이상이 구현되어 있다는 사상이 인간으로 하여금 자연을 믿고 숭상하고 그에 조화, 일치되려는 노력을 갖게 만든 것이다.[9)] 자연과 합일되려는 사상, 즉 자신의 인격수양의 방법으로 자연을 본받으려는 사상은 곧 자연을 지고지순하고 완전한 것으로 보는 데서 나온 것이다. 이러한 완전하고 선한 자연에 대한 믿음이 조지훈의 서정시학의 근저를 이루고 있다.[10)] 즉 그에 따르면, 우주의 생명이 시인을 통해 현현(顯現)된다는 것이다.[11)] 이처럼 조지훈에게 자연은 우주적 생명으로 가득 차 있는 것이요, 미의 원천이다.[12)] 그리하여 그는 자연에 더 많이 통할수록 우수한 시라는 믿음을 가지고 있다.[13)] 따라서 그는 다음과 같은 자연관을 토로하게 된다.

> 대자연의 생명을 顯現시키는 시인은 먼저 天分으로 뜨거운 사랑을 가진 사람이 아니면 안 되고 노력으로 사랑하고자 애쓰는 사람이 되지 않으면 안 될 것이다. 왜 그러냐 하면, 대자연의 생명은 하나의 위대한 사랑이요, 그 사랑은 꿈과 힘을 지니고 있기 때문이다. 다시 말하면, 시는 생명 그것의 표현이요, 인간성 그것의 발현이다.[14)]

---

8) 山田慶兒, 『주자의 자연학』, 김석근 역, 통나무, 1991, 131-139쪽.
9) 지순임, 『산수화의 이해』, 일지사, 1991, 30-37쪽.
10) 조지훈, 앞의 책, 90쪽.
11) 위의 책, 15쪽.
12) 위의 책, 13쪽.
13) 위의 책, 12쪽.
14) 조지훈, 앞의 책, 15쪽.

대자연의 생명을 하나의 위대한 사랑이라고 보는 것, 그것은 곧 우주의 본질을 仁이라 보는 유가사상에 닿아있다. 유가들은 우주의 본질을 仁이라 함으로써 우주에 대한 무한한 찬사와 믿음을 보내고 있다. 기실 유학사상도 하나의 종교적 믿음 위에 구축되어 있다. 자연이 그 자체로 절대적으로 선하고 모든 생명의 모태가 되고 있다는 생명사상, 그것은 하나의 이데올로기인 것이다. 조지훈 등이 순수시론을 동양적 생명사상 위에서 정초시키고 있듯이,[15] 그것은 하나의 이데올로기적 믿음인 것이다. 바로 동양적 氣哲學을 이데올로기적 바탕으로 하여 유물론자들과 싸우고 있는 것이다. 그래서 해방기 조지훈의 순수시론은 전략적 의미가 있는 것이다.

따라서 조지훈에게 있어서 시란 바로 생명의 흐름 속에 깃들어 있다고 보아야 할 것이다.[16] 시가 생명의 흐름 속에 깃들어 있다는 것은 바로 미의 근원이 우주적 생명의 흐름 속에 있다는 것이다. 이것은, 方東美식으로 말하면, 미란 우주 속에 있는 보편적 생명의 흐름 속에 있다는 것이다.[17]

방동미의 생명미학을 요약하면 다음과 같다. 중국철학에 의하면, 우주 도처에는 어디에나 스며있는 생명의 흐름이 있다. 어디에서 생명이 왔으며, 또 어디로 가는 것인가는 인간의식에서 영원히 숨겨진 일종의 신비한 영역이다. 생명 그 자체는 어떤 의미에 있어서 무한한 연속이다. 그래서 무한의 저편으로부터 무한한 생명이 오고, 또 무한으로 유한한 생명이 연속되어 나간다. 모든 생명은 커다란 변화의 흐름 중에서 변천하고 발전하며, 쉬지 않고 낳고 또 낳으며 끊임없이 운전하고 있다. 그것은 길(道)이요 행로로서, 선한 발걸음으로 따라간 선한 발자취이다. 이

---

15) 최승호, 『한국적 서정의 본질 탐구』, 85-92쪽.
16) 조지훈, 앞의 책, 37쪽.
17) 방동미, 정인재 역, 『중국인의 인생철학』, 탐구당, 1992, 24-25쪽.

끊임없는 진행의 과정이 바로 道이다. 그것(道)은 선의 본질인 '비롯된 자연'의 모습 속에서 용솟음치고 유출되어 나온다. 이렇게 자연 그 자체가 선하다는 믿음 위에 생명사상이 구축되어 있는 것이다.[18] 이러한 보편생명의 흐름 속에서 도를 찾고 거기서 시정신을 발견하려는 미학을 생명미학이라 한다면, 그것은 조지훈의 다음 글에서 일목요연하게 나타나 있다.

> 생명은 자라려고 하는 힘이다. 생명은 지금에 있을 뿐만 아니라 장차 있어야 할 것에 대한 꿈이 있다. 이 힘과 꿈이 하나의 사랑으로 통일되어 우주에 가득 차 있는 것이 우주의 생명이 아니겠는가. 우주의 생명이 分化된 것이 개개의 생명이요, 이 개개의 생명의 總體가 우주의 생명이라고 볼 수 있다.[19]

바로 이러한 선한 자연에 대한 믿음에서 전통적 자연시가 탄생하는 것이다. 선한 자연을 이어받고자 하는 관념에서 심성수양론이 빚어지고, 그 심성수양론의 하나로 전통적 자연서정시가 제작되는 것이다. 이처럼 전통적 자연서정시에는 인간과 자연이 하나로 회복되어 선을 이어받고 인간 스스로 자연을 닮아 완전해지려는 것을 꿈으로 하는 이념과 믿음이 담겨 있는 것이다.

이러한 창조적인 자연, 창조적인 도를 이어받아 스스로 자연과 인간 자신을 완성해 간다는 사상이 동양인들의 문화관이다. 유교적인 의미에서 문화란 3才의 하나로서의 인간이 천·지의 화육운동에 동참하여 자연에 영향력을 가함으로써 자연 및 인간을 완성시켜 나간다는 뜻을 포함하고 있다. 문화란 인간만의 고유한 몫이다. 인간은 비록 천지에 의해 만들어졌으나, 천지와 동격으로 삼라만상의 화육에 동참한다는 것이

18) 위의 책, 24-25쪽.
19) 조지훈, 앞의 책, 15쪽.

다.[20] 이렇게 인간이 문화의 주역으로 등장할 수 있는 것은 그가 바로 창조적인 자연의 도를 이어받았기 때문이라는 것이다. 이러한 유교적 문화창조론이 조지훈의 서정시학에 창조의 원리로 나타나는 것이다.

> 대자연은 사물의 근본적인 原型으로서 여러 가지 의미를 실현하고 있다. 대자연의 일부인 사람은 그 자신 자연의 실현물로서만 존재하는 것이 아니라 창조적 자연을 저 안에 간직함으로써 다시 자연을 만들 수 있는 기능을 가지는 것이다. 대자연은 자연 전체의 위에 그 「本原相, Urphänomen」을 실현하지만 반드시 개개의 사물에 완전히 나타나는 것은 아니기 때문에 어느 의미에서 시인은 자연이 능히 나타내지 못하는 아름다움을 시에서 창조함으로써 한갓 자연의 모방에서 멈추지 않고 「자연의 연장」으로서 자연의 뜻을 顯現하는 하나의 대자연일 수가 있는 것이다. 바꿔 말하면, 시는 시인이 자연을 소재로 하여 그 연장으로써 다시 完美한 결정을 이룬 「제2의 자연」이라고도 할 수 있다.[21]

위의 글에서 우리는 그의 서정시학의 핵심적인 면을 여러 각도에서 읽을 수 있다. 우선 대자연은 스스로 완미한 존재로서 여러 가지 의미를 실현하지만 인간의 참여를 기다린다는 것이다. 자연은 스스로 완미해 보이지만 일시적으로 미비해 보일 때가 있고 또 자연의 본원상이 개개의 사물에 완전히 나타나지 않을 수도 있다는 것이 전제되어 있다. 이와 같이 일시적으로 미비해 보이는 자연에 인간이 영향력을 가함으로써 그 자연을 완성시킬 수가 있다는 것이다. 이것이 앞에서 말한 유가들의 문화관인 것이다. 문화란 인간이 자연 속에 살면서 자연의 완성을 도모해 간다는 의미가 들어 있다. 그만큼 유가들에게 있어서는 인간의 주체적 의미와 역할이 강조되고 있다.

우주에 있어서 인간의 문화적 역할과 그 중요성에 대한 유가적 견해

---

20) 곽신환, 『주역의 이해』, 서광사, 1990, 294-296쪽.
21) 조지훈, 앞의 책, 12쪽.

를 좀더 살펴보자. 易의 「계사전」에 "진실로 그 사람이 아니면 도는 헛되이 행하지 않는다"[22]는 구절이 있다. 이는 역도의 관건이 인간에 있음을 단적으로 보여주는 글이다. 즉 『역』의 진리, 즉 신명의 경지는 모두 인간에 의해 구현되고 이루어진다는 의미가 들어있다. 계속하여 「계사전」에는 "신명하게 됨은 사람에 의해서이고, 묵묵히 이루어지며 말하지 않아도 믿게 되는 것은 덕행 때문"[23] 이라는 구절이 나타난다. 이 구절에 대해 주자는 "괘효를 변통시킬 수 있는 것은 사람이며, 사람이 신명의 경지에 이를 수 있는 것은 그 덕 때문이다"[24] 라고 말하였다. 이와 같은 견해는 『논어』에도 나오는 바, 공자는 "인간이 능히 도를 크게 하는 것이지 도가 인간을 크게 하는 것이 아니다"[25]라고 하였다. 이는 바로 대자연 속에서 인간의 주체적인 역할의 중요성을 단적으로 나타낸 말들이다. 정자에 오면 "하늘은 위에, 땅은 아래에, 사람은 그 가운데 자리한다. 사람이 아니면 천지를 볼 수 없다"[26]라는 경지에까지 나아간다. 이만큼 유가들에게 있어서 인간의 주체적인 면이 강조되는 것이다.

인용문에서 조지훈은 인간이 창조적 자연을 저 안에 간직함으로써 다시 자연을 만들 수 있는 기능을 가진다고 하였다. 그것은 바로 인간이 자연 속에 들어있는 객관적인 도를 자기 안에 품수(稟受)함으로써, 그리고 그것을 주체적인 도로 삼음으로써, 그것으로 창조적인 원동력을 삼는다는 것이다. 牟宗三에 의하면, 창조적 원리와 동력은 바로 자연 속에 있는 객관적 도를 부여받은 주관적 도를 구현함에 있다는 것이다.[27] 이러한 논리로써 조지훈은 시작품을 '자연의 연장'으로서 제2의 자연이라

---

22) 「계사전」下 8장, 『周易傳義大全』.
23) "神而明之在乎其人.", 「계사전」下 12장.
24) 「계사전」下 12장, 『周易傳義大全』.
25) 「人能弘道 非道弘人」, 「위경공」『논어』.
26) 『二程遺書』, 제11권.
27) 牟宗三, 송항룡 역, 『중국철학의 특질』, 동화출판사, 1983, 70쪽.

부른다.

그런데 인간이 이만큼 주체적으로 '자연의 연장'을 창조적으로 도모할 수 있다는 것은 바로 "선한 인간"에 대한 믿음에서 출발한다. 앞에서도 살펴보았듯이, 대자연의 일부로서의 인간이 대자연의 생명을 현현시키는 존재라는 것은 그 인간이 바로 "선한 존재"라는 믿음에서 출발한다. 영남 사림파의 후예로서 퇴계적 학풍을 잇고 있는 조지훈은 인간이 원래 선한 존재라는 믿음을 가지고 있다. 다만 현실 속에서 살면서 마음이 탁한 기에 가려져 그 실체가 잘 드러나지 않기 때문이라고 보고 있다. 단지 인간이 수양을 통해서 마음만 맑게 하면 원래의 선한 상태(理純不雜의 상태)로 돌아갈 수 있다는 믿음을 가지고 있다. 즉 인간이 마음만 고쳐먹으면 원래의 선한 상태로 돌아갈 수 있다는 것이다.

결국 조지훈이 인간에게 창조적 원동력이 있다고 보고, 또 그 창조적 원동력이 선하고 완미한 자연에서 왔다고 보는 것은 바로 그의 사상이 인간의 선함에 대한 믿음 위에 서 있음을 알 수 있다. 그리하여 그는 인간을 통한 예술에서 '창조적 이상미'를 기대하게 된다. 자연 속에 있는 미를 넘어서는 창조적 이상미라는 말에는 선한 인간의 창조력에 대한 완벽한 믿음이 들어가 있는 것이다. 이처럼 전통적 자연서정시와 관련된 조지훈의 서정시학의 그 대전제는 완미한 자연과 선한 인간에 대한 절대적인 믿음 위에 구축되어 있는 것이다. 이것에 대한 강조가 근대체험 이후에는 새로운 전략적 의미를 띠게 되는 것이다.

3. 본질적 언어와 서정성에 대한 믿음

서정시학은 흔히 동일성의 시학이라고 정의된다. 이때 동일성은 자아와 세계가 정서적으로나 형이상학적으로 하나로 된다는 믿음에서 출발한다. 그런데 인간이 사물과 하나로 만나는 행위는 반드시 언어를 통해 이루어진다. 실제 인간이 사물과 만나는 것은 의식의 차원이다. 그런데 이 인간의 의식을 지배하고 통제하는 것은 바로 언어이다.[28]

그리고 전통적인 서정시학에서는 이런 언어에 대한 끈끈한 믿음이 보인다. 언어를 통해 인간이 사물과 만나서 하나가 될 수 있다는 믿음은 언어의 본래적 기능에 대한 신뢰를 기초로 하고 있다. 인간이 언어를 통해 사물과 하나로 될 수 있다는 이러한 믿음은 언어가 사물의 본질을 드러낼 수 있다는 전제 위에 서 있다. 하이데거는 이러한 언어를 본질적 언어라 부른다. 그에 있어서 본질적 언어란 곧 존재(본질)를 드러내는 언어이다.[29] 전통적인 서정시학은 바로 이러한 본질적 언어에 대한 믿음 위에 구축되어 있는 것이다. 최초의 본질적 언어는 사물에 대한 최초의 명명행위인 것이다. 사물에다 이름을 붙인다는 것, 그 자체가 사물의 본질을 언어로 드러내는 행위이다. 이런 의미에서 최초의 명명행위는 곧 바로 최초의 서정시 생산 행위였다고 볼 수 있다. 이런 의미에서 어린아이의 언어행위는 곧 시적 언어 행위로 볼 수 있다. 어린아이가 말을 배울 때는 주로 명명행위로 시작하는데, 그때의 언어에는 원래의 본질적 기능이 상당한 흔적으로 남아있는 것이다. 그러다가 어른이 되면서 문명 언어를 배우게 됨에 따라 그 본질적 능력이 점점 더 많이 훼손되어지는 것이다. 조지훈도 어린아이의 언어행위에서 이런 본질적 기능을 찾으려 하고 있다.[30] 이러한 본질적 언어에 대해 조지훈은 유가적 생명사상으로 잘 설명하고 있다.

---

28) Richard Kuhns, *Literature and Philosophy*, Routledge & Kegan Paul, 1971, p.104.

29) Martin Heidegger, *Existence and Being*, translated and edited by Werner Brock, Gateway, 1965, p.278.

30) 조지훈, 앞의 책, 31쪽.

> 시 창생의 유일한 질료는 언어이다. 시의 뼈와 살, 빛과 소리, 혼과 향기는 모두 언어 속에 깃들어 있다는 말이다. 그러므로, 언어 속에는 우주의 생명이 깃들어 있다고 하지 않을 수 없다. 그러나, 언어는 도리어 인간의 속에 있고 인생은 자연의 안에 있다. 사람이 창조하는 언어가 자연의 혈통을 받아 생명체로서 독립환원하는 곳에 시의 생탄하는 보람이 있는 것이다.[31]

이는 언어 속에 바로 생명(우주의 본질)이 들어 있다는 사상이다. 비록 일상언어에는 이런 생명이 들어 있지 않다 하더라도 시적인 언어에는 그것이 들어 있다는 것이다. 언어 속에 생명, 곧 사물의 본질을 담을 수 있고 담아내야 한다는 명제는 공자의 정명사상에 나타난다. 동시대 인물인 도가들이 언어에 대해 회의하고 있을 때, 공자는 정명사상을 내세움으로써 언어를 회복하고자 하였다. 즉 본질적 기능을 회복하고자 하였다. 이 정명사상이 유가들의 전통으로 내려와서 조지훈에게까지 이른 것이다.[32] 언어의 본질적 기능을 회복함으로써 인간과 사물과의 관계를 바로잡고 나아가 사물들의 질서, 우주적 질서를 바로잡자는 것이 공자의 적극적인 문화사상이라 할 수 있다.

'생명적 언어'[33]속에 생명이 있다는 유가적인 믿음은 조선조 박지원에게서도 보인다. 박지원은 언어 속에 理와 氣가 들어 있다고 주장한다.[34] 이는 언어 속에 생명(氣)과 그 원리(理)가 들어 있다는 말이다. 이는 결국 언어로써, 언어를 바로잡음으로써, 세상의 질서를 바로잡겠다는 의지가 들어 있는 것이다. 결국 서정시학에 있어서 본질적 언어에 대한 믿음은 바로 시를 통해 곧 본질적 언어를 통해 자아와 세계간의 질서와 조화, 우주적 질서를 바로잡겠다는 적극적 사상으로 이어진다. 이것은

31) 위의 책, 25쪽.
32) 김용직, 『정명의 미학』, 지학사, 1986, 383-388쪽.
33) 조지훈, 앞의 책, 33쪽.
34) 박지원, 「답임형오론원도서」, 『연암집』 2, 부성문화사, 1966, 36쪽.

20세기 이후 모더니스트들의 언어관에 대한 정면 도전으로 나타난다. 모더니스트들의 혼란과 비극은 결국 언어에 대한 회의에서 발생하기 때문이다. 모더니스트들은 인간과 자연에 대해서 회의할 뿐만 아니라, 그 둘을 연결시켜주는 언어를 불신하기 때문이다. 이런 의미에서 본질적 언어에 대한 조지훈의 강조는 다분히 전략적이다.

그리하여 조지훈은 '시를 쓰면 벌써 시가 아니다'라는 노자적 명제를 부인하고, '시를 쓰면 시가 된다'고 정리하고 있다. 그리하여 그는 다음과 같이 언어를 통한 우주적 생명의 미의 발현을 말하고 있다.

> 시의 우주는 실로 한 편의 시를 통하여 영원한 시간과 무한한 공간을 통일한다. 질서 없는 혼돈이 질서와 통일과 조화를 이룬 것이 우주이듯이 시정신은 하나의 광대한 도로서 카오스가 코스모스로 나아가는 길이 된다. 무한한 카오스가 한 편의 유한한 시로 형성된다.[35)]

> 이는 바로 언어를 통한 우주적 생명의 발현을 나타내고 있다. 그리고 언어를 통해서 우주적 질서가 잡힌다는 것이다. 그리하여 그는 이런 언어를 "춤추는 언어"라고 부른다. 이 언어는 바로 '춤추는 관념'(살아 움직이는 우주적 생명적 본질: 필자 주)을 담지하고 있다는 것이다.[36)]

이런 본질적 언어에 대한 믿음에서 바로 서정적 동일성이 이룩되는 것이다. 서정적 동일성, 이것을 짧게는 '서정성'이라 불러도 될 것이다. 서정시학이 동일성을 추구한다는 말은 곧 서정성을 추구하고 그것에 대하여 믿음을 가지고 있다는 뜻이 내포되어 있다. 시론들이란 어느 것이나 체험적인 것이어서 그것들은 제 나름대로 논리적 가설을 토대로 하고 있다. 조지훈이나 다른 서정시론가들도 마찬가지다. 서정성에 대한 믿음! 이는 곧바로 본질적 언어에 대한 믿음에서 파생되는 것이다.

---

35) 조지훈, 앞의 책, 15-16쪽.
36) 위의 책, 34쪽.

그런데 우리는 '서정성'에 대해 좀 더 자세히 규명하고 제한을 가할 필요가 있다. 우리는 서정시를 곧장 서정성을 추구한 시라고 정의 내려오기에 주저하지 않았던 것이 사실이다. 그런데 서정시와 서정성을 엄밀히 구별할 필요가 있다. 서정시는 문자 그대로 대상에 대한 정서나 감정을 표현한 시이다. 그리고 서정성은 자아와 대상이 행복하게 만나서 하나가 된 경우이다. 그런데 오늘날의 서정시에는 전통적인 서정성과 상반되는 시들이 있다. 즉 자아와 세계간의 대립과 갈등으로 나타나는 비동일성의 시학에 근거한 작품들이 많다. 따라서 이제 서정시가 단순히 서정성을 추구한 작품이라는 소박한 견해는 곤란하다. 이 비동일성에 근거한 시들 중에도 서정시가 많이 있는 것이다. 따라서 이제는 서정시 안에 동일성을 추구하는 것과 비동일성을 추구하는 것으로 나눌 필요가 있다. 물론 조지훈을 포함한 전통서정시학은 당연히 동일성(서정성) 추구에 놓여 있다. 이처럼 조지훈의 전통서정시학이 동일성의 사유 위에 놓여 있다면 그것은 어떤 것인가.

> 그러므로, 나는 「시는 자기 이외에서 찾은 저의 생명이요, 자기에게서 찾은 저 아닌 것의 혼」이라고 한다. 다시 말하면, 「대상을 자기화하고 자기를 대상화하는 곳에 생기는 통일체 정신」이 시의 본질이라고 나는 믿는다. 「인간의식과 우주의식의 완전일치의 체험」이 시의 究竟이라고 믿어진다는 말이다.[37]

이처럼 대상의 자아화, 자아의 대상화 또는 인간의식과 우주의식의 완전일치의 체험이 '믿어진다'는 데서 그의 서정시학이 서정성 추구 위에 놓여 있음을 알 수 있다. 이와 같은 동일성에 근거한 서정성 추구는 곧바로 긍정의 시학으로 이어진다.

---

37) 위의 책, 15쪽.

> 생명은 저 자신의 생을 긍정하는 것이 본성이요. 그 절대의 자기긍정을 생명으로 하는 시는 현실적 사실 위에서만 증명되는 것이 아니라 상상적 현실로도 실현되는 것이다.[38]

이와 같은 자기긍정은 상대방에 대한 긍정으로 이어지고, 인간과 사물이 행복하게 만나게 되는 것이다. 그리고 그것이 상상적 현실로도 실현된다는 데서 그 동일성의 서정시학이 하나의 허구적 미학에 근거하고 있으며, 그것에 대한 믿음 위에 서 있음을 볼 수 있다. 이러한 행복한 일치 체험에서 그의 유유자적의 미학이 나오는 것이다. 사실 조지훈이 젊었을 때 자연서정시를 쓸 당시 그는 사회역사적으로 결코 행복한 상태에 있지 않았다. 오히려 역사적으로 정치적으로 그 자신 생명력이 심하게 위축되어 있었다. 이런 그가 자연과 행복하게 만나서 유유자적할 수 있었던 것은 바로 그가 지닌 유가적 생명미학 때문인 것이다..[39]

그런데 조지훈에게 있어서 사물과 인간의 정서적 동일성은 단순히 감정에서 기인하지 않는다. 오히려 그 정서적 동일성 속에는 형이상학적 동일성도 내재되어 있는 것이다. 즉 조지훈에게 있어서 자아와 세계간의 일치는 서구 낭만주의 시학에서처럼 감정에만 의존하지 않는다. 이때 그가 말하는 정서 속에는 지・정・의가 융해되어 있다. 즉 그가 말하는 정서는 유가들의 性情論에서 말하는 情의 개념과 일치한다. 그는 이런 동양적 情의 개념으로 전인격적인 미적 인식을 강조한다. 즉 미적 진실을 파악하기 위해서는 지적인 인식과 도덕적 인식이 정서적 인식 속에 용해되어 있어야 한다는 것이다.

> 그러므로, 시인이 지・정・의 그 어느 것 하나로써 시를 논단한다면 새로운 생명을 기르는 협동의 조화에 지장이 생겨 결국 불구의 시를 사

---

38) 조지훈, 앞의 책, 15쪽.

39) 최승호, 『한국 현대시와 동양적 생명사상』, 191-210쪽.

> 산하게 될 것이다. 그러므로, 시를 향수하고 양육하는 시인의 기관과 작용은 어느 하나만이 아니요, 생명 전체가 통히 하나로 된 통일감각으로 체득할 것이란 말이다. 이를 「宇宙官」이라 하고, 그 작용을 「宇宙感能」이라 부를 수 있겠다. 宇宙官은 눈, 귀, 입, 혀, 몸, 마음 그 어느것 하나만이 아니요, 그것밖에 있는 것도 아니니 이들이 한 덩이로 통일되어 그 본래의 분담기능이 상호작용을 낳는 것이다.[40]

이렇게 지·정·의가 조화된 전인격적인 미적 인식은 자연히 溫柔敦厚한 정서로 나타날 수밖에 없다. 조지훈 자신의 말로 그것은 생명의 고조된 상태이다.[41] 그가 말하는 생명이 특수하게 고조된 상태는 바로 이러하다.[42] 다시 말하면, 자기와 대상의 융합, 즉 주관과 객관이 합일하는 지극히 넓은 세계가 지극히 짧은 찰나에 체득되는 시의 모체는 구경 영원한 그리움의 연속상태에서 그 작은 파동에 지나지 않기 때문이다.[43]

4. 생명적 일치체험과 도의 구현의 강조

자아와 대상의 융합, 주관과 객관의 합일, 즉 서정적 동일성이 조지훈에게서는 어떻게 구체화되는가. 인간의식과 우주의식의 완전 일치체험이란 어떤 것인가. 조지훈에게 있어서 이러한 자아와 세계간의 서정적 동일성은 행복하게 나타나는데, 그것은 바로 양자 간의 생명적 일치에 의해 가능하다.

조지훈은 시의 생탄이 바로 우주의 생명적 진실을 受精함으로써 가능하다고 보고 있다.[44] 이것은 바로 인간이 우주의 생명적 본질(도), 곧 객

40) 조지훈, 앞의 책, 26쪽.
41) 위의 책, 39쪽.
42) 이런 정황을 퇴계는 理純不雜이라 부른다.
정운채, 「퇴계 한시 연구」, 서울대 석사학위논문, 1987, 9-11쪽.
43) 조지훈, 앞의 책, 40쪽.

관적인 도를 수정함으로써 주관적 자연, 곧 주관적인 생명, 주관적인 도를 부여받는다는 것이다. 즉 주관적인 자연, 곧 주관적인 생명, 주관적인 도를 창조의 원동력으로 삼는다는 말이다. 그런데 유가들에게 있어서 시적 창조는 곧 주관적 도(생명)와 객관적 도(생명)의 합일 속에서 이루어진다.[45] 즉 생명적 일치 속에 미가 구현된다는 것이다. 방동미에게도 미의 구현이란 개별생명과 보편생명의 화해로운 만남에서 이루어진다.[46] 이것을 조지훈 식으로 말하면 우주적 생명과 개체적 생명의 합일이 되는 것이다. 이것이 바로 앞에서 인용한 바 있는 "시는 자기 이외에서 찾은 저의 생명이요, 자기에게서 찾은 저 아닌 것의 혼"이란 구절 속에 들어있는 것이다.

이처럼 자아와 세계가 생명적으로 일치하는 데서 동일성을 확보하는 것은 그의 말대로 '아름다운 정서'로 나타난다. 이 아름다운 정서란 곧 자아와 세계가 생명적으로 행복하게 만난다는 것을 의미한다. 이런 행복한 일치를 보이는 시를 그는 '좋은 시'라 부르고 있다.[47] 조지훈에게 있어서 그런 아름다운 정서는 소위 유유자적하는 데서 보인다. 이러한 아름다운 정서는 곧바로 대자연의 생명과 자아의 생명간의 행복한 만남에서 가능한데, 그것은 바로 자연이 지닌 바 본질로서의 사랑(仁) 때문이라는 것이다. 그것은 앞에서 인용한 바 있듯이, "생명은 저 자신의 생명을 긍정하는 것이 그 본성이요, 그 절대의 자기 긍정을 생명으로 하는 시"이기 때문이다. 따라서 대자연의 생명 속에서 사랑을 깨닫고 그것을 미적으로 실현하기 위해서는 "개개의 생명은 각각 그 본성의 요구대로 생을 긍정하면서 서로 사이에 생을 방해하지 않는다"[48]는 생명미학으로

44) 위의 책, 15쪽.
45) 모종삼, 앞의 책, 70-72쪽.
46) 방동미, 앞의 책, 23쪽.
47) 조지훈, 앞의 책, 23쪽.
48) 위의 책, 15쪽.

나아가게 된다. 이것은 바로 2차대전 전후 방동미 같은 사람이 꿈꾸어 오던 생명미학이다. 제국주의 파시즘 체제하에서 억압되고 충돌된 생명을 광대화해의 장으로 옮겨놓고자 하는 꿈이 담겨있는 것이다. 바로 이러한 미학이 '모든 생명은 힘과 꿈을 가지고 있다'는, 이른바 生意 개념으로 나아간다. 이 생명의 꿈과 힘은 이른바 조화와 질서라는 것이다. 이러한 것을 생명적 질서라 부를 것이다. 결국 조지훈이 추구한 이상적인 생명미학이란 우주 속의 모든 생명이 유기적 질서를 이루는 것으로 볼 수 있다.

닫힌 사립에
꽃잎이 떨리노니

구름에 싸인 집이
물소리도 스미노라.

단비 맞고 난초 잎은
새삼 치운데

별바른 미닫이를
꿀벌이 스쳐간다.

바위는 제자리에
움찍 않노니

푸른 이끼 입음이
자랑스러라.

아스럼 흔들리는
소소리 바람

고사리 새순이
도르르 말린다.

—「山房」 전문

이 시는 1941년 작품으로 월정사 은거시기에 쓰여진 것으로 보인다. 절간이 아니고 절간 근처의 민가와 그 주위를 둘러싼 산 속의 자연 풍경이 스케치되고 있다. 이 시는 거의 景物 묘사로 일관되어 있다. 얼핏 보아 자아의 주관정서가 배제되어 있는 듯하다. 그러나 실제 여기에는 자아의 주관 정서가 강하게 내재되어 있다. 주관과 객관이 합일되어 분리가 안 되고 있는 셈이다. 그것은 제1연에서의 '떨리노니'와 제2연의 '스미노라', 제5연의 '앓노니', 제6연의 '자랑스러라' 등의 어미에서 확인된다. 이 어미에는 자아의 정서가 담겨 있는데, 이 작품에서는 그 감정이 자아의 것이지만 않고 사물의 것이기도 하다.

그런데 여기서 보이는 한적감은 자아와 자연이 모두 각기 생명력의 '고요한 움직임' 속에 있기 때문에 오는 것이다. 제1연의 '닫힌 사립에 꽃잎이 떨리노니'에서 보듯, 대상으로서의 자연물인 꽃잎은 가볍게 떨리는 움직임 속에 있다. 그리고 그것을 바라보는 자아 역시 동일한 정도의 떨림 속에 있다. 그것은 '떨리노니'라는 말의 어미 속에서 확인된다. 그리고 이때 자아는 悠悠自適하는 상태에 있다. 그리고 이 유유자적은 바로 자아와 자연이 생명력의 고요한 움직임 속에서 행복하게 만나고 있기 때문이다. 이러한 시적 공간에서는 자아와 자연물이 생명적 질서를 이루고 있는 것이다.

바로 이러한 생명적 질서 속에서 서정적 질서가 파생된다. 서정적 질서란 결국 자아와 세계에 생명적 조화와 질서를 부여하는 것이기 때문이다. 조지훈은 그것을 카오스에서 코스모스로의 전환이라 부르고 있다. 혼돈에서 조화로! 이것이 바로 서정시학이 꿈꾸는 이상향인 것이다. 서정시학이 유토피아를 전제로 하고 있다는 것은 상식이다. 이 서정적 유토피아는 바로 우리의 마음과 자연에 생명적 질서를 부여하고 회복하는 것이다. 바로 여기에 서정성 회복의 의의가 있는 것이다.

한편 조지훈은 이러한 생명적 질서를 통한 서정적 질서 속에서 도(생명의 존재방식)의 구현을 꿈꾸고 있다. 조지훈은 그의 저서 『시의 원리』 도처에서 시는 곧 우주생명의 창조적 구현이라고 반복해서 강조하고 있다. 즉 시정신은 곧 우주의 생명적 진실의 직관적 파악에서 온다고 말하고 있다. 즉 "우주의 생명적 진실을 受精함으로써 시를 生誕시킨다"[49]고 하는 것 자체가 바로 그러한 사상을 내포하고 있다. 즉 "시정신이 하나의 광대한 道로서 카오스에서 코스모스로 나아가는 길"[50]이라는 것이다. 이것은 곧바로 시는 도의 구현이라는 사상이다. 이렇게 도가 구현되는 데서 서정적 질서가 자리 잡게 된다는 것이다. 다시 말해 그의 표현을 빌면 "무한한 카오스가 한 편의 유한한 시로 형성되지만, 이 유한한 시는 전체의 상징적 분화"[51] 로 된다는 것이다.

다시 말해 그에게 아름다움(미)이란 "개체 안에 있는 보편하고 영원한 이덴(Idea)이 나타난 것"[52]이다. 이를 방동미 식으로 말하면 보편생명(보편적인 도)이 개체생명(주관적인 도) 안에서 구현된다는 것이다. 따라서 조지훈은 "모든 예술은 Idea 또는 생명의 원상(Urbild)이 직접으로 표현되는 것"이라 보고 있다. 즉 예술을 "보편적 형상의 리얼라이즈"[53]로 보고 있다는 것이다. 이것은 역시 "감각을 통하여 초감각의 세계에 사무치는 것"을 통해서, 다시 말해 특수한 것이 보편화되는 것을 통해서 시가 탄생한다는 것이다. 이것이, 조지훈 식으로 말하면, 바로 도의 구현인 것

---

49) 조지훈, 앞의 책, 15쪽.
50) 위의 책, 16쪽.
51) 위의 책, 16쪽.
52) 위의 책, 16쪽.
53) 위의 책, 16쪽.

이다. 그는 이렇게 도가 구현된 세계를 이상적인 세계, 곧 유토피아로 본다. 결국 그가 시를 통해 도를 구현한다는 것 자체가 그의 서정시학의 귀착점이 되는 것이다. 이것은 다음과 같이 시의 종교성으로까지 나아가게 된다.

> 생명의 충동과 이상의 규범이 자연히 일치되는 사람! 일거수 일투족이 무비법에 맞는 사람! 그가 바로 천성의 시인이다. 이런 사람이 사는 곳엔 도덕도 법률도 아랑곳없을 것이다. 그러기에 조화와 질서와 통일의 미는 교화 이상이 될 수 있는 것이니, 우리는 철인정치의 뒤에 인류정치의 구경적 이상으로 시인정치를 생각할 수 있다. 언제 이루어질지 모르는 이 고귀한 사명 속에 시의 종교성이 있다.54)

시인정치를 이상적인 것으로 보는 데서, 그리고 그 시인을 우주적 도의 구현자로 보는 데서 그의 서정시학의 유토피아 지향성을 읽을 수 있다. 시의 종교성, 결국 이것이 그의 서정시학이 꿈꾸는 종착점이다. 즉 서정시를 통한 유토피아의 건설, 이는 모든 서정시학의 공통적 꿈일 것이다. 이런 시적 유토피아의 한 전형으로 「아침」이란 시를 들 수 있다.

> 실눈을 뜨고 벽에 기대인다. 아무 것도 생각할 수가 없다.
>
> 짧은 여름밤은 촛불 한 자루도 못다 녹인 채 사라지기 때문에 섬돌 위에 문득 柘榴꽃이 터진다.
>
> 방안 하나 가득 柘榴꽃이 물들어 온다. 내가 柘榴꽃 속으로 들어가 앉는다. 아무 것도 생각할 수가 없다.

이 작품에는 시적 자아와 대상이 우주적 생명의 파동 속에서 하나로 합일되는 모습이 보인다. 주체와 객체가 분리되지 않은 상태를 조지훈

54) 위의 책, 16쪽.

은 시적 유토피아로 보고 있다. 이성과 감성이 분리되지 않은 상태, 여기서 서정적 동일성이 발생하고, 이 동일성 추구 속에서 자아와 세계가 서로 하나로 사랑할 수 있는 미학을 꿈꾸는 것이다. 이는 바로 자아와 세계간의 사랑을 통한 일치 속에서 이상향을 구현하고자 하는 꿈으로 나타나게 마련이다.

5. 나오는 말

본고에서는 문협정통파의 핵심 사상가의 한 사람인 조지훈의 서정시학을 살펴보았다. 1990년대 정신주의를 표방하고 나온 소위 '신서정' 운동과 관련하여 조지훈의 서정시학이 근대이후 지니는 미학적, 전략적 의미를 규명해 보았다. 이것은 정신주의를 표방한 90년대 서정주의자들이 어떻게 무슨 논리로 자본의 논리와 맞서고 있는가, 또한 그 라이벌의 하나로서 해체주의자들과 어떻게 경쟁관계에 있는가를 살펴보기 위해서이다. 그리고 90년대 신서정주의자들의 시학적 전범이 조지훈에게서 발견되기 때문에, 그의 서정시학을 연구한다는 것은 새로운 시대적 의미가 있는 것이다. 결국 본고에서 조지훈의 서정시학을 연구한 근본목적은 그것이 지니는 바 현대적 의미를 규명해 보기 위함이었다. 즉 전통서정시학이 어떻게 현대화되는가를 시대정신과의 관계 속에서 규명해 보았다.

첫째, 조지훈 서정시학에 나타난 자연관과 인간관을 보다 근본적으로 재성찰해 보았다. 그는 조선조까지의 사대부처럼 자연이 절대적으로 선하고 완미하다는 믿음을 지니고 있다. 그런데 그는 애써 '믿음'을 강조하고 있다. 이것이 조선조 선비들과 다른 점인데, 그들에게는 자연의 완미함과 선함이 지극히 자명한 명제였다. 그런데 조지훈 당대에 이르면, 그 명제는 서구사상에 의해 심각하게 위협을 받고 있었다. 이제는 그런 유교적인 도그마를 지키기 위해 투쟁하지 않을 수 없었다. 그리하여 그는 애써 '믿음'을 강조하고 전략적 태도를 취하지 않을 수 없었다.

또한 그는 인간 자신에 대해서도 완벽한 믿음을 가지고 있었다. 이것은 퇴계의 학맥을 잇는 영남사림파의 주리론적인 사상 때문이다. 모든 인간이 본래적으로 타고난 理 그 자체는 절대적으로 순수하게 진실하고 아름답고 선하다는 것이다. 이런 도그마에 대한 믿음을 가지고 있는 것이다.

이렇게 그는 자연의 완미함과 인간의 선함에 대한 믿음을 가지고 양자 사이에 행복한 만남을 꿈꾸고 있다. 즉 그의 상상력의 근본에는 인간과 자연이 행복하게 만날 수 있다는 유토피아의식이 깔려있다. 절대적으로 선하고 아름답다는 자연과 인간에 대한 믿음 위에서 그의 상상력은 자아와 세계간의 현실적 갈등을 극복하고 양자 간의 화해로운 관계로 조정을 해주고 있다. 그러면서도 서정적 주체에다 주도적 위치를 부여해주는 점에서 정통유가의 후예다운 모습을 보인다. 즉 예술이란 결국 인간에 의한 '창조적 이상미'라 함으로써 '선한 인간'의 창조력에 대한, 즉 주체적 도에 대한 완벽한 믿음을 보이고 있다. 즉 그의 시론이 정통유가의 문화관에 뿌리박고 있음을 보여주는 것이다.

둘째, 그는 언어의 본질적 능력에 대한 '믿음'을 고수하고 있다. 언어의 본질적 능력이란 곧 은유능력이다. 은유능력이란 언어가 사물의 본질이나 이 세계의 원리를 드러낼 수 있다는 것이다. 언어에 대한 기본적인 믿음을 가지고 있는 것이다. 이런 언어를 그는 생명적 언어라고 말하는데, 결국 그것은 본질적 언어를 달리 命名한 것에 지나지 않는다.

언어가 생명을 가지고 있다는 사상, 언어 속에 理와 氣가 들어있다는 사상, 그것은 공자의 정명사상에서 체계화된 것이다. 그리고 그 정명사상은 매우 근본적인 것으로서 은유에 대한 집념이 이데올로기적으로 나타난 것이다. 언어를 통해서 자아와 세계가 행복하게 만날 수 있고, 만나야 한다는 사상, 곧 언어로써 세계의 질서를 회복해야 한다는 사상은 노·장 사상가들과의 이데올로기적 싸움에서 비롯된 것이다.

바로 이러한 은유, 언어의 본질적 기능에 대한 믿음을 강조함으로써, 조지훈은 근본적으로 서정성에 대한 믿음을 지니게 된다. 그는 결국 언어에 대한 믿음을 애써 강조함으로써, 언어를 불신하는 반서정주의자들인 당대의 모더니스트들과 이론적으로 싸우고 있었던 것이다. 이런 점에서 그의 시학은 매우 전략적이다.

그리고 그의 서정성은 매우 전통적인 것인데, 그것은 자아와 세계의 행복한 만남으로 귀결된다. 당시에 정지용 같은 경우는 동일성을 지향하지만 자아와 세계가 불우하게 만나는 모습을 보여준다. 같은 은거시를 쓰더라도, 자연 속에서 인간이 자연과 더불어 고독해 하고 시름겨워하는 모습을 보여주는 것이 정지용의 경우이다. 그런데 조지훈은 유유자적하고 있는 모습을 보여준다. 이것이 바로 '긍정의 시학'이다. 그의 말에 의하면 隱逸은 곧 체념한 가운데 자적하는 미학인 것이다. 행복해질 수 없는 상황인데도 불구하고 행복해지는 것, 그것이 유유자적의 미학이다.

셋째, 그의 서정적 동일성은 단순한 정서의 차원을 넘어선다. 자아와 대상간의 동일성은 지·정·의가 통합된 전인격적 차원에서 이루어진다. 이른바 성리학에서 말하는 '情'의 개념에서 이루어진다. 즉 사물의 情과 자아의 情이 만나서 하나가 되는 것이다. 그런데 성리학자들에 의하면 情은 곧 氣이다. 인간에만 국한될 때 그 氣를 情이라 달리 부르는 것이다. 결국 조지훈 식의 서정적 동일성이란 자아의 氣와 사물의 氣 사이의 감응에 다름 아니다. 즉 생명체끼리의 감응관계가 곧 그의 서정시학의 요체이다. 그들은 사물들 사이에 생명력의 조화로운 감응이 일어날 때가 가장 이상적인 것으로 본다. 그런 상태가 곧 도가 잘 구현된 이상적인 상태라는 것이다. 그들에 의하면 도란 곧 氣(생명력)의 존재 방식, 운동 방식이기 때문이다. 조지훈은 이처럼 도가 잘 구현된 상태를 이상적인 유토피아로 본다. 결국 그의 시학이 추구하는 것은 바로 그런 유토피아의 건설인 것이다. 그런 유토피아란 곧 생명적 질서가 잘 구현된 곳이고, 바로 그럴 때 서정적 질서가 이루어진다는 것이다. 이런 점에서 그가 시의 종교성을 강조하는 것은 매우 솔직한 표현이다. 즉 그의 시학이 유교적인 믿음에 근거하고 있다는 것을 천명한 것이다. 이런 점에서 그가 단순한 시이론가이기를 넘어서서 사상가로 우뚝 서 있는 것이다. 그리고 무엇보다 그는 본질적 언어, 은유적 언어로 시적 유토피아를 건설하고자 하는 것이다.

▸▸▸ 참고문헌

조지훈, 『조지훈 전집』3, 일지사, 1973.
______, 『시의 원리－조지훈 전집2』, 나남출판, 1996.
______, 『문학론－조지훈 전집3』, 나남출판, 1996.

조지훈, 「문학의 근본과제」, ≪백민16≫, 백민사, 1948. 10.
______, 「시정신의 옹호」, ≪예술조선1≫, 1947. 10.
______, 「1월의 시단」, ≪현대문학≫. 1955. 2.
______, 「한국휴머니즘의 원형과 특질」, ≪신인간≫, 1961.
______, 「나의 시의 역정: 자전적 시론」, ≪사상계≫, 1965. 8.
______, 「좀더 냉정히 생각하자」, ≪사상계≫11권5호, 1963.
______, 「국어철자법개정 문제」, ≪문예≫, 1954. 1.
______, 「슬픈 인간성: 영남기행」, ≪문예≫, 1950. 1.
______, 「4월의 시단: 시의 빈곤」, ≪현대문학≫, 1955. 5.
______, 「10월의 시단」, ≪현대문학≫, 1955. 11.
______, 「지성과 문화」, ≪신태양≫, 1956. 8.

유치환 시론 연구

1. 서 론

청마 유치환(1908－1967)은 '시론'이라 할 만한 것을 의식적으로 構築하고자 한 시인은 아니었다. 자신의 첫 시집(『청마시초』, 1939) 서문에서 그가 "이 시는 나의 출혈이오 발한이옵니다"라고 말한 바와 같이 '出血'과 '發汗'이라면 굳이 거기에서 시를 쓰는 어떤 특별한 이유나 논리적인 근거 또는 이론적 방법론을 찾는 작업은 무용에 그치기 쉬울 듯하다. "그러므로 가다오다 가난한 이 책을 보게 되시는 분은 어느 가장 무료한 마음과 일의 틈을 타서서 가만이 읽으시고 가만이 덮으시고 가만히 느껴 주시기를 바라옵니다"라는 시인의 말을 그대로 따르는 독자야말로 가장 행복한 시 읽기를 하게 될 것이라고 필자 또한 생각하고 있다.

하지만 문학(시)과 삶의 일치라는 이루어지기 힘든 이상을 추구한다는 것 자체가 갖는 아이러니는 청마 자신의 곤경이었고 또한 그의 시를 읽는 독자들에게 던져진 문제이기도 하다면 어떨까? 우리에게 문학은 무

* 임수만 / 서울대학교 강사

엇인가? 소박하나마 이러한 문제의식을 가지고 본고에서는 우선, 그는 어떤 시를 쓰고자 했는가, 그리고 그러한 시창작은 그에게 어떤 의미를 갖는 것이었는가 하는 문제를 검토하고자 한다. 시집의 서문이나 문학론을 개진하고 있는 산문, 그리고 논쟁적 상황에서 그가 했던 말들에 대한 검토는 문학과 삶의 관련에 대한 성찰에 일정한 빛을 던져줄 것으로 기대한다.

2. 청마 문학의 핵심적 구조

2.1. '낭만적 아이러니(romantic irony)'

유치환의 초기 작품이자 대표작 가운데 하나인 시 「기빨」(≪조선문단≫, 1936.1)은 그의 '시론'이라 평가되기도 하는 만큼[1] 청마의 문학적 지향점과 그 태도를 검토하는 이 자리에서 빼놓을 수 없을 듯하다. 필자는 이 작품의 해석과 관련하여 이미, 깃대의 '수직성'에 주목한 일반적 해석[2]과는 달리, "정처없는 움직임, 방랑의 모티프" 등 수직성으로 단순화하

---

1) "「기빨」은 청마의 시론이라고도 할 수 있는 작품이다." 이어령, 『공간의 기호학』(민음사, 2000), 157쪽. 아래의 간략한 서지에서 볼 수 있듯이 이 한 편의 작품에 연구자들의 관심이 집중되었던 것 또한 그 속에서 청마 문학과 그 문학적 태도의 의미를 규명해보려는 의도에서였을 것이다. 최동호, 「청마 시의 깃발이 향하는 곳」(『현대시』 2, 문학세계사, 1985), 김현, 「기빨의 시학」(『유치환 : 한국현대시문학대계15』, 지식산업사, 1987), 이어령, 「깃빨의 수직적 초월 공간」(『시 다시 읽기』, 문학사상사, 1995), 오세영, 「유치환의 깃발」(≪현대시≫, 1996.8.), 이승원, 「유치환 시의 이원성과 고독」(『20세기 한국시인론』, 국학자료원, 1997) 등.

2) 김현과 이어령이 그 대표적인 경우라 할 수 있다. 물론 그들은 '미메시스적 차원'과 '세미오시스적 차원'의 대립으로 부를 수 있는 입장의 차이를 보이고는 있었지만(오세영, 위의 글, 145-6쪽 참조), 양자 모두 「기빨」의 수직성에 무게를 두고 있다는 점에서는 동일하다.

기 어려운 부분들을 강조한 바 있다.[3] "바람에 펄럭이는 운동성, 묶여진 곳에서 벗어나려는 몸부림, 피안과 영원에의 꿈과 좌절" 등, 불가능한 줄 알면서도 그 꿈을 지향해마지 않는 인간 존재의 모순적 양상, 즉 청마 자신의 삶의 형상이기도 했던 '수평축'의 방랑과 모색을 捨象한 채 '수직축'의 초월로만 해석하기에는 적절치 않으며, 또한 작품의 시적인 긴장을 살려낼 수 없다고 보았던 것이다.

무한과 영원, 절대적 경지를 끊임없이 지향하면서도 그 불가능성에 대한 의식을 한 켠에 갖고 있었던 자신의 문학적 입장을 좀더 논리적으로 표현한 것이 청마의 「시에의 회의」(1955)라는 글이다. 청마는 이 글에서 "가시적인 것, 가변적인 것을 넘어서" "핵심되어 있는 不動的인 것, 불변적인 것을 포착하여다가 시로 구체화하여야 할 것"이라고 말한 바 있다. 청마에게 문제가 되었던 것은 "영원이라든지 무한에 대한 갈망의 문제, 즉 본질적인 것"이었으며, 이러한 문제의식은 그 목적지점에 이르기 위한 무한한 道程을 예견하고 있는 것이기도 했다.

> 詩精神이란 말을 많이 쓴다. 이 시정신이란 다름이 아니라 인간의 점유하는 그 시간의 위치와 날으는 화살의 그 不動의 본질과 사이의 唯一無二 絶對(短) 距離를 말함에 불외한 것이다. 이 절대 거리를 통하여 본질을 포착함이 詩인 것이며, 이것만으로써 시의 존재하는 가치가 있는 것이다.
>
> —유치환, 「시에의 회의」

3) "무한한 것에 대한 동경과 유한한 것에의 피체(被逮)라는 두 모순된 행위를 '깃발'을 통해 은유화시키고 있다. 그리고 이 모순의 관계를 첨예화시킬수록 의미는 보다 시적인 것이 된다." 「기빨」에 형상화된 인간 존재가 지닌 근원적 모순과 함께 그 긴장체계가 갖는 시적 의미를 강조하고 있는 오세영의 이러한 지적이나(오세영, 앞의 글, 147쪽 참조), 최동호의 글에서 거론된 '거리'와 '이중성', '파동'의 양상에 대한 언급은 필자의 견해를 뒷받침하고 있다(최동호, 「유치환 시의 영원과 내면적 깊이」, 『한국현대시의 의식현상학적 연구』, 고대 민족문화연구소, 1989, 65-66쪽 참조) 또한 졸고, 「유치환 시의 낭만적 특성 연구」, 서울대 박사학위논문, 2004.8, 68-75쪽 참조.

청마에게 시정신이란 <인간과 본질(영원, 무한) 사이의 절대(短)거리를 통해 본질을 포착>하는 것이다.[4] 청마는 여기서 '절대 거리'에 '短'이란 글자를 삽입하여 '절대(短)거리'라고 표현해 놓고 있는데 이는, 거리를 최소화하고 無化하는 것이 자신의 문학적 행위가 목표하는 것임을 밝히면서도 동시에 소멸되지 않는 '거리(간극)'에 대한 자의식을 견지하고 있는 것 즉, 낭만적 아이러니[5]의 비극적 인식의 표현에 다름 아니다. 거기에서는 무한한 아이러니의 연속이 이어지며, 끊임없는 역기저[6], 즉 정립과 반정립의 무한한 교환체계가 작동한다.[7] 질문과 대답, 열정과 회의, 창조와 파괴, 나아가기와 되돌아오기의 끊임없는 순환 속에서, 시인

---

4) 위의 인용문에서 청마가 했던 화살의 비유와 관련하여 다음의 글을 참조할 수도 있다. "무질은 이 징후적이고 순간적인 포착이 지닌 의미를 다음과 같이 기술하고 있다. <이렇게 변화하는 현상들 속에서 정지를 발견하려는 것은 분수 줄기에 못 하나를 박는 것처럼 어려운 것이다. 그러나 마치 아무 일도 없던 것처럼 보이는 일 안에는 어떤 것이 있기 마련이다.>"(안병률, 「로베르트 무질 <특성없는 사람> 연구－에세이적 형식을 중심으로」, 연세대 석사학위논문, 1998, 45쪽) "무질의 에세이즘은 이처럼 지식화된 사회에서 예술이 추구해야 할 가능성을 탐구한다."(안병률, 같은 논문, 53쪽) 이와 관련하여 청마가 실험했던 단장형식에 주목해 볼 수 있다. 이것은 '징후적 글쓰기'로 부를 수 있을 듯한데, 여기에서 현실이 지닌 수많은 위기적 측면들은 각각 하나의 징후들로 파악되며 아주 사소한 경험적 현실에서조차 시인은 그 징후적 의미를 순간적으로 포착한다. 청마는 이러한 형식들을 통해 사건이 지닌 성격에 대한 집중적인 성찰, 이러한 서술의 성찰성을 통해 추상 체계 속에서 점점 습관화되는 현대적 주체의 내면적 상황을 비판적으로 주시한다.

5) 낭만적 아이러니는, 모순과 모순의 복합체로 대상(문학, 인생, 세계)을 바라보는 세계관으로 정의하는 것이 일반적이다.(오세영, 『문학연구방법론』, 시와시학사, 1993, 210쪽, 323쪽 참조) 하지만 M.H. Abrams가 그러하듯이, 예술적 환상의 구축과 파괴라는 창작기법의 측면에서 이를 정의하기도 한다(이명섭 편, 『세계문학비평용어사전』, 을유문화사, 1987, 321쪽). 본고에서는 세계관이자 구조원리로서 이 개념을 사용하고 있다.

6) 슐레겔, 폴드만, 비숍 등의 글을 참조하면 parabasis(*현재 우리나라에서는 이를 '역기저'라고 번역하고 있다)는 '확신과 자기모순 사이의 긴장', '하나의 담화의 개입, 중단, 분열' 등을 가리키는 용어이다.

7) 폴드만은 '정립과 반정립'이라는 동시적 현존으로부터 아이러니가 필연적으로 발생함을 밝힌 바 있다(자기모순의 아이러니). "자아(the I), 언어는 A를 정립하고 동시에 －A를 반정립한다" Paul de Man, "The Concept of Irony", *Aesthetic Ideology*, Univ. of Minnesota Press, 1996, pp.171-173.

은 자기발견이 가능하기를 희망한다.

> 시를 쓰고 지우고, 지우고 또 쓰는 동안에 절로 내 몸과 마음이 어질어지고 깨끗이 가지게 됨이 없었던들 어찌 나는 오늘까지 이를 받들어 왔아오리까.
>
> —『청마시초』의 '序'

청마는 자신의 첫 시집 서문에 위와 같이 '淨化'라는 것으로 자신의 문학적 행위의 의미를 밝히고 있다.[8] 그것은 "자신을 완수하고 동시에 자기 자신을 벗어던질 수 있게" 해주는 것으로, "자기 도취인 동시에 자기 비판인 것"으로 자신의 창작을 소개했던 지드Gide의 입장과 먼 거리에 있는 것이 아니다.[9] 끊임없이 자신을 '고백'하고 '정화'하고자 하는,

8) 여기에서 '절대 본질'의 추구는 '자기' 발견으로 전치되어 있는데, 그의 작품에서 청마가 '또 하나 나'의 마음을 '푸른 하늘'로 표현하기도 했다는 점을 상기하면 그 연속적 관련을 짐작할 수 있다. "아침마다 일찍 일어/ 저 맑고 푸른 하늘을 우러러/ 나는 나의 창문을 연다/ 그러면 호을로 外氣 속에/ 파랗게 자라는 또 하나 이 내 마음!"(시 「나무」의 일부분, 『초고집』1, 박철석 편저, 『새발굴 청마 유치환의 시와 산문』, 1997.) 이렇게 본다면 「봄풀」 등의 작품에서의 '울음'은 '나'와 '자연'의 거리 뿐만 아니라, '또 하나 나'와의 거리에 대한 인식에 기인하는 것으로 볼 수도 있는 것이다.

9) 필립 르쥔, 『자서전의 규약』, 문학과 지성사, 1998, 253쪽 참조 또한 ① 청마가 지드 전집을 읽었다는 사실(청마가 지드 전집을 읽고 있었다는 것은 이영도와의 편지에 잘 나타나 있다. 1952년 7월 23일자 편지에서는 지이드의 『지상의 양식』이, 8월 3일자 편지에서는 『콩고기행』, 8월 24일에는 『좁은문』, 9월 1일 편지에는 지이드 전집 4권에서의 '나태'에 대한 상념이 언급, 인용되고 있다.), ② 지드처럼 청마도 지속적으로 일기와 편지 형식의 글쓰기를 했다는 점, ③ 문학 작품뿐 아니라 그러한 내밀한 글쓰기 또한 두 작가에게 있어서 '정화'의 의미를 갖고 있었다는 점, ④ "그 글들이 언젠가는 출간될 것임을 생각했을 뿐 아니라, 그 작품들이 (*자기 작품의－인용자) 총체적인 체계 내에서 차지하는 위치와 역할을 알고 있었던 것" (르쥔, 같은 책, 256-257쪽) 등에서 지드와 청마는 공통된 영역을 가지며, 따라서 지드의 문학적 면모들은 일정 부분 청마 문학을 관찰하는데, 유용한 빛을 던져주고 있는 듯하다. 르쥔은 지드의 작품이 갖는 힘이자 동시에 약점을 그의 '자전적 공간'을 구성하는 의식에서 찾고 있다. "'자전적 공간'은 18세기말 이래로 많은 작가들이 실험했던 현실이었다. 자신을 투기하고 고백하기, 꿈을 꾸고 스스로를 정화하기, 그리고 허구의 이야기들을 통해 자신을 표현하기……루소 이후 작가들은, 얼

자기 정체성을 향한 무한한 욕구는 하지만 현실적으로 충족되기 힘들다. 궁극적 목표인 '무한'을 유한한 인간의 언어로 표현하려는 시도 속에 내포된 모순, 그 불가능성과 필요성을 모두 인식하고 있는 시인의 이러한 아이러닉한 상황은 청마 문학의 핵심적 형상일 듯하다. 더글라스 뫼케는, 그러한 상황에 대한 인식을 작품화하는 것만이 진정한 예술가에게 남아 있는 유일한 가능성이라고 말한다.[10] 또한 "자신의 포에틱한 서술 자체를 다시금 포에지의 서술 대상으로 취하는 방식은 포에지의 자기투영 방식"이라고 할 수 있으며, 이를 슐레겔은 '포에지의 포에지'로 명명한 바도 있다.[11] 이러한 지적들은 청마의 자기반영적 시편들 즉, 자신의 시와 삶을 詩化하는 작품들 모두와 관련되어 있다. "저 가엾은 애걸과 발악의 비명들이 소리소리 울려 들리는 데도 거룩하게도 너는 시랍시고 문학이랍시고 이 따위를 태연히 앉아 쓴다는 말인가"(시 「그래서 너는 시를 쓴다?」, ≪문예≫, 1963. 12)와 같은 자기반영적 시편들이 보여주는 '삶이자 문학인 것'의 기이함, 이상과 현실의 날카로운 인식, 그 對極的 거리감이 자아내는 비극적 황홀감 등은 모두 아이러니적 발화 혹은 사유방식과 깊이 관련된 것으로 판단되며, 청마의 시적 성취와 그 한계는 이러한 구조에 淵源하는 것이다.

한편, 최문규가 지적하고 있듯이, 초기낭만주의의 대표적인 특징으로서의 '무한성' 개념에 대해 슐레겔이 "그 개념이 '비생산적인 개념'으로 작용할 수 있으며 더 나아가 '주관적 허무주의'로 흐를 수 있다고 경계하였다."라는 사실도, 청마문학과 관련하여 시사하는 바가 크다고 본

마나 의식적이었는가의 정도의 차이는 있지만, 바로 그런 것들을 할 수 있었던 것이다. 또한 자아가 좀더 자유롭게 드러날 수 있는 일기나 고백록, 에세이 역시 쓰기도 했다."(르죈, 같은 책, 279쪽)

10) Bishop, *Romantic Irony in French Literature*, Vanderbilt Univ. Press, 1989, p.3에서 재인용.

11) 최문규, 「초기낭만주의에서의 포에지 개념 연구」, ≪독일언어문학≫ 제17집, 2002. 6, 285-286쪽 참조.

다.[12] 청마의 문학은 바로 그 위험에 직면했고, 그 허무와 대결하며, 그 속으로 몰입해 들어갔다. 이러한 점에서 청마문학의 한계를 지적할 수도 있지만 이를 과연 부정적으로만 평가할 수 있는 것인지 하는 문제를 제기해 볼 수 있다. 김윤식은 비록 "넥타이 맨 억쇠" 정도로 표현하고 있지만, 김동리의 '구경적 생의 형식'에 호응해 오는 유일한 존재가 청마임을 암시하기도 했다. "초극될 수 있을 정도의 '허무'라면 어찌 그것을 '구경적'이라 할 수 있겠는가"라는 말로써 김윤식은 김동리와 유치환이 마주친 '허무', '구경적 생의 형식으로서의 문학'이 부닥친 곤경을 지적한 것이다.[13] 이를 그들의 한계로 볼 수도, (근대) 문학이 아닌 것으로 평가절하 할 수도 있겠지만, 그러한 치열함을 삶과 문학 속에서 동시에 끝까지 밀고나간 문인들로서 그들이 남긴 문학의 의미가 사라지는 것은 아니다. 장르적 규범이나 틀에 구속되기를 거부하고 다양한 시적 실험을 보여준 청마의 문학 또한 그러한 문제적 지점에 위치해 있다. 문학(시)을 통해 존재의 통합적 본질을 추구했던("구경적 생의 형식으로서의 문학"), 성취하기 어려운 이상적 목적지를 향해 나아갔던 청마의 문학에서 우리는, 그가 응시했던 단절과 모순, 그리고 순간적 환영 속에서 그가 그려내었던 꿈들을 대하고 있는 것이다.

2.2. 유기적 문학론—인간과 우주, 그리고 시

청마는 시적 기교와는 거리가 먼 자세로 시를 대했다. '나는 시인이

---

12) 최문규, 위의 논문, 274쪽. 다만, 과연 어떠한 과정을 거쳐 '무한성'의 추구가 '허무주의'에 귀결될 수밖에 없는 것인지에 대한 분석이 구체적으로 제시되어 있지 않아 분명치는 않지만, 위의 슐레겔의 발언은 자신의 이론적 지향점이 봉착하게 될 위험을 경계한 말로 이해된다.

13) 김윤식, 「청마 시의 정신사적 소묘」, 『발견으로서의 한국현대문학사』, 서울대출판부, 1997, 393쪽.

아니다'라고 그가 반복적으로 말했던 일 또한 그러한 문학적 태도에 기인한 바 크다.[14] 이러한 발언을 통해 청마는 삶과 무관한 듯한 시나 시적 포오즈를 경계했고 거부했다. 시보다 인생을 중시하는 청마의 시적 태도는 다음과 같은 구절에도 잘 나타나 있다. "그러기에 시인이여/ 오늘 아픈 인생과는 아예 무관한 너는/ 예술과 더불어 곰곰이 영원하라".[15] 그가 서정주 등과 더불어 '생명파'로 분류되는 것도 '삶(生)'이라는 보다 큰 가치를 추구하는 시작 태도에서 비롯되었으며, 미당과 비교되는 부분도 바로 그 곳, '시보다 인생'이라는 청마만의 문학적 고집에 있다고 하겠다.[16]

---

14) "나는 시인이 아닙니다"라는 청마의 발언은 그를 비판하는 측에서나 옹호하려는 측에서 논란을 일으킨 바도 있다. '말의 아이러니(verval irony)'가 하나의 기표로써 기의를 두 개로 분열시키는 것이라면, 위의 발언은 해석자들 사이에서 "나는 시인이 아닙니다"라는 하나의 해석과 "나는 (관습적으로 칭하는) 직업적 시인이 아닙니다"라는 또 다른 해석을 가능케 한다. 청마는 이러한 발언을 통해 시를 쓰면서 살아가는 것의 의미에 대해 묻고 있다. 아이러니스트로서의 청마는 그러한 발언을 통해 '시인'이라는 관습적 체계와 신념의 틀을 대상화하고 반성적 위치로 불러내고 있는 것이며, 문학사적으로 청마가 놓인 맥락을 소위 문협파의 그것에 놓아 본다면, "생의 구경적(절대성) 탐구, 그 형식의 발견이라는 명제는 주체가 전 인생을 걸고 대결할 때만 가능한 것이며, 이 발상법은 운명이라는 명제와 등가"이고, 여기에서 "작가, 곧 구도자"라는 등식이 성립되는 것이며, 이럴 경우 직업적 작가란 개념은 성립될 수 없는 것이다(김윤식, 『한국근대문학사상비판』, 일지사, 1978, 199쪽). 하지만 시인 이형기는 「상식적 문학론(3)－<인생이라는 추상>의 함정」(≪현대문학≫, 1962. 9)에서 청마의 이러한 입장에 대해 "시인에 대한 모욕"(197쪽)으로 받아들이고, 그 "인식의 착도"(198쪽)를 비판한다. 이 글에서 이형기는 자신의 예술지상론만 반복해 내세우고 있을 뿐, 청마의 반성적 문제제기 자체는 정당하게 다루고 있지 않다. 전후세대에 의한 60년대 순수문학론의 재생산 과정에서 '언어의 자율성', '형식의 문제'('무엇을'이 아니라 '어떻게') 등은 새로운 차원으로 순수문학론을 전개시켰던 것이고, 이 지점에서 문협파(특히 청마)와 60년대의 신세대 순수문학파가 갈라지고 있는 것으로 볼 수 있다(임영봉, 『한국 현대문학 비평사론』, 역락, 2000, (118-125쪽), 이형기의 이러한 비판에 대한 청마의 답변이 「문학과 인간」(≪현대문학≫, 1962. 12)이다.

15) 유치환, 「시인에게」 일부분, 『뜨거운 노래는 땅에 묻는다』, 동서문화사, 1960.

16) 김우창이 미당에 대해 "서정주는 매우 고무적인 출발을 했으나, 그 출발로부터 경험과 존재의 모순과 분열을 보다 넓은 테두리에 싸 쥘 수 있는 변증법적 구조를 발전시키는 방향으로 나아가는 대신, 그것들을 적당히 발라 맞추어 버리는 일

'시보다 인생'이라는 이러한 청마의 문학적 태도는 낭만주의적 유기론에 그 뿌리를 두고 있다. 그의 시와 단장, 그리고 수필 등에 산견되는 '씨앗'의 형상은 이러한 관점에서 검토해 볼 만하다.

시 「안주의 집」, 「드디어 알리라」, 「경이는 이렇게 나의 신변에 있었도다」 등에서 '씨앗'은 중요한 모티프가 되고 있다. 즉, "아아 오늘도 나의 안주의 집은/ 표묘(漂渺)하여 천지가 무애(無礙)한데/ 나는 뉘 모를 한 톨 즐거운 씨앗"(「안주의 집」)에서 보이는 '씨앗과 우주'의 관계는 내가 안주할 집으로서의 우주를 묘사한 것이며, "억조 성좌로 찬란히 구천을 장식한 밤은/ 그대로 나의 큰악한 분묘!"(「드디어 알리라」)에서 보이는 것 또한 '우주가 바로 나의 집'이라는 인식, "인간의 수수(須臾)한 영위에/ 우주의 무궁함이 이렇듯 맑게 인연되어 있었나니"(「경이는 이렇게 나의 신변에 있었도다」)에서 보이는 것과 같은 인간적 공간과 우주적 공간의 상응과 연결 등은 그의 단장에서도 반복적으로 제시되어 있는 바이다.[17]

이런 예들에서 보듯, 씨앗('응축')은 우주('확산')에 연결되어 있으며, 이러한 관련성은 청마 시의 바탕을 이루는 구도이자 그의 삶의 의지를 가능케 하는 힘이 되기도 한다. 즉, "내 여기 어리석게 섰으되/ 유구 반만 년의 광망(光芒)의 끝머리에 있노니"(「어리석어」, 시집 『울릉도』 수록)라는

원적 감정주의로 후퇴하였다."(김우창, 「한국시와 형이상」, 『궁핍한 시대의 시인』, 민음사, 1977, 66쪽)라고 그 한계를 통박할 때, 우리는 그와 비교하여, 청마 유치환이 갖는 문학사적 의미를 다시 한번 되돌아 보게 된다. 즉, 비록 그가 그 분열을 극복한 행복한 결말을 보여주고 있다고 보이지는 않으나, "사물의 핵심에까지 꿰뚫어 보고야 말겠다는 형이상학적 충동"(김우창, 위의 글, 43쪽)을 견지하고자 했던 청마의 삶과 그 문학적 태도의 가열성은 주목되어야만 할 것이다.

17) '우주와 씨앗'의 상상력을 보여주고 있는 단장으로는 『제9시집』(1957)에 실린 단장 중, 1번("우리를 에워 있는 광대무변한 정신!"), 9번("한 톨 하루살이 씨앗을 놓고 그 가늘은 속에 더욱 천지의 기미와 더불어 개화할 생명의 감춰 있음을 생각해 보았는가?"), 71번("벌레가 과일 속으로 몸을 파묻고 들어가듯 그렇게 내가 장차 들어갈 대지여") 등이며, 여기에서는 우주적 정신 속에 시인의 생명이 안겨 있는 것으로 묘사된다. 그러한 인연 맺음 속에 응축과 확산의 시적 상상력이 작용하고 있다.

표현에서 볼 수 있듯이, 우주와 자신과의 관련성에 대한 시인의 인식은 자신의 궁핍한 현 상황을 견디게 하는 힘이었으며, 이는 「송가」와 「생명의 서 2장」 등에서 볼 수 있듯 민족의 피 속에 면면히 이어져 온 "원시적 생명" 의식에 대한 발견으로 나타나기도 한다.

'시인과 우주'와의 유기적 연결은 다시 '시인과 시'의 유기적 관련성으로 표출된다. 유치환의 첫 시집 『청마시초』(청색지사, 1939)와 둘째 시집 『생명의 서』의 서문에는 그것이 인상적으로 표현되어 있으며 이러한 청마의 시각은 시작 초기에만 국한되지 않는다.

> ① 이 시는 나의 출혈이오 발한이옵니다. 그렇기에 뉘가 내 앞에서 나의 시를 운위함을 들을 적엔 의복 속의 피부를 들추어들 보고 말성하듯 나는 불쾌함을 금ㅎ지 못하옵니다. 그러므로 가다오다 가난한 이 책을 보게 되시는 분은 어느 가장 무료한 마음과 일의 틈을 타서서 가만이 읽으시고 가만이 덮으시고 가만히 느껴 주시기를 바라옵니다.
>
> —『청마시초』, 1939의 서문

> ② 또한 염의도 없는 분뇨를 하듯 어찌 시인이 시를 일부러 낳으려고 애를 써야 하겠습니까. 참아서 능히 견딜만 하거든 아예 붓대를 들지 아니하는 것이 시인으로서의 불행을 하나이라도 덜게 되는 것이 아니겠습니까. 나는 시인이 아닙니다. 만약 나를 시인으로 친다 하면 그것은 분류학자의 독단과 취미에 맡길 수밖에 없는 것이요 어찌 사슴이 초식 동물이 되려고 애써 풀잎을 씹고 있겠습니까. 이슬에 젖은 초록의 아침 속에서 애티디 애틴 태양과 더불어 처음으로 조상 사슴이 생겼을 적에 진실로 우연히 그렇잖으면 정말 맞지못할 사정으로 풀잎을 먹은 것이 그만 그러한 슬픈 습성을 입지 아니하지 못하게 된 소이가 아니겠습니까. 이렇게 시는 항상 불가피한 존재의 숙명에 있는 것이라고 생각합니다.
>
> —『생명의 서』, 1947의 서문

③ 목숨을 한 자루 칼에 비긴다면 생활(인생)은 숫돌이요, 나의 작품은 그 칼을 갊에서 생기는 숫돌물에 지나지 않는다....나의 노작이 단 한 편이나마 나의 뒤에 남을 수 있을까에 생각이 미칠 때는 더욱 뼈가 시리다.

—「자선 시집『기』자서, 1950

④ 문학이란 본시 한 개 인간적인 정신이 일으키는 진동의 파문으로써 무한한 외계와 연결되는 작용 그것이므로, 그 인간적인 정신은 언제나 의연한 자주 속에 깨어 있어야만 될 것 같다.

—「문단과의 결별—지난날을 돌아보며」, 1960.5.29

⑤ 우리의 감성의 눈을 깊이 뜨고 지켜보면, 이 우주 가운데서 모든 목숨은 서로가 서로 깊으고도 먼 인연을 맺고 있는 것이며 그러한 인연을 깨달음으로서 목숨의 무한한 값을 과연 발견할 수 있음

—유치환,『구름에 그린다』, 156

①, ②, ③에서 볼 수 있듯이 청마가 생각하는 '시인과 시'의 관계는 "일부러 낳으려고 애를 써야 하"는 것이 아니라, "불가피한 존재의 숙명"과도 같은 것이다. 따라서 그의 시는 그 자신의 "출혈이오 발한"에 다름 아닌 것이며, '생활(인생)이라는 숫돌에 자신의 목숨을 갈아 만든 숫돌물'인 것이다. ④에 종합되어 있듯이 '시'란 '인간정신이 일으키는 진동의 파문'이자 '무한한 외계와 연결되는 작용' 자체이기도 하므로 중요한 것은 그 '인간적인 정신' 바로 그 곳에 있는 것이며, 우주적인 기운에 감응하여 일으키는 파문, 그와 연락하고자 하는 노력이 긴요하다. 따라서 그가 "시인이 되기 전에 한 사람이 되리라"는 것을 내세우고 자신의 시가 시가 아니어도 좋다고 발언한 것들은 모두 그의 이러한 유기

적 문학관에 따른 것으로 볼 수 있다. 즉 "꽃과 잎이 등걸이 있어 생기듯이 청수(淸水)가 지하(地下)에서 넘어나듯이 시(詩)도 반드시 그 시인자신(詩人自身)의 인생에의 넓은 완미(玩味)와 인간에의 깊은 관여(關與)에서만 비로소 생길 수 있는 것"[18]이다. 끝으로 ⑤의 인용에서 볼 수 있듯이, 시인에게 생명에의 외경을 갖게 하는 우주적 연관('우주의 모든 목숨은 서로가 깊고도 먼 인연을 맺고 있음')에 대한 깨달음은 그의 문학적 지향점의 일 측면(합일에의 지향, 거리무화에의 꿈)을 보여주는 것이기도 하다.

3. 모순의 정체—아날로지와 아이러니

"열정과 아이러니의 놀랍도록 영속적인 교체"(슐레겔 F. Schlegel)라는 구절은 청마의 문학을 설명하는 적절한 틀이 될 수 있다. 청마 시에 나타나는 의지와 자학의 모순, 애국시와 사회비판시의 상충, 자연과의 합일에 대한 꿈과 '괴리'에 대한 자각 등 청마 시에 나타나는 이율배반적 양상 속에서는 끊임없는 긍정과 부정의 교차가 이루어지고 있으며 이러한 구조 속에서 열정과 회의, 창조와 파괴가 일어난다. 상상력에 의한 통합과 아이러니적 '거리' 인식이라는 양극단의 결합을 추구하던 낭만주의의 이러한 모순적 면모[19]는 청마문학에서는 본질적인 것이기도 하다.

3.1. '큰 나의 밝힘'—작은 '나'의 부정과 큰 '나'의 추구

부정과 긍정의 모순을 청마 문학의 한 밑그림으로 생각할 때, 우리는

18) 유치환, 「무엇을 쓸 것인가—문학적 각서」, ≪동아일보≫, 1959. 5. 17(석간 4면)
19) 옥타비오 파스, 『흙의 자식들』, 솔, 1999, 78-100쪽 참조.

이에 대한 청마 자신의 논리적 설명을 '큰 나의 밝힘'이라는 그가 만든 校訓에서 찾아볼 수 있다. 청마가 학생들에게 지속적으로 제시했던 訓話인 '큰 나의 밝힘'은 "그의 생애 중 한 절정기라고 할 수 있는 경주고등학교"[20] 시절(1955－1959)의 校訓이며, 이는 경남여고 시절(1963－1965)에는 '큰 나 속에 있는 나'로 표현만 약간 변화했을 뿐 같은 맥락의 훈화로 강당과 도서관에 걸려 있었다 한다.[21] 청마의 제자 시인인 서영수는 이 내용을 다음과 같이 기록하고 있다.

> <큰 나의 밝힘>
> ○ 나란 나의 힘으로 태어난 내가 아니다.
> ○ 나란 나만으로서 있을 수 있는 내가 아니다.
> ○ 나란 나만에 속한 내가 아니다.[22]

나를 태어나게 한 것, 나의 생명을 존재하게 한 우주와 역사와 자연과 사회 그 모든 유기적 관련을 말하고 있는 첫 구절이나 나와 연맥된 그 모든 연관에서의 '소속감'이나 '共助'의 뜻을 더 담고 있는 두 번째 구절, 그리고 '나'의 생명과 존재가 내 것만이 아님을 말하는 것으로 어떤 '義務感'을 가리키는 것으로 이해되는 세 번째 구절 등 '교훈'의 세 가지 구절들은 모두 '나'의 생명을 둘러싼 사회와 인간과 자연과 우주의 연관성과 그 관계의 유기적 상호관련을 중첩적으로 강조하고 있다.

위의 '교훈'이 청마문학과 그의 문학관을 고찰하고자 하는 이 자리에

20) 문덕수, 『청마유치환평전』, 시문학사, 2004, 214쪽.

21) "당시 도서관과 강당에 걸려 있던 「큰 나 속에 있는 나」라는 표어……조례 때의 훈화 속에서도 비슷한 말씀을 종종 했던 기억이다. 나만의 내가 아닌, 나를 위해 태어난 내가 아닌 사회 속의 나, 인류 속의 나" 윤정숙, 「경남여자고등학교장 시절의 청마」, ≪시문학≫, 2002 .9, 82-84쪽.

22) "청마 교장은 부임하시자 곧 다음과 같은 교훈을 제작하여 교실 상단에 덩그렇게 달았다. 그리고 그 장문의 풀이를 '望星'이란 교지에 신기도 했다." 서영수, 「경주에서의 청마」, ≪시문학≫, 2002. 9, 69쪽 참조.

서 갖는 의미는 무엇인가. 필자는 그 내용 뿐만 아니라 표현법에도 주목하고자 하는데 우선, '나란~내가 아니다'라는 표현법은 부정을 통한 강조법으로 이해된다. 문덕수는 이를 다음과 같이 정리한다.

> ① 주제어는 모두 자기나 주체를 의미하는 '나'이고, 끝에는 모두 자아인 '나'에 대하여 부정하는 '아니다'라는 서술어로 통일되어 있으며, '나'와 '아니다' 사이에는 부정되어야 할 사항이 보어구로 제시되어 있다. 부정인 동시에, 명제 내용을 역설적으로 강력하게 긍정하기 위한 반어문으로 되어 있다.[23]

> ② 그의 시를 자세히 보면 '작은 나'를 에워싸고 있는 광대무변한 우주(큰 나)와 대비되고 있음을 발견하게 된다. 이 대비에는 아이러니나 역설, 조화, 총합 등이 내포되어 있다. 대인관계에 있어서의 관대함과 원만함(소인들의 작은 사랑이 아님), 인간·인권·생명에 대한 열애, 사회의 부정비리에 대한 분노와 비판, 이데올로기·인종·나라·종교 등의 차별을 넘어설 수 있는 반차별 휴머니즘, 반전사상, 그리고 광대무변한 대우주를 거느린 궁극적인 만유신의 인식(특히 기독교적 인격신을 넘어선 허무의 의지)—청마의 이러한 특징은 모순 대립하는 복합적인 여러 요소들의 통합과 화해인 '큰 나'를 실현하고자 했던 과정에서 생산된 것이 아닌가 생각된다.[24]

즉, '나'의 부정을 통해서 더욱 큰 '나'에 이르게 됨을 말하는 것으로 청마 문학에서의 '부정'이 갖는 의미가 파괴에 머물거나 퇴영적인 것이 아님을 뚜렷이 보여준다. 더욱 큰 자아의 완성을 위해서 작은 '나'의 관념을 부정하는 내용의 훈화를 그가 어린 학생들에게 지속적으로 가르치고자 했던 사실에서 우리는 그것이 청마의 삶에서 이미 큰 의미를 갖는 것으로 체화된 것임을 짐작할 수 있으며, 삶과 문학을 일치시키고자 한

---

23) 문덕수, 앞의 책, 313쪽.
24) 위의 책, 315쪽.

그의 문학적 자세로 미루어 이러한 관념적 구조가 그의 문학 세계의 밑그림이었음을 추론할 수 있다.

본격적인 논의에 들어가고 있지는 않지만, 문덕수는 청마가 제시한 교훈 '큰 나의 밝힘'의 분석을 통해 청마 문학의 핵심적 구조를 짚어내고 있었던 것이다. 그의 '자학'에 가까운 자기 비판적 시선이나, 사회비판시의 분노와 反戰 휴머니즘, 그리고 우주와 신에 대한 인식은 바로 '나'를 둘러싼 존재와의 관련 속에서 끊임없이 '작은 나'를 살륙하고 '큰 나'를 추구하고자 한 그의 문학적 삶의 산물들일 터이기 때문이다. 또한 청마가 사회와 자연, 신과 우주로 시선을 확대시켜 나간 것과 더불어 삶과 죽음 등 형이상적 문제에 파고들어간 것 또한 그러한 '작은 나'와 '큰 나'의 유기적 연관에 대한 생각의 틀 속에서 이루어 진 것을 알 수 있다.[25)]

3.2. 청마 시의 내적 관련성

"유사성은 차이를 전제하며 차이는 유사성을 전제한다"[26)]라는 폴드만Paul de Man의 말은 청마시의 초월적 열망과 함께 그 분열상[悲・怒]의 모순적 관련성을 생각게 한다. 청마가 만주시절에 쓴 시 「道袍」에서

---

25) "개인적인 면과 사회적인 면, 그 어느 쪽으로 보아도 이 시인이 타락한 현실을 거부하고 참다운 자아를 정립하려 노력하고 있다는 것은 공통적으로 나타난다." 최동호, 「유치환 시의 영원과 내면적 깊이」, 『한국현대시의 의식현상학적 연구』, 고대민족문화연구소, 1989, 79쪽.

26) "어떤 사물이 다른 것과 유사하다고 말할 수 있는 것, 이것이 <종합적 판단>인데, 이 종합적 판단을 수행하려면, 다른 것과 유사한 모든 존재는 적어도 한가지 특질에 있어서는 그것과 달라야 한다. 즉 유사성이 주어졌을 때는 곧바로 차이들을 요구하며 차이들을 가정한다. <분석적 판단>은, 일종의 부정적 판단인데, 만일 내가 A는 B가 아니라고 말한다면, 그것은 이미 A와 B를 유사하게 하는 하나의 속성을 가정하는 것이다.", "Paul de Man, The Concept of Irony", *Aesthetic Ideology*, p.174쪽.

"가라면 어디라도 갈/ ―꺼우리팡스"라고 자학적으로 표현한 망국인으로서의 자신의 슬픔이 "할아버지의 할아버짓적 물려받은/ 도포같은 슬픔", "벗으려도 벗을 수 없는" 뿌리깊은 슬픔이라고 말할 때, 우리는 그가 그곳 광야에서 찾고자 한 조상으로부터 이어진 "알타이의 기맥(氣脈)", "정한(精悍)한 피"(「생명의 서」)뿐만 아니라, 벗으려도 벗을 수 없는 "도포같은 슬픔"(「도포」) 또한 마주하고 있음에 주목해야 한다. 다시 말해 청마 문학에서의 '자학/의지'의 쌍은 '전통적 정한의 정서/민족적 기상'의 대립쌍에 連脈되어 있다. 또한 여기에서 우리는, 결핍에 대한 인식과 '거리'에 대한 관조가 날카로워질수록 그의 사랑은 더욱 이상화되고 있었던 것이며, 그러한 사랑의 순도가 높아질수록 분노와 비통함 또한 커지는 구조를 다시 한번 관찰하게 된다. 그 거리와 간극에 대한 인식이 클수록 초월적 열망과 그 悅樂은 강렬해 진다. 정립의 강도에 반정립의 강도가 비례한다는, 거리와 간극에 대한 인식이 격렬할수록 초월적 열망 또한 강렬해진다는 것, 또한 자신이 폐기하고자 하는 대상에 의존한다는 아이러니를 드러낸다. 이러한 관점은 청마 문학이 다다른 경지와 곤경 모두를 보여주고 있다.

> 슐레겔에 따르면 아이러니는 존재의 파라독스를 감지하는 양식인 동시에 초월하는 것이다. 아이러닉한 의식은 하나의 이념적인 '초월적' 시를 향한 변증법적 발전 속의 한 단계이다. 그 속에서 시인은, 비록 그가 타고난 모순과 존재의(그리고 예술의) 논리적 이율배반을 결코 해결할 수 없다고 하더라도, 작품과 창작작업 그 자체 속에서 그것들을 만나고 알아차림에 의해서 그들을 넘어설 수 있다. 수많은 슐레겔 연구자들은, 파라독스를 넘어서거나 초월하는 것과 그것을 해소하는 것, 즉 초월transcendence과 해결resolution 사이에는 차이가 있다는 점을 충분히 깨닫지 못했다. 슐레겔의 변증법은 최종적 종합을 인정하지 않는다; 그것은 더 높은 의식으로 이끄는 끝없는 과정일 뿐, 유한하거나 절대적인 의식에로 이르는 과정이 아니다. 슐레겔은 자주, 영원히 '생성'될 수 있을 뿐

> 결코 완결될 수 없는 것이 낭만시의 본질이라는 자신의 확신을 말한다. 독일 낭만주의 시에서 아이러니의 중심성은 과장된 것일 수 없다.[27)]

위의 글에서 Bishop은 낭만시의 특징으로 초월성을 들고 있다. 그것은 解決이 아니라 超越이며, "더 높은 의식으로 이끄는 끝없는 과정일 뿐, 유한하거나 절대적인 의식에로 이르는 과정이 아니다." 따라서 거기에는 대립의 흔적이 차연의 그림자로 여전히 남아 있다.

> 나 자신의 희구! 그렇습니다. 처음, 나 자신의 영혼의 어쩔 수 없는 그 희구가 나의 육신을 이루었고 다음 나의 사랑하는 이를 이루었고 그 다음으로 여기에 엮은 이 시편들을 이루어 떨어뜨린 것입니다.
>
> —「이 시집을 엮으며」, 시선집 『파도야 어쩌란 말이냐』, 1965의 후기

영원에의 동화, 사랑, 자연애 등은 모두 자신의 내적 욕망에 기원하는 것이었음을 천명하고 그 결과물이 바로 자신의 작품임을 시인은 위의 글에서 밝히고 있다. 비록 현실에서의 실현이 불가능하다고 하더라도 그 합일에의 지향을 멈출 수 없다. 그것이 시인 자신의 '영혼의 갈구'에 따른 것이었기 때문이다. 집요하고 지속적이었던 청마의 편지들을 떠올릴 때, 그리고 그가 "적당한 선에서 발을 멈추"기(산문 「운명이라는 것」, 『나는 고독하지 않다』)가 어려웠던 것을 우리는 그러한 욕망 때문이었으리라고 생각할 수 있다. 시인은 그러한 자신의 욕망과 꿈을 시 속에 그대로 담아낸다. 그리고 그 '열망'과 '각성'의 긴장된 대립과 겹침에서 '幻夢'이 나타난다.

> 어찌하여 한 점
> 도화꽃이 피는지를 아는가

27) Bishop, 앞의 책, 2-3쪽.

보오얀히 아지랑이 아리[痛]는
이제는 안팎이 없는 나의 가슴 안

그 어느 촌스런 등성이 가지에
시방 한 점 도화가 꽃 버나니
이제는 내가 아니란다
내 안에 있는 너

그 네가
시방 벌어 나나니

아아 이렇게
보오얀히 아리는 천지가, 내가

나 아닌
네가

―「개화」 전문, 『청마시집』, 1954

"어느 촌스런 등성이 가지에/ 시방 한 점 도화가 꽃 버나니". 내 안에 있는 네가 시방 꽃으로 피어난다. 보오얀히 아리는 나의 가슴과 천지는 이제 안팎으로 나뉘어 있지 않다. 내 안에서 이미 꽃을 피워냈기 때문이다. 안과 밖의 경계를 허무는 개화의 아픔은 "보오얀히 아리는" 것이다. "천지가, 내가" 그리고 "나 아닌/ 네가". 나와 너, 그리고 천지의 경계가 무화되는 시적 상상력은 잔잔한 아픔을 동반한다. 그것은 외피를 가르는 아픔이겠지만 또한 그러한 아픔만이 나/너/천지의 벽을 허물 수 있다. '거리'는 '보오얀히 아리는' 아픔을 통해 무화된다. 하지만 거리 무화에의 상상적 욕망이 개화의 긴장된 시적 순간을 꿈꾸어 낼 수 있었던 것은 바로 그 '거리' 때문이었으며 그것은 여전히 차연의 그림자를 남기고 있다.

'동일성과 비동일성의 동시성', '거리 무화에의 꿈'과 '상존하는 거리의 인식', 이는 낭만적 아이러니의 모순적 상황을 가리키는 것이며, 이 작품(「개화」)에서의 시적 긴장이 발생하는 것은 바로 그 양가적 겹침 속에서이다. 청마의 문학은 이러한 아이러니적 구조 속에서 출발했던 것이며, 이는 그의 '연시' 뿐만 아니라, 詩作 과정 전 시기를 꿰뚫고 있다.

> "어찌하여 장사치가 저렇게/ 고래고래 외치고 있는지 아는가?// 어찌하여 아이가 저렇게/ 악을 쓰며 울고 있는지 아는가?// 어찌하여 지휘자는 저렇게/ 몸짓 손짓 뒤틀며 못 견뎌 하는지 아는가?// 어찌하여 악사들은 저렇게/ 불고 긁고 두들기는지 아는가?// 어찌하여 바람은/ 미쳐 울부짖는지 아는가?// 어찌하여 물결은/ 쉴새없이 날뛰는지 아는가?// 어찌하여 산악들은/ 마침내 속이 잠겨/ 저렇게 굳어져 버렸는지 아는가?// 어찌하여 온갖 물체는 버티며 소리소리 부르짖으려 끝내 안깐힘들인지 아는가?"

— 유고시, 「나는 내게서 벗어나려 시를 쓴다」 전문

위의 작품에서 '악을 쓰며 부르짖으며 버티며 안간힘 쓰는' 여러 존재들의 모습은 시인이 처한 모순적 상황을 대변하고 있는 형상들이기도 하다. 청마의 문학은, 절대에 대한 탐색과 더불어 그 탐색의 헛됨에 대한 동시적 인식 사이의 긴장을 보여주며, 위의 시는 이상과 현실 사이의 틈 속에서 몸부림친 청마 자신의 문학적 태도를 시적으로 표현한 것이다.

청마에게서는 '시'보다는 '인간'이라는 이른바 인간 중심적인 시선이 일관되게 강조되고 있다. 그것은 "예술 자체의 작동보다는 인간의 특성만을 강조"하는 태도로 이해될 수도 있으며, "무한성, 신비, 사랑 같은 특징을 포에지 개념에 전이시키는 시도"로, "문예학적인 시각을 도외시"하고 "형이상학적이며 관념론적 개념에 의존"하여 시를 설명하고 그 결과 개념의 "모호성을 더욱 증폭시키는 결과를 낳"았던 것으로 보일 수 있다.[28] 하지만 종교, 형이상학, 철학, 도덕과 같은 예술 외적인 영역들과 분리되는 예술의 자율성이라는 것이 갖는 의미는 무엇인가? 이 물음 자체를 본질적으로 문제삼고자 하는 곳에 청마 문학의 의미가 놓여 있다는 점을 우리는 그 한계와 더불어 지적해야만 될 듯하다.

28) 최문규, 앞의 글, 274쪽 참조.

▸▸▸ 참고문헌

유치환,『유치환전집3 시 · 산문』, 정음사, 1985.

______,「무엇을 쓸 것인가 - 문학적 각서」, ≪동아일보≫, 1959. 5. 17(석간 4면).

______,「추억과 나의 시」, ≪서울신문≫, 1957. 3. 7.

______,「문학과 진실」, ≪대구매일신문≫, 1958. 1. 1.

______,「수공업적 장인」, ≪신문예≫, 1958. 9.

송수권 시론에서 '한'의 의미

1. 한국 현대시에서 '한'의 계보와 송수권의 자리

동생의 죽음을 소재로 한 등단작 「산문에 기대어」[1]의 강한 인상 때문에 송수권의 시는 줄곧 전통 정서로서의 '한'을 다루는 시인들과의 관계 속에서 논의되어 왔다. 그의 시는 김소월, 김영랑에서부터 가깝게는 박재삼을 밑천으로 삼고 있는데, 여기서 한 걸음 더 나아가 소월, 영랑 등이 곧잘 빠져드는 애상이라든가 여성적 탄식과는 다른 '건전한' 힘, 즉 남성(男聲)을 드러내고 있다는 것이다.[2] 이러한 평을 좇아 송수권 그 자신도 '한의 밑바닥에서 솟는 힘'을 육화해 보고 싶었다고 부언하기도 한다. 따라서 그가 30년에 이르는 시작기간 동안 10여 권에 달하는 시집

* 조연정 / 서울대학교 국어국문학과 박사과정 수료

1) 송수권은 『문학사상』 신인추천으로 등단한 제 1호 시인이다. 원고지에 쓰지 않아 버려진 작품들 속에서, 당시 주간이었던 이어령이 송수권의 작품을 골라냈다 해서 그에게 붙여진 별명이 '휴지통에서 나온 시인'이다. 그의 등단의 배경에 대해서는, 송수권, 「산문에 기대어」, 『아내의 맨발』, 고요아침, 2003을 참조.

2) 이러한 평가는 송수권 첫 시집에 대한 김용직의 해설(「한국적 정서와 힘」, 『산문에 기대어』, 문학사상사, 1981) 이후, 그의 시를 평가하는 정식처럼 되어오고 있다.

을 통해 다양한 시도를 보여주었음에도 불구하고, 결국 그의 시심 한 가운데에 있는 '한'의 존재를 해명하지 않고서는 송수권을 온전히 읽어냈다고 보기는 어렵다. 80년대 소위 민중시의 소용돌이 속에서 동학난을 소재로 『새야 새야 파랑새야』(나남, 1987)와 같은 역사의식을 앞세운 장편 서사시를 써낸 것도, 혹은 최근작에서 두드러지는 남도의 토속정서니 '뻘의 정신'이니 하는 것들도, 크게 보면 이러한 '한'의 테마 속에 있는 것이다. 송수권 시의 다양한 궤적은 '한'이 어떻게 맺히고 풀리는가의 과정에 따른 다양한 변주들이라고 보아도 무방하다.

그렇다면 '한'이란 무엇인가? 다양한 해석들이 있어 왔고 한마디로 정의하기도 어렵지만, 한은 원(怨), 탄(嘆) 등의 공격적이고 퇴영적 속성과 정(情), 원(願) 등의 진취적이고 우호적인 측면을 동시에 아우르는 복합체로서 기본적으로 모순의 감정[3]이라고 할 수 있다. 이러한 '한'에 대한 이론은 그 복합적인 성격 중 어느 것이 강조되느냐에 따라 情恨論 또는 怨恨論으로 대별되기도 한다. 즉 발생원인에 따라, 혹은 표출양상에 따라 얼마든지 다양하게 정의될 수 있는 무정형의 감정이 바로 '한'이다. 주지하다시피 한국 현대문학에서 '한'이 문학 용어로서 본격적으로 사용되기 시작한 것은 김동리의 소월론 「청산과의 거리」에서부터이다. 여기서 김동리는 '정한'을 '그리움의 감정'이라고 정의한다. 서정주 역시 소월론[4]을 통해 소월의 한을 '정으로부터 오는 한'으로 풀어낸다. 그런데 여기서 주목해야 할 것은, 서정주는 한의 발생원인보다는 한의 처리방식에 대해 더 관심을 두고 있다는 점이다. 서정주에 따르면 소월은 "한쪽으로는 체념을 통해 나아가는 길을 닦아 가면서 또 한쪽으로는 그 한 그것을 또 심화하여 갔"[5]다. 어떻게 해서든 그 한이 풀어지는 방도

---

3) 이에 대한 자세한 논의는 천이두, 「한의 다층성과 다면성」, 『한의 구조 연구』, 문학과지성사, 1993 참조.
4) 서정주, 「김소월과 그의 시」, 『서정주문학전집』2, 일지사, 1972.
5) 위의 글, 159쪽.

를 구하는 것이 아니라, 체념과 심화를 적절히 섞으면서 한을 떠안고 갈 수밖에 없음을 깨달아 가는 것이 소월의 방식이라는 것이다. 더불어 그는 소월의 시에서 '체념'보다는 '심화'를 다룬 시들이 좀 더 깊은 울림을 주고 있다는 평가도 덧붙인다. 이처럼 한이 왜 생기는가의 문제보다는 한을 어떻게 처리할 것인가의 문제에 집중하면서 서정주는 소월의 '한', 나아가 일반적인 '한'의 핵심적인 속성을 짚어내고 있다고 볼 수 있다. 그것은 '한'이 어디까지나 사후적 감정이라는 점이다.

소월의 시 「기회(機會)」[6]에서 보듯 '한'이란 '이미 끊어져 버린 다리 이쪽에 놓인 것'이다. 즉 그것은 수습할 길이 없는, 어쩔 수 없는 사건 뒤에 오는 감정이다. 김동리의 표현을 빌리자면 이것은 '아무것으로도 영원히 메꿀 수 없는' 감정이며, 한국 최초의 시라 일컬어지는 『공무도하가(公無渡河歌)』의 "公竟渡河", 즉 임이 기어코 강을 건너버렸다는 그 탄식에까지 거슬러 올라가는 것이기도 하다. 요컨대, '한'이란 이미 종료된 사건 뒤에 생기는 감정이므로 그것의 원인을 밝혀내는 것만으로는 결코 치유될 수 없는 증상과도 같다. 소월이 가슴 속의 "설움의 덩이"(「서름의 덩이」)라고 쓴 것은 바로 이러한 '풀 길 없는 맺힘의 감정'[7]으로서의 '한'을 효과적으로 육화시킨 표현이다. 그것은 볼 수도 없고 만져질 수도 없는 "감각의 병"[8]인바, 그것이 마치 어떤 실체가 있는 것처럼 덩어리로 인식된다는 사실만으로도 '한'이란 감정이 쉽게 해소될 수 없는, 오랜 세월의 앓음의 결과라는 것을 알 수 있다. '한'은 어디까지나 폐쇄적으로 숙성된 열매인 것이다.

이처럼 소월에 대한 논의들에서 단적으로 드러나듯 한은 근본적으로 완벽하게 해소될 수 없는 감정이기 때문에 '한'에 대한 관심은 결국 그

6) "먼저 건넌 당신이 어서 오라고/ 그만큼 부르실 때 왜 못 갔던가!/ 당신과 나는 그만 이편 저편서,/ 때때로 울며 바랄 뿐입니다그려."(위의 글, 163쪽에서 재인용)
7) 오세영, 『김소월, 그 삶과 문학』, 서울대학교출판부, 2000, 78쪽.
8) 서정주, 앞의 글, 164쪽.

것을 어떻게 다스리는가의 문제로 귀결될 수밖에 없다. 한의 처리는 체념과 심화의 두 가지 방법밖에 없다는 서정주의 언급, 극복의 대상이 없는 허무의 상태에서 혹은 극복의 대상이 그 운명 자체일 때 허무를 사랑하고 다독거리는 김동리의 운명애의 방식[9] 등은 모두 이 풀길 없는 '한'과 관련된 것이라고 하겠다.

그런데 이 '한'은 덩어리로 심화되는 것이기에 어떤 '힘'을 지닐 수 있게 된다. 그 과정을 살펴보자. 설움, 탄식, 회한, 가책 등의 복합적인 감정들이 덩어리로서 응어리지기까지의 그 에너지는 발산될 필요가 있는 강력한 것이다. 그러나 앞서 살펴보았듯이 그러한 한의 응어리는 기본적으로 풀릴 수 없이 안으로만 뭉쳐진다. 그렇다면 그 '힘'은 어디로 가는가? 원한이나 복수심으로 전환되어 저항의지로 굳어질 수가 있으며,[10] 반대로 특정 대상에 대한 반격이 되지 않고 슬픔을 슬픔으로써 초월하는 자족적인 구제의 장치가 될 수도 있다. 전자의 것이 가시적인 적을 전제로 하는 일종의 부정적 방식의 승화라면, 후자의 것은 대항할 수 없는 운명적 힘을 받아들이는 태도이며 이는 다른 방식의 승화를 마련한다고 짐작할 수 있다. 물론 두 경우 모두 '체념'이 아닌 '심화'의 방식을 택한 것이다. 그렇다면 '한'의 힘을 다루는 방식이 대조적인 다음의 두 장면을 살펴보자.

> 아버님, 이제 한이 풀리십니까. 옛날 아버님을 소처럼 부리고 개처럼 천대하던 주인의 아들들이 내가 시킨 대로 아버님 무덤에 덮을 뗏장을 떠왔습니다. 그리고 자기네들 죄를 벗으려고 죄없는 아버님을 죽인 네

---

9) 김윤식, 『김동리와 그의 시대』, 민음사, 1995, 216쪽.

10) 80년대에 대두된 '민중적 한론'이 이에 해당되며, 이는 다시 민중문학적 입장(김지하, 고은, 임헌영 등), 사회학적 입장(한완상, 김성기 등), 민중신학적 입장(서남동 등)으로 대별된다. 한의 내부로부터 밀어올리는 힘을 사회 개혁으로 분출하자는 것인데, 그 내재적 힘의 질적 전환과정이 쉽게 해명되지 않는다는 한계를 지니고 있다. 천이두, 앞의 책, 89-8쪽.

사람들이 아버지의 무덤을 만들고 있습니다. 이제 이만 하면 저의 한이 풀렸으니 아버님의 한도 풀리셨겠지요.[11)]

그러고 보면 아마 자네 오라비라는 사람이 그렇게 가버린 것도 자네의 그 한을 다치지 않으려는 것이 아니었는가 싶네, 사람들 중엔 때로 자기 한 덩어리를 지니고 그것을 소중스럽게 아끼면서 그 한 덩어리를 조금씩 갈아 마시면서 살아가는 위인들이 있는 듯싶데 그랴. (…)그런 사람들한테는 그 한이라는 것이 되려 한세상 살아가는 힘이 되고 양식이 되는 폭 아니겠는가. 그 한 덩어리를 원망할 것 없을 것 같네. 더더구나 자네같이 한으로 해서 소리가 열리고 소리가 깊어지는 사람이라면 더더욱 그것을 소중히 여겨야 할 것일세. 자네 오라비도 아마 그 점을 알고 있었던 듯싶네.(…)자네 오라빈 자네 소리에 서린 한을 아껴 주고 싶은 나머지, 자네한테서 그것을 빼앗지 않고 떠나기를 소망했음에 틀림없을 걸세."[12)]

문순태의 「말하는 돌」에서 아버지의 억울한 죽음의 원한을 풀기 위해 고향에 돌아온 주인공은 30년 동안 악착같이 모은 돈으로 원수들을 일꾼으로 부리면서 아버지의 묘를 이장한다. 그러면서 아버지에게 묻는다. '당신의 한은 풀렸는가'라고. 30년 간 아버지의 원수들을 절대 잊지 않고 복수를 꿈꾸었으며 이제 마침내 복수의 순간에 선 주인공에게, 그러나 지난날의 원수들은 일말의 위축감이나 죄스러움의 기색조차 보이지 않는다. 주인공이 30년 동안 가슴에 응어리로서 짊어지고 살아온 그 기억들은 그들에겐 벌써 모두 잊혀진 일일 뿐인 것이다. 이제 주인공에게 남은 것은 돌덩이 같은 허무와 아버지에 대한 부끄러움뿐이다. 결국 그는 30년 동안 아버지의 묘를 지켜온 커다란 돌덩이를 힘겹게 들고 집으로 돌아간다. 돌덩이가 된 그 한은 한 번의 복수로 풀리는 것이 아니라

11) 문순태, 「말하는 돌」, 『정통한국문학대계』, 어문각, 1986, 263쪽.
12) 이청준, 「소리의 빛 — 남도사람 2」, 『이청준문학전집』 4 — 서편제』, 열림원, 1998, 54쪽.

그저 이고 살아가야 하는 것이며, 아버지의 유골이 한 줌의 재가 되어 남았듯 한이란 그저 서서히 갈아지는 것일 뿐이라는 사실을 깨닫기라도 한 것처럼 말이다.

반면, 이청준은 「소리의 빛」에서 한을 억지로 풀고자 하는 일은 그 한을 다치게 하는 일이며 따라서 '한'을 조심스럽게 아끼면서 살아야 한다고 말한다. '한'이란 원망의 대상에 대한 분풀이를 통해 해소시켜야만 하는 것이 아니라 오히려 살아가는 힘이 되는 것이고 결국에는 예술적으로 승화될 수 있는 것이기 때문이다. 이러한 한의 창조적 힘[13]은 눈먼 여인의 구성진 목소리처럼 비로소 숭고한 예술로 전환된다. 김동인의 「배따라기」에서 자신의 오해로 동생과 부인을 모두 잃은 형이 배따라기를 부르며 방랑하는 일이나, 서정주의 「질마재 신화」에 나오는 여러 예인들의 삶의 모습도 모두 이처럼 '한'을 삭이며 돌보는 태도라고 할 수 있을 것이다. 여기서 한의 돌덩이는 공격적인 파괴력으로 깨뜨려야 할 것이 아니라, 오랜 세월 아끼며 구슬려야 하는 것으로 묘사된다. 숭고한 예술을 만들어 내기 위해서라도 그렇다.

송수권의 시가 '한'의 '힘'을 다스리는 과정에서 생겨난다고 할 때, 송수권 시의 궤적은 이러한 '한의 풀기'와 '한의 다스림' 사이에 놓인다고 하겠다. '말하는 돌'의 무게에서 벗어나 서서히 '소리의 빛'을 찾아 가는 것이 송수권 시의 전개 과정이라고 할 수 있지 않을까. 가책과 울음에 그치는 것이 아니라, 바로 그 '힘'이 가치를 생성해 낼 수 있는 가능성을 찾는 것, 거기에 송수권의 '한'이 자리매김될 수 있다. 따라서 한국

13) "한의 요체는 그것을 푸는 쪽에 있는 셈인데, 이걸 바깥을 향해 풀려고 하면 창조적 힘을 얻지 못하고 폭력이 되기 쉽고, 문화적 장치를 통해 자기 안에서 삭일 때 비로소 창조적 힘이 됩니다.(…)사람의 삶에서 한이란 어차피 어떻게든 생길 수밖에 없는 것인데, 문제는 그걸 어떻게 푸느냐 하는 것이겠지요" (이청준/권오룡 대담, 「시대의 고통에서 영혼의 비상까지」, 『이청준 깊이 읽기』, 문학과지성사, 1993, 36쪽.)

현대시의 '한'의 계보를 그리면서 '女聲', '男聲'의 피상적인 나누기를 통해 송수권의 위치를 파악하는 것, 즉 송수권의 '한'이 누구의 것과 더 가깝고 더 먼가를 따지는 일이 유의미해지기 위해서는 그가 이 '한'의 '힘'을 어떤 식으로 다루고 있는지를 밝히는 작업이 동시에 진행될 필요가 있다. 이를 위해서 이 글은 송수권이 자신의 창작에 대해 언급한 내용들을 따라가면서 송수권 시의 의식과 무의식을 미리 검토하고 해명해 보고자 한다.

2. 민중적 힘의 가시화를 통한 한 풀이, 혹은 풀리지 않는 한

기본적으로 송수권은 "서정적 울림 위에서만 시는 가능하다"[14]고 믿는 '서정'시인이다. 그가 "내 인생의 영원한 주제는 거의 전부가 사랑"[15]이라고 말할 때나, "시는 분명히 '서정이 본질이다'라고 못박으며 썼다"고 힘주어 말할 때, 우리는 그가 기질적으로는 물론이거니와 의식적으로도 서정적인 시를 쓰고자 했음을 알 수 있다. 그러한 이유로, 1990년대 초 문학의 다원주의가 실현되면서[16] 민중시에 억눌려 있었던 서정시가 감춰져있던 목소리를 내며 자기 혁신을 모색할 때, 서정시인의 대열에서 송수권의 이름은 빼놓지 않고 거론되었다. 그런데 그가 자신의 생래적인 기질이자 시의 본질이라고 생각하는 '서정'을 스스로도 강력하게 주장하게 된 것은 좀 더 이후의 일이다.

---

14) 송수권, 「(문학적 자전)나의 시, 나의 정신」, ≪시와 시학≫, 1999 봄, 174쪽.
15) 송수권, 「'지에꼬'를 찾아 여름 속으로 떠난다」, ≪만다라의 바다≫, 모아드림, 2002, 151쪽.
16) 오세영, 「서정시에 대한 관심과 리리씨즘의 부활」, ≪문학정신≫, 1990. 4, 181쪽.

① 원래 시가 서정시지 서정시 아닌 시가 있겠는가? 이제야 서정 서정……하고 나오는데 80년대의 시가 운동성으로 떨어지다 보니 그동안 서정은 개똥 취급해버린 것이다.(…)소월시는 막연한 감정, 감상주의 패배주의, 심지어 목월의 「나그네」는 '식민지 지신인의 한'등으로 까뭉개는데 **시가 감상적이면 어떻고 패배주의면 어떤가.** 거기에 시인의 고뇌, 시인의 삶이 얼마나 절실하게 담겨서 예술적으로 표출되었느냐가 그 시의 질을 결정짓는 것이 아닌지 모르겠다.[17)]

② **향가는 건전하고 고려가요는 울음 천지로 나약합니다. 이것이 소월, 영랑, 박재삼에 이르기까지 이어진 것 같아요. 대개는 역사의지가 빈약해 보입니다.** 이에 대한 반성으로 나는 첫째로 역사의지를 도입했고, 둘째로 민족 고유의 선풍에서 온 불교정신을 타는 것이지요. 셋째는 향토 언어의 생래적 가락을 천착합니다.[18)]

'소월시문학상'의 수상 소감(①)을 말하는 자리에서 송수권은 단호하게 '서정'을 말하고 있다. 감상이 지나쳐 패배주의에 빠진 것 같아 보이는 시들도 시인의 진정성과 예술적 형상화의 정도에 따라 질 높은 시로 간주될 수 있다는 것이다. '서정시인'의 시론으로서는 어쩌면 당연해 보이는 이러한 언급을 우리가 주의 깊게 읽어야 하는 것은, 그것이 그가 시작 초기에 강조해 온 '힘'과 '의지'의 태도와는 뚜렷이 상반되는 것으로 여겨지기 때문이다. 두 번째 인용문을 보자. 30년 시작(詩作)을 갈무리하는 자선(自選) 시집 『여승』의 후기에서 송수권은 '울음천지', '역사의지가 빈약한' 소월, 영랑, 박재삼의 시와 자신의 초기작을 의식적으로 구분한다. 그러면서 시 창작에서 중요한 것은 우선 역사의지와 민족정신이고, 그 다음이 형태적인 측면에서의 향토 언어의 생래적 가락이라고

17) 송수권, 「(설문)나와 소월시 문학상」, ≪문학사상≫, 1991. 1, 169-170쪽(강조:인용자. 이하 모든 인용에서 강조는 인용자의 것).

18) 송수권・배한봉, 「(대담)거침없는 가락의 힘, 그 곡즉전의 삶」, 『여승』, 모아드림, 2002, 229쪽.

말하고 있다. 송수권의 초기 시에서 민족과 역사의식은 빼놓을 수 없는 부담이었으며, 따라서 '한'도 이러한 역사와 민족의 자장 안에서 자유로울 수 없었을 것이다.

> 「산문에 기대어」에서 보면 "정정한 눈물 돌로 눌러 죽이고/그 눈물 끝을 따라가면/즈믄 밤의 강이 일어서던 것을/그 강물 깊이깊이 가라앉은 고뇌의 말씀들/돌로 살아서 반짝여 오던 것/…"에서 첫 **번째 돌은 원한 관계로 맺힘의 한이고, 두 번째 돌은 풀림의 한 끝에 저 가슴 밑바닥에서 솟아오르는 환생 이미지로서의 심원한 멋의 정서인 것이지요**. 일테면 민족 원형정서의 이미지 없이 나는 시를 못 쓰는 체질이예요.[19]

「산문에 기대어」를 자가 분석하면서 그는 시에 나타난 두 개의 돌이 각각 '한'의 맺힘과 풀림을 상징한다고 말한다. 중요한 것은 그가 철저히 풀림을 전제로 한 '한'에 대해 말한다는 것이며, 그것을 결국에는 '체질'이라는 표현을 통해 '민족원형정서'와 의무적으로 연결시킨다는 점이다. 그런데 여기서 한의 풀림 끝에 가슴 밑바닥에서 솟아오르는 '환생 이미지'는 기실 시를 쓴 그 당시에는 '부활의지'로 명명되었던 것이다. 그가 어느 좌담회 석상에서 "「가시리」나 「청산별곡」처럼 아무리 민족정서가 충만된 시라 하더라도 그 恨 자체만을 노래부르기는 싫어요. 한의 밑바닥에서 솟는 힘을 육화해 보고 싶어요."[20]라고 말할 때, 그가 말하는 '한' 속에서는 소위 여성적 애상이라고 하는 전래의 정서는 제거되며, '한의 밑바닥에서 솟는 힘', 즉 '원한'이 견고히 뭉치게 된다. 문순태의 「말하는 돌」에서도 그러했듯이, '한'을 어떻게든 풀고자 하는 이의 심리에는 원한이나 복수의 감정이 날카롭게 서려있기 마련이다. 이러한 태도는 당시의 시대상황과 물론 관련이 있다. '섬약한 면 대신 튼튼한

---

19) 위의 글, 236-237쪽.

20) 김용직, 앞의 글, 110쪽에서 재인용.

근육과 골격 부분'을 지닌, 그 이전과는 달리 새로운 '힘'있는 한의 모습을 그려내길 원하면서도 결국에는 그것을 '민족'과 연결시키는 이유는 송수권의 당시의 시대인식을 통해 해명될 수 있다.

송수권이 「산문에 기대어」를 쓴 시대에 '민족'이라는 말은 엄밀히 말하면 '민중'을 의식하지 않고는 쓸 수 없는 단어였을 것이다. 80년대는 말하자면, '민족'이라는 기표도 '민중'이라는 기표로 수렴되었던 시대, 너무나 반민중적이어서 민중이 이 시대의 주체이자 객체로서 요청될 수밖에 없었던, 그래서 역설적인 의미로 '민중의 시대'였다고 한 시인은 말한 바 있다.[21] 따라서 송수권이 민족 재래의 정서로서의 '한'을 말하면서도 거기서 '힘'을 찾으며 '의지'를 불태우는 것은, 모두 시대 상황을 의식할 수밖에 없었던 '서정시인'의 최소한의, 아니 최대한의 자세라 할 수 있다. 한에서 솟아 나오는 민중의 힘은 「지리산 뻐국새」에서는 집단적으로 결집되어 "떼로 울음 울어", "남해군도의 여러 작은 섬을 밀어올리"는 엄청난 저항의지가 되기도 하고, 「춘향이 생각」에서는 "옥사장 큰 칼을 쓰고" 억눌린 민중의 인권을 찾기 위해 투쟁하는 춘향의 영웅적인 모습으로 표출되기도[22] 한다. 마찬가지로 '춘향'을 소재로 한 김영랑의 「접동새」나, 서정주의 「추천사」, 박재삼의 『춘향이 마음』 등이 춘향의 개인적인 정한에 초점에 맞추었던 것과는 사뭇 다르다. 이처럼 밑바닥으로부터 무언가를 밀어올리는 강력한 힘의 상징인 송수권의 '한'은 이 시기, 민족적인 정서보다는 오히려 민중적인 결집력에 더 이끌려 가고 있는 것이다. 이는 박재삼이 설움 속에 빠져들어 일종의 역승화를 지향한 것과 대비될 만하다.[23] 그러나 송수권이 내세우는 이러한 남성적 톤의 새로움은, 시론의 탄탄하고도 일관된 내적 논리 안에서 설명되

21) 황지우, 「'민중'과 민중문학」, 『사람과 사람 사이의 신호』, 한마당, 1986, 112쪽.
22) 오세영, 「고전의 시적 변용 — 춘향전의 경우」, ≪현대문학≫, 1975. 12, 288쪽.
23) 성민엽, 「다양한 진실화의 과정들」, ≪세계의 문학≫, 1983 겨울, 338쪽.

지 못할 경우, 혹은 작품의 효과적인 발화를 통해 설득력 있게 전달 되지 못할 경우, 단지 새로움을 위한 새로움으로밖에는 보이지 않을 수 잇다. 가령 세 번째 시집 『꿈꾸는 섬』(문학과 지성사, 1983.)에 대한 다음의 평을 보자.

> 거기에는 어떤 내적 필연성의 개재가 눈에 띄지 않고, 대신 강인한 리듬과 반복법에 의한 기구의 강조가 주술적 힘으로 작용한 듯 보이는 것이다. 이를테면 **송수권 자신이 말하는 '한의 밑바닥에서 솟는 힘'이라는 것은 실은 '解恨의 주술'이 아닌가하는 의구심이 생겨나는 것**이다.[24]

"새 힘으로 뭉쳐서 돌아오자."(「추석성묘」), "오직 살아 있는 힘으로 죽음같은/대낮의 정적을 깨치고/오롯이 허공에 피 묻은 날개로/떠 있어야 하리니."(「나의 독수리」)같은 구절에서 내적인 필연성이 찾아지지 않고 그것이 오직 주술적으로밖에 들리지 않는다는 말은 그의 시 혹은 그의 창작관이 '구호적'이라는 말과 다를 바가 없다. 시에서 '힘'이라는 단어가 반복적으로 쓰여졌다고 해서 '힘'이 발산되는 것은 아니다. "사연적 관념이나 사회 현실에 접근해 갈 때 그의 순정한 시심이 왜곡된다"[25]는 지적도 그가 현실적인 문제들에 관념적으로 접근하고 있다는 사실을 폭로하고 있으며 따라서 그 시도가 그다지 성공적일 수 없었음을 비판하는 것이다. 따라서 90년대 이후 송수권이 여러 지면을 통해, 80년대 당시 자신은 선동적인 정치성 지향의 시들 사이에서 고독히 전통적 서정시를 지켜왔다고 강박적으로 말하는 것은, 현실 변혁의 의지를 시에 효과적으로 담아내는 일에 실상 실패했음에 대한 자기 변호인 것처럼 들

24) 위의 글, 339쪽.
25) 최동호는 서정적인 정감 이상 그 어떤 표현도 찾아 볼 수 없는 <방울꽃 울음>과 같은 시에서는 송수권의 언어적 마술이 드러나는 반면, 사회 현실을 투영시킨 <가을 운문사>나 <세상읽기>와 같은 시는 그에 미치지 못한다고 평가한다. 최동호, 「서정시의 자기 혁신을 위하여」, ≪문학사상≫, 1991. 1, 132-134쪽.

린다. 정작 80년대의 송수권은 '힘'에 관한 그의 논리에 대해 내적 필연성을 요구하는 비판들을 의식한 듯, 시에 역사의식을 노골적으로 드러내면서 한의 '힘'을 집단화시키고자 했고, 이러한 시도는 동학난을 소재로 한 『새야 새야 파랑새야』라는 장편 서사시를 내놓기에 이르기도 했다. 이 시집에서 송수권의 '한'의 '힘'은 더욱 날이 서고 오기로 뭉친다. 확실히, "본질적인 서정성에 많은 손해를 보"[26]고 있는 시기인 것이다.

> 나는 요즘 강력한 신을 꿈꾼다.(…)동네북처럼 두들겨 맞고 돌멩이처럼 사람들의 발에 채이는 신이 아니라 대낮에도 마른번개를 내리는 신, 불칼로 불순자 또는 민족 집단 성원의 개개인을 올가미로 씌워놓고 꼼짝도 못하게 만드는 신, 그런 신의 부활을 그런 신의 창조를 꿈꾸고 싶다.(…)가능하다면 때묻지 않은 신, 강력한 파워를 가진 신, 그러한 신을 하나 창조하고 나는 그 신에 귀의하고 싶다.[27]

이 시집 첫머리에는 '강력한 파워를 가진 신'에 대한 갈망이 표출되어 있다. 이를 통해 이 장편서사시가 기본적으로 어떤 기대 속에서 어떤 의도로 쓰여졌는가가 단적으로 드러난다. 육화된 한의 힘을 좀 더 집단적인 세계 속에서 찾고자 동학혁명을 끌어 온 것인데, 이는 그의 시론에 강력한 '파워'를 보태줄 수 있는 것으로서 예상되었다. 공허하게 반복되어 주술적으로만 보이는 '힘'의 추구에 대해 그 내재적 필연성을 부여해 줄 원천으로서 그는 역사적 사건에서 그 실례를 찾은 것이다. 칼을 물고 죽은 동학 접주 할아버지의 '한'이 새순을 틔우는 생명력의 상징이 되듯(「큰사람 옆」), 여기서도 결국에는 집단적으로 오랜 세월 이어져 내려온 '한'이 '힘'의 모태가 되며 역사적 사실로서의 동학혁명이 이 힘의 가능성을 인정해 주고 있다. 그런데 그 힘이 저항세력을 상정해 놓고 있는

---

26) 송수권, 「나의 시, 나의 정신」, 『시와 시학』, 1999, 178쪽.
27) 송수권, 「(自序)우리들의 神」, 『새야 새야 파랑새야』, 나남, 1987, 7-10쪽.

것일 때, 또한 복수를 꾀하고 있을 때, 그 '한'의 '힘'이 니체가 말하는 노예의 원한감정(ressentiment)[28]으로 타락할 가능성은 배제될 수 없다. 송수권은 自序에서 "박해를 잊지 말라. 그러나 용서하라."라고 말하고 있는데, 이는 니체가 비판한 유태인의 원한 감정과 거기서 파생한, 그러나 겸손으로 가장한 기독교의 박애주의에 그대로 적용된다. 복수심으로서의 원한이 야기하는 놀랄 만한 기억력과 증오가 완성되어 새로운 사랑의 모습을 탄생한 것이 기독교의 박애주의라고 니체는 설명한다. 그리고 그것을 노예의 정신으로 폄하하는 것이 니체의 그 유명한 반유태주의[29]인 것이다.

이 동학 서사시는 현재를 극복하고 미래를 고양시킬 힘에 대한 긍정이 다소 과장되게 보인다[30]는 지적을 받았는데, 이는 두 가지 의미로 읽힌다. 우선 그 힘을 '긍정'하는 것 자체가 과장이라고 읽을 경우, 그 힘을 긍정할 수 없다는 뜻이 된다. 이 경우, 복수로서의 원한감정에서 긍정적인 힘을 찾는다는 것이 애초에 불가능하기 때문이다. 다음으로, 그 힘을 너무 '과장'하여 긍정했다고 읽을 경우 시에서 시인의 진실이 흐려져 있다는 뜻이 된다. 송수권의 시에서 그의 생래적 기질인 '서정'이 멀어지고 이러한 '과장' 혹은 억지스러움 섞여 든 이유는 무엇일까?

28) 니체는 『도덕의 계보』에서 원한, 가책, 금욕적 이상이라는 반응적 힘(노예)들이 어떻게 적극적 힘(주인)에게 승리하는가를 보여 주면서 이러한 반응적 유형들을 비판한다. '너는 악의가 있다. 그러므로 나는 선량하다'는 식으로 타인이 악의가 있음을 가정하고 있는 것이 바로 노예의 정식인데, 이러한 '외관상의 긍정성'을 위해 노예들은 원한과 허무주의라는 부정의 전제를 필요로 한다. 능력있고 우월한 자로서 주인('나는 선량하다. 그러므로 너는 악의가 있다.')이 긍정하고 실행에 옮기고 즐긴다는 내적 특징을 지닌 반면, 원한의 인간들은 자신의 무능력을 보상하기 위해 상대방을 비난하는 자들, 즉 아무것도 끝내지 못하는 인간, 영원한 비난자, 자신의 고통을 배가시키는 자들이다. F. Nietzsche, 『도덕의 계보/이 사람을 보라』, 김태현 역, 청하, 1982, 43-46쪽 ; G. Deleuze, 『니체와 철학』, 이경신 역,민음사, 1998, 201-227쪽 참조.

29) 위의 책, 225면.

30) 정진규, 「(해설)恨과 힘의 노래」, 『새야 새야 파랑새야』, 나남, 1987, 181쪽.

이는 송수권이 자신의 개인적 한과 민중의 한을 결부시킬 논리를 찾지 못했기 때문이라고 볼 수 있을 터인데, 여기서 송수권의 등단작이자 대표작인 「산문에 기대어」로 돌아가 볼 필요가 있다.

송수권은 자신이 시를 쓰게 된 것은 어린 시절에 겪은 어머니의 죽음과 군대 제대 후 갑작스럽게 자살한 동생의 죽음이라는 회복될 수 없는 개인적 상처 때문이라고 말한 바 있다.[31] 그에게 유년시절이란 어머니의 몸에서 끊임없는 흘러나오던 고름의 냄새를 통해 기억되는 것이었는데, 그는 '정화되고 구원받고 싶었던 유년의 콤플렉스'에 대한 '보상행위'로서 원고지를 끄적거리게 되었다고 말한 적이 있다.[32] 또한 어머니의 병 때문에 떼무당들이 굿판을 벌이던 것을 자주 보아 온 탓에 그에게 굿과 제의는 유년 시절부터 아주 익숙한 것이기도 했다. 송수권은 동생이 죽은 후 그 어린 혼을 달래기 위해 혼의 결혼식을 시켜주기도 한다.[33]

"시란 근본적으로 삶과 죽음에 대한 근본적 테마 연구다. 나의 경우 여기서 정서적 쾌감과 심원한 가락이 솟아나는 것 같다"[34]고 말하고 있는 것에서도 보듯, 죽음으로 '끊어진 다리', 그로 인한 그리움의 감정이 응어리진 것이 송수권 시를 추동시키는 힘이었다. 애초에 현실과 역사를 초월한, 삶과 죽음이라는 운명의 문제가 그의 시심을 자극하고 있었으며, 복수심으로서의 원한감정이 서려있던 것은 아니었다. 그런데 가시적인 '힘'을 갈망하는 시대적 요구에 무의지적으로 이끌려간 탓에 송수권은 자신의 기질에서 멀어져 초심을 잃고 개인적인 감정으로서의 '한'을 민중적인 힘의 발산을 통해 풀어보고자 했던 것은 아닐까? 이때 송

31) 송수권의 어린 시절에 대한 회고는 「들리는가 저 山門의 쇠북소리」, 『별밤지기』, 시와 시학사, 1992를 참조.

32) 위의 글, 134쪽.

33) 「산문에 기대어」의 창작배경으로 씌어진 「死婚歌」(『사랑이 커다랗게 날개를 접고』, 문학사상사, 1989.)에 그 내용이 담겨 있다. 이 글은 『만다라의 바다』(모아드림, 2002, 105~113쪽.)에 「겨울나비」라는 제목 하에 재수록 되어 있다.

34) 송수권 · 배한봉, 앞의 글, 225쪽.

수권 시의 '멋'도 함께 사라지고 만 것은 아닐까? 『아도』, 『꿈꾸는 섬』이나 『새야 새야 파랑새야』같은 시집들이 성공적인 미적 승화를 통해 깊은 울림을 만들어 내지 못했던 것도 이런 이유에서이다. 한의 '힘'을 발생시키는 역사의식 또는 내적 필요성이 부족하다는 평가를 받았을 때, 그는 그 힘을 과장하는 방향으로 갈 것이 아니라, 생래적 기질대로 좀 더 적극적으로 '山門에 기대어'야 하지 않았을까.[35]

등단작에서 가장 인상적인 이미지라고 할 수 있는 '가을산 그리메에 빠진 눈썹 두어 낱'에 대해 송수권 자신은 그것이 인간이 이승에서 못다 풀고 간 "한의 끈적끈적한 덩어리"[36]라고 밝힌 바 있다. 그렇다면 복수심으로 옹골차게 맺힌 단단한 돌덩이가 아니라, 떼려야 뗄 수 없는 끈적끈적한 덩어리가 바로 송수권의 '한'일 것이다. 송수권이 진정으로 멋스런 '해한의 주술'을 펼치는 것은 바로 '한'에서 '힘'이 아니라, '끈적임'을 느끼기 시작한 다음이다. "누굴 그리워하고 산다는 것은 이 슬픈 제의를 되풀이하는 끝없는 행위 그 자체"임을 절감하면서 그 끝없는 행위에만 몰두하게 되는 것이, 『수저통에 비치는 저녁 노을』(시와 시학사, 1998)을 내놓기까지의 '변산시대'의 송수권이다. 이제 그 '주술'이 어떻게 펼쳐지고 있는지 살펴볼 차례다.

3. 한의 '삭임'과 '남도적' 멋의 발견

송수권은 자신의 초기 시작들을 일단락 짓는 시선집 『지리산 뻐꾹새』

35) '산문'은 이승과 저승을 넘나드는 경계선의 문을 가리키며, <산문에 기대어>의 그 이미지와 패턴은 「찬기파랑가」나 「제망매가」의 시적 부활의지에서 얻어왔다고 송수권은 고백한 바 있다. 송수권, 「동생의 죽음에 바쳐진 엘레지」, 『만다라의 바다』, 모아드림, 2002, 167-169쪽.

36) 송수권, 『아내의 맨발』, 고요아침, 2003, 64쪽.

(미래사, 1991)의 서문에서 "남도의 토착정서에 매달리며 '한에서 솟는 힘'을 육화하려고, 그래서 평소 말한 대로 '부활의지'를 꿈꾸어 왔지만 미진하기 이를 데 없다. 앞으로는 더욱 민족정서를 다독이는 데 최선을 다할 것"이라고 밝힌다. 표면적으로 이 언급은, '한에서 솟는 힘'의 시적 형상화에 있어서 이제껏 만족스러운 성과를 내지 못했다는 고백이자 정진에의 자기 다짐일 것이다. 나아가 '한에서 솟는 힘'이 집단의 원한과 등치될 때 그것은 근본적으로 부정적 속성을 지닐 수밖에 없기에 창조적으로 승화될 수 없다는 사실을 인식한 것이라고 볼 수도 있다. 방점은 '민족정서'에 있는 것이 아니라, 그것을 '다독이겠다는 것'에 있다. "민족정서를 다독이겠다는 것"은 바로 다스림의 방식을 통해 '해한의 주술'을 펼쳐 보이겠다는 것이 아닐까? 일종의 오기로서의 힘의 그 칼날이 무뎌진 것이며, 따라서 여기서 '민족정서'라는 말을 쓸 때 그 안에 계급적 관점에서의 '민중적'이라는 의미는 소거된다. 뒤에 거론되겠지만, 90년대 이후 송수권의 '민족'에서는 계급적 뉘앙스가 사라지는 대신 '지역', '향토'와 같은 의미가 첨가된다. 아울러 '남도'라는 말에 일종의 자존감이 스며드는 것도 이때부터다. 송수권의 이러한 '변화'는 같은 시기에 씌어진 '소월시문학상' 수상 기념 설문에서 확연히 드러난다.

> 80년대를 돌아보면서 그동안 논의되었던 몇가지 시의 경향을 생각해 보건대 민중시, 노동시, 해체시, 전통시 등 목소리 요란한 시대를 살면서 가장 본질적인 시의 회복성이 많이 아쉬운 시대였다. 그런 의미에서 시의 리듬이나 전통감각 등 본질면에서 소월시가 한 전범이라는 생각이 든다. 운동성으로 평가되는 시대가 80년대였다고 생각되는데, 진정한 시의 시대를 열어가기 위해서라도 뛰어난 서정감각을 지닌 시인을 발굴해서(…) 나의 시적 관심은 전통정서와 감각의 수용에 일차적인 포인트가 놓이고 그 다음은 분단의식의 역사적 감각 수용이다. 전통정서 감각의 수용면에서는 겨레의 심성이 담긴 전통 토속어의 구사, 말가락 등에 관심이 크다.(…)요즘은 그렇지 못하다. 늘 쓰면서도 현실적으로는 불만에

> 차 있고 시의 리듬도 좀 치렁치렁한 남도가락을 구사하고 싶은데 호흡이 짧아진 것이 불만이다.(…)**분단의식도 좋고 역사의식의 옹호도 좋지만 먼저 겨레의 심성이 담긴 '리듬'과 '어법' 등이 먼저 담기고 이 위에 이런 정신이 서정적으로 승화됐으면 싶다.**[37)]

송수권에게 소월시문학상 수상은 매우 상징적이다. 앞서 언급했듯 새롭게 90년대를 시작하는 시기에 '소월시문학상'을 받으면서 그는 '소월'이라는 타이틀에서 힘을 얻은 듯 역사와 현실에 대한 관심과 '육화된 힘'에 대한 주장을 거둬내고, 시론에서 '서정'을 집중적으로 말하게 된다. '울음천지'이기 때문에 '男聲'인 자신의 시와는 질적으로 거리가 있다고 주장했던 소월시를 '시의 리듬'과 '전통감각'의 면에서 한 전범이 된다고 재평가하고 있는 것이다. "운동성으로 평가되는 시대"에 어쨌거나 송수권 그 자신도 시 창작에 있어 무엇보다 역사의식을 맨 첫 머리에 놓고 부차적으로 그것을 재래적 리듬으로 살려내고자 했다면, 이제는 전통적인 '리듬'과 '어법'이 詩作의 전제조건이 되고 있다. 인용문에서 보듯, 송수권은 여전히 분단의식이라는 현실 사회 문제에 대한 관심의 끈을 놓지 않고 있지만 그러한 정치적 측면의 문제보다는 일차적으로 전통정서와 감각, 언어예술에 주목하고 있다. 요컨대, 송수권은 언제나 한쪽엔 역사의식, 한쪽엔 전통적인 가락과 정서를 염두에 두면서 시대의 요구에 따라 어느 한쪽을 편애하는 모습을 보였던 것이다.[38)] 80년대에는 '민중적 생명력'을 그려내겠다고 힘주어 말하다가 90년대에서 와서는 정작 "역으로 좀 보수적이고 품위가 있고 교양 있는"[39)] 시들을 찾게 된 것만 봐도 그러하다. 또한 같은 시인에 대해 80년대에는 역사의

37) 송수권, 「설문/나와 소월시문학상」, ≪문학사상≫, 1991. 1, 167-168쪽.

38) 송수권이 일제치하의 '동반작가'들의 중간자적 입장에 대해 '가장 건전한 양식(良識)'이라며 긍정적인 평가를 내리는 것도 이러한 맥락과 상통한다. 송수권, 「군산항」, 『만다라의 바다』, 117～119쪽.

39) 송수권, 「설문/나와 소월시문학상」, ≪문학사상≫, 1991. 1, 172쪽.

식이 다소 부족하다는 평가와 90년대 이후에는 시류에 영합하지 않고 고독하게 자신의 길을 가는 문학의 정도를 보여준다는[40] 찬사가 엇갈리고 있는 것도 바로 이러한 이유에서이다.

이제 송수권에게는 '(무엇을) 생각하는가'보다는 '(어떻게) 말하는가'[41]가 더 중요하게 된다. 그렇다면 이제 전통정서와 겨레의 가락은 송수권 식의 '한풀이'와 어떻게 관련 맺으며 전개되고 있는지를 살펴볼 필요가 있다.

> 일찍이 최치원은 국유현묘지도로서 풍류정신을 말한 바 있다. 이 풍류도가 로고스적인 측면에 와서 실천적 윤리관으로 나타나고, 파토스적인 면에서는 오늘까지 한국인의 심미적 정서의 표상인 '멋과 한'으로 나타난다고 한다. 이것들이 다 우리 고유의 선발에서 흘러 불교나 유교에 습합되어 우리 삶의 지주를 이룬 정신들이다.(…) 이 국토 생명관을 노래함에 있어서도 직선이 아니라 '곡선상법'으로 정신을 밀고 갈 수밖에 없다. 이것이 나의 식도락이며, 시 쓰기 작업이다.[42][43]

'한'을 특정 시기의 역사적 사건 속에서 민중적 저항감으로 육화하는 작업이 아니라, 그것을 민족적 정서와 연결시키는 작업을 하기 위해 이제 송수권은 신라시대 최치원의 '풍류정신'을 끌어오고 있다. 나아가 그것의 실천적 윤리관보다는 미학적 측면에 초점을 맞추어 한국인의 '멋과 한'으로 연결시킨다. 단군으로부터 내려오는 한국의 원형정신인 '풍

40) 오세영, 「(제 11회 정지용문학상 심사평)문학의 정도」, ≪시와 시학≫, 1999, 156쪽.
41) 최동호, 「생각하기와 말하기」, ≪문학사상≫, 1990. 4. 이 글에서 최동호는 송수권의 시가 생각하기에서 말하기로 치환되는 과정이 지나치게 이완되고 있어, 체험의 구체성이 절실하게 드러나지 않아 시적 긴장이 약한 평범한 산문에 머무르고 말았다고 그 한계를 지적한다.
42) 송수권, 「신국토 생명시」, 『바람에 지는 아픈 꽃잎처럼』, 문학사상사, 1994, 144쪽.
43) 한국 고유의 풍류를 로고스적인 면과 파토스적인 면으로 나누고 있는 부분은 시인 구상의 글과 거의 동일하다. 구상, 「한국 고유의 평화 사상」(올림픽평화대회 발표 주제), 1988년 10월 12일(천이두, 앞의 책, 34면에서 재인용).

류'가 미적으로 승화된 것이 바로 '한'이라는 것이다. '지리산 천왕모' 정신 속의 민족 고유의 仙발에서 "싱싱한 국토 생명관"을 발견할 수 있다고 하며, 이를 서정주의 「질마재 신화」의 '이생원네 마누라님의 오줌 기운'에 비유하기도[44] 한다. 이처럼 송수권의 '한'의 시학은 이제 원한으로서의 한에서 '멋'으로서의 한으로 전환되어 긍정된다. '한'이 '멋'으로 발현되는 것은 '한'의 부정적 속성인 '원한'으로서의 공격성과 '울음천지'로서의 퇴영성을 끊임없이 삭이는 과정을 통해 미학적 · 윤리적으로 승화 · 발효될 때이다.[45] 이 '삭임'이 바로 한국적 한의 내재적 속성이며, 한국인은 '삭은' 한을 '푸는' 과정에서 그 멋을 즐기는 풍류의 민족인 것이다. 송수권에게 풍류정신으로서의 겨레의 체취는 '국토 생명관'[46]으로 곧장 연결되며, 이러한 국토 정신은 그대로 자신의 고향인 '남도정신'과 합치된다. 겨레, 전통, 향토정신이라는 것이 송수권 개인에게는 바로 남도 지역과 분리될 수 없는 것이기 때문이다. 따라서 이제 그가 '민족'을 말할 때 거기에는 민중 대신 '지역'이 자리 잡는다. 그가 "나는 늘 풍토병을 앓으며 시를 써왔다"[47]라고 말할 때나, "흔해빠진 민족이라는 이름을 팔아 천하통일을 꿈꾸는 시인이기보다 깨끗한 지역공간에 남아 한 마을을 지켜나가는 무명의 시인"[48]이 되고 싶다고 말할 때, 송수권이 기질적으로나 정치적으로나 중앙보다는 주변, 즉 '지역'의 편에 있음을 알 수 있다. "지리산 뻐꾹새는 산 속에서 울어야 한다"[49]는

44) 송수권, 「신국토 생명시－하늘춤 · 땅춤」, 『바람에 지는 아픈 꽃잎처럼』, 문학사상사, 1994, 137쪽.

45) 천이두, 앞의 책, 101-102쪽.

46) "우리가 태어나고 자란, 그리고 언제인가는 묻혀야 할 국토, 국토의 생명관이 수용되지 않고는 큰시를 쓸 수 없다는 것이 요즘 저의 생각입니다." 유명종, 앞의 글, 234면에서 재인용.

47) 송수권, 「남도의 공간적 풍류」, 『만다라의 바다』, 모아드림, 2002, 223쪽.

48) 송수권, 「(문학적 자전)들리는가 저 산문의 쇠북소리」, 『별밤지기』, 시와 시학사, 1991, 145쪽.

49) 송수권, 「이마를 짚는 손」, 『만다라의 바다』, 모아드림, 2002, 159쪽.

지적에 대해 자부심을 느끼는 것도 이러한 이유에서이다. 또한 시 창작 외에도 역사기행집 『남도기행』(시민, 1991)이나 남도의 음식문화 기행집 『남도의 맛과 멋』(창공사, 1996)과 같은 책들을 써낸 것도 그의 부지런한 향토애를 확인시켜 준다. 그가 갈고 닦아야 할 겨레의 가락이 "치렁치렁한 동편제의 남도 가락"[50]인 것도 그래서 당연해 보인다. 이제 남도라는 지역주의와, 한의 삭임을 전형적으로 표상하고 있는 전통 장르인 판소리가 만나서 '시김새의 가락'이라는 송수권식의 창작관을 만들어 낸다.

> 좋은 시인은 소리를 가지고 있다. 아니 소리에 그늘을 가지고 있다. (…)뜻만 있고 가락이 없는 시, 이것이 현대시의 병통이다. 그늘을 치는 소리는커녕 이제는 뜻마저 무엇인지 알 수 없다. 평론가들의 토막치기와 지적 욕구에 놀아나는 '깨벗은 목'은 공동체를 지향하는 겨레말결에 하등의 보탬이 될 게 없다. 요즘 내가 생각하는 것은 이 이상의 시도 이 이하의 시도 아니다. (…) 개미가 쏠쏠한 삶, 그늘이 두터운 삶, 떡목이 아닌 수리성으로서의 소리와 가락(남성적), 그것이 능치는 시김새(발효)의 가락이 남도풍이 아니던가? 뻘물이 튀지 않은 삶은 또 얼마나 싱거운 것이던가? 그래서 요즘 더 정확히 말하면 '남도의 맛과 멋'을 내고 변산 시대의 뻘을 파는 작품들로부터 시작해서 내 시엔 비로소 대와 황토와 뻘맛이 밴 음식들이 끼여듦도 이 때문이다.[51]

시집 『수저통에 비치는 저녁 노을』의 시들은 남도의 음식문화에 대한 기행집과 동시에 쓰여졌다. 결국 그 시들에는 "질퍽한 뻘내음"(「뻘물」)과 "곰소항의 젓갈맛'"(「곰소항」)이 진하게 베어 들게 되었다. 그는 또 한편으로는 판소리에서 말하는 '깨벗은 목'이 아니라 '수리성'의 소리를 그려내고자 했다고 말한다. 이 수리성의 소리, '그늘'을 치는 소리는 '개

50) 위의 글, 160쪽.
51) 송수권, 「(머리말)나는 왜 채석강을 사랑하는가」, 『수저통에 비치는 저녁 노을』, 시와 시학사, 1998.

미', '솔찮이', '순채', '벌천' 등과 같은 우리의 토박이말로 육화되고 있으며, 이러한 토속어는 남도의 생활감정과 공동체 생활상, 그리고 맛과 멋으로 어울리면서 생생한 토속적 삶의 풍정과 민중적 생명력을 역동화하고 있다고 평가된다.[52] 이러한 토속어에 대한 관심은 송수권이 시작 기간을 통틀어 비교적 견고하게 일관성을 유지해 온 항목인데, 이러한 관점에서 그는 정지용의 시를 "민족정서 언어로만 교직된 고유어의 寶庫"라며 가장 높이 평가한다.[53] 반면 그에게 李箱은 "고삐풀린 망아지처럼 난장질만 해대다가 정작 고전화되어야 할 명작 한 편 남기지 못한"[54] 가장 불행한 시인이다. 그가 생각하는 훌륭한 시란, "무엇보다 한 나라의 말, 즉 국어의 아름다움을 충분히 높은 수준의 경지로 이끌어 올"[55]리는 시여야 하기 때문이다.

송수권 자신은 이 시기의 시에 대해, 이전까지의 '황토'와 '대'의 남도 정신에 '뻘의 정신'이 첨가되어 남도의 3대 정신이 완성되었다고 말한다. 이 '뻘의 정신'이란 송수권이 판소리에서 끌어오는 '시김새'라는 용어를 통해 설명될 수 있다. 판소리의 발성 상태와 관련하여 '감성적 · 외피적 요소'를 가리키는 이 용어는 그 의미론적 속성이 한국적 한의 생성 과정과 상사 관계를 이루고 있다.[56] '시김새'는 '삭다'라는 동사에서 온 용어인데, '삭다'는 윤리적 측면에서는 분한 마음을 가라앉힌다는 인욕의 감정, 미학적 측면에서는 판소리의 시김새 즉 판소리의 예술성, 미각적 측면에서는 김치나 술 따위가 발효하여 맛이 든다는 것을 의미한다. 음식물의 맛과 예술의 멋은 감각적 차원에서 궤를 같이 하고 있는

52) 김재홍, 「우주율 또는 생명의 가치화」, 『수저통에 비치는 저녁 노을』, 시와 시학사, 1998, 124쪽.

53) 고유어에 대한 관심은 「우렁껍질 하나의 매력」, 「섬」(『만다라의 바다』) 등의 글에 드러난다.

54) 송수권, 「나의 시, 나의 정신」, 『시와 시학』, 1999, 177쪽.

55) 위의 글, 174쪽.

56) 이하 '시김새'라는 용어의 설명은 천이두, 앞의 책, 99-109쪽을 참조하였다.

것이다. 결국 이 시기 송수권의 시에서 남도의 음식맛이 전면에 넘쳐 흐르고, 판소리의 '시김새의 가락'을 빌어와 시론을 펼치고 있는 것은, 송수권의 '해한(解恨)의 주술'이 독특한 멋을 찾게 된 것이라고 설명할 수 있을 것이다. 송수권의 '한'은 이제 소화불량의 쇠약한 대장을 지닌 원한의 인간의 그것이 아니라,[57] 충분히 소화시키고 적당히 발효시킬 줄 아는 즐기는 자의 그것이다. 따라서 이즈음의 송수권의 창작관은 '발효의 시학'이라 명명될 수 있을 것이다. 그것은 '한'의 완전한 극복은 아니다. 오기와 복수심을 버리고 끈적끈적 해진 '한'을 품어 안는 것, 그것이 바로 송수권의 남도 가락의 미적 동력이 되는 것이다. 그가 "아직은 초극의 정신에 이르고 싶지 않"다고 말하는 것, "남도의 향토성, 즉 남도풍에 젖은 질퍽한 삶을 고집하"는 것도 이러한 때문이다.

'다스림'의 관점에서 '해한'이 이루어지며, 거기에서 고유의 가락이 생겨나온다는 점에서 이 시기 송수권의 시론은 분명히 '생산적인 힘'의 차원으로 승화되고 있다. 그러나 그의 초기 시론에서 '민중적 힘'에 대한 몰두가 필연성이 부족한 구호의 차원으로 전락할 위험이 있었듯, 이 시기 '시김새의 가락'이나 음식의 기표들도 자칫 단순한 수사적 장치들로 전락할 위험이 없지 않다. 또한 이 시기 민족성으로서의 풍류정신과 지역성으로서의 남도정신을 단지 '국토'라는 공통분모를 통해 엮어 내는 것에서 논리적 허점이 생기기도 한다. 결국 유·불·선의 통합으로서의 풍류정신이 그 자신의 시를 설명하는 이론으로서 매우 거창하게 자리잡고 있기 때문에 송수권만의 독특한 자질들이 상대적으로 과소평가될 수도 있는 것이다. 물론 이 글의 이러한 지적들은 송수권의 시를 본격적으로 다룸으로써 해명되어야 할 것이다.

---

57) 니체는 복수와 흔적들의 기억을 끝내지 못하는 원한의 인간을 '쇠약한 대장', '무거운 항문'에 비유한다. G. Deleuze, 앞의 책, 209-210쪽.

4. 결론—송수권의 '한'의 시학

한은 천천히 응어리진 것이기 때문에 그만큼 강력한 원한감정을 발산할 수 있는 힘을 지닌 것이기도 하지만, 유구한 세월동안 응어리진 만큼 그것을 완전히 풀어내기 위해서는 한 번의 강렬한 발산보다는 오랜 시간 동안의 보상이 필요할지도 모른다. 송수권의 초기 시론이 한의 덩어리를 강력한 힘으로 발산하려는 것이었다면, 후기 시론은 그 덩어리를 더디게 풀어내는 과정 속에 있다. 송수권의 '한'의 속성은, 집단적인 원한(怨恨)이라기보다는 개인적인 정한에 가까운바, 그것은 일시에 해소될 것이 아니라 천천히 발효되어야 할 것이었다. 따라서 그에게 생래적인 남도기질이 스며들면서, 송수권의 '해한'은 그만의 독특한 미적 표상을 획득하게 되었다고 말할 수 있다. '시김새의 가락'과 '뻘내음' 풍기는 토속적인 향토어들을 통해 송수권의 '생산적인 한'이 제값을 지니게 된 것이다.

요컨대, 강력한 '저항의지'로 '한'을 성급히 풀고자 하다가, '실천이냐 언어냐'의 언어를 선택한 것이 송수권의 시론이다. 비유컨대, 김수영의 「풀」에서 단지 민초들의 저항력만을 보는 단계에서, "상놈의 피가 흠뻑 배인"(「등잔」) 서정주 식의 풍류로 발전해 가는 것이 송수권 '한'의 시학의 전개 과정이라고 할 수 있겠다.

▸▸▸ 참고문헌

송수권, 「(自序)우리들의 神」, 『새야 새야 파랑새야』, 나남, 1987.
______, 『사랑이 커다랗게 날개를 접고』, 문학사상사, 1989.
______, 「(설문)나와 소월시 문학상」, 『문학사상』, 1991. 1.
______, 「(문학적 자전) 들리는가, 저 山門의 쇠북소리」, 『별밤지기』, 시와 시학사, 1992.
______, 「신국토 생명시」, 『바람에 지는 아픈 꽃잎처럼』, 문학사상사. 1994.
______, 「(머리말) 나는 왜 채석강을 사랑하는가」, 『수저통에 비치는 저녁 노을』, 시와 시학사. 1998.
______, 「(문학적 자전) 나의 시, 나의 정신」, 『시와 시학』, 1999.
______, 『만다라의 바다』, 모아드림, 2002.
______, 『아내의 맨발』, 고요아침, 2003.
송수권・배한봉, 「(대담)거침없는 가락의 힘, 그 곡즉전의 삶」, 『여승』, 모아드림, 2002.
송수권・유명종, 「(대담)오늘의 작가를 찾아서－자연과 연애하는 시인의 아름다움」, 『문학사상』, 1992. 4.

제2부 모더니즘과 감각

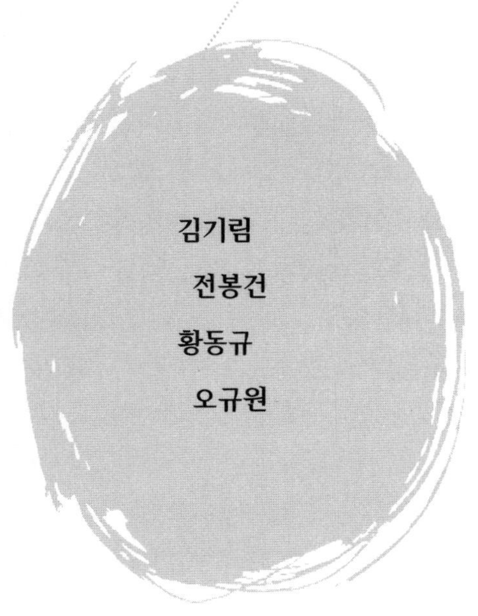

김기림

전봉건

황동규

오규원

김기림

과학으로서의 시학과 새로운 시

1. 머리말

김기림은 우리 시사에서 최초로 체계적인 시론을 제시하여— 영미 주지주의의 토대 위에서 자신의 문학관을 반영한 것이었지만— 직접적이든 간접적이든 후대의 한국시에 커다란 영향을 미친 시인이다. 따라서 그의 시론을 점검하고 문제점을 살펴보는 것은 한국 현대시사를 올바르게 정리하는데 큰 도움을 줄 것으로 믿는다.

김기림이 그의 시론에서 관심을 가졌던 것은 한마디로 시 비평 혹은 시 이론의 과학화와 '새로운 시'의 확립이라고 말할 수 있다. 즉 '시학의 과학화'와 '새로운 시'라는 개념은 그의 전체 시론의 화두이다. 이를 해명하기 위하여 그는 문학 비평, 시와 언어, 문예사조, 문학사, 시창작과 작품의 구성 등을 문제 삼았다. 그러므로 이제 필자는 이글에서 그 중 그가 말하는 바 '시학의 과학화'라는 명제가 무엇인지를 살펴봄으로써 그의 시론의 일단을 해명해보고자 한다.

* 오세영 / 서울대학교 교수

2. 과학으로서의 시학

1) 시학과 시론

우선 김기림은 '시론'과 '시학'을 구분한다. '시학'은 과학인데 '시론'은 시에 대한 시인의 개인적, 유파적 견해에 지나지 않는다는 것이다. 따라서 그에 의하면 '시론'은 과학이 아니다.

> 그것(시론-필자 주)은 주로 한 유파 혹은 한 시인의 그 자신의 시의 합리화다. 또는 한 개인이나 유파가 그들이 있기를 원하는 시의 가상을 그리는 것이다. … 시의 과학인 줄 안다면 잘못이다.[1]

즉 '시론'이란 시인이 작시상의 경험을 통해 자신이나 자신이 소속해 있는 유파의 시를 합리화하려는 일종의 주관적인 견해로 그 시인 혹은 그 유파의 시를 이해하는 데는 도움을 줄 수 있을지 모르나 보편적인 시의 과학은 될 수는 없다는 주장이다. 그러나 그의 견해에는 두 가지의 문제점이 있다. 하나는 '시학'과 '시론'이라는 용어의 구분이 과연 가능한가 하는 것이고 다른 하나는 한 개인이나 유파가 자신들의 시를 합리화한 것은 그의 말마따나 결코 '시학'이 될 수 없느냐 하는 것이다.

우선 전자부터 살펴보면 그 발생지라 할 서구의 경우, 오직 한 가지 'Poetics'가 있을 뿐 양자를 구분하는 용어란 없다. 예컨대, 아리스토텔레스의 『시학』을 'Poietikés 즉 'Poetics'라 부르는 것은 다 알고 있는 바이지만 가령 김기림이 '시론'으로 규정한[2] 호레이스(Horace)나 보왈로(Boileau)의 경우도 그 원제목은 각각 'Ars Poetica', 'L'Art poétique'라 하여 우리말로 번역하면 모두 '시학' 이라는 명칭에 해당한다. 즉 김기림은 서구에

---

1) 김학동외 편, 『김기림 전집』, 심설당, 1988, 13쪽.
2) 위의 책, 13, 15쪽.

서는 '시학'으로 취급된 호레이스나 보왈로의 문학론을 임의로 '시론'이라 부른 것이다. 따라서 서구에서는 'poetics'라는 단 한가지로 쓰이는 용어가 —우리나라에서는 두 가지로 번역될 수 있는 까닭에—앞서의 김기림의 경우와 같이 어떤 때는 '시학'으로, 어떤 때는 '시론'으로 사용됨을 알 수 있다.

한편 서구에서는 '시학poetics'이라는 말에 구속되지 않고 자신만의 용어로 시에 대한 견해를 피력한 예도 적지 않다. 그런 경우 대체로 '엣세이', '옹호', 혹은 '변호' 등의 명칭을 사용했다. 예컨대 드라이든(John Dryden)의 '극시에 대한 엣세이(An Essay of Dramatic Poesy)', 셸리(Shelley)의 '시의 옹호(A Defence of Poetry)', 다니엘(Samuel Daniel)의 '시의 옹호(A Defence of Rhyme)', 시드니(Philip Sidney)의 '시의 변호(An Apology for Poetrie)' 따위이다. 이들 논문들은 비록 '시학(poetics)'이라는 용어를 사용하고 있지는 않지만 그 내용이 비과학적 혹은 비체계적이라고 생각되지 않는다. 즉 '시학'으로 부른들 잘못이라 할 수 없다.

그러나 서구에 한 가지 용어만이 있다고 해서 우리나라도 이를 고집해야 한다든가 혹은 같은 두 가지 용어를 부러 한 가지 뜻으로 통일해 사용해야 할 이유는 없다. 그 지시하는 내용이 다르다면 의당 각각 다른 용어로 호칭해야 할 터이다. 그리고 만일 서구어가 그 어휘 부족으로 인해 이 두 가지를 구분하지 못하고 하나로 포괄해 부른다면 그것은 어디까지나 서구어의 불완전성 때문일 것임으로 우리조차 맹목적으로 서구어의 용법을 따를 필요는 더욱 없다. 따라서 김기림이 다행스럽게도 우리나라에서 만이 가능한 이 두 용어 즉 '시학' 과 '시론'을 구분하여 일단 과학적 체계를 갖춘 시의 이론을 '시학'으로, 그렇지 않은 것을 '시론'으로 부르고자 하는 태도는 바람직하다고 할 것이다.

그러나 김기림이 '시론'이라 부르는 즉 한 개인이나 문학유파가 자신들의 시를 합리화한 이론은 그의 말마따나 모두 비과학적인 것일까. 과학이라는 용어를 그 자신만의 독특한 의미로 규정해 쓰고 있는 김기림으로서는 가능한 일인지 모른다. (김기림의 뜻하는 바 '과학'에 대해서는 다음 장에서 논의될 것이다) 그러나 상식적인 차원에서 볼 때 한 개인이나 유파의 시를 합리화한 견해인 까닭에 그것이 필연적으로 비과학적일 수밖에 없다는 논리는 아무래도 설득력이 약하다. '과학'이 되거나 될 수 없음은 자체의 내적 논리에 따르는 것이지 그것에 관심을 갖는 주체의 성격 즉 개인이냐 아니냐 혹은 유파의 견해냐 아니냐에 있는 것은 아니기 때문이다.

가령 만유인력의 발견은 뉴톤 개인의 업적이지만 무너뜨릴 수 없는 과학이며 '구조'라는 개념의 발견 역시 언어학의 프라그 학파나 수학의 부르바키 학파와 같은 '유파'에 의해서 가능했지만 분명 하나의 과학이다. 그러므로 시에 대한 논의를 과학적 체계를 갖춘 '시학'과 과학적 체계를 갖추지 못한 '시론'으로 나누고자 하는 김기림의 태도가 일단은 바람직하다 하더라도 그 과학과 비과학의 구분을 개인이나 유파의 견해인가 아닌가에 둔다는 것은 올바른 판단이라고 말할 수 없다.

시학과 시론을 굳이 구분해야 된다면 물론 김기림의 주장대로 과학적 체계가 있느냐 혹은 없느냐에 그 기준을 두어야 할 것이다. 그러나 그 과학적 체계는 개인이나 유파가 자신의 시를 합리화하느냐 아니하느냐 하는 데에 있는 것이 아니라 그 논의의 내용이 과학적이냐 아니냐에 있다. 개인이나 유파가 자신의 시를 합리화한 내용 가운데는 과학적인 체계를 갖춘 것, 그렇지 못한 것도 있을 수 있기 때문이다. 그러한 관점에서 '시학'과 '시론'은 김기림의 견해와 달리 다음과 같은 기준에서 구분해야 하리라고 생각한다.

① 시학은 일정한 지식의 토대 위에서 그 내용이 체계화되어 있는데 시론은 그렇지 못하다.

② 시학은 총체적인데 비해 시론은 단편적이다.
③ 시학은 객관적이고 사실 탐구적인 데 비해서 시론은 주관적이고 관념적이다.
④ 시학은 분석적인데 비해서 시론은 직관적이다.
⑤ 시학은 기술적(記述的)인데 비해서 시론은 계시적(啓示的)이다.

2) 과거의 시학과 새로운 시학

다음으로 김기림은 '시학'을 다시 두 가지로 나눈다. 과거의 시학 즉 '형이상학에 바탕을 둔 시학'과 '새로운 시학' 즉 '과학으로서의 시학'이다. 그리하여 그는 후자 즉 '새로운 시학'만이 진정한 시학이라고 한다. '형이상학'은 '과학'이 아닌데 '과거의 시학'은 모두 형이상학에 토대를 두고 있는 까닭이다.

> 시학'이라는 말이 우리에게 전하는 불유쾌한 인상은 그것이 지금까지는 형이상학적이었던 까닭에 한 과학보다도 한 형이상학을 연상시키는 때문이다. 과학으로서의 시학의 성질을 밝히기 전에 과학 아닌 시학 내지는 그것에 유사한 여러 가지 환영을 씻어버리는 것이 옳겠다.[3)]

이에 대해서 '새로운 시학'은 과학이다.

> 시의 형이상학과 시론의 존재 이유와 가치를 어느 정도로 인정하면서도 그것들은 과학은 아니라는 이유로 해서 우리의 시학의 설계에서 몰아내야 할 것이다. 그런 다음에 우리가 의도하는 시의 과학으로서의 시학이란 어떤 것인가.[4)]

따라서 우리는 김기림이 의도했던 새로운 시학이 한 개인이나 유파의

---

3) 위의 책, 11쪽.
4) 위의 책, 13쪽.

시에 대한 견해 즉 시론이나 그가 형이상학이라고 몰아붙인 종래의 고전적 시학도 아닌, '과학'으로서의 어떤 시학임을 알 수 있다. 그렇다면 그가 주장한 바 '과학으로서의 시학'이란 무엇인가.

첫째, 박식(博識)이 아니라 지식의 체계화이다. 박식이란 조직된 방법과 체계가 없이 예컨대 '여러 나라의 시인의 이름과 경력과 일화에 정통하고 그들의 약간의 시편을 외울 수 있거나, 시에 대하여 방언(放言)된 몇 개의 명제가 여러 사람에게 오해되어 몇 세기에 거치면서 한 정리(定理)와 같이 통용되는 것과 같은 지식'[5]을 일컬음이다. 그리하여 박식은 가령 월터 페이터가 "시는 음악의 상태를 동경한다"라도 했던 것을 "시는 음악을 동경한다"로 그릇 해석하여 마침내 잘못된 어떤 종류의 '순수시 운동'으로 전개되어 버린 것과 같은 우를 범하기 쉽다.

둘째, 형이상학을 배제한 시학이다. 김기림이 의미하는 바 '형이상학'은 그 자신이 명시적으로 논의한 바 없음으로 구체적인 실상을 알 수는 없다. 다만 고전적 시학에서 그가 형이상학적인 요소라고 지적한 부분을 유추하여 설명한다면 다음과 같다.

① 지식이 아니라 지혜가 중심이 된 사고
② 세계를 관념적으로 설명하고자 하는 사고
③ 일의적(一義的)으로 해석되지 않고 다의적(多義的)으로 해석되는 사고
④ 객관적으로 검증 되지 못하는 사고
⑤ 본질('무엇')과 '존재 근거'('왜')를 탐구하고자 하는 사고[6]

따라서 김기림이 '형이상학을 배제'한다는 진술로 의도코자 했던 새로운 시학은 이상의 지적과는 상반하는 사고를 토대로 해서 정립된 시학임을 알 수 있다.

---

5) 위의 책, 11-2쪽.
6) 위의 책, 12-4쪽.

> 형이상학이 지혜로서의 한계를 넘어서 지식인체 가장하는 때 그 결과는 사실의 인식을 혼란시키고 또 사실의 인식 대신에 무수한 환영을 사실의 주위에 흩어 놓는 것이다. 시를 과학의 대상으로서 취급하려고 할 때에 우선 우리의 눈 앞에 어른거리는 뭇 형이상학적 환영을 물리치려고 하는 것은 이 때문이다.[7)]

> 그것(과학으로서의 시학―인용자 주)은 '무엇' 또는 '왜'와 같은 방식의 물음을 일체 버려야 할 것이다. 그것은 다만 시는 '어떻게' 있는가 하는 물음에서 시작해서 거기서 끝나야 할 것이다. 그러므로 시에 대해서 무슨 환상이거나 이상을 그려내거나 만드는 것이 아니고 시의 사실에 실로 사실에만 육박할 것이다.[8)]

셋째, 언어학과 심리학과 사회학의 도움을 받는 시학이다. 그것은 근친과학으로부터 단순히 부분적 진리를 빌어온다는 뜻이 아니라 그에 근거해서 기초개념까지도 확립해야 한다는 뜻이다. 그리하여 그는 시학에 가장 도움이 될 수 있는 과학으로 언어학과 심리학과 사회학을 들었다.[9)] 이렇듯 김기림이 그의 시학에서 언어학과 심리학과 사회학을 중요시했던 이유는 시는 사람과 사람 즉 시인과 독자사이에서 이루어지는 어떤 특정한 심리적 교섭이며 사람과 사람 사이의 관계는 사회를, 교섭의 매체는 언어를, 교섭의 내용은 심리현상을 뜻한다고 보았기 때문이다. 즉 시란 '사람과 사람 사이 ― 즉 시인과 독자의 심리적 교섭 위에서' 이루어지는 '심리현상의 한 기호'이며, 그 '기호가 독자에게 미치는 결과는 어떤 심리적 반응'[10)]이다. 부분적 비판을 시도했음에도 불구하고 그가 여전히 리차즈의 심리학적 비평에 경도했던 이유가 여기에 있다.

이상의 논의를 통해서 우리는 김기림이 생각했던―과거와 구분되는

7) 위의 책, 13쪽.
8) 위의 책, 14쪽.
9) 위의 책, 15쪽.
10) 위의 책, 17쪽.

—새로운 시학으로서 그의 '과학의 시학'이 다음과 같은 개념임을 알 수 있다. 즉 언어학, 사회학, 심리학과 같은 지식을 토대로 하여 사실을 탐구하되 '시란 무엇이냐' 혹은 '시란 왜 있느냐'와 같은 문제가 아니라 시는 '어떻게' 되어 있느냐 하는 문제를 일의적 해답을 통해 객관적으로 검증할 수 있는 시학이다.

이와 같은 김기림의 견해는 양가적이다. 가령 지식이 아니라 지혜가 중심이 되는 사고, 객관적으로 검증될 수 없고 대상을 관념적으로 설명하고자 하는 사고, '박식' 그 자체만의 지식 등이 시학이 될 수 없다는 그의 주장은 옳다. 시학이 일종의 과학일진대 체계가 없는 파편적 지식의 혼합(박식)이나 논리를 초월한 직관적 깨우침(지혜)이나 사실과 유리된 설명(관념)이 과학이 될 수 없음은 자명하기 때문이다.

그러나 일의적(一義的)으로 해석되지 않고 다의적(多義的)으로 해석되는 사고, 본질('무엇')과 '존재 근거'('왜')를 탐구하고자 하는 사고가 시학이 될 수 없다는 주장은 납득하기 힘들다. 그것은 한편으로 '문학의 학' 즉 시학을 자연과학과 동일한 차원에서 접근하고 있으면서 다른 한편으로는 그것이 과학의 본질과 위배되는 태도를 보여주기 때문이다.

먼저 '일의적으로 해석되지 않고 다의적으로 해석되는 사고'가 시학이 될 수 없다는 김기림의 주장은 보다 엄밀하게 검토되어야 한다. 그것은 두 가지의 뜻을 지니고 있기 때문이다.

첫째, 논의의 내용 또는 의미하는 바가 이렇게도 해석될 수 있고 저렇게도 해석될 수 있어 (즉 논의의 내용이 애매하여) 분명하게 한 가지로 정립되지 못한다는 뜻이다.

> 다시 말하면 그것(형이상학적 시론—인용자 주)은 그 의미의 다의성 속에 언제고 숨으려 한다. 객관적으로 검증할 길이 없는 이러한 형이상학적 명제는 다만 발언자의 한 의견으로서 취급될 것이지 결코 어떤 객

> 관적인 사실의 기술로서 받아들여서는 안된다.[11]

이 경우 김기림의 견해는 옳다. 한 가지 명제가 이렇게도 해석되고 저렇게도 해석될 수 있다면 분명 그것은 과학의 원칙과 위배되기 때문이다. 시학이 과학이라면 논리성과 합리성 그리고 일관성은 그 본질로서 지켜져야 할 것이다.

둘째, '시의 존재('무엇')과 그 존재근거('왜')를 해명하고자 하는 것은 시학이 아니다'라는 진술과 맞물려 있는 것으로 비록 논의 그 자체는 일의적(이렇게 해석되거나 저렇게 해석되지 않고 일관성 있게 한가지로 해석되는)인 정확성을 지녔다 하더라도 그 대상이 되는 '시'를 그 자체로 완전하게 해명하지 못하여 (즉 부분적으로 해명하여) 또 다른 논의를 제기할 수 있다는 뜻이다.

> 시의 형이상학과 시론의 존재 이유와 가치를 어느 정도로 인정하면서도 그것들은 과학이 아니라는 이유로 해서 우리의 시학의 설계에서 몰아내야 할 것이다. 그런 다음에 우리가 의도하는 시의 과학으로서의 시학이란 어떤 것인가. 시란 '무엇'이냐. 시는 '왜' 있느냐. 이런 유의 설문에 대해서는 우리는 여러 종류의 서로 대립 혹은 모순된 해답을 예기할 밖에 없다. 시에 대한 정의를 내리려고 계획한 과거의 모든 시험은 앞의 것과 같은 방법으로 문제를 세운 것이다. 그래서 그 여러 정의를 통일한 일의적(一義的)인 해결이 거기서 나올 리는 없었다.[12]

이와 같은 김기림의 주장은 일견 옳은 듯하나 실은 중대한 오류를 범하고 있다. 그것은 다음과 같은 이유 때문이다.

(1) 상식적인 차원에서 모든 과학은 용어의 정의와 사물에 대한 본질 규명에서 출발한다. 기본적으로 과학이란 '저것이 무엇이냐'에 대한 해

---

11) 위의 책, 12쪽.
12) 위의 책, 14쪽.

답이기 때문이다. 물론 그러한 탐구 끝에 얻어진 해답이 정답일 수도 있고 오답일 수도 있다. 그 당대는 정답인 것으로 인정되었던 것이 후대에 오답인 것으로 드러날 수도 있다. 특별한 대상의 경우 여러 가지 해답—다의적인 해답이 나올 수도 있으며 해답 자체가 불가능한 경우도 있다.

그렇다고 해서 '존재의 해명'이나 '사물에 대한 존재 근거'를 물어서는 안 된다든가, 그것을 묻는 것이 과학이 아니라는 식의 논리는 타당하지 않다. 과학이란 정확한 답(절대 불변의 진실)이 내려짐으로서 비로소 성립되는 것이 아니라 정확한 답을 찾아가는 과정 그 자체이기 때문이다. 따지고 보자면 끊임없이 변하는 이 세계에서 '정확한 답 즉 절대불변의 진리'라는 것이 과연 있는지도 의문이다. 설령 있다 하더라도 가변적이어서 영구적인 보장이 불가능할 지도 모른다. 그러한 관점에서 김기림이, 시의 본질을 규명하거나 존재 이유를 밝히지 말아야 한다고 주장하는 것은 지적 허무주의나 불가지론에 빠진 것이라고 말할 수밖에 없다.

과학은 목적적이 아니라 과정적이다. 과학이 아니었던 것이 정확한 답이 나옴으로써 비로소 과학의 지위를 획득하는 것이 아니라 정확한 답이 나오든 나오지 않든 그 정확한 답의 획득을 기대하며 탐구해가는 과정 혹은 방법 그 자체가 과학적이라면 그것이 과학이다. 여기서 문제되는 것은 그 '과정' 혹은 '방법'이 이성에 토대하여 논리적, 합리적, 실증적인가 하는 것뿐이다. 그러므로 이상의 원칙만을 지킨다면 설령 답을 얻을 수 없거나 오답을 얻었다 하더라도 그 탐구 행위 자체를 과학이 아니라고 말할 수는 없다. 답을 얻을 수 없는 것도 답의 하나이며, 오답을 얻은 것은 시행착오의 결과이며, 답이 여럿 나올 수 있는 것 자체가 대상이 지닌 본질적 속성일 수 있기 때문이다. 하물며 미리 불가능하다는 전제하에서—그 불가능하다는 전제 역시 절대적으로 확신할 수 없음에도 불구하고—시의 본질이나 존재근거를 해명코자 하는 논의가 과학이 아니라는 김기림의 주장은 옳지 못하다.

물론 오늘날 철학에서는 존재자(Das Seinde)나 물자체(Ding an Sich) 혹은 실재성(Réalité)을 부정함으로써 전통적 형이상학이나 철학을 거부하는 유파가 없지도 않다. 가령 현상학과 같은 경우이다. 그들은 근본적으로 존재하는 것 자체는 해명될 수도 없고 그런 까닭에 그것이 과연 있는지 조차 알 수 없다고 하여, 존재의 실재 즉 존재자－존재하는 것－의 해명을 포기한 채 오직 그것의 존재(Das Sein) 혹은 현존재(Da Sein)만을 탐구하고자 한다. 예컨대 하이덱거는 신(神 Dieu)이라는 개념은 존재자를 의미하는 것임으로 알 수 없는 문제라 하여 오직 확실한 것은 신성(神性 Divinité) 뿐이라고 했다.[13)]

'시란 무엇이냐', '시란 왜 있느냐' 하는 명제는 그 해명이 불가능함으로 시학의 영역에서 내몰아야 한다고 주장한 김기림의 논리 역시 방법론적으로는 현상학적 관점과 유사해 보인다. 왜냐하면 김기림도 '시란 무엇이냐, 왜 있느냐' 하는 물음을 '존재자로서의 시' 즉 시의 실재를 묻는 것으로 이해한 듯 하기 때문이다. 따라서 그는 현상학의 그것처럼 실재라는 것의 해명은 불가능한데 종래의 시학은 이와 같은 시의 실재를 물음으로써 과학이 될 수 없었다고 생각한 것이다.

그러나 여기에는 두 가지의 오류가 있다. 하나는 현상학적 태도이든 김기림 식의 주장이든 실재를 인정하는 관점의 학이 모두 과학이 아니라는 논리는 억지라는 점이다. 그것은 어디까지나 그 자신, 혹은 한 유파의 주장일 따름이다. 현상학자들 예컨대 훗설이나 하이덱거 역시 종래의 철학－실재를 인정하는 칸트나 데카르트의 철학을 부분적으로 거부하기는 하였지만 그들을 철학 혹은 학문의 영역에서 추방하지는 아니하였다.

다른 하나는 '시가 무엇이냐' 하는 것과 '왜 있느냐' 하는 물음을 꼭

---

13) Pierre Thévenaz, *What is Phenomenology? and Other Essays*, Ed. James M. Edie, 심민화 역 문학과 지성사, 1982, 19-56쪽.

실재를 묻는 질문으로 해석할 수는 없다는 점이다. 정확히 말하자면 위의 질문은 존재의 근거를 묻고 있는 것이다. 다만 그 존재의 근거[14]가 실재(實在)이냐(종래의 형이상학) 혹은 '의미'이냐(현상학) 하는 것이 다를 뿐이다. 김기림이 기대고 있으리라 생각되는 현상학적 태도도 '그것이 무엇이냐' '왜 있느냐'하는 물음 그 자체를 부정하지는 않는다. 다만 그 물음의 해답을 실재의 해명에서가 아니라 의미화에서 구하고 있을 따름이다. 따라서 단순히 '시가 무엇이냐', '시가 왜 있느냐'하고 묻기 때문에 과학이 될 수 없다는 김기림의 견해는 타당하지 않다.

'시가 무엇이냐 혹은 왜 있느냐'를 해명코자 하는 종래의 시학이 형이상학인 까닭에 과학이 될 수 없다는 김기림의 주장은 자신의 모순된 논리에 의해서도 부정된다. 김기림은 과거의 시학 가운데서 호레이스나 보왈로의 논의는 '시론'으로 격하시켰음에도 불구하고 아리스토텔레스의 논의는 '시학'으로 존중한 바 있는데 아리스토텔레스의 시학이야 말로－물론 그 기능에 대한 설명에도 많은 부분을 할애하고 있으나－시의 실재나 본질(시가 무엇이냐 혹은 시가 왜 있느냐 하는 문제들)들을 해명한 이론서이기 때문이다. 예컨대 비극이 디오니서스 제의에서 비롯하여 공포와 연민의 감정을 통해 이들 감정을 카타르시스해주는 데 그 목적이 있다는 그의 주장은 "시가 왜 있느냐"(존재근거), "시로써 무엇을 할 수 있느냐"(기능)를 밝힌 것이요 다음과 같은 비극의 정의는 '시란 무엇인가'(실재 해명)를 밝힌 것이다.

> 비극은 진지하고 일정한 길이를 가지고 있는 완결된 행동을 모방하는 것이요, 쾌적한 장식을 한 언어를 사용하고 각종의 장식은 각각 작품의 상이한 제 부분에 삽입된다. 그리고 비극은 희곡적 형식을 취하고 서술적 형식을 취하지 않는다.[15]

---

14) 위의 책, 41쪽.

15) Aristotle, *De Arte poetica*, Ed. Bywater, 손명현 역, 박영사, 1975, 60쪽.

(2) 시에 대해서 완전하고도 총체적인 해석을 내리지 못한(혹은 내릴 수 없어) 결과 각기 다른 견해 또는 다른 해석을 유발시킨다는 이유에서 (즉 다의적 해석의 일부를 벗어나지 못한다는 이유에서) 종래의 시학이 과학이 될 수 없다는 김기림의 주장 역시 타당하지 못하다. 그것은 다음과 같은 두 가지 중의 하나에 해당하기 때문이다. 첫째 앞서 지적했던 바와 같이 어떤 논의가 과학이 되고 될 수 없음은 그로 해서 얻어진 해답의 결과에 있는 것이 아니라 해답을 얻어가는 과정 혹은 방법에 있다는 사실이다. 그러므로 비록 그 얻어진 해답이 다의적 해석의 일부에 지나지 않는다 하더라도 그 논의 과정 자체가 논리적, 합리적 그리고 일관된 실증성을 가지고 있다면 과학의 영역에 포함시켜야 한다.

둘째, 김기림이 인문학 특히 그 중에서도 '문학의 학'의 본질에 대한 이해가 불충분하여 그것을 자연과학과 똑 같은 수준에서 취급하려 했다는 사실이다. 인문과학과 자연과학은 같은 과학이라 하더라도 그 성격이 많이 다르다. 가령 상식적인 차원에서 모든 자연과학은 실재의 해명이 가능하며 그 해답도 일의적이다. 예컨대 '벼락'이라고 하는 것은 대기 중의 음전기와 양전기가 특수한 대기권의 상황 때문에 방전하는 현상이며, '흙'이란 규소가 중심이 된 무기물의 덩어리이다. 그리고 이러한 실재성은 또한 고정 불변하다. 벼락이 대기 중의 음전기와 양전기의 방전이 아닌 다른 현상으로 바뀌어질 가능성은 없는 것이다.

물론 엄밀히 말하자면 자연과학이라 하더라도 그 실재에 대한 해답이 항상 확정적인 것은 아니다. 정답이라고 믿었던 것이 후에 오답으로 드러난다든지 대상 자체에 어떤 변화가 와서 그 답이 달라진다든지 하는 현상은 흔히 있는 일이다. 그러나 보다 근본적인 것은 자연과학적 인식이라는 것 자체가 실은 이 세계를 총체적으로 보기 보다는 항상 부분적인 것으로만 보기 때문에 그 답이 다의적일 수밖에 없다는 사실이다. 토마스 쿤은 이를 파라다임이라는 용어로 설명한 바 있는데 그에 의하면 자연과학은 그 어떤 것이라 해도 항상 그 시대가 요구하는 파라다임으로 세계를 봄으로 시대가 변하면 그 파라다임도 달라져 그 결과 지식 역시 변할 수밖에 없다고 한다. 즉 과학적 지식이란 축적에 의해 진보되는 것이 아니라 다만 파라다임의 혁명(전 시대 파라다임의 포기와 새 파라다임의 대체－인용자 주)[16]에 따라 체계의 변화만이 있을 따름이라는 것이다.[17] 이와 같은 견해는 아무리 완전한 자연과학적 해답도 통시적(通時的)으로는 다의적일 수밖에 없음을 말해준다. 따라서 김기림의 소위 '과학으로서의 시학'이－실제는 불가능하겠으나－설령 자연과학의 엄밀성을 지향하는 것이라 할지라도 궁극적으로는 일의적인 답을 구할 수가 없는 학문이다.

그러나 문제는 자연과학과 달리 인문과학의 경우 본질적으로 학문의 성격상 그 구하는 해답의 일의성을 기대하기 힘들다는 사실이다. 즉 인문과학적 물음은 그 탐구의 대상이 되는 삶 그 자체가 그러한 것처럼 자연과학과 달리 하나의 명확한 해답을 지닐 수 없다. 즉 해석의 다의성이라는 것이 바로 인문과학의 특성이다. 가령 고대 그리스인들이나 17세기 계몽주의자들은 인간을 이성을 가진 동물(homo sapiens)로 규정하였으나 18세기 계몽주의자들은 '이성' 대신에 '인간성(humanitas)'－박애, 인도, 인애(仁愛)을 가진 동물로 규정하였다. 한편 19세기 이후 철학자들은 인간의 본성을 혹은 '공작적(工作的)' 특성－공작, 제작, 구성, 생산, 노동, 행동 실천 등의 활동－에서, 혹은 유희(homo ludens)의 향수, 혹은 '상징(animal symbolicum)'의 사용에서 구한 바 있다. 일의적으로 인간을 규정

16) Thomas S. Kuhn, *The Structure of Scientific Revolution*, Enlarged Edition(Chicago: Univ. of Chicago Press, 1970.) 김명자 역, 동아출판사, 1995, 105쪽.

17) Thomas S. Kuhn, 위의 책, 김명자 역, 동아출판사, 1995, 105쪽. 그런데 그 파라다임은 그 시대 세계관일 뿐만 아니라 과학의 대상인 자연 자체의 구성에서 연유하는 것임으로(163쪽), 파라다임의 선택에 따라 그 지식의 내용이 달라진다.(283쪽) 따라서 엄밀한 의미에서 과학적 진리라는 것도 완벽하게 일의적일 수는 없다.

할 수 없는 인문과학의 예들이다. 그렇다고 해서 이와 같은 논의를 과학이 아니라고 매도했다는 이야기를 필자는 일찍이 들은 적이 없다.

인문학 가운데서도 '문학의 학' 즉 시학은 더욱 그러하다. 그 대상이 되는 문학작품이 본질적으로 모순의 진실로 이루어져 있기 때문이다. 예컨대 시를 정의함에 있어 클리언즈 부룩스는 그 본질이 역설(paradox)에 있다[18]고 하고, 윌리엄 엠슨은 애매성(ambiguity)에 있다[19]고 하며, 구조주의자들은 상상력의 이원적 대립(binal opposition), 기호학에 토대를 둔 리파떼르는 확장(expansion)과 전도(reversion)의 반복에 있다고[20] 한다. 김기림이 이론적으로 크게 기대고 있는 리차즈 자신도 모순되는 두 충동(opposite impulse)의 조화(reconsiliation) 즉 아이러니에 있다고 하였다.[21] 그런데 이 모든 정의들에 공통되는 것은 '모순'이라는 개념이다.

따라서 이 모순을 본질로 한 문학을 해명하는 것이 시학이라면 그 답은 필연적으로 다양할 수밖에 없다. 논라를 바탕으로 하는 과학이 대상 자체가 지닌 모순의 총체를 동시적으로 풀어버릴 수는 없기 때문이다. 시학이 그 모순을 일의적이고 논리적으로 정리해 냈을 경우라면 그 모순은 또한 진정한 의미의 모순이 아니다. 그 어떤 논리로도 해명되지 않는 그것이 바로 모순이기 때문이다. 그렇다고 해서 모순이라는 사실 그 자체를 지적하는 것으로 만족할 경우는 구체적인 모순관계의 설명이 또한 일의적일 수 없다. 그 결과 시학은 보는 총체의 일부만을 설명해 낼 수밖에 없는 근본적 한계성을 지니게 되어 항상 다른 파라다임의 다른 해석을 요구하게 된다. 시의 해석이 다양할 수 있는 것, 시학이 다른 일반 학문과 달리 항상 미완으로 끝나는 이유도 여기에 있다.

---

18) Cleanth Brooks, "Language of Paradox", *The Well Wrought Urn*(N.Y.: Harvest, 1947) 참조.
19) William Empson, *Seven Types of Ambiguity*(London: Chatto and Windus, 1963) 참조.
20) Mkchael Riffaterre, *Semiotics of Poetry*(Bloomington: Indiana Univ. Press, 1978) 참조.
21) I. A. Rkchards, 'Imagination', *Principles of Literary Criticism* (London: Routledge ann Kegan Paul LTD, 1967).

따라서 '시란 무엇이냐' 혹은 '시가 왜 있느냐' 하는 형이상학적 탐구를 한다든가 그러한 탐구의 결과 주어진 해답이 일의적이지 못하다든가 하는 이유에서 과거의 시학이 '과학으로서의 시학'이 될 수 없다는 김기림의 주장은 공감을 얻기 힘들다. 앞서 살펴본 바와 같이 오히려 시학은 일의적인 해답을 내릴 수 없는 것에 대한 과학이며, 실재에 관련된 것이든, '의미화'에 관련된 것이든 존재의 근거나 존재의 이유를 밝혀내고자 노력하는 과학이다. 따라서 과거의 시학 또는 형이상학으로서의 시학을 추방하고 '새로운 시학' 즉 '과학으로서의 시학'을 추구했음에도 불구하고 결과적으로 김기림의 소위 '과학으로서의 시학'이란 무의미한 것이 되어버린다. 다만 한 가지 분명해진 것이 있다면 과거의 것이든 새로운 것이든 또는 형이상학적인 것이든 형이하학적인 것이든 합리성과 논리성 그리고 일관된 보편성의 토대 위에서 논의된 시학만이 '과학으로서의 시학'이 될 수 있다는 그 한 가지 사실 뿐이다.

3) 과학의 개념

김기림이 '종래의 시학', '과거의 시학', '고전적 시학' 등에 대해 '과학으로서의 시학'의 확립을 주장하고 그것을 '새로운 시학'이라고 명명했을 때의 '과학'이란 무슨 뜻일까. 이를 위해서는 그가 과학과 구분하여 사용하는 '학문', '형이상학' 등의 용어를 먼저 검토해볼 필요가 있다.

원래 우리말의 '학문' 혹은 '과학'으로 번역되는 영어나 불어의 science, 독일어의 Wissen－Schaft의 어원은 모두 래틴어 scientia에서 온 것인데 모두 '모르는 것을 안다'는 뜻을 지니고 있다. 그것은 인간의 지적 호기심에 대한 충족을 가리키는 말로 그러한 의미에서 세상의 모든 학문은 일차적으로 모두 과학이다. 우리가 인문과학, 사회과학 등의 명칭을 보편적으로 사용하고 있는 것도 이 때문이다. 다만 근세에 들어 자연과학의 획기적인 발전과 영미를 중심으로 한 프로그마티즘의 영향 때문에 영어권에서 통속적으로 '과학'이라는 용어를 '자연과학'(natural science)과 동일시하기 시작했다는 것은 다 아는 바와 같다. 그러나 그것도 어디까지나 범박하게 사용하는 용법이지 '과학'이라는 범주에서 인문학과 사회학을 추방한다는 뜻은 결코 아니다. 영미에서도 인문과학(human science), 사회과학(social science)이라는 용어가 아직 여전히 통용되고 있는 것은 다 아는 바와 같다.

이렇게 모르는 것을 아는 것 즉 지식(scientia, wissen) 또는 학문이라는 개념이 분화 발전하여 점차 개별 과학 즉 분과적 학문이 성립된 것은 19세기에 이르러서의 일이다. 그러나 학문으로서의 과학은 이처럼 인간의 지식을 총칭하는 것이었음에도 불구하고 근세이후 가장 빼어나게 발전된 것이 자연과학인 것만큼은 주지의 사실이다.

'자연과학'이란 곧 자연에 대한 인간의 지식을 말하는 것으로 오늘날 자연과학의 이론체계는 고대 그리스의 자연관을 계승하거나 극복하는 데서부터 시작되었다. 우리는 이와 같은 극복의 과정을 과학의 혁명(scientific revolution)이라고 한다. —그러면 과학혁명의 과정에 있어서 점차로 명백하게 된 근대과학의 특징이란 무엇인가. 분명히 말할 수 있는 것은 첫째, '의인적 자연관(擬人的 自然觀)이 극복되었다는 점이다. 즉 자연현상을 의인적으로 해석하려는 입장으로부터 탈피하였다. 둘째, 방법론의 확립이다. 예컨대 갈릴레이나 베이컨에 의해서 수립된 귀납법과 실험적 방법 등과 같은 것들이다. 셋째, 수학의 응용을 들 수 있다.[22)]

그러한 관점에서 김기림이 학문을 넓은 의미로, 과학을 좁은 의미로 사용하고자 하는 의도는 있을 수 있는 일이라 생각된다. 문제는 그가 좁은 의미로 사용코자 하는 이 '과학'이라는 용어가 서구의 그것과 같이

22) "Scientific Method", *The Encyclopedia of Philosophy*, ED. Paul Edwards, et al(N,Y.: The Macmillan Company & The Free Press, 1978).

학문의 하위 개념 즉 '자연과학'을 지칭하는 용어는 아니라는 사실이다. 그것은 그가 '과학'이라는 용어에 자연과학이 아닌 인문과학으로서 '언어학'과 사회과학으로서 '사회학', '심리학' 등을 포함시키고 있기 때문이다.23)

일반적으로 학문은 순수과학과 응용과학으로, 순수과학은 다시 인문과학, 사회과학, 자연과학으로 나누는 것이 보편적이다. 그리고 여기서 좁은 의미의 과학이 자연과학을 지칭한다는 것은 앞서 살펴보았다. 그런데 김기림은 이와 같은 관례를 무시한 채 인문과학의 하나인 철학은 과학의 분야에서 배제하고 같은 인문과학인 언어학은 과학에 포함시켰다. 이는 그가 지칭하는 과학이 학문의 하위 개념인 것은 분명하나 영미의 통상적인 용법과 같이 '자연과학'이 아니라 그만의 독특한 개념임을 증시해 보여주는 것이라 할 수 있다.

김기림에게 있어서 '형이상학'이라는 뜻 역시 이와 다르지 않다. 우선 김기림이 '형이상학'을 어떻게 이해하고 있는지 살펴보도록 한다.

첫째, 미(美)라든가 영감이라든가 초시간적 가치와 같은 초월적인 것을 대상으로 한다.

> 새로 쓰여져야 할 시학은 미라든가 영감이라든가 초시간적 가치라든지 한 형이상학적 술어는 한 마디도 쓰지 않고도 쓰여질 수 있어야 한다.24)

둘째, 모두 가설로만 되어 있어 사실의 검증이 불가능하다.

> 그렇다고 해서 가설이 너무 날뛰어서는 아니 된다. 그것은 오직 사실에 비추어 검증할 수 없는데도 꼭 필요한 경우에 한하여 부득이 실로

---

23) 『김기림전집』, 15쪽.
24) 위의 책, 27쪽.

부득이 해서만 쓰여져야 할 것이다. 한 권의 형이상학에서는 전편이 가설로서 그러면서도 아름답게 쓰여질 수 있을 것이다. 과거의 철학의 대부분이 실로 그러한 까닭에 아름다웠던 것이다. 그러나 과학서에는 오직 이상의 한도 안에서만 가설이 생길 수 있다.[25]

셋째, 그 해석이 다의적이다.

모든 형이상학은 이해된다느니 보다는 해석되기 위해서 있는 것이다. 다시 말하면 그것은 그 의미의 다의성 속에 언제고 숨으려 한다. 객관적으로 검증할 길이 없는 이러한 형이상학적 명제는 다만 발언자의 한 의견으로서 취급될 것이고 결코 어떤 객관적 사실의 기술로서 받아들여서는 안 된다.[26]

넷째, 지식이 아니라 지혜의 체계이다.

근대의 뭇 위대한 형이상학이 우리에게 준 것이 지식이 아니었고 지혜였다는 것은 누구나 쉽사리 인정할 수가 있다. 쇼펜하우어가 그랬고 베르그송이 그랬다. 인간학이라든지 실존철학은 더욱 그렇게 보인다. [27]

다섯째, 객관적 타당성이 결여된 관념의 집합체이다.

(형이상학은—인용자 주) 단시 시사(示唆)에 지나지 않은 것이 객관적 타당성을 주장할 때에 즉 관념이 과학이라고 나설 때에 사실과 인식이 도리어 몽롱한 안개 속에 휩쓸려 버리는 것이다.[28]

'형이상학'에 대한 이상과 같은 이해는 급기야 김기림으로 하여금 모든 철학은 형이상학이며 형이상학은 학문이 아니라는 독단론에까지 이

25) 위의 책, 16쪽.
26) 앞의 책, 12쪽.
27) 위의 책, 13쪽.
28) 위의 책, 12쪽.

르도록 한다.

형이상학이 학문이 아니라는 것은 우리도 지적한 바다. 형이상학이 학문을 가장할 때에 그것은 매우 위험한 불장난을 하는 것이 된다.[29)]

그러나 학문의 범주에서 형이상학을 추방한 김기림의 주장은 옳지 않다. 우리가 앞장에서 살펴본 것과 같이 탐구의 결과에 의해서가 아니라 탐구의 과정에 의해서 그 존재의 당위성이 결정되기 때문이다.

이상 김기림이 형이상학의 본질로 지적한 다섯 가지 항목을 살펴보면 우선 초월적인 존재를 대상으로 한다든가, 그 해석이 다의적이라든가, 지식이 아니라 지혜의 체계라든가 하는 항목은 별로 설득력이 없어 보인다. 초월적 존재만을 대상으로 한다는 주장은 –뒤에 설명되겠으나– 형이상학이 존재의 근거를 해명하는 학문이라는 점에서, 다의적으로 해석된다는 주장은 –앞장에서 살펴본 바와 같이– 형이상학뿐만 아니라 모든 학문에 있을 수 있는 일이라는 점에서, 지혜만을 다룬다는 지적은 지식과 지혜의 구분이 애매하며 형이상학이 비록 관념적이라 하더라도 그 나름의 이성적인 판단의 체계를 갖고 있다는 점에서 그 만의 본질이라고 말할 수는 없기 때문이다.

그러므로 결국 김기림이 형이상학의 본질로 지적한 특성은 '가설로만 되어 있어 사실의 검증이 불가능하다'는 것과 '객관적 타당성이 결여된 관념의 집합체'라는 두 가지 사실로 요약된다. 그런데 이 역시 형이상학이 '관념론'이라는 것 이외에는 확정적인 규정이라고 말할 수는 없다. 엄밀한 의미의 인식론에서 '사실', '객관적 타당성'이라는 것의 실재가 불분명하기 때문이다.

원래 형이상학이란 관찰과 검증에 의하여 해답될 수 없는 어떤 외적

---

29) 위의 책, 24쪽.

실재에 대해 연구하는 학문이며, 그 시초는 가령 '신'과 같은 어떤 초월적 사물에 대한 의문으로부터 비롯되었다. 아리스토텔레스가 형이상학이라는 말 대신 '제1철학' 혹은 '신학' 따위와 같은 명칭을 사용했던 것도 이 때문이다. 그러나 오늘날에는 초월적 존재에 대한 탐구와는 별도로 사물의 존재, 존재의 근거, 본성, 선험적 지식의 가능성, 인식이나 지각의 토대 등에 대하여 연구하는 철학의 한 분야로 정의 될 수 있다.

중세와 현대 철학에 있어서 메타피식스란 자연으로부터 이탈해 존재하고 '자연의 사물' 보다 더 내적인 실재나 가치를 지닌 '자연 초월적 사물'(things transcending nature)에 대한 연구라는 의미를 지니고 있다. 특히 칸트가 과학적 관찰과 검증에 의하여 해답될 수 없는 질문에 대한 선험적인 사색(a priori speculation on question)을 의미한 이후에 그러했다. 현대적 용법에 있어서 메타피식스는 보통 존재하는 사물의 종류나 그들의 존재양식에 대한 질문들과 관련된 철학의 한 분야를 지칭한다. 그 내용은 존재, 사물(thing), 자질(property), 사건(event)들의 개념 특히 특수와 보편사이의 구분, 개체와 유의 구분, 관계 변화, 원인의 본성(nature), 시간 공간 질료, 속성, 외적세계(external world)의 실재, 다른 정신(other minds)의 존재, 선험적 지식의 가능성, 추상(abstraction) 기억, 지각(sensation) 본성(nature) 등등에 관한 탐구를 광범하게 포함하는 의미이다.30)

형이상학 즉 'metaphsics'라는 단어는 그리스 어 meta ta physika(문자적 해석으로는 '자연으로서의 사물 그 뒤에 있는' after the things of nature)에서 왔다. 그 첫 용례는 고대 그리스 문헌학자나 주석자들(대표적으로 B.C.1세기경 로데스(Rhodes)의 안드로니커스(Andronicus))이 제목을 달지 않은 아리스토텔레스의 텍스트들을 편찬하면서 부터이다. 아리스토텔레

30) Metaphisics, *The Encyclopedia of Philosophy*, ED. Paul Edwards, et al(N,Y.: The Macmillan Company & The Free Press, 1978).

> 스 자신은 이 텍스트의 주제를 제일철학(first phillosophy), 신학(theology) 혹은 예지(wisidom)라 했다. '자연으로서의 사물 그 뒤에 있다'(after things of nature)는 것은 감각(sense)이나 지각(perception)의 건너에 있다는 뜻이다. 이와같은 존재는 그 이해가 난해함으로 편찬자들은 이런 유형의 글들을 아리스토텔레스의 저작 뒷부분에 수록하여, 앞에 붙인, 이해하기가 쉬운 '자연의 사물'(things of nature)에 관한 담론들과 대조시킴으로서 이해의 편의를 도모코자 하였다.[31]

그러므로 김기림이 '형이상학'이라고 불렀던 것은 학문의 일반적인 분류에서 보는, 철학의 한 분야를 지칭하는 것이 아니라 초월적 영감의 상태에서 인식될 수 있는 어떤 관념적 유희를 가리키는 그만의 독특한 용어임을 알 수 있다. 그렇다면 그가 형이상학과 구분하고자 하는 과학이란 무엇인가. 우리는 우선 그가 과학과 구분하는 용례를 들어 살펴보기로 한다.

첫째, 과학과 학문은 구분되는 개념이다. 그것은 그가 학문의 영역을 박식, 형이상학, 과학 등으로 나누는 것을 보아서 알 수 있다.[32]

둘째, 형이상학을 배제한 학문이다. 최소한 형이상학은 과학이 아니다. 이는 앞장의 인용문에서 누차 살펴본 바이다.

셋째, 철학은 과학이 아니다.

> 동양철학이라고 불리워지는 것은 거진 예외 없이 지혜의 수집이었다. 그런 의미에서 동양철학은 늘 시에 가까우려 한다고 한 임어당(林語堂)의 말은 옳다. 그러나 그는 또한 거기 반해서 서양철학은 늘 과학에 가까우려 한다고 말한다. 우리의 견해로는 파탄은 철학(과학이 아닌-인용자 주)이 과학인체 하는 데서 오는 것 같다.[33]

31) Metaphisics, *The Encyclopedia of Philosophy*, ED. Paul Edwards, et al(N,Y.: The Macmillan Company & The Free Press, 1978).

32) 『김기림 전집』, 28쪽.

33) 위의 책, 13쪽.

> 한 권의 형이상학에서는 전편이 가설로서 그러면서도 아름답게 쓰여질 수 있을 것이다. 과거의 철학의 대부분이 실로 그러한 까닭에 아름다웠던 것이다. 그러나 과학서에는 오직 이상의 한도 안에서만 가설이 생길 수 있다.[34)]

넷째, 박식(博識)은 과학이 아니다. 박식이란 체계가 없는 단편적인 지식의 잡다한 모음이기 때문이다.

그러므로 이를 역으로 해석할 경우 그에 있어서 '과학'이란 학문 혹은 자연과학과 같은 뜻을 지닌 말로 사실을 객관적 차원에서 검증할 수 있는 일의적 지식의 체계를 가리킨다. 즉 학문에는 사실을 객관적으로 검증할 수 있는 지식의 체계와 객관적으로 검증할 수 없는 지식의 체계의 두 가지가 있어 이 중 전자만을 과학이라 부른다면 후자는 철학, 형이상학 그리고 박식으로 불러야 한다는 주장이다. 그리하여 '과학'에 대한 그의 다음과 같이 정의가 가능하다.

> 과학: 갈릴레오 이래의 신전통이다. 주장을 품은 모든 명제는 사실의 검증에 비추어서 그 진가(眞假)를 결정하는 것을 안목으로 한다. 논리 자체는 권리가 없다. 그것이 사실-실로 사실과 상응하지 않을 때는 거짓이라는 낙인을 얻어 맞는다. 과학의 가장 대표적인 것은 이론물리학이다. [35)]

> 조만간 학문은 모조리 과학으로 통일되어야 할 운명에 있다고 본다.[36)]
> 개개의 특수한 과학은 그 특수한 방법의 면을 가지겠지만 그것이 언제고 사실에서 출발한다는 것-그래서 사실의 면밀한 관찰과 분석에서 시작한다는 것은 공통된 일이다.[37)]

34) 앞의 책, 16쪽.
35) 위의 책, 28쪽.
36) 위의 책, 28쪽.
37) 위의 책, 28쪽.

그러나 이 역시 김기림만의 독특한 개념이다. 과학적 방법이란 경험적 증거와 논리적 체계화(logical formulation)에 대한 성실성(fidelity)을 가리키는 것인데[38] 경우에 따라서는 -수학에서 보듯- 전자보다 후자가 더 중요한 역할을 담당하기 때문이다. 그것은 때로 과학이 사실보다 논리에 의존하고 있음을 뜻한다.

4) 과학으로서의 시학

김기림은 기회가 있을 때마다 과거의 시학은 -형이상학인 까닭에- 폐기하고 새로운 시학으로서 '과학의 시학'을 확립해야 한다고 주장하였다. 그렇다면 그의 '과학으로서의 시학'이란 무엇일까. 그것은 그가 과학을 '일의적이고 사실을 객관적으로 검증할 수 있는 지식의 체계'로 정의했던 점에 비추어 그러한 바탕에서 이루어진 시학을 가리키는 말일 것이 분명하다. 이는 다음과 같은 진술에 의해서도 뒷받침된다.

> 새로 쓰여져야 할 시학은 미라든가 영감이라든가 초시간적 가치라든지 한 형이상학적 술어는 한 마디도 쓰지 않고도 쓰여질 수 있어야 한다.[39]

> 형이상학적 방법이 파산한 지대를 수습할 과학적 방법에 의한 시의 연구는 시의 사실에서 출발할 것은 물론이다.[40]

그렇다면 그의 말과 같이 과거의 시학은 모두 사실에 토대를 두지 않은 것이었을까. 김기림에 의하면 그렇다.[41] 만일 그가 과거의 시학에 과

38) 'Scientific Method', The Encyclopedia of Philosophy, ED. Paul Edwards, et al(N,Y.: The Macmillan Company & The Free Press, 1978).

39) 『김기림 전집』, 27쪽.

40) 『김기림 전집』, 29쪽.

41) 위의 책, 11쪽. 시학이라는 말이 우리에게 불유쾌한 인상은 그것이 주장 지금까지는 형이상학적이었던 까닭에 한 과학보다도 한 형이상학을 연상시키는 때문이다.

학적이었던 것도 있었다고 생각했다면 굳이 새로운 시학이 '과학의 시학'이어야 한다는 주장을 펼치지는 않았을 것이다. 따라서 그에 의하면 아리스토텔레스의 『시학』도, 유협(劉勰)의 『문심조룡』(文心雕龍)도, 호레이스나 보왈로의 『시학』도, 코울릿지나 워즈워드의 '시론'도 과학으로서의 시학은 아니다. 따라서 '사실의 객관적 검증'이라는 말이 자연과학적인 태도를 지칭하는 것이라면 20세기의 시학 예컨대 하이덱거나 슈타이거의 시학도 비과학적인 셈이다.

그러나 물론 우리는 그러한 의미에서 이 담론들이 비과학적이라고 말할 수는 없다. 첫째, –김기림 자신이 그의 '과학의 시론'에 언어학과 사회학을 포함시킨 것을 보면– 이상의 시학들도 넓은 의미에서 언어학과 사회학에 토대를 두고 있으며, 무엇보다도 이들이 최소한 과학의 방법론이라고 할 '논리적 체계화'를 이루고 있다는 점. 둘째, 그가 형이상학의 한 본질로 지적한 바 초월적이거나 영감에 의한 탐구가 아니라 합리적 이성과 보편적 유추에 의해서 구성된 지식의 체계라는 점. 셋째, 설령 형이상학이라 하더라도 감각적으로 인지할 수 있는 구체적 대상(언어로 기록된 작품)을 전제로 획득한 이론이면서 동시에 그 이론이 실제 분석에 기여하고 있다는 점 등 때문이다.

그러나 그 실상이야 어떻든 김기림이 생각했던 '과학으로서의 시학'은 그의 관점에서 언어학과 심리학과 사회학이 종합해서 이룩한 어떤 방법론으로서의 시학을 가리킨다.

> 이러한 점에서 시학에 가장 중요한 도움이 될 과학으로서는 언어학과 심리학과 사회학이 있다.[42]

이렇듯 그의 '과학으로서의 새로운 시학'이 언어학과 심리학과 사회

42) 위의 책, 15쪽.

학을 종합한 것이어야 하는 이유는 다음과 같다. 첫째, 시는 언어를 매재로 한 예술이라는 점에서 언어의 학문인 언어학이 필수적이다.

> 거기서 언어라고 하는 것은 산 말 다시 말하면 회화를 기초에 두고 한 말이다. 이런 의미에서 언어는 한 개의 사회적 행동이다. 역사적 사회라는 일정한 배경 아래서 바꾸어지는 사람과 사람의 교섭이다.[43]

둘째, 언어는 그 의미 형성에 있어서 그 시대의 사회성을 반영하고 동시에 의사전달 매체라는 점에서 인간과 인간의 관계 즉 사회를 전제함으로 사회에 관한 학문인 사회학의 응용이 필연적이다.

> 시의 역사적 사회적 관련의 연구는 사회학에 속하고 시적 경험에 대한 구체적 해명은 심리학에 속할는지도 모른다. 그래서 그 사이에 시학을 위한 일의 영역이 혹은 없을는지도 모른다.[44]

셋째, 시가 주는 효과는 독자에게 어떤 정신적 혹은 심리적인 반응—감동이나 카타르시스에 있음으로 이와 같은 정신 혹은 심리적 현상을 대상으로 하는 심리학이 또한 중요하다. 그리하여 그는 다음과 같이 결론짓는다.

> 일반적인 시학은 시는 사람과 사람 사이의 교섭이라는 부면을 가진 언어의 한 특수형태라는 사실에서 출발한다. 시가 형성하는 의미의 세계는 한 사회 안에 사는 사람의 전통적 교섭의 결과로서 성립하는 것이다. 이 관계를 제외한 시라고 하는 것은 어떤 음의 계열이거나 문자의 나열 이상의 것이 될 수 없다. 이 점이 시학이 언어학과 크게 관계되는 것이다.
>
> 이렇게 시는 사람과 사람—즉 시인과 독자의 심리적 교섭 위에 성립

43) 위의 책, 20쪽.
44) 위의 책, 27쪽.

> 된다. 즉 시인의 제작과정이라는 심리현상의 한 기호로서 시는 있는 것이고 그 기호가 독자에게 미치는 결과는 어떤 심리적 반응에 틀림 없다. … 그 면을 성립시키는 것은 일정한 문화적 전통의 약속이며 뿐만 아니라 그것은 늘 문명의 일정한 단계의 역사적 특징을 반영하며 그 시대의 문화의 제 면과의 사이에 형성되는 산물이다. 따라서 －시의 역사적 사회적 사실로서의 면을 그 일반적 성질에서 설명하는 것은 시학의 남은 반면이다.[45]

이와 같은 그의 견해는 대체로 옳다. 김기림이 과학으로서의 시학을 확립하기 위해서 아리스토텔레스의 시학의 도움을 받을 수 있다고[46] 말한 것이 그 적절한 지적이다. 비록 그가 과학으로서 아리스토텔레스의 시학의 미흡함을 지적하기는 했으나[47] 그의 시학이 그가 과학으로서의 시학으로 규정한 바 언어학, 사회학 및 심리학의 토대 위에 구축되었다는 사실은 이미 여러 논자들에 의해서 지적된 바 있기 때문이다. 예컨대 그가 시학에서 많은 부분을 할애하여 설명한 은유는 언어학에 토대한 것이며, 비극을 인간 행동의 모방(mimesis praxis)으로 규정한 것은 －행동이라는 것이 인간과 인간의 관계를 전제한 것임으로－사회학에 토대한 것이며, 비극의 효과를 공포와 연민이라는 두 감정의 카타르시스로 본 것은 심리학에 토대한 것이다.

그러나 과학으로서의 시학에 꼭 언어학과 사회학 그리고 심리학만이 필요한 것은 물론 아니다. 언어학과 사회학 그리고 심리학만이 '사실의 객관적 검증'이 가능한 것도 또한 아니다. 가령 시의 장르나 주제의식을 해명하기 위해서는 정치학이나 역사학 또는 철학이 필요하며, 시의 사

---

45) 앞의 책, 18-7쪽.

46) 위의 책, 13쪽. 그가 아리스토텔레스의 담론을 '시학'으로 부른 경우가 있으나 그것은 그 당시의 용례를 직접 인용한 것이지 그가 정의한 바의 시학이라는 뜻이 아니다

47) 위의 책, 15쪽.

회성을 규명하기 위해서는 경제학이 부가되어야 하며, 시의 상상력을 해명하기 위해서는 현상학이나 신화학 또는 인류학이 필요하며, 시의 발생이나 구조를 해명해 내기 위해서는 신화학, 민속학, 철학, 미학이 필요하며, 언어의 음악성을 해명해 내기 위해서는 음악학, 음성학, 물리학이 필요하며 시의 소재를 검토하기 위해서는 생물학, 광물학, 천체 지구학, 기상학 등이 필요하다. 그리고 이 대부분이 '사실의 객관적 검증'이 가능한 학문임이 물론이다.

따라서 김기림이 종래의 시학을 ―물론 비과학적 잠언이나 주관적 합리화가 일부 없지는 않았겠으나― 싸잡아 비과학적이라고 부정한다든가 '사실의 객관적 검증'이 가능한 오늘의 과학 가운데서 유독 언어학과 사회학 그리고 심리학만을 종합해서 이루어낸 시학이 과거의 시학과 달리 '과학의 시학'이라고 주장할 근거는 없다. 그럼에도 불구하고 그가 무리하게 새로운 시학으로 '과학의 시학'을 언급했던 것은 한 특정한 방법론을 옹호하기 위한 전략에서 ―그의 용어를 빌어 그 자신의 '시론'이― 비롯한 것이 아니었을까 한다. 즉 리차즈(I. A. Richards)의 시학을 염두에 두고 그것만이 과학적 방법일 수 있다는 주장을 합리화하려 했다는 점이다.

김기림의 소위 '새로운 과학'으로서의 시학이 리차즈의 시론을 의미한다는 사실은 다음과 같은 이유에서 설명된다.

첫째, 김기림 자신이 이 시대에 있어서 '과학으로서의 시학'에 가장 근접한 것으로―다소 미혹한 부분이 없다 할 수는 없으나 ― 리차즈의 시론을 들고 있다는 점이다.[48] 그는 시의 과학화를 주장할 때마다 다음과 같이 리차즈의 이름을 들먹이고 있다.

48) 앞의 책, 15쪽. 리차즈가 「시와 과학」 속에서 하려고 한 일의 절반은 이러한 편견을 수정해서 문화의 영역서시에게 적당한 위치를 주장하려는 데 안목이 있었다.

> 과학적 명제와 시의 의의학적(意義學的) 분석에 의해서 그 각자에 다른 지위를 찾아냄으로써 이 위기(시와 과학을 근거 없이 대립 혹은 구별시킴으로 초래된 시의 위기－인용자 주)를 해소하려고 한 것은 리차즈의 큰 공적이었다[49]

> 리차즈가 시의 기능을 분석해 보여줌으로써 … 자연과학과 문화과학의 통일이라는 신 칸트파 이래의 숙제마저 해결지으려는 노력이 있었다.[50]

둘째, 그가 리차즈의 시론을 소개한 본격적인 저서 ≪시의 이해≫를 저술한 바 있으며 특히 이 책의 서문에서 현대 시학의 가장 중요한 시론가로 리차즈를 들고 있다는 점이다.

> 시를 한 능동적 기능의 면에서 본다면 두 개의 장소(field)를 가지고 있다고 보인다. －그 장소의 하나는 개인의 심리요 다른 하나는 사회인 것이다. 그리하여 새로운 과학적 시학은 주로 경험으로서의 면을 밝히는 시의 사회학이라는 두 기둥 위에 －서게 되리라는 것이 저자의 연래 소견이다. －저자가 아는 범위에서는 이 방면에 있어서 지금까지 가장 중요한 일을 한 I. A, 리차즈(1893－1979)의 이론을 길잡이로 가리는 것이 타당하다고 생각했다.[51]

셋째, 김기림이 과학으로서의 시학을 강조한 평론 「방법론 시론」에서 은연중 리차즈의 시론을 암시하는 대목들이 발견된다는 점이다. 그의 '새로운 과학적 시학'이 '심리적 사실 및 사회적 사실로서 시에 육박하는' 하는 시론임은 앞서[52] 밝혔거니와 다음과 같은 진술은 문자 그대로 리차즈 시론의 핵심을 지적한 것이다.

---

49) 위의 책, 23쪽.
50) 위의 책, 23쪽.
51) 위의 책, 195-196쪽.
52) 위의 책, 17쪽.

> 시의 심리적 사회적 사실로서의 일반적 성질에 대한 분명한 인식 없이는 개개의 구체적 작품의 심리적 효과와 그 사회적 역사적 성질을 해명할 수는 없을 것이다.
>
> 그런 일(사회적 역사적 해명 인용자) 보다도 더 중요한 것은 이리해서 우리는 문화 그것이 우리의 심리적 충동으로서는 어떻게 의욕되고 또 항수되며 사회적 역사적으로는 어떤 기능을 하는가 하는 우리의 문화생활에 대한 자각을 이 일(사회적 심리적 사실로서 일반적 성질에 대한 분명한 인식)을 통해서 더욱 높일 수 있을 것이다.[53]

그것은 위 인용문에서 차용된 '충동'이라는 용어가 리차즈 시론을 그대로 함축한 말이기 때문이다. 챠즈에게 있어서 시의 효과 혹은 기능이란 한마디로 '충동(impulse)'이라 부르는 심리적 힘의 한 특별한 작용 이상이 아니다. 그리고 그 작용은 우리의 감각기관에서 자극(작품과의 대면)을 통해 형성된 충동이 일정한 경로를 따라 우리 몸에 수용되어 궁극적으로 어떤 태도를 일으키고 다시 그 태도가 역으로 외부에 표출되는 반응을 말한다. 리차즈는 이 경로를 구체적으로 ① 시각감각(visual sensations), ② 구속이미저리(tied imagery), ③ 자유이미저리(free imagery), ④ 지시(referance), ⑤ 정서(emotion), ⑥ 태도(attitude) 등 다섯 단계로 설명한 바 있다.

> 이러한 충동들은 경험의 씨줄이며, 날줄은 이미 있는 마음의 체계적 구조 즉 많은 가능한 충동들이 조직한 체계이다.－어떤 경험에서도 충동들 곧 －상호 영향하는 그 방향, 그 뻗치는 힘은 본질적 기본적이다. 그외의 다른 것들 예컨대 지적, 정서적인 것조차도 그들의 활동의 결과인 것이다.[54]

리차즈에 의하면 독서 즉 작품 체험이 우리의 감각기관에 어떤 자극

53) 위의 책, 19쪽.

54) I. A. Richards, "The Analysis of a Poem", *Principles of Literary Criticism*(London: Routledge and Kegan Paul LTD, 1967).

을 줄 경우 그것은 곧 충동으로 전환되어 앞서 지적한 다섯 가지 단계에 따라 마음에 특별한 심리적 반응을 일으키는데 그것이 바로 시의 효과라고 한다. 리차즈는 또한 훌륭한 시의 기준을 아이러니의 유무에서 찾아 그 본질을 서로 모순되는 충동들의 조화(reconciliation, ballance)로 규정한 바도 있다.[55] 이 역시 그의 시론의 핵심에 '충동'이라는 개념이 자리하고 있음을 언급한 것이라 할 수 있다. 따라서 시의 효과를 심리적 충동으로 이해하고자 하는 김기림의 태도는 바로 리차즈의 그것과 동일한 것이 된다.

> 시는 물론 일상회화에 그 기초를 둔 것이나 객관세계에 관한 지식하고는 아무 관련이 없다. 다만 사람의 심적 태도의 어떤 조정에 봉사할 뿐이다. 널리 인식의 부면과 정의의 부면으로 우리의 심적 활동을 편의상 나누어 놓으면 시는 정의의 부면에 그치는 것이다. ―다만 그 작품이 우리의 마음에 일으키는 어떤 내부적 태도의 조정이 있을 뿐이다.[56]

위의 진술에서 '태도(attitude)'는 리차즈의 용어 그대로의 번역이고 '조정'이라는 용어 역시 리차즈의 'reconciliation'나 'ballance'라는 말과 그 의미가 다르지 않다. 즉 리차즈가 시의 기능을 충동들의 균형 혹은 충동들의 조화라고 말했던 것을 김기림이 그대로 따라하고 있는 것이다.

넷째, 무엇보다 김기림이 '새로운 과학적 시학의 본질'이라고 지적한 바 '심리적 사실 및 사회적 사실의 교섭으로서의 시학'이라는 개념이 바로 리차즈의 시론과 일치한다는 점이다. 그것은 리차즈가 그의 대표저서라 할 『문예비평의 원리』(*Principles of Literary Criticism*, London: Routledge ann Kegan Paul LTD, 1967)의 서문을 읽어보면 알 수 있다.

55) I. A. Richards, 'The Imagination,' Principles of Literary Criticism (London: Routledge ann Kegan Paul LTD, 1967).
56) 『김기림 전집』, 25쪽.

> 여러 가지 관점에서 이 책의 논의 전개는 가치 이론이나 일반 심리학쪽으로 확장됨에 의해서 논의의 진행이 중단되어버린 감이 없지 않다. 내가 이해하기로 비평이란 경험들을 분별해내고 그들을 가치 평가하는 노력이다. 우리는 ―경험의 본성 혹은 전달과 가치 이론을 배제하고 비평할 수 없다.

위의 인용문에서 리차즈는 그의 시론의 심리학적 편향성에 대하여는 분명히 밝혔으나 사회학의 필요성이나 그의 시론에 내면화 되어 있는 사회학적 요소에 관해서는 언급치 않고 있다. 그런 까닭에 김기림은 비록 리차즈의 시론을 '새로운 시학으로서' 과학의 시학에 가장 근접했다고 추켜세우면서도 다음과 같은 불만을 지적했던 것이다.

> 이러한 점에서 시학에서 가장 중요한 도움이 될 과학으로서는 언어학과 심리학과 사회학이 있다.―리차즈 같은 사람은 시의 연구에 있어서 심리학의 원용은 역설하면서 사회학은 도무지 돌보지 않는다. 과거의 모든 형이상학적 시학을 모조리 거부하는 리차즈와 같은 태도는 아직도 완전히 과학적이라고 할 수 없다.57)

그러나 그것은 김기림의 오해이다. 리차즈 자신이 비록 공표하지는 않았으나 그의 시론에는 분명 사회학적 요소가 중요한 부분으로 자리하고 있기 때문이다. 그것은 다음과 같이 설명된다.

첫째, 앞서 인용한 『문예비평의 원리』 서문에서 리차즈의 "우리는 … 경험의 본성 혹은 전달과 가치 이론을 배제하고 비평할 수 없다."는 표현이 암시적으로 시학의 보조 과학으로서 사회학의 필연성을 언급한 것이라고 해석할 수 있다는 점이다. 즉 시에 있어서 전달의 기능이란 메시지의 전달을 지적한 것이든―그의 용어를 빌려, 어떤 태도 혹은 충동의 전달을 지적한 것이든―기본적으로 사회성을 전제하는 말이기 때문이

57) 『김기림전집』, 15쪽.

다. 그것은 김기림 자신이 언어 혹은 시의 '전달적 기능'이야말로 바로 사회적 본질이라고 말한 다음과 같은 진술과 부합된다는 점에서 확실해진다.

> 언어는 의미의 전달도구로서 취급될 것이다. 그 의미라는 것은 일정한 사회적 관계에서 구성되어서 실제에 있어서는 개개인의 심리적 교섭으로 나타나는 것이다. 이런 의미에서는 새로운 시학 즉 과학적 시학은 넓은 의미의 언어학의 특수부문을 이룰 것이다.[58]

둘째, 많은 논자들이 지적한 것이지만 리차즈의 시론에는 당대의 역사, 사회성이 구조적으로 반영되어 있다는 점이다. 원래 리차즈는 레비스트로스와 동일하게 그 형식의 개념을 마리놉스키(Malinowsky)의 신화인식에서 구했다. 그런데 마리놉스키는 사회적 존재로서의 인간이 그들이 삶에 긴장과 갈등을 갖게 된 원인을 원시사회가 문명사회로, 제의공동체가 개인적 삶으로 분화 발전하는 데서 비롯하는 것으로 보아 갈등을 조화(reconcile) 혹은 통일(unify)시키는 원리를 신화와 제의에서 찾았다. 즉 그에 의하면 신화는 제의(祭儀)의 문화적(언어적)형식이며 그 본질은 인간 삶의 갈등 해소에 있는 것이다.[59] 그러한 관점에서 리차즈의 '형식'은 레비스트로스와 유사하게 '기능주의'적 입장을 본질로 하고 있다.

그리하여 리차즈는 문학의 형식 역시 사회적으로 긴장된 삶을 문학적으로 푸는 일종의 언어적 제의이며 바람직한 것은 갈등하는 양자의 어느 한 편을 제거하는 것이 아니라 그것을 조화시키는 데에 있다고 하였다. 즉 리차즈 시론의 중심개념인 '충동의 조화'란 이렇듯 그가 사는 사회적 갈등을 문학적으로 풀려는 심리학적 의도가 내포되어 있는 것이

---

58) 위의 책, 26쪽.

59) Geoffrey H. Hartman, "Toward Literary History", *Issues in Contemporary Literary Criticism*, Ed. Gregory T. Polleta(Boston: Little, Brown and Company, 1973).

다. 하르트만은 리차즈만이 아니라 미국의 신비평 이론 역시 양차 세계대전에서 결과한 인간의 황폐화를 기호화하여 이 혼란된 세계에 있어서 질서화된 삶을 추구하고자 하는 항수라 하였고[60] 르네 웰렉 역시 그것을 '대전후의 정치적 긴장을 해소하려는 노력'의 하나로 볼 수 있다고 하였다.[61] 이 모두 리차즈 시론에 반영된 사회학적 요소를 지적한 것이라고 할 수 있다.

결국 김기림이 종래의 모든 시론 혹은 시학을 '형이상학'으로 몰아붙이고 도래할 새로운 시학으로서 과학의 시학을 강조했음에도 불구하고 그가 의도했던 것은 한마디로 리차즈의 심리학적 시학 이상이 될 수 없었다.

3. 새로운 시

1) 시의 정의

김기림은 시를 다음과 같이 정의하였다.

> 시는 사람과 사람 사이의 교섭이라는 부면을 가진 언어의 한 특수형태라는 사실에서 출발한다. 시가 형성하는 의미의 세계는 한 사회 안에 사는 사람의 전통적 교섭의 결과로서 성립하는 것이다. (중략) 즉 시인과 독자의 심리적 교섭 위에 성립된다. 즉 시인의 제작과정이라는 심리현상의 한 기호로서 시는 있는 것이고 그 기호가 독자에게 미치는 결과는 어떤 심리적 반응에 틀림 없다.[62]

60) Ibid.

61) René Wellek, "Literary Theory, Criticism and History", *Concept of Criticism*, ed. Stephen G. Nichols, Jr(New Haven and London: Yale Univ. Press, 1963).

윗 진술은 이렇게 정리된다. 시란 ① 시인의 입장에선 대상에 대한 심리 현상이다. ② 독자의 입장에선 작품에 대한 심리적 반응이다. ③ 심리의 내용은 한 사회 안에 사는 사람들의 전통적 교섭으로 이루어진다. ④ 시의 현실태는 사람과 사람 사이의 교섭이라는 언어의 한 특수 형태이다.[63] 따라서 우리는 이제 김기림이 뜻하는 바 '시'가 '시가 될 수 있는' 어떤 '심리'와 그것의 현실태라 할 '언어'가 무엇인지를 살펴보지 않고서는 해명될 수 없는 명제임을 알 수 있다. '심리'와 '언어'는 꼭 시에만 국한되는 문제가 아니기 때문이다.

그런데 김기림에 의하면 심리현상 즉 심적 활동은 두 가지로 나뉜다. 하나는 인식의 부면이요 다른 하나는 정의(情意)의 부면이다. 그리고 이 중에서 시가 관계하는 영역이 후자라는 것이다.

> 시는 물론 일상회화에 그 기초를 둔 것이나 객관세계에 관한 지식하고는 아무 관련이 없다. 다만 사람의 심적 태도의 어떤 조정에 봉사할 뿐이다. 널리 인식의 부면과 정의의 부면으로 우리의 심적 활동을 편의상 나누어 놓으면 시는 정의의 부면에 그치는 것이다. －다만 그 작품이 우리의 마음에 일으키는 어떤 내부적 태도의 조정이 있을 뿐이다.[64]

즉 시란 '정의의 부면'의 한 '심적 활동'으로 그 '정의적인 것'이 일으키는 내부적인 태도의 조정에 본질이 있다는 것이다. 그 '정의'가 무엇인지는 분명치 않다. 그러나 다음과 같은 진술은 매우 시사적이다.

---

62) 김기림, 「시학의 방법」, 『김기림전집』, 심설당, 1988.
63) 여기서 '심리현상' 혹은 '심리적 반응'이란 심리학의 연구 대상이며, 심리의 내용이란－한 사회 안에 사는 사람의 전통적 교섭에 의하여 만들어짐으로－사회학의 연구대상이며, 언어에 의한 사람과 사람 사이의 한 특수한 교섭이란 언어학의 연구대상이다. 그리하여 그가 '새로운 과학의 시론'으로서 심리학과 사회학과 언어학의 결합으로 이루어진 어떤 방법론을 제창했던 것은 잘 알려진 사실이다.
64) 김기림, 「시와 언어」, 『김기림 전집』, 심설당, 1988.

> 시의 심리적 사회적 사실로서의 일반적 성질에 대한 분명한 인식 없이는 개개의 구체적 작품의 심리적 효과와 그 사회적 역사적 성질을 해명할 수는 없을 것이다.
>
> 그런 일(사회적 역사적 사실에 대한 해명－인용자)보다도 더 중요한 것은 이리해서 우리는 문화 그것이 우리의 심리적 충동으로서는 어떻게 의욕되고 또 향수되며 사회적 역사적으로는 어떤 기능을 하는가 하는 우리의 문화생활에 대한 자각을 이 일(시에서 문화가 우리의 심리적 충동으로 향수되어 사회적 역사적으로 하는 기능에 대한 인식－인용자)을 통해서 더욱 높일 수 있을 것이다.[65]

인용문에 의하면 시의 본질이라 할 심리적 현상은 '사회 역사에서 기인된 문화가 의욕 혹은 향수된 어떤 충동'이다. 따라서 앞의 인용문에서 언급한 '정의(情意)'는 일종의 '충동'을 가리키는 말임에 틀림없다. 왜냐하면 심리적 충동의 한 특별한 기능이 또한 '정의'의 내부적인 '태도의 조정'과 같이 시의 본질을 이룬다함으로 '충동의 한 특별한 기능'이란 바로 '정의의 내부적 조정'과 같은 뜻이 되기 때문이다. 이에 이르러 우리는 김기림의 견해가 리차즈의 그것과 일치함을 알 수 있다. 리차즈의 경우에도 시란 충동에서 야기된 태도의 내부적 조정 혹은 조화에서 그 본질을 찾았기 때문이다. 이는 다음과 같은 리차즈의 진술에서 뒷받침된다.

> 시인에 비하여 보통 사람은 그 충동의 9할을 억압하고 있다고 말할 수 있다. 그것은 보통사람들이 그러한 충동들을 혼란없이 처리를 할 수 없기 때문이다. (중략) 보통은 서로가 방해하고 갈등하고 독립하여 서로 한 쪽을 일탈시키려고 하는 충동도 시인 속에서는 결합하여 하나의 안정된 평형을 형성한다.[66]

---

65) 김기림, 「시학의 방법」, 『김기림전집』, 심설당, 1988.
66) I.A. Richards, Op.cit., "The Imagination".

> 예술작품에 의해서 요구되는 반응은 발생기의 이미지의 관계에서만 얻을 수 있는 종류의 것일 경우가 많다. 예술작품이 요구하는 반응은 문제 해결－지적인 연구라는 의미에서가 아니라 정서적인 적응(emotional accomodation)과 조정(adjustment)이라는 의미에서－의 성질을 갖으며 그 다양한 충동들이 조화(reconciled)되는데 최상으로 도달한다. 이러한 이미지적이고 발생기적인 활동...혹은 동작에의 경향을 태도(attitudes)라고 부른다.[67]

따라서 김기림의 시의 정의는 그 내용 뿐만 아니라 '충동', '태도', '조정' 등 용어의 사용에 있어서까지 고스란히 리차즈의 그것을 빌린 것이라 할 수 있다.

그런데 플라톤 이래 서구 철학에서는 일반적으로 인간의 정신 활동을 크게 세 사지로 나누어 살펴보는 것이 보편적이었다. 중심에 감정(feeling)이 있고 그 좌우에 각각 이성(reason)과 의지(will)가 있는데 이들의 소산이 각각 예술, 과학, 역사, 이들의 이상이 미(beauty), 진리(truth), 법(law)이라는 것이다.[68] 근세에 들어 포우(E. A. Poe)는 이 세 가지 영역의 이상으로 미, 진리, 법 대신에 취미(taste), 순수지성(pure intellect), 도덕적 감각(moral sense)을 들었는데 이 역시 용어는 다르나 원칙에 있어서는 전통적인 3분법(triad)에서 크게 벗어난 것이 아니다. 노드롭 프라이(Northrop Frye)는 이 중심에 위치한 세계(감정=미=예술)는 단순히 세 개의 세계 가운데 하나의 역할을 담당하는 것이 아니라 이 세 개의 세계 모두를 포함하는 삼위일체(trinity)의 위치에 있는 것이라 하여 그 중요성을 더욱 강조한 바 있다. 즉 감정의 영역은 이성과 의지의 영역에 중심부에 위치하여 이 양자를 거느린다는 것이다.

그런데 앞의 인용문에서 본 바와 같이 김기림은 인간의 정신 활동을

67) I.A. Richards, Op.cit.,"The Analysis of a Poem".

68) Northrop Frye, *Anatomy of Criticism*(Princeton: Princeton University Press, 1957), p.399.

'인식의 부면'과 '정의의 부면'의 둘로 나누어 시는 후자의 영역에 있다고 하였다. 이 개념들은 ― 그가 더 이상 구체적으로 설명한 바 없음으로 우리는 사전적인 뜻에 따라 ― 전자가 '대상을 감지하는 감각으로부터 이를 분별 판단하는 사유에 이르기까지의 의식의 작용', 후자가 '감정과 의지'(이희승, 『국어대사전』, 민중서관)로 규정될 수 있을 것이다. 물론 전자의 경우, 의식 혹은 '대상을 감지하는 감각'에 감정의 개입이 전혀 없을 수는 없다. 그러나 의식이나 사유는 기본적으로 '이성'에 토대하고 있는 까닭에 ― 김기림이 또한 '감정'에 가까운 개념을 이와는 별도로 '정의'라는 말을 사용하고 있는 것을 참작할 경우 ― '인식의 부면'은 '이성의 활동'을 가리키는 것이 분명하다. 그렇다면 김기림 역시 인간의 정신활동을 이성, 감정, 의지의 세 가지로 나누어 시는 ― 시는 예술임으로 ― 감정과 의지의 영역에 주거하는 것으로 생각했다고 말할 수 있을 것이다.

김기림이 시에서 이성=지성의 영역을 제외한 것은 앞서 제시한 서구철학의 '정신의 삼분법'을 참고할 경우 충분히 이해할 수 있는 일이다. 문제는 왜 '정의(情意)'의 부면이라 하여 그가 시의 영역에 감정 이외 역사나 도덕이 주거하는 의지의 영역까지를 포함시켰을까 하는 점이다. 이는 두 가지 관점에서 해명될 수 있으리라 생각한다. 첫째, 그가 리차즈의 견해를 따르고자 할 때 '충동의 조정'이라는 말을 단순히 '감정'이라는 말만으로는 설명할 수 없었을 것이라는 점이다. 왜냐하면 리차즈는 그의 시론에서 '충동(impulse)', '정서(emotion)', '감정(feeling)'이라는 용어를 구분해 사용하고 있는데 특히 '감정'이라는 말은 가능한 배제하고 있기 때문이다. 그의 시론에서 중요한 개념은 '충동'과 '정서'이지 '감정'은 아니다. 따라서 리차즈의 영향을 받은 김기림 역시 그의 시론에서 가능한 한 '감정'의 가치를 축소시키거나 배제하고자 하였으리라 생각한다.

① 로맨티시즘의 시는 감정을 추구하였다. 상징주의는 기분과 정서를

애무한다. 그러나 감정은 시의 본질은 아니다. 만약 감정이 시의 본질이라면 우는 얼굴과 노한 목소리가 제일 시적일 것이다.[69]

②그러나 언어의 가장 엄밀한 해석에 의하면 서정시는 다만 주로 사람의 감정을 대상으로 한 시에 지나지 않는다. 감정을 대상으로 하지 않는 시도 있을 수 있으며 이미 있어 왔다. 그러므로 서정시는 어떠한 종류의 시에 부여한 상대적인 명칭에 불과하다. 시의 전체는 물론 아니다.[70]

①에서 '감정'이 시의 본질적 요소가 아니라는 것을 밝혔음으로 ②에서 김기림이 '감정'이 개입되지 않은 시의 존재 가능성을 주장하는 것은 당연하다. 리차즈 역시 '감정'과 '정서'를 다음과 같이 구분하여 시에서 '감정'을 배격한 바 있다.

체감에 관해 언급하는 사이에 우리는 정서(emotion)란 의식을 구성하는 한 요소라고 하는 설명에 상당히 접근하게 되었다. 자극정황(刺戟情況)에 의해서 몸 전체에 질서 있는 반향이 퍼지면은 그것은 뚜렷한 특색 있는 채색으로 느껴진다. 유기반응(有機反應=內臟反應)에 나타나는 이러한 모양에는 무서움, 슬픔, 기쁨, 분노 그 밖의 정서상태가 있다. 이러한 정서상태가 일어나는 것은 대개 개인의 영구적 혹은 일시적인 경향이 갑자기 촉진되거나 좌절되는 경우이다. 그러므로 이 상태는 외적인 자극의 성질에 의해서 결정된다기 보다는 훨씬 자극이 일어날 때의 그 사람의 생활의 전반적인 내부정황에 의해서 결정된다고 할 수 있다.
이러한 정서적 상태는 쾌, 불쾌와 함께 감정(feeling)이라는 이름으로 불리어짐으로써 감각과 구별되는 것이 보통이다.[71]

심리학에서는 감정(feeling)이라는 말이 여러 가지 의미로 사용된다. 이것이 큰 혼란을 일으킨다는 것은 누구나 알고 있다. 만일 그것을 쾌, 불쾌를 나타내기 위해서만 사용하여 '정서'의 동의어로서는 이후에 사

69) 김기림, 「시의 모더니티」, 『김기림전집』, 심설당, 1988.
70) 김기림, 「시의 회화성」, 『김기림전집』, 심설당, 1988.
71) I. A. Richards, Op.cit., "Emotion and the Coenestthesia."

> 용하지 않는다고 한다면은 좋을 성 싶다. 왜냐하면 정서는 감정보다 훨씬 유기감각으로서 형성되었다고 보기 쉽기 때문이다.[72]

리차즈에 의하면 '감정'과 '정서'는 다른 개념이다. 정서란 감각기관의 자극에 의하여 야기된 충동이 우리 몸의 내부에서 일으키는, 예컨대 '무서움', '슬픔', '기쁨', '분노'와 같은 유기적 반응이다. 그런데 이 반응 자체 즉 정서는 감정이 아니다. 감정이란 이들이 이차적으로 일으키는 '쾌', '불쾌'의 느낌이기 때문이다. 따라서 어떤 정서를 통해 단순히 느껴지는 '쾌', '불쾌'의 지각은 시의 본질이 될 수 없다. '쾌', '불쾌'의 느낌이란 시를 구성하는 본질적 요소들이 아니라 시작(詩作－혹은 시의 수용) 이후에 발생하는 정서적 판단이나 태도이며 설혹 그것이 정서라 하더라도 시의 구성 요소로서의－대상으로부터 얻은 자극과 충동 그리고 이에서 연유된－정서란 매우 복잡하고 다양하기 때문이다. 그러므로 리차즈의 시론을 충실히 따르고자 했을 김기림의 입장에선 가능한 '감정'이라는 용어를 기피하고 싶었을 것이다.

둘째, 김기림이 시를 단순한 감정 혹은 정서의 표현이 아니라 여기에 사회성 혹은 역사성을 반영시키고자 했다는 점이다. 가령 그가 "시는 물론 심리적 사실로서의 면을 가지고 있지만－늘 역사적 사회에 형성되는 산물이다"[73]라고 말했던 명제가 그것이다. 그런데 김기림은 리차즈의 심리학적 시론에 사회, 역사적 의미가 반영되어 있다는 사실을 모르고[74] 그것을 단순히 개인의 심리학적 현상으로만 이해하고 있었음으로[75] 비록 리차즈의 시론을 추종하고 있기는 하였으나 이 부분에서만큼은 자신만의 입장(시에 역사적 사회적 의미가 반영되어야 한다는 사실)이라

72) Ibid.
73) 김기림, 「시학의 방법」, 『김기림전집』, 심설당, 1988.
74) 제 1장 제 4절 「과학으로서의 시학」 참조.
75) 위의 글.

고 생각했을 어떤 견해를 첨가시키고 싶었을 것이다. 그 결과 그는 리차즈의 '충동'이라는 말에 곁들여 '정의'라는 용어를 사용했던 것이라고 생각한다. '정의'라는 말은 앞서 살펴보았듯이 '감정'('정서'까지도 포함한 넓은 의미)[76]과 '의지'가 결합된 용어이고 이 '의지'에 주거하는 영역이 '사회' 및 '역사'이기 때문이다.

2) 시와 감정

필자는 앞장에서 김기림이 시에서 '감정'의 중요성을 가능한 폄하하였으며 심지어 감정은 시의 본질이 아니라고까지 주장하였다는 사실을 지적한 바 있다. 그러나 자세히 살펴보면 그는 ―물론 감정으로 쓰여지지 않은 시의 가능성을 언급하였음도 불구하고―전적으로 '감정'을 배제했던 것이 아니다.

그것은 첫째, 앞에서 지적했듯이 시의 본질로 지적한 '정의(情意) 부면에서의 심리적 현상'이라는 개념에는 '의지'와 함께 '감정'(넓은 의미로 정서를 포함하여)이라는 뜻이 내포되어 있다는 사실이다. 그는 '감정으로부터의 도피'를 주장한 엘리어트의 몰개성론에 대해서조차 '감상에의 침몰'을 경계하기 위함이었지 '정의'를 피하기 위함은 아니었다고 말한 바 있다.[77]

둘째, '건강한 감정'의 중요성을 자주 언급하였다는 사실이다.[78]

---

76) 서구 철학에서 정신의 활동을 세 영역 즉 감정, 이성, 정의로 나누었을 때 '감정'이란 리차즈의 용법과 같은 좁은 의미가 아니라 정서나 느낌까지를 포함한 보다 넓고 상식적인 의미이다. 그러한 관점에선 정서나 감정은 거의 같은 뜻으로 사용된다.

77) 김기림, 「시와 언어」, 『김기림전집』, 심설당, 1988.

78) 김기림, 「1933년 시단의 회고」, 『김기림전집』, 심설당, 1988.

그렇다면 '감정'에 대한 그의 이같은 모순된 태도를 우리는 어떻게 이해해야 할 것인가. 그것은 이 용어가 지닌 이중적인 의미에서 풀어야 할 것이라고 생각한다. 즉 그가 시에서 감정을 배제해야 한다고 했을 때의 감정은 리차즈의 한 특별한 개념이지만 감정의 사용을 전적으로 배제하지 않는다고 했을 때의 감정은 상식적, 통상적인 개념이라는 사실이다. 물론 후자의 경우 감정은 대체로 정서와 같거나 정서를 포괄하는 개념이다.

> 시대는 시에서 소재 상태의 감정을 구축해버렸다. 그래서 건강하고 신선한 감성은 현대의 새로운 성격이다.[79]

그러므로 그가 '감정'의 배제를 역설한 것은 '지나친 감정'이나 '불건전한 감정' 혹은 '감정만으로 된 시'의 위험성을 경고하기 위한 과장법이었지 감정 그 자체는 아니었다고 말할 수 있다. 그렇다면 또 그가 기피하고자 했던 감정과 옹호하고자 하는 감정은 어떤 것이었을까.

첫째, '소재 상태'의 감정을 배격한 대신 시적으로 변용된 감정을 옹호한다. 시적인 여과 없이 자연 상태를 직접 드러낸 것은 시가 될 수 없기 때문이다.

> 감상(感傷)과 시를 혼동하기조차 한다. 그것을 한층 선동하는 것은 구식 로맨티시즘의 시론이다. ―즉 어떠한 사고나 감정의 자연적 노출을 그대로 시의 극치라고 생각했다.[80]

둘째, 센티멘탈리즘(감상) 즉 불건강한 감정을 배격하고 건강한 감정을 옹호한다.

---

79) 김기림, 「시의 모더니티」, 『김기림전집』, 심설당, 1988.
80) 김기림, 「기교주의 비판」, 『김기림전집』, 심설당, 1988.

> 시의 제작과정에 있어서는 센티멘탈리즘은 예술적 형상의 작용을 방해하고 시의 내용으로서 즉 한 개의 사회적 모랄로서 나타날 때는 단순한 치정癡情의 옹호에 그치고 만다.[81]

> 감성에는 두 가지 딴 카테고리가 있다. 다다 이후의 초조한 말초신경과 퇴폐적인 감성과 다른 하나는 아주 프리미티브한 직관적인 감성이 그것이다. 새로운 시 속에서 후자의 감성을 거부한다는 것은 무슨 고루한 생각일까.[82]

> 프리미티브한 감성은 새로운 관념(인류의 재화)을 찾아낸다(프리미티브한 것에는 편견이나 오염이 없는 까닭에－인용자 주) 새로운 시인에게는 이러한 감성이 필요하다.[83]

그리하여 그가 "센티멘탈 로맨티시즘"을 부정한 모더니즘'을 광적으로 옹호한 것은 다 아는 바와 같다.

셋째, 감정 그 자체만으로 된 감정을 배격하고 지성화된 감정을 옹호한다.

> 시(제작이 필한 작품으로서)는 애매성과 감상성을 배제함으로써 명랑성에 도달할 수가 있다. 그것은 시인의 꾸준한 지적 활동에 의하여 얻을 수가 있는 일이다.
>
> 통제되고 계획된 질서 이외에 마저 정리되지 않은 부분이 남아 있으면 그 부분이 애매성을 가져온다. 또한 시를 감정에게 맡겨두는 것은 위험한 일이다. 감정은 늘 혼돈하려고 하고 비만하려고 하는 경향을 가지고 있다. 이 감정의 비만이 다시 말하여 감상이다.[84]

---

81) 김기림, 「1933년 시단의 회고」, 『김기림전집』, 심설당, 1988.
82) 김기림, 「시의 모더니티」, 『김기림전집』, 심설당, 1988.
83) 위의 글.
84) 김기림, 「감상에의 반역」, 『김기림전집』, 심설당, 1988.

그렇다면 김기림이 바람직한 '감정' 즉 시적으로 변용되고, 건강하며, 지적이라고 부르는 감정은 어떻게 만들어지는 것인가. 달리 말해 감정은 어떻게 날 소재적인 차원에서 벗어나 퇴폐성과 감상성을 극복할 수 있을 것인가. 그의 주장에 의하면 두 가지 방식이 있다. 하나는 이미지로 형상화시키는 방법이고 다른 하나는 주지적으로 절제하는 방법이다.

감정은 이미지로 형상화시킴에 의하여 시적으로 변용될 뿐만 아니라 건강해진다. 그것은 김기림이 허버트 리드(Herbert Read)의 "어떤 길이의 시든지 시는 가시적(可視的)이다. 그렇지 않으면 지루하다. 그것은 동작의 힘 또는 영상(映像)의 힘에 의하여 가시적이라야 한다. 그것은 시인 동안은 통지적(通知的) 또는 개념적일 수는 없다"[85]고 한 언급을 소개한 것에서도 드러나지만 다음과 같은 그 자신의 언명이 이를 잘 뒷받침해 준다.

> 시는 한 개의 '엑스타시'의 발전체와 같은 것이다. (거기서—인용자 주) 한 개의 이미지가 성립한다. 회화의 온갖 수사학은 이미지의 엑스타시로 향하여 유기적으로 전율한다. … 영상(映像)을 통하지 않고 추상화한 주관이 직접 독자의 감정에 감염하려고 하는 그러한 경향의 시가 있다. 첫째 감성적 낭만주의의 시다 (중략)로맨티시즘의 시는 감정을 추구하였다. 그러나 감정은 시의 본질이 아니다. 시인은 항상 즉물주의자(卽物主義者)가 되지 않으면 안 된다.[86]

위의 인용문에서 '영상'이란 물론 이미지의 한국말 번역이며 '가시적'이란 언어의 시각성 즉 이미지의 효과를 가리키는 말이다. '즉물주의자'라는 용어 역시 그렇다. 즉물주의(관념의 개입 없이 사물을 직접적으로 제시하는 주의)의 대표적인 예는 바로 이미지즘이기 때문이다. 따라서 이 인용문들은 시적 형상화의 본질이 이미지화에 있다는 것을 지적한 것이

85) 김기림, 「1933년 시단의 옹호」, 『김기림전집』, 심설당, 1988.
86) 김기림, 「시의 모더니티」, 『김기림전집』, 심설당, 1988.

라고 할 수 있다. 한마디로 시에 있어서 감정의 표현은 감정 그 자체를 직접 드러내거나 언급해서는('개념적이거나 통지적'이어서는) 안 되며 그것을 이미지화해야 한다는 주장이다.

> 광범한 어휘 속에서 그의 '엑스타시'를 불러 일으킨 이미지에 대하여 가장 본질적인 유일한 단어가 가려져서 그 이미지를 대표할 것이다. 이 일은 시작상詩作上에 있어서 가장 지적인 태도이다.87)

> 사상파(寫像派—이미지즘—인용자 주)는 훨씬 시를 명랑한 것으로 받아들였다. 그들은 시에서 어떠한 명확한 영상 이외에 아무러한 비밀도 요구하지 않았다.88)

위의 인용문에서 김기림은 이미지즘이 시를 명랑하게 만든다고 한다. 그런데 다시 그에 의하면 '명랑성'이란 "음울, 패배감, 은둔, 탐닉 등 세기말적인 것을 거부"하여 애매성과 감상성—불건강한 감정—에 대립하는 개념이다.89) 따라서 위의 인용문들은 '이미지화'야 말로 지적이면서도 건강하고 시적인 것으로서의 감정을 형상화하는 방법임을 알 수 있다. 그러나 그의 이같은 견해는 물론 특별히 새롭거나 깊이를 지닌 시론이 아니다. 시작(詩作)의 일반 상식에서 크게 벗어나지 못한 주장이기 때문이다.

일반적으로 시는 감정에 토대해서 쓰여진다고 하지만 그 감정이 직접 드러나거나 개념적으로 전달되어서는 안 된다. 바로 그 점이 시와 산문의 경계선이기도 하다. 가령 로망 야콥슨은 마티(A. Marty)의 견해를 인용해 이를 간단히 언어의 정서적(emotive) 기능과 정서환기적(emotional) 기능이라는 말로 설명한 바 있다.90) 전자는 독자들이 직접 그로부터 느끼는

---

87) 위의 글.
88) 김기림, 「의미와 주제」, 『김기림전집』, 심설당, 1988.
89) 김기림, 「감상에의 반역」, 『김기림전집』, 심설당, 1988.

감정이지만 후자는 내용으로 전달되는 감정이라는 것이다. 가령 '나는 길가의 돌멩이'라는 표현은 전자이지만 '나는 외롭다'는 후자에 속한다. 물론 이 때 전자는 감정이 이미지로서 제시된 반면 후자는 직접 내용으로 설명되어 있다. 즉 전자의 경우 독자들은 '길가에 버려진 돌멩이'의 상황을 상상하면서 스스로 어떤 감정을 느끼게 되지만 후자의 경우 독자들은 시인이 말하고자 하는 감정을 일방적으로 수용하도록 강요된다. 따라서 전자는 감정이 표면적으로 노출되어 있지 않다는 점에서 지적인 반면 후자는 감정을 일방적으로 강요한다는 점에서 감상적이다.

한편 시에서 불건강한 감정의 또 다른 극복은 지적인 요소의 도입에 의해서 가능하다. 그것은 다음과 같다.

첫째, 이미지로 표현하는 방식인데 이는 앞에서 살펴본 바이다.

둘째, 주제의식을 강조한다. 그에 의하면 감정 표현이 전부인 이전의 시들－예컨대 낭만주의나 상징주의, 표현주의, 슈르레알리즘 등－은 자연 발생적인[91] 까닭에 지적인 요소가 결여되어 있다. 특히 낭만주의자들이 신성시했던 '영감'과 같은 개념이 그러하다.[92] 가령 그가 슈르레알리즘 등 무의식에 토대하여 쓴 시들을 주제의식이 결여되고 의미전달이 불가능하다는 이유에서 강하게 비판[93]한 이유도 여기에 있다. 따라서 불건강한 감정의 극복을 위해서는 그 감정을 통어하고 질서화하는 주제의 강화가 필수적이다.

> 아름다운 감성에 담긴 아름다운 관념의 질서－그것은 아름다운 시임에 틀림없다. 우리는 반드시 모든 사상적 주제, 정치적 주제의 복귀를 거부하도록 편협해서는 아니 될 것이다.[94]

---

90) Roman Jakobson, "closing Statements: Linguistics and Poetics", *Style in Language*, Ed. Thomas A. Sebeok(N.Y: The M.I.T Press, 1966).

91) 김기림, 「시의 방법」, 『김기림전집』, 심설당, 1988.

92) 김기림, 「사상과 기술」, 『김기림전집』, 심설당, 1988.

93) 김기림, 「기교주의 비판」, 「프로이드와 현대시」, 『김기림전집』, 심설당, 1988.

이렇듯 그가 시에서 주제의식을 강조한 것은 언어란 '현실'의 단편들을 대신하는 기호임으로 그 기호들을 종합하는 데는 의미의 역할이 중요하다고 믿었기 때문이다. 즉 기호인 언어들을 종합하여 새로운 의미세계를 만드는 중심에 주제가 있다는 생각이다.

> 시인의 시야를 채우며 또 그 의식에 떠오르는 수 없는 현실의 단편을 그 자신의 목적에로 향하여 선택하여 새로운 의미세계를 만드는 것이다. 왜 그러냐 하면 언어라고 하는 것은 기호이기 때문이다. 그것은 수 없는 현실의 단편의 그 어느 것을 대표하거나 또는 그 상호간의 관계를 표시하기 때문이다.95)

셋째, 시에서 감정은 전체로서가 아니라 일부로서의 역할만을 담당해야 한다. 그에 의하면 시는 언어로 지어진 하나의 건축이기 때문이다. 건축처럼 언어를 정확하게 설계하고 구성하는 데 있어 감정의 과잉은 부담이 된다.

> 나는 일찍이 말한 바 있다. '시는 언어의 건축이다' 그렇다. 시는 어디까지든지 정확하게 계산되어 설계되고 구성되어야 한다.96)

> 내가 기회 있는 대로 지성을 고조하고 '센티멘탈리즘'을 배격하려고 하는 것은 이 순간에 있어서의 모든 모양의 육체적 비만과 동양의 성격적 결함으로부터 애써 도망하려는 까닭이다.97)
>
> 말을 단순히 주관의 주책없은 배설물이라 하는 생각은 역시 로맨티시즘의 시론이다. 말을 통제하는 일은 시작에 있어서 가장 진보적인 또 가장 근본적인 준비이다.98)

---

94) 김기림, 「의미와 주제」, 『김기림전집』, 심설당, 1988.
95) 김기림, 「시와 인식」, 『김기림전집』, 심설당, 1988.
96) 김기림, 「동양인」, 『김기림전집』, 심설당, 1988.
97) 위의 글. 기타 비슷한 견해는 여러 군데서 발견된다. 「시인의 정신의 포즈」, 객관세계에 대한 시의 관계」 등, 『김기림전집』, 심설당, 1988.

넷째, 의미 전달의 기능을 가져야 한다. 그리고 그 의미의 내용은 가능한 '사회적 관계'에서 비롯하는 것이 더욱 바람직하다. 후술되겠지만 김기림이 주지주의 시를 옹호하면서 시가 문명비판의 기능을 가져야 한다고 강조했던 것도 이와 관련이 있을 것이다.

> 다시 말하면 언어는 의미의 전달도구로서 취급될 것이다. 그 의미라는 것은 일정한 사회적 관계에서 구성되어서 실제에 있어서는 개개인의 심리적 교섭으로 나타나는 것이다.[99]

> 일찍이 우리는 시를 언어의 한 형태라 했다. 거기서 언어라고 한 것은 물론 구식 언어학자가 말하는 죽은 말의 집단이 아니고 산 말.. 다시 말하면 회화를 기초에 두고 한 말이다. 이런 의미에서 언어는 한 개의 사회적 행동이다. 역사적 사회라는 일정한 배경 아래서 바꾸어지는 사람과 사람의 교섭이다.[100]

물론 시의 언어가 의미전달에 본질을 둔다는 김기림의 견해는 여러 가지로 비판될 수 있다. 오히려 시의 언어는 전달의 언어가 아니라 존재의 언어라는 것이 오늘날 시론의 일반적 명제이기 때문이다. 이 문제는 본고의 주제에서 벗어나 있음으로 논외하기로 한다.

다섯째, 세계에 대한 객관적 태도이다. 김기림의 이와 같은 입장은 감정만으로 쓰여지는 '재래의 시'가 주관의 토로에만 급급한 나머지 객관에 대한 인식이 결여되어 있다는 생각에서 비롯한다. 그러므로 감정을 지성화하기 위해서는 객관의 수용이 필수적이라는 것이다.

> 주지적 방법은 자연발생적 시(감정만으로 된 시—인용자 주)와 명확하게 대립하는 것처럼 단순한 묘사자와도 대립한다. 시에 있어서 객관세

98) 김기림, 「말의 의미」, 『김기림전집』, 심설당, 1988.
99) 김기림, 「시와 언어」, 『김기림전집』, 심설당, 1988.
100) 위의 글.

계의 묘사를 극도로 경멸하고 주관세계의 표현만을 열심히 고조하는 표현주의자는 실상에 있어서는 한 개의 묘사자에 그쳤다.[101]

주지적 시 즉 감정을 지성화한 시는 객관세계를 묘사해 보여주는 까닭에 감정만으로 묘사하는 자연발생적인 시 즉 표현주의와의 시와 대립한다는 견해이다. 객관세계의 묘사가 감정을 지성화한다는 뜻이다. 물론 그는 객관만의 시도 옹호하지는 않았다. 바람직한 것은 주 객관이 중용을 이루는 시라는 것이다. 그러나 '재래의 시－감정만의 시'가 오로지 주관의 표출로만 되어 있다는 그의 인식에 비추어 볼 때 '주객관의 중용'이라는 것이 시에서 객관의 수용을 의미한다는 것은 두말할 필요가 없다.

시는 시인의 주관이 부단히 객관에로 작용할 때 그래서 그것이 이러한 상호작용에 의하여 선율할 때 거기 발생하는 생명의 반응이다.[102]

개념의 정당한 내포에 있어서 현실이라 함은 주관까지를 포함한 객관의 어떠한 공간적 시간적 일 점을 의미한다. 바꾸어 말하면 그것은 역사적 사회적 일초점이며 교차점이다. 현실은 시간적으로 부단히 어떠한 일 점에서 다른 일 점에로 동요하고 있다.[103]

이렇게 감정(일반적인 뜻)에 대한 절제－나아가 감정(리차즈의 뜻)의 배제와 지적 태도의 중요성을 역설한 김기림은 따라서 과거의 시를 일체 부정한다. 그것은 장르적인 개념이든 사조적인 개념이든 마찬가지이다.

3) 서정시에 대한 오해

김기림은 또한 장르적으로 서정시를 배격한다. 서정시란 한마디로

101) 김기림, 「시의 방법」, 『김기림전집』, 심설당, 1988.
102) 김기림, 「시의 인식」, 『김기림전집』, 심설당, 1988.
103) 김기림, 「시의 방법」, 『김기림전집』, 심설당, 1988.

'감정을 대상으로 한 시'에 지나지 않는데 이와 같은 시는 '감정의 표현'이라는 시론이 시단을 지배하는 동안은 시 그 자체 혹은 전체를 가리키는 말로 통용되어 왔으나 오늘의 시론에서는 더 이상 존재할 이유가 없다는 것이다. 그에 의하면 서정시가 사라지게 된 것은 20세기 초 이미지즘이 등장한 이후부터였다고 한다.

> 언어의 가장 엄밀한 해석에 의하면 서정시는 다만 주로 사람의 감정을 대상으로 한 시에 지나지 않는다. 감정을 대상으로 하지 않는 시도 있을 수 있으며 이미 있어 왔다. (중략) '시는 감정의 표현'이라는 시론이 시단을 지배하는 동안은 시=서정시라는 독단이 아무 의문없이 통용되는 편의를 가졌다. 그런데 이마지스트(사상파 寫像派)의 시대에 사멸한 것으로 생각해 왔다.[104)]

그러나 이 같은 김기림의 주장은 서정시에 대한 그의 잘못된 이해에서 비롯한 것이다. 다음과 같은 이유 때문이다. 첫째, 서정시만이 감정을 대상으로 한 시라는 생각이다. 감정의 표출을 극도로 혐오했던 김기림이 서정시를 사라져야 할 장르의 하나로 믿었던 것도 이 때문이다. 그러나 감정을 대상으로 한 시는 오직 서정시만이 아니다.

우선 김기림도 시에서 감정(상식적인 개념)을 전적으로 배제하지는 않았다. 앞장에서 살펴본 바와 같이 그는 단지 불건강한 감정, 센티멘탈한 감정을 추방하자고 했을 뿐 지적인 감정 즉 이미지로 형상화된 감정은 오히려 옹호한 바 있다. 그러므로 앞장에서 이렇듯 모든 시는 건강한 감정의 토대 위에서 쓰여져야 한다고 말했던 김기림이 태도를 돌변하여 이제 오직 서정시만이 감정으로 쓰여진다는 이유에서 배격한다는 것은 모순이다. 서정시의 '감정'이 리차즈가 정의한 어떤 독특하고도 예외적인 감정이 아님으로 더욱 그러하다. 따라서 감정만으로 쓰여지는 까닭

104) 김기림, 「시의 회화성」, 『김기림전집』, 심설당, 1988.

에 모든 시 중에서 서정시만이 유독 20세기에 들어 사멸하게 되었다는 김기림의 주장은 성립될 수 없다.

다른 하나는 그 유형이 어떤 것이든 감성적 인식과 감정에 토대하여 쓰여진 것이 시의 본질이라는 문예학의 일반이론이다.[105] 그러므로 만일 시가 감정을 추방해버리고 오직 지성과 이성만으로 쓰여져야 한다면 원칙적으로 시와 과학의 구분은 불가능해진다. 물론 시의 유형, 그 형상화의 방식에 따라 그 감정의 농도가 다를 수는 있다. 그러나 시는 본질적으로 감정에 의한 자아의 세계화인 까닭에 그것을 시라 부르는 것이다. 김기림은 감정의 표현이 전혀 없는 시의 유형으로 '철학적인 시', '풍자적 묘사적인 시'를 예로 들었지만[106] 이들 역시 감정에 토대해서 철학적 사유를 드러내고, 감정에 기반하여 대상을 묘사하니까 철학이나 과학 그 자체와 구별되는 것이다. 심지어 시가 아니라 수필이나 소설 같은 문학적 산문의 경우에서조차 그러하다. 만일 그것이 오직 지성과 이성만으로 쓰여진 것이라면 철학적 담론이나 답사 혹은 상황보고서 이상이 될 수 없을 것이기 때문이다. 따라서 김기림이 시도하고 싶었을, 그가 말하는 바 '서정시'와 서정시가 아닌 것들－예컨대 '철학적인 시'와 '풍자적 묘사적인 시'들－의 구별은 감정의 유무가 아니라 그 농도나 질 혹은 역할 등에서 이루어져야 함이 물론이다.

둘째, 서정시의 개념을 오해하고 있다는 사실이다. 그에 의하면 서정시란 서사시와 함께 시를 구성하는 한 유형이다.

> 시와 서정시라는 두 말은 구별되어서 쓰여져야 할 것이다. 우리 시단에서는 시=서정시라는 관념이 한 개의 상식이 되어 있지만 그것은 변태적 현상이다. 서정시는 서사시와 함께 시의 한 종류에 지나지 않는다.

105) Marlies K. Danziger and W. Stacy Johnson, *Literary Criticism*(Boston: D.C. Heath and Company, 1968), p.71.

106) 김기림, 「시와 현실」, 『김기림전집』, 심설당, 1988.

> 서사시(혹은 史詩)가 '로망'에 지위를 물려준 후 서정시는 시의 전 영역을 차지하여 왔다. 107)

위의 인용문에는 '시', '서정시'라는 용어에 대한 그의 무지가 단적으로 드러나 있다. 우선 그는 '시'라는 용어를 잘못 이해하고 있다. 서정시, 서사시의 상위개념(장르 류)으로서의 '시(poesis)'와 오늘날 소설 혹은 드라마와 대비되는 하위 개념(장르 종)으로서의 '시(poetry)'는 그 뜻이 전혀 다름에도 불구하고 그가 이 양자를 동일한 것으로 생각하고 있기 때문이다. 원래 전자 즉 '(poesis)'란 '만들다' 혹은 '제작한다'의 뜻을 지닌 말로 넓게는 '예술', 좁게는 '문학'을 지칭하는 용어이다. 그리하여 고대 그리스인들은 '시' 즉 문학의 장르를 '서정시'와 '서사시' 그리고 '극시'로 나누었던 것이다. 이는 곧 '문학'의 장르에 '서정적인 것(문학)'과 '서사적인 것(문학)'과 '극적인 것(문학)'이 있다는 뜻이다. 문예학에서는 이를 '고대 장르(ancient genre)'라고 부른다. 김기림의 경우도 마찬가지이겠으나 한국의 논자들 사이에서도 이 양자를 구분하지 못하는 경우가 빈번한 것은 서양과 달리 한국에서는 이 모두를 동음이의어인 '시'로 번역한 데서 연유한다.

그런데 이와 같은 고대 장르는 유럽에서 수천 년을 경과하는 동안 여러 가지 변화를 겪으면서 대체로 15−17세기에 걸쳐 고대의 '서정시'는 오늘의 '시(poetry)'로, 서사시는 '소설(novel)'로, 극시는 '드라마(drama)'로 정착되었다.[108] 그리하여 그 체계를 도식화하면 다음과 같다.[109]

---

107) 김기림, 「시의 회화성」, 『김기림전집』, 심설당, 1988.

108) 앞의 주에서 김기림 자신도 언급했던 것처럼 예컨대 고대의 서사시가 중세의 해체 과정을 거쳐 13~15세기에 등장한 '로망'의 영향을 받아 오늘의 소설이 된다. 오세영, 「서사시, 로망스 그리고 소설」, 『문학과 그 이해』, 국학자료원, 2003.

109) 오세영, 「시의 분류」, 『문학과 그 이해』, 국학자료원, 2003.

	고대 장르		현대 장르
시=문학poesis	서정시 lyric	⟶	시 poetry
	서사시	⟶	소설
	극시	⟶	드라마

따라서 오늘의 시 즉 'poetry'는 간단히 고대 '서정시', 오늘의 소설 즉 'novel'은 고대 서사시의 현대적 변용이다. 헤겔이 그의 미학에서 '소설'을 '현대 서사시(modern epic)'라고 규정했던 이유도 여기에 있다. 필자는 다음 논의의 필요상 이 고대의 서정시를 일단 서정시 (A)라고 해 둔다. 이렇게 보면 오늘의 모든 시는 '서정시(A)'의 변용임으로 기본적으로 서정 즉 감정에 토대하지 않는 시란 있을 수 없는 것이다.

한편 김기림은 '서정시(lyric)'에 대해서도 오해를 하고 있다. 왜냐하면 이 용어에도 다시 두 가지의 뜻이 있기 때문이다. 그 하나는 앞에서 언급한 '서정시(A)', 곧 고대 장르에서 '서사시'와 함께 문학의 한 종류를 구성하여 오늘날 '시'로 변용된 유형이며 다른 하나는 오늘의 시의 하위 장르로서의 '서정시(B)'이다. 이 '서정시(B)'는 '서정시(A)'의 변용인 오늘의 '시'의 하위 장르임으로 이 양자 사이에도 또한 상위개념(장르 유)과 하위개념(장르 종)의 관계가 성립된다.

가령 오늘날 문학의 장르로는 시, 소설, 드라마가 있지만 이들 각각은 또한 당연히 하위장르를 거느린다. 소설의 경우 교양소설, 역사소설, 사회소설, 정치소설, 연애 소설, 흙의 소설, 심리소설, SF소설 등이고 드라마의 경우, 비극, 희극, 멜로드라마, 소극, 희비극 따위 등이다. 따라서 시의 경우에도 우리는 찬가(hymn), 송가(ode), 비가(elegy), 축가(epithalamium), 애가(threnody), 장송가(dirge), 발라드(ballad), 서정((B)lyric), 경구시(epigram) 철학시(philosophical poem), 서경시(descriptive nature poem),극적 독백시(dramaticmonologue)[110]

로 나누는 것이 관례이다. 즉 'lyric(서정시)'이란 한편으로 고대 그리스의 문학장르에서 서사시와 등가를 이루는 상위 장르의 명칭(서정시(A))이며 다른 한편으로는 오늘날 시의 하위 장르의 하나를 일컫는 명칭(서정시(B))이다. '서정시'라는 용어를 사용함에 있어서 주의를 요하는 이유가 여기에 있다.

오늘의 문학	시	찬가, 송가, 비가, 축가, 애가
	※서정시(B), 장송가 발라드, 경구시 철학시, 서경시, 극적 독백시	
	소설	교양소설, 역사소설, 사회소설, 정치소설, 연애 소설, 흙의 소설, 심리소설, S.F소설
	드라마	비극, 희극, 멜로드라마, 소극, 희비극

오늘날 시의 하위 양식으로서의 '서정시(B)'는 특정하게 주워진 어떤 운문 형식이나 주제의식 없이 사적이든 공적이든 시인의 감정을

짧게 함축적으로 표현한 시를 의미한다.111) 그런데 근대에 들어 시는 이 '서정시(B)'만을 쓰는 것이 일반화되어 이 서정시(B)는 장르상으로 볼 때 오늘의 시를 대표하는 시의 하위 양식이 되어 버렸다. '서정시(B)'가 하위 장르임에도 불구하고 마치 상위장르인 '시'와 거의 같은 뜻으로 통용되거나 혼동되는 이유가 여기에 있다.

따라서 김기림이 오늘의 시의 하위 장르에 서정시와 서사시가 있는

110) 이 중에서 hymn, ode는 고대 그리스의 서정시에도 있었던 것으로 오늘날에는 거의 쓰여지지 않는 것들이며, elegy, epithalamium, threnody, dirge, ballad, lyric등은 고대 그리스 시대부터 지금까지 쓰여지고 있는 것들이며, epigram, philosophical poem, descriptive nature poem, dramatic monologue는 근대에 들어 새롭게 생겨난 것들이다. Marlies K. Danziger and W. Stacy Johnson, Literary Criticism(Boston: D.C. Heath and Company, 1968), pp.67-71.

111) Ibid, p.71.

것으로 오해하여(이것은 명백히 고대 그리스적인 개념의 시와 오늘의 시를 혼동하는 데서 비롯하는 것이다) 상위 개념으로서의 고대 그리스의 서정시(A)와 오늘날 시의 하위 개념으로서 좁은 의미의 서정시(B)를 혼동한 것은 장르의 인식의 무지 때문이라고 말할 수 있다(이 또한 명백히 현대시의 하위 장르에 대한 이해의 부족에서 비롯하는 것이다).

4) 모더니즘에 대한 오해

감정을 토대로 쓰여진 까닭에 종래의 모든 시들을 거부해야 한다고 주장했던 김기림에게 있어 지금까지의 제 문학사조나 경향들이 비판의 대상이 되는 것은 지극히 당연한 일이다. 그리하여 그는 첫째, 낭만주의나 세기말 사조를 거부한다. 물론 그는 낭만주의에서도 다소 취할 점이 있다는 사실을 부인하지는 않았다. 예컨대 낭만주의가 지닌 혁명성 달리 말해 현실 부정의식과 같은 것들이다. 그러나 그 조차 지향하는 바가 건강한 미래 세계가 아니라 잃어버린 중세의 탈환에 있음으로 궁극적으로는 무가치하다는 것이 그의 생각이었다.[112] 그에 의하면 낭만주의란 '감정'에 몰입한[113] 문학사조로서 센티멘탈리즘과 다를 바 없다.

> 로맨티시즘은 센티멘탈리즘에서 그렇게 먼 거리에 있지 않다. 허버트 리드는 그의 「근대시의 형식」 속에서 교묘하게도 센티멘탈 로맨티시즘

112) 김기림, 「모더니즘의 역사적 위치」, 『김기림전집』, 심설당, 1988.

113) 김기림, 「시의 모더니티」, 『김기림전집』, 심설당, 1988. "로맨티시즘의 시는 감정을 추구하였다. 상징주의는 기분과 정서를 애무한다. 그러나 감정은 시의 본질이 아니다.", 김기림, 「기교주의 비판」, 『김기림전집』(심설당, 1988). "지극히 평범하고 우연하고 잠정적인 시적 사고나 감정으로써 시의 전부라고 생각하여 그것들을 주책 없이 나열하고 배설함으로써 시가 되었다고 안심한다. 감상과 시를 혼동하기조차 한다. 그것을 한층 선동하는 것은 구식 로맨태시즘의 시론이다. 그것은 때때로 내용주의라는 새로운 복장을 바꾸어 입으나 역시 자연의 존중이라는 소박한 사상에서 출발하는 것은 마찬가지이다."

이라는 말을 썼다.[114)]

> 음울, 패배감, 은둔, 탐닉... 그러한 세기말적인 아무것도 그것(현대시 —인용자 주)은 거절할 것이다.[115)]

그런데 그는 시에 있어서 감정 몰입이나 센티멘탈리즘은 '시인의 주관적 감상과 자연의 풍물만을 노래하고 오늘의 문명과 형태와 성격에 대해서는 무관심하며'[116)] "예술적 형상화에도 방해가 되는"[117)] 까닭에 센티멘탈리즘을 본질로 한 로맨티시즘은 문학사에서 20년대 중반기쯤 벌써 끝났어야 할 문예사조라고 말한다.[118)]

둘째, 상징주의 역시 낭만주의의 적자이고 감상과 분위기만을 표현한다는 의미에서 일체 거부되어야 할 문학사조이다.

> 로맨티시즘의 시는 감정을 추구하였다. 상징주의는 기분과 정서를 애무한다. 그러나 감정은 시의 본질이 아니다.[119)]

> 거기에는 로맨틱이나 심볼리즘의 잔재를 반추하는 무기력한 타성작용이 폭로되어 있는 것을 본다. … 차라리 박물관을 연상시킨다.[120)]

셋째, 표현주의를 거부한다. 표현주의는 객관성을 배제하고 주관을 있는 그대로 표출하는데서 쓰여진 일종의 '자연발생 시' 즉 자연발생적

---

114) 김기림, 「감상에의 반역」, 『김기림전집』, 심설당, 1988.
115) 위의 글.
116) 김기림, 「모더니즘의 역사적 위치」, 『김기림전집』, 심설당, 1988.
117) 김기림, 「1933년 시단의 회고」, 『김기림전집』, 심설당, 1988.
118) "사람의 희노애락이라는 가장 원시적 감정을 대상으로 하던 시의 시대는 훨씬 옛날에 물론 지나갔다. 아마도 독일의 폭풍노도의 시대가 그 최고조였을 것이다.", 김기림, 「시학의 방법」, 『김기림전집』, 심설당, 1988.
119) 김기림, 「시의 모더니티」, 『김기림전집』, 심설당, 1988.
120) 김기림, 「1933년 시단의 회고」, 『김기림전집』, 심설당, 1988.

주관 묘사시임으로 언어의 의식적인 건축으로 쓰여지는 현대시에서 마땅히 배격되어야 한다는 이유 때문이다.

> 시에 있어서 객관세계의 묘사를 극도로 경멸하고 주관세계의 표현만을 열심히 고조하는 표현주의자는 실상에 있어서는 한 개의 묘사자에 그쳤다. … 시인은 단순한 표현자, 묘사자에 그치지 않고 한 창조자가 아니면 아니된다.[121]

넷째, 경향문학을 거부한다. 일찍이 김기림은 모더니즘은 옹호하는 반면 편내용주의(형식이나 기교를 무시하고 내용 전달을 목적 삼는 문학－인용자 주)는 강하게 부정한 바 있는데[122] 편내용주의는 곧 경향문학의 이칭이기 때문이다.[123] 그에 의하면 편내용주의는 '지극히 평범하고 우연하고 잠정적인 시적 사고나 감정을 시의 전부라고 생각하여 그것을 주책 없이 나열하고 배설하는 낭만주의가 새로운 복장을 바꾸어 입은 것'에 지나지 않는다.[124]

다섯째, 한 번도 '아방가르드'라는 용어를 쓴 바 없으나 김기림은 입체파, 슈르레알리즘이나 다다이즘과 같은 아방가르드 시들을 배격한다. 그들의 시는 현실을 외면하고 의미 혹은 주제의식을 배제하며 지나치게 주관에 탐닉함으로써 보편성을 상실하였기[125] 때문이라는 것이다. 그것은 그가 그렇게 혐오한 바 있는 센티멘탈리즘의 한 변형에 지나지 않는다.

---

121) 김기림, 「시의 방법」, 『김기림전집』, 심설당, 1988.
122) 김기림, 「모더니즘의 역사적 위치」, 『김기림전집』, 심설당, 1988.
123) "1930년 직전의 경향시는 암만해도 내용편중에 빠졌던 것 같고." 김기림, 「시와 현실」, 『김기림전집』, 심설당, 1988.
124) 김기림, 「기교주의 비판」, 『김기림전집』, 심설당, 1988.
125) 김기림, 「프로이드와 현대시」, 『김기림전집』, 심설당, 1988.

> 다다와 같은 것은 파괴적 정신 이외의 또 이상의 아무것도 아니었다. 초현실주의는 이 파괴의 면을 그 속에서 많이 상속해 받은 것도 사실이었다. .. 시를 여러 부면에 해체하였으며 필경에는 시의 일면화(一面化)의 현상을 결과한 것이 아닌가 한다. 근대시의 순수화 과정은 시의 상실의 과정인 느낌이었다.[126]

> 시에 있어서 입체파는 회화상의 입체파처럼 시의 의미에 있어서까지 그렇게 분명한 미학을 수립할 수는 없었고 차라리 외형에 대한 변혁에 그쳤다. … 초현실파는 일찍이 시에 있어서 주제의 포기를 선언하였다. … 조화와 충실한 인간성을 잃어버린 공소한 현대 문명 자체의 병적 징후이다.[127]

> 현실을 인정하지 않고 꿈의 상태만을 인정한 초현실주의도 역시 센티멘탈리즘이었다.[128]

> 원래 보드레르를 원조로 하고 근년의 초현실파에 이르기까지 불란서를 중심으로 한 근대시의 특징은 그것이 일관해서 현실을 추악한 것으로 인정하고 그것을 초월한 곳에 아름다운 시의 세계를 상정하려는 데 있었다.[129]

이렇게 지금까지의 모든 문예사조와 문학적 경향을 배격한 김기림에게 마지막 남는 것은 결국 모더니즘일 수밖에 없다. 그리하여 다소의 결함이 있음을 지적하면서도 그는 모더니즘이 현대의 가장 적절한 문예사조임을 선언한다.[130] 모더니즘이야말로 그가 거부한 센티멘탈리즘이나 편내용주의 그리고 극단의 주관주의나 탈현실주의를 극복한 오늘의 문예사조라는 것이다.

---

126) 김기림, 「기교주의 비판」, 『김기림전집』, 심설당, 1988.
127) 김기림, 「기교주의 비판」, 『김기림전집』, 심설당, 1988.
128) 위의 글.
129) 김기림, 「시와 현실」, 『김기림전집』, 심설당, 1988.
130) 김기림, 「모더니즘의 역사적 위치」, 『김기림전집』, 심설당, 1988.

모더니즘은 두 개의 부정을 준비했다. 하나는 로맨티시즘과 세기말 문학의 말류인 센티멘탈리즘을 위해서이고 다른 하나는 당시의 편내용주의의 경향을 위해서였다. (중략) 조선에서는 모더니스트들에 이르러서 비로소 '20세기의 문학'은 의식적으로 추구되었다고 나는 본다.[131]

말의 음으로서의 가치 시각적 영상 의미의 가치 또 이 여러 가지 가치의 상호작용에 의한 전체적 효과를 의식하고 일종의 건축학적 설계 아래서 시를 썼다. 시에 있어서 말은 단순한 수단 이상의 것이었다. 모더니즘은 이러하여 전대의 운문을 주로 한 작시법에 대항해서 그 자신의 어법을 지어냈다.[132]

인용된 진술은 모더니즘에 대한 그의 일방적 편향성이 잘 드러나 있지만 그의 주장에는 물론 사리에 맞지 않는 내용도 적지 않다. 그 하나가 모더니즘의 범주에서 보여주는 그의 혼란된 인식이다. 예컨대 그는 어떤 글에서는 슈르레알리즘이나 다다이즘 혹은 표현주의를 모더니즘의 범주에서 제외시키고, 또 다른 글에서는 이들을 포함시켰다. 어떤 때는 이미지스트(그의 용어로 寫像派), 입체파, 초현실파, 미래파를 하나로 묶어 모두 모더니즘이라 하기도 하고[133] 또 어떤 때는 이중에서 오직 '이미지스트'만이 모더니즘이라고도 했다. 가령 김기림은 「모더니즘의 역사적 위치」라는 글에서 20세기 모더니즘에는 이미지스트, 입체파, 초현실파, 미래파 등이 있다하여 모더니즘에 이미지스트 외에도 입체파, 초현실파, 미래파 등이 모두 포괄될 수 있음을 간접적으로 언명한 바 있다. 특히 누가 보아도 아방가르드에 가까운(최소한 영미의 주지주의나 이미지스트는 아닌) 이상(李箱)을 가리켜 '최후의 모더니스트'[134]이라고 호칭했거나 '초현실파 모더니스트'라는 용어를 자주 구사하는 것[135]도 같

131) 위의 글.
132) 김기림, 「30년대 도미掉尾의 시단 동태」, 『김기림전집』, 심설당, 1988.
133) 김기림, 「모더니즘의 역사적 위치」, 『김기림전집』, 심설당, 1988.
134) 위의 글.

은 맥락이다. 그런가 하면 그는 '모더니즘'을 미래파, 입체파, 다다, 초현실파 등과 등가를 이루는 개념으로 열거하여 그것이 미래파나 입체파, 다다, 초현실파와 구분된다는 입장을 은연 중 다음과 같이 내비치기도 했다.

> 일찍이 미래파, 입체파, 다다, 초현실파, 모더니즘에 대한 보수당의 모든 비난은 실질에 있어서 전통적 미학이 이들 신정신(新精神)을 재기에는 너무 작았거나 그렇지 않으면 신정신이 엄청나게 옛날의 미학보다 컸거나 두 가지 중의 하나임을 스스로 증명하고야 말았다.[136]

위의 인용문에서 만일 미래파, 입체파, 다다, 초현실파 등이 모더니즘에 포괄되는 개념이라고 생각했다면 간단히 '모더니즘'이라는 용어 하나만을 사용했어야 옳았다. 그럼에도 불구하고 그가 이 모두를 일일이 열거하면서 여기에 굳이 '모더니즘'이라는 용어 하나를 더 첨가시킨 의도는 모더니즘을 미래파나 입체파, 다다, 초현실파 등과 등가를 이루는 별도의 개념으로 인식했기 때문이었다고 말할 수 있을 것이다. 그것은 '부르통 등의 초현실주의'라든지 'T.S 엘리어트 등의 모더니즘'이라는 언급[137]에서도 분명히 드러난다.

이렇듯 김기림은 모더니즘의 범주나 개념에 대해서 명확한 인식을 결여하고 있다. 그런 까닭에 그의 글 도처에서 남발된 '현대시', '오늘의 시', '모더니즘의 시'들이라는 용어 역시 그 뜻이 분명하게 한정되어 있지 않아 혹은 같은 뜻으로 쓰이기도 하고, 혹은 다른 뜻으로 쓰이기도 하는 혼란을 보여준다. 그러나 주지하다시피 '모더니즘'과 '아방가르드'는 분명히 다른 문예사조이다. 모더니즘이란 20세기 초 흄(T.E Hulme)의 철학과 세계관에 토대해서 이루어진 영, 미의 이미지스트와 네오클래씩

135) 김기림, 「객관세계에 대한 시의 관계」, 『김기림전집』, 심설당, 1988.
136) 김기림, 「시의 난해성」, 『김기림전집』, 심설당, 1988.
137) 김기림, 「객관세계에 대한 시의 관계」, 『김기림전집』, 심설당, 1988.

(주지주의)를 일컫는 용어이고 아방가르드란 후기 상징주의 특히 보들레르의 정신사에 뿌리를 둔 20세기의 구라파 대륙의 제 실험사조—예컨대 입체파, 다다, 슈르레알리즘, 미래파, 표현주의를 포괄한 명칭이기 때문이다. 이만이 아니다. 전자는 고전주의 세계관을 지향하는데 반해 후자는 낭만주의 세계관을 지향함으로써 이 양자가 상반하는 문예사조라는 점도 우리가 주목해야 될 부분이다.[138)]

그런 까닭에 영미를 제외한 구라파 대륙에서는 일찍이 '모더니즘'이라는 용어가 있을 수 없었다. 서로 다른 문학사조를 같은 용어로 부를 수는 없기 때문이다. 이는 '모더니즘'이라는 용어를 만들어낸 영, 미에서도 마찬가지이다. 다만 이들 운동이 이미 사라진 2차세계대전 이후 미국의 문화론자들이 문화적 패권주의를 지향하면서 자신들이 만들어낸 이 '모더니즘'이라는 용어로 자신들의 이미지즘과 네오클래씩 외에 구라파 아방가르드까지를 포함하여 통용시킨 결과 오늘날과 같은 혼란이 야기되었을 뿐이다. 따라서 오늘날 미국인들이 사용하는 이 혼란스러운 용어 즉 구라파 아방가드르와 자신들의 문학사조인 이미지즘과 네오클래씩을 싸잡아 부르는 이 포괄적인 용어로서 '모더니즘'이란 쉽게 말해 모던한 시대(현대)의 모든 사조들을 가리키는 보통 명사적 의미 이상을 벗어날 수 없다. 분명 그것은 엄밀한 학적 용어로서는 잘못된 용어이다.

이와 곁들여 설명되어야 할 것은 오늘날 미국에서 논의되고 있는 소위 '포스트 모더니즘'인데 이는 분명 모더니즘(원래 뜻대로 영미의 이미지즘이나 네오클래씩)과는 무관한 문예사조로 구라파의 아방가르드가 이차대전 후에 미국화된 것을 미국인들이 지칭한 용어이다. 그러므로 '포스트脫(post)'라는 접두사가 '모더니즘' 앞에 붙을 수 있는 것이다. 모더니즘은 고전주의적 세계관을 지닌데 반해 아방가르드는 낭만주의적 세계

138) 이 문제에 대한 논의는 오세영, 「모더니즘, 아방가르드, 포스트 모더니즘」, 『문학과 그 이해』, 국학자료원, 2003 참조.

관을 지닌 까닭에 아방가르드의 후손인 포스트모더니즘이 낭만주의적 세계관을 지니고 있음 또한 당연하다.[139]

어떻든 모더니즘과 아방가르드의 이 같은 관계를 확실히 알고 있지 못했던 김기림으로서는 다음과 같이 모순된 진술을 할 수 밖에 없었다.

> 그래서 모더니즘이 전통적 센티멘탈리즘에 향해서 공격한 것은 내용의 진부와 형식의 고루였고 편내용주의에 대한 불만은 그 내용의 관념성과 말의 가치에 대한 소홀이라는 점이었다.[140]

다른 글에서 그는 슈르레알리즘을 모더니즘에 포함시켜 논의한 바 있고 슈르레알리즘을 변형된 센티멘탈리즘이라고 규정한[141] 바도 있음으로 이는 그 스스로 모더니즘에 대한 무지를 드러낸 것이라 할 수 있다.

5) 새로운 시

(1) 네오클래씩－주지주의 시에의 경도

이렇듯 혼란된 진술을 피력했음에도 불구하고 김기림이 내심 의도하고 있었던 '모더니즘'이란 영미의 이미지즘과 네오클래씩－주지주의였음에 틀림없다. 그 이유는 과거의 일체 문예사조를 배격했던 김기림이 유독 이미지즘이나 네오클래씩만큼은 적극적으로 두둔하고 나섰다는 사실 때문이다.

> 그런데 감정을 대상으로 한 시는 이미 이마지스트(사상파)의 시대에 사멸한 것이라고 생각하였다. … 이미지(影像)의 창조를 목적으로 하였

139) 위의 글

140) 김기림, 「모더니즘의 역사적 위치」, 『김기림전집』, 심설당, 1988.

141) "현실을 인정하지 않고 꿈의 상태만을 인정한 초현실주의도 역시 센티멘탈리즘이었다.", 김기림, 「감상에의 반역」, 『김기림전집』, 심설당, 1988.

음으로 감각을 새로운 가치에 있어서 발견하였다.[142]

> 20세기 시의 가장 혁명적인 변천은 실로 그것이 음악과 작별한 때부터 시작된 것 같다.(회화성의 추구이다—인용자 주)[143]

감정의 표현을 병적으로 혐오하고 그 대신 이미지에 의한 형상화를 절대적으로 강조한 것에 비추어[144] 위의 인용문은 그가 지향하는 이미지즘의 가치를 높이 평가한 진술이라고 생각된다. 이미지즘은 회화성의 추구를 최고의 덕목으로 삼는 문예사조이기 때문이다.

> ①. 무기적인 기하학적 예술을 고조한 T.E 흄의 이론은 안으로 들어가보면 사실은 동요 속에서 안정을 찾는 열렬한 현대 그것의 소리였다. 화화적인 사상파는 그리하여 흄의 이론의 온상에서 눈뜰 수 있었던 것이다. 음악적인 것 그것은 비유적으로 사라져가는 것, 불안한 것, 동요하는 것이다. 회화적인 것 그것은 영속하는 것 고정하는 것이다.[145]

> ② 우리들의 시는 영탄이나 감흥이나 에스프리의 발화나 이미지의 화려에 만족할 수 없고 그 이상으로 사람의 사고와 조직에 관련하며 또한 문명의 인식과 비판에 관련되어야 할 것이다.[146]

①과 ②를 연결시켜 이해할 때 우리는 김기림이 현대의 가장 바람직한 문학사조로서 이미지즘이나 네오클래씩을 들고 있다는 사실을 알 수 있다. 그의 논리에 따를 때 현대시의 가장 중요한 임무는 '문명인식'과 그 비판에 있는데 이미지즘이야 말로 '현대의 동요 속에서 안정을 희구하는' 문명사의식이 그대로 반영된 문학사조라 할 수 있기 때문이다.

---

142) 김기림, 「시의 회화성」, 『김기림전집』, 심설당, 1988.
143) 위의 글.
144) 제3장 제2절 「시와 감정」 참조.
145) 김기림, 「30년대 도미의 시단 동태」, 『김기림전집』, 심설당, 1988.
146) 김기림, 「객관세계에 대한 시의 관계」, 『김기림전집』, 심설당, 1988.

다음과 같은 진술 역시 이미지즘과 네오클래씩에 대한 그의 편향성을 보여준다. 김기림에 의하면 이미지즘을 제외한 그 외의 다른 모더니즘들—입체파, 다다이즘, 초현실주의 등은 모두 문명의 병적 징후를 그대로 반영하거나, 현실을 외면하거나, 주관에 침몰한 문학 사조들이다.147)

> 모더니즘은 우선 오늘의 문명 속에서 나서 신선한 감각으로써 문명이 던지는 인상을 붙잡았다. 그것은 현대의 문명을 도피하려고 하는 모든 태도와 달리 문명 그것 속에서 자라난 문명의 아들이었다.148)

여기서 우리는 그가 막연히 '모더니즘'이라는 이름으로 옹호했던 문학사조가 내심으로는 초현실주의나 다다이즘, 입체파나 미래파, 초현실주의 등과 같은 아방가르드가 아니라 이미지즘이나 네오클래씩임을 알 수 있다.

그러나 현대의 문예사조 중에서 원칙적으로 영미의 이미지즘과 네오클래씩을 옹호하였음에도 불구하고 김기림은 이들 사조의 미흡함을 지적하는 것도 잊지 않았다. 그것은 다음과 같다.

첫째, 현실에 적극적으로 뛰어드는 자세가 결여되어 있다는 점이다.

> 기교파를 다시 정밀하게 분류한다면 그 중에서 언어에 대한 고전주의적 신념을 시론으로 한 일파와 일군의 첨예한 형이상학파와 수에 있어서 그 보다 더 많은 사상파로 구분할 수 있다. 그러나 그들은 모두 현실에 대하여 도망하려는 자세를 가지는 점에서 일치한다.149)

둘째, 아직도 감정의 표현 즉 서정시의 잔재를 전적으로 청산하지 못하였다.

---

147) 제 3장 제 4절「모더니즘의 오해」참조.
148) 김기림,「모더니즘의 역사적 위치」,『김기림전집』, 심설당, 1988.
149) 김기림,「시와 현실」,『김기림전집』, 심설당, 1988.

이마지스트는 영상의 감각을 통하여 역시 감정의 세계를 상징하려고 하였던 까닭에 그것도 서정시의 범주를 아직 완전히 벗어나지 못했다.150)

셋째, 객관적 태도를 확립하지 못하였다. 이에 관하여 김기림은 세계 문학사를 크게 ① 표현주의 시대, ② 인상주의 시대, ③ 과도 시대, ④ 객관주의 시대 등 네 단계의 발전과정으로 보고 ①에 로맨틱, 상징파, 표현주의가, ②에 사상파가, ③에 초현실파 모더니스트가 있고, ④는 아직 도래하지 않았다하여 그의 기대에도 불구하고 사상파(이미지즘)가 아직도 문학에서 객관주의를 온전히 실현하지 못한 사실을 지적하고 있다.151)

넷째, 적극적인 문명 비판 혹은 투쟁의식이 결여되어 있다는 점이다. 이에 관해 김기림은 시인의 세계에 대한 태도를 ① 내 자신을 노려봄, ② 나에게 반영된 세계를 바라봄, ③ 나를 통하여 세계를 바라봄 등 세 가지로 나누어 이미지스트라 하더라도 바람직한 ③의 유형까지는 나아가지 못함을 아쉬워하고 있다. 즉 ②의 유형에 머무르고 말았다는 것이다.

오늘의 시인에게 요망되는 포즈는 실로 그가 문명에 직면하는 것이다... 예를 들면 일찍이 엘리엇은 빅토리안의 꿈나라와 죠지안의 전원과 이마지스트의 미학의 동산에서 시를 현대 문명의 황무지 속에 끌어내오기까지는 좋았으나 그는 드디어 방대한 현실에 압도되어서 겨우 슬프고도 충실한 카메라와 같이 향수할 뿐이었다. 나아가서 그는 굳센 비판까지는 가지지 못하였다.152)

이와 같은 김기림의 주장은 이미지즘과 아울러 네오클래씩(엘리어트의 문학)이 그가 의도했던 문명비판의 수준과는 아직 거리가 멀다는 것을

150) 김기림, 「시의 회화성」, 『김기림전집』, 심설당, 1988.
151) 김기림, 「객관세계에 대한 시의 관계」, 『김기림전집』, 심설당, 1988.
152) 김기림, 「시인의 정신의 포즈」, 『김기림전집』, 심설당, 1988.

언급한 것이라고 생각된다.

그러나 이미지즘이나 네오클래씩에 대한 이상의 비판은 그의 오해에서 비롯된 것도 적지 않다. 가령 이미지즘이 "영상의 감각을 통하여 감정의 세계를 상징하였던 까닭에 아직 서정시의 잔재를 지니고 있다"는 것과 같은 주장 등이다. 이미지즘은 '주관의 감정을 감각화하는' 것이 아니라 '사물들 사이의 관계에서 생성되는 정서적 등가물'(바로 이점이 엘리어트가 말하는 '객관적 상관물'의 이론과 연결되는 부분이다.)을 표상하고 또한 그러한 사물들의 관계성 속에서 '돌연한 자유의 지각'을 인식하고자 하는 태도에서 쓰여지기 때문이다.[153] 그런 까닭에 이미지즘은 인상주의와 불가분의 관계에 있지만 적어도 그 태도에 있어서만큼은 객관성을 유지하고 있는 것이 분명하다. 즉 김기림이 이해했던 것과는 달리 이미지즘은 나름대로 감정의 잔재를 청산하고 있으며 또한 객관적 태도를 확립한 문예사조인 것이다.

이미지즘과 네오클래씩에 대한 김기림의 이와 같은 인식은 다음과 같이 소위 '새로운 시'의 개념으로 제시된다.

	과거의 시	새로운 시
1	독단적	비판적
2	형이상학적	즉물적
3	국부적	전체적
4	순간적	경과적
5	감정의 편중	정의와 지성의 종합

153) 오세영, 『20세기 한국시 연구』, 새문사, 1989, 145쪽.

6	유심적	유물적
7	상상적	구성적
8	상상적	구성적
9	자기중심적	객관적[154)

그러나 김기림의 이 '새로운 시'가 실제에 있어－앞에서 지적한 바－이미지즘과 네오클래씩의 시와 다름없다는 것은 다음과 같은 졸저의 한 부분을 인용하는 것으로 충분한 설명이 될 것이다.[155)]

①에서 '새로운 시'의 특징을 '비판적'이라고 한 것은 엘리어트가 에즈라 파운드의 시(이미지즘 시－필자 주)는 창조적이라기보다는 비판적 운문critical verse라고 평한 것과 같다. ②의 '형이상학적'이라는 말은 다소의 오해가 개재될 수 있겠으나(가령 렌슴 J.C. Ransom의 현대시는 물질시physical poem도 관념시platonic peom도 아닌 영국의 형이상학파 시에 전통을 둔 형이상학적 시이어야 한다는 견해 따위) 글의 문맥상으로 볼 때 상식적인 의미 그대로 관념적 혹은 추상적 세계를 지칭한 것 이상의 의미는 아니라고 생각되며 따라서 여기에 대조된 '즉물적卽物的'인 시란 이미지즘에서 말하는 바 '회화나 조각의 즉시성과 같이 즉각적으로 진술되어 나오는 시'를 가리키는 언급이라고 해석된다. ③의 '전체적'이란 이미지즘이 중요시하는 '총체적 효과'를 ④의 '정의와 지성의 종합'이란 에즈라 파운드의 유명한 이미지의 정의 '한 순간에 있어서 지적 정서적 복합체'라는 말과 일치되고 있다. ⑤의 '유물적唯物的'이라는 말은 이미지즘 시가 '사물 그 자체를 직접 표현하는'데서 direct treatment of th thing 쓰여진다는 것과 같은 뜻이다. 자크 Natan Zach는 이미지즘의 이러한 특징을 독일의 사물시Dinggedicht와 유사한 것으로 보았다. ⑥의 '구성적構成的'이란 말은 이미지즘의 특질로 지적되는 다음과 같은 진술들

154) 김기림, 「모더니즘의 역사적 위치」, 『김기림전집』, 심설당, 1988.
155) 오세영, 『20세기 한국시 연구』, 새문사, 1989, 143-144쪽.

> 예컨대 '논리적 발전이 지배하는 연쇄의 건축학' 또는 '이미지들 사이에서의 정확한 관계 건축', '이미지들의 집중concentration' 등과 같은 뜻이라고 이해된다. 마지막으로 ⑦의 '객관성' 역시 이미지스트들이 보편적으로 강조하는 시의 특성이다. 따라서 앞의 도식은 ⑤의 '경과적'이라는 말을 제외할 때 모두 이미지즘 시의 특징들에 관해서 언급했음을 알 수 있다. 다만 '경과적'이란 특징만큼은 이미지즘과 무관한 것으로 생각된다. 이미지즘은 인상주의의 순간성에 토대하고 있기 때문이다.

이렇게 김기림은 이미지즘과 네오클래씩의 시를 '새로운 시'의 개념으로 제시하면서 이와 덧붙여 다음과 같은 특성을 부가시키는 것을 잊지 않는다.

첫째, 지성이 강조되는 문학이어야 한다. 이는 주지주의의 기본 입장임으로 이미지즘과 주지주의를 옹호하는 김기림으로서는 당연한 태도일 것이다. 그에 의하면 시는 자연발생적인 감정을 토로하는 것이 아니라 고도한 의식 속에서 지적인 제작과정을 통해 완성된다.

> 시인은 시를 제작하는 것을 의식하지 않으면 아니된다. 시인은 한 개의 목적=가치 창조로 향하여 활동하는 것이다. 그래서 의식적으로 의도된 가치가 시로서 나타나야 할 것이다. 이것은 소박한 표현주의적 방법에 대립하는 전연 별개의 시작상의 방법이다. 사람들은 흔히 그것을 주지적 태도라고 불러왔다.[156)]

> 사실에 있어 오늘의 시인을 어저께 이전의 시인에서 구별하는 것은 이 지성의 유무이다. 지성은 두 방면으로부터 생각할 수가 있다. 하나는 수단(방법)으로서의 지성, 다른 하나는 목적으로서의 지성. 오늘의 비평적 정신이 기구하고 원하는 것은 바로 수단으로서의 지성이다.[157)]

---

156) 김기림, 「시의 방법」, 『김기림전집』, 심설당, 1988.
157) 김기림, 「질서와 시간성」, 『김기림전집』, 심설당, 1988.

그리하여 김기림은 그 '수단으로서의 지성'을 시작상(詩作上)에 있어서 의식적, 계획적 지적인 태도라 하였다.[158]

둘째, 세계에 대하여 순수한 주관주의를 극복하여 객관주의와 조화를 이룩한 시이어야 한다.

주관의 불결한 호흡이 그대로 주책 없이 껴 얹혀 있었다. … 그러나 조만간 우리 시단에서도 이 새로운 폿말을 너머서 또 다른 단계로 향하려는 의욕이 동할 것이다. 그것은 틀림없이 객관주의적 시에의 방향이어야 할 것이다.[159]

그렇다면 그가 뜻하는 '객관주의'란 무엇일까.

객관주의는 사물에 의하여 주관을 노래하거나 또는 사물의 인상을 표현하는 것이 아니고 다시 말하면 시가 주관의 방편이 아니고 시가 사물을 재구성하여 시로서 독자의 객관성을 구비하는 그러한 새로운 가치의 세계를 의미한다.[160]

즉 주관의 단순한 토로가 아니라 사물을 재구성하는 의식 그러니까 실제에 있어 주지적 태도를 의미하는 것이라고 말할 수 있다.

셋째, 현실이나 문명사의식의 반영 나아가 그것의 준열한 비판정신으로 쓰여진 시이어야 한다.

그것(시 인용자 주)은 항상 청신한 시각에서 바라본 문명비평이다. 그래서 늘 인생과 깊은 관련을 가지게 된다.－그것은 의미적인 현실이다. －여기서 의미적 현실이라고 한 것은 현실의 본질적 부분을 가리켜 한

158) 위의 글.
159) 김기림, 「객관세계에 대한 시의 관계」, 『김기림전집』, 심설당, 1988.
160) 위의 글.

> 말이다. 그것은 현실의 한 단편이면서도 그것이 상관하는 현실 전부를 대표하는 부분이다.[161]

> 시를 기교주의적 말초화에서 다시 끌어내고 또 문명에 대한 시적 感受에서 비판에로태도를 바로잡아야 했다. 그래서 사회성과 역사성을 이미 발견된 말의 가치를 통해서 형상화하는 일이다.[162]

넷째, 모랄의식이 강조되는 시이어야 한다.

> 시의 제작의 재료는 말이다. … 그것은 우리들의 의식의 활동을 대표한다. 의식이 역사적 사회적 규제를 받는다는 명제는 말이 역사적 사회적 규제에서 자유로울 수 없다는 명제의 동의반복이다. 그래서 독자의 의식에 한 태도를 불러일으킨다. 그것은 인생에 대한 태도이다. 시의 산문적 의미가 어떤 인생태도를 설교한다는 말이 아니고 독자의 마음에 한 편의 시가 전체적 반응으로서 불러일으키는 심리적 태도이다. 이 점에서 시에서 모랄을 거세하려는 모든 예술지상주의자의 변설은 결국 그들이 변호하려는 시가 인생을 도피하려는 태도를 지지하는 시라는 것을 그릇 고백했음에 지나지 않는다.[163]

그런데 인용문을 되새겨 보면 김기림에게 있어서 모랄이란 사회적, 역사적 조건에서 세계를 바라보는 인생 태도를 의미한다. 그것은 시의 재료라 할 언어가 본질적으로 사회 역사적 산물이기 때문이라는 것이다. 따라서 시인은 당연히 그가 사는 사회 역사적 상황으로서 문명에 대한 비판의식을 가질 수밖에 없다.

다섯째, '언어의 건축'으로서의 시이어야 한다.

---

161) 김기림, 「시의 모더니티」, 『김기림전집』, 심설당, 1988.
162) 김기림, 「모더니즘의 역사적 위치」, 『김기림전집』, 심설당, 1988.
163) 김기림, 「과학과 비평과 시」, 『김기림전집』, 심설당, 1988.

> 시는 언어의 건축이다. 그렇다. 시는 어디까지든지 정확하게 계산되어 설계되고 구성되어야 한다.[164]

위와 같은 김기림의 주장은 이 외에도 '사물은 비로소 사물 자체의 성격이 발견되어 새로이 구성되는 시의 건축에 그 독자의 성격을 가지고 참여해야 한다.'[165]든지 '현실은 시의 건축을 위하여 면밀하게 계산되고 재단되어 활용되어야 한다'[166]는 등의 언급으로 미루어 시는 영감이라든가 감정의 자생적 표출로 쓰여지는 것이 아니라 그 대상이 어떠하든 시인의 자각된 미의식과 지적 통제에 의해 쓰여진다는 그의 일관된 견해를 달리 표현만을 바꾸어 말한 진술임을 알 수 있다. 그런 까닭에 그것은 결과적으로 또한 주지적 태도에 의해서 쓰여진 시가 된다.

> 시인은 시를 제작하는 것을 의식하지 않으면 안 된다. 시인은 한 개의 목적=가치의 창조로 향하여 활동하는 것이다. … 사람들은 흔히 그것을 주지적 태도라고 불러 왔다.[167]

그러나 그가 '새로운 시'의 개념에 부가시킨 이상과 같은 조건들은 실제에 있어 이미지즘과 네오클래씩의 특성들을 반복 강조한 것에 지나지 않는다. 왜냐하면 영미의 모더니즘 즉 이미지즘과 네오클래씩은 바로 지성과 객관적 태도와 문명비평을 본질로 삼고 있으며 그 문명비평의 중심에는 시대나 사회에 대한 시인의 모랄 의식이 항상 자리하고 있기 때문이다. 뿐만 아니다. 다섯 번째 요구사항 즉 "시는 언어의 건축"이라는 김기림의 명제 역시 영미 모더니즘의 한 특성을 나름대로 풀어 강조한 것과 다름이 없다. 이미지즘 시의 특질이 "논리적 발전이 지배하

---

164) 김기림, 「동양인」, 『김기림전집』, 심설당, 1988.
165) 김기림, 「객관세계에 대한 시의 관계」, 『김기림전집』, 심설당, 1988.
166) 김기림, 「시인의 정신의 포즈」, 『김기림전집』, 심설당, 1988.
167) 김기림, 「시와 인식」, 『김기림전집』, 심설당, 1988.

는 연쇄의 건축학" 혹은 "이미지들 사이에서의 정확한 관계 건축"168)에 있기 때문이다.

(2) 주지주의와 휴머니즘의 결합

필자는 앞장에서 김기림이 제시한 소위 '새로운 시'가 영미의 모더니즘 시, 그 가운데서도 우리에게 '주지주의'라고 불리우는 네오클래씩의 시를 가리키는 말임을 자세히 살펴보았다. 그가 현대시를 설명하면서 기회가 있을 때마다 흄, 허버트 리드, 엘리어트 등을 인용한 것도 그 간접적 증거이다. 특히 엘리어트를 주로 인용한 것,169) 현대시의 한 전형으로 엘리어트를 예로 든 것, 그의 대표작이라 이를 만한 <기상도>가

168) Natan Zach, "Imagism and Vorticism", *Modernism*, Ed. M. Bradbury and J. McFarlne (Penguin Book, 1976), p.235-236.

169) 김기림은 그의 글에서 상당히 많은 분량으로 엘리어트를 인용하고 있다. 그리하여 대체로 엘리어트의 문학관에 동의하지만 표면적으로 그의 문명비판이 능동적이지 못하고 소극적인 자세에 머물러 있음을 지적한다. 김기림이 엘리어트를 인용한 글들을 몇 개 인용하면 다음과 같다.
"엄혹한 엘리엇의 주지주의 온상에서 자란…"(「새 인간성과 비평정신」). "여기 고전주의적 주지주의적 의도 아래 설계된 시가 있다. 그것은 일부러 정의를 피한다고 선언한다. 가령 엘리엇이 그렇다"(「시와 언어」). "T.S 엘리엇이 '문학에 있어서는 고전주의..'라고 선언했을 때 거기에 통일된 저류는 지성에 틀림없다." (「감상에의 반역」) "20세기 전반의 시의 한 종점이오 동시에 출발점인 엘리엇", "엘리엇이 주장한 개성에서의 도피…"(「시의 난해성」), "비인간주의에 토대한 고전주의자 엘리엇"(「오전의 시론」), "한국의 지성이 결여된 감상의 시는 엘리엇의 시보다도 예츠의 울음소리에 더 잘 적응한다"(「동양인」). "피동적으로 현대문명을 반영함으로써 만족한다면 흄이나 엘리엇의 고전주의가 바른 것이 될 것이다. … 능동적인 비판을 구한다면 그 속에 현대문명의 발전과 방향과 자세를 제시하고야 말 것이다"(「고전주의와 낭만주의」). "고전주의는 근대문명의 반영일지언정 비판자는 될 수 없다. 흄과 고전주의를 전수한 엘리엇의 한계는 여기 있는 것 같다"(「의미와 주제」). "엘리엇은 시를 현대문명의 <황무지> 속에서 끌어내 오기까지는 좋았으나 비판까지는 가지 못하였다"(「시인의 정신의 포즈」). "엘리엇은 '현대적이라는 것은 사실상 더욱 실증적으로 비평적으로 되는 일'이라고 말하였다. 현대의 두뇌의 한 습성을 가장 잘 지적한 말이다."(「질서와 시간성」) 등.

바로 엘리어트의 <황무지>를 모방한 것[170] 등은 더욱 그러하다.

그러나 김기림의 '새로운 시'는 원칙적으로 영미모더니즘-주지주의 시에서 크게 벗어나지 못하기는 했지만 그 나름의 '새로운 특성'이 부가된 개념인 것도 부정할 수는 없다. 그것은 한마디로 '휴머니즘'이다. 그것은 정작 그가 현대시의 전범을 구한 엘리어트의 시에 대해 다음과 같은 불만을 피력한 데서 드러난다.

> 예를 들면 무기적無機的인 예술, 기하학적 선 등을 존중하여 불연속성의 이론을 세운 T.E 흄과 그의 고전주의를 전수한 T. S. 엘리엇의 개성도피의 설이 바로 그것이라고 생각한다. 이것은 물론 인간성과 뚜렷하게 대립하는 근대문명의 메카니즘과 신통하게도 부합하는 설이다. 그러므로 그들의 고전주의는 근대문명의 반영일지언정 비판자는 될 수 없다. 엘리엇의 시의 한계는 여기 있는 것이 아닌가 한다.[171]

즉 엘리어트로 대변되는 주지주의의 한계성은 근대문명을 비판하는 차원으로까지 발전하지 못하고 단순히 그것을 반영하는 데서 끝났다는 것이다.[172] 그렇다면 그가 생각했던 현대 문명의 비평이란 어떤 것일까. 다음의 인용문은 매우 시사적이다.

> 현대의 새로운 고전주의(예를 들면 흄이나 엘리엇에 의하여 대표되는 것)는 문학에서 인간을, 육체를 완전히 쫓아내기를 기도하여 인간의 냄새라고는 도무지 나지 않는 비잔틴의 기하학적 예술을 존중하였다. 물론 이는 전에도 말한 것처럼 영국에 있어서 빅토리안과 그 말류의 불결하고 혼탁된 인간적인 너무나 인간적인 휴매니즘의 경향에 대한 반동으로서는 충분히 시대적 의의를 가지고 있기는 하다. 그러나 그들의 이상하는 완전히 인간성을 말살한 예술-생명적인 것에서 아주 단절된 상태

---

170) 김종길, 『진실과 언어』, 일지사, 1974, 229-30쪽./ 오세영, 『20세기 한국시 연구』, 새문사, 1989, 150쪽 등.
171) 김기림, 「의미와 주제」, 『김기림전집』, 심설당, 1988.
172) 김기림, 「고전주의와 낭만주의」, 『김기림전집』, 심설당, 1988.

> 에 있는 예술은 지극히 투명한 지성의 상태에 도달할는지는 모르나 드디어는 한 개의 허무에로 발산하고 말 것이다. 허무 속에서는 예술도 인간도 한 가지로 소실되고 말 것이다.[173]

영미의 이미지즘과 네오클래씩이 모두 흄의 소위 '불연속적 세계관(principle of discontinum)'[174]에 토대한 반휴머니즘과 비생명적, 기하학적인 예술(inorganic geometrical art)을 추구하고 고전주의적 입장을 고수한 대신 휴머니즘, 생명의 예술(vital art), 낭만주의를 배격했다는 것은 잘 알려진 사실이다.[175] 그런데 김기림은 주지주의가 "불결하고 혼탁된 인간적인 너무나 인간적인" 휴머니즘을 극복하기 위하여 '기하학적 비생명적 예술'을 주장한 것은 어느 정도 타당하다고 생각하지만 그들의 주장대로 시가 인간성을 말살하여 '생명적인 것'으로부터 완전히 단절된 어떤 상태를 지향한다면 그 결과 예술은 허무에 빠져 종래는 예술도 인간도 한 가지로 소멸하고 말 것임을 지적한다. 여기서 바람직한 예술이란 적절한 수준의 휴머니즘에 토대해서 제작되어야 한다는 그의 주장이 제기되는 것이다.

> 근대문명은 인간에게서 출발해서 이미 인간을 무시하는 경지에까지 이르렀다. … 이윽고 문학은 인간을 그리워하게 될 것이었고 심오한 휴매니티(인간성) 위에 문학의 모든 분야를 새로이 건축하려는 욕구가 나타나고야 말 것을 우리는 믿었다. 그것은 광범하고 또한 전체적인 새로운 휴매니즘의 문명비판의 태도를 확립하고 그 위에 모든 문학현상을 통일할 것이었다.[176]

---

173) 김기림, 「고전주의와 낭만주의」, 『김기림전집』, 심설당, 1988.

174) Thomas Ernst Hulme, "Classicism and Romanticism", "Humanism and the Religious Attitude", *Speculations*, Ed. Herbert Read(London: Routledge & Kegan Paul, 1958).

175) 이창배, 『20세기 영미시의 형성』, 민음사, 1985, 8쪽, 20쪽.

176) 김기림, 「새 인간성과 비평정신」, 『김기림전집』, 심설당, 1988.

그러므로 우리는 김기림이 뜻하는 바 '문명의 반영'이 현대문명에 대한 단순한 보고 혹은 고발임에 반해 '문명비판'은 휴머니즘에 입각한 문명비판임을 알 수 있다. 그가 엘리어트 류의 주지주의에 만족하지 못했던 것도 실은 그들이 전자 즉 '문명의 반영'이라는 차원에서 벗어나지 못한다는 판단에서 비롯했던 것이다.[177] 그리하여 그가 궁극적으로 문학이란 '인간의 감격'에 목적이 있다고 주장한 것은 일견 타당해 보인다.

> 문학적 감격은 어떻게 영속적으로 보존될 수 있을까. 그것은 다만 인간적 감격과 함께 있어서만 부단히 타는 생명으로서 살아 있을 수 있었을 것이다. 메마른 형식과 기술만의 풍양(豊穰) 속에서는 시는 드디어 아름다운 시체가 되어 누워 있을 것을 우리는 제언하는 바이다.[178]

결국 김기림이 의도했던 '새로운 시'란－본질적으로 주지주의적 입장에서 쓰여진다 하더라도－휴머니즘을 토대로 한 주지주의 시라고 말할 수 있다. 그러나 그의 입장에서 휴머니즘은 낭만주의 한 특성이기 때문에[179] 말을 바꿀 경우 그것은 낭만주의적 토대 위에서 쓰여진 주지주의 시라고 해도 틀리지는 않을 것이다. 그가 고전주의의 '지성'을 인간의 골격에, 휴머니즘의 '생명감'을 근육과 혈액에 비유하여 완전한 인간이 골격, 근육, 혈액의 합일에서 이루어지듯 완전한 시는 지성과 '생명 의식'의 결합으로 이루어진다고 말했던 것도 이 때문이다.[180]

---

177) 김기림, 「고전주의와 낭만주의」, 『김기림전집』, 심설당, 1988. 다음과 같은 언급 또한 주목할 만하다. "엘리엇은 시를 현대문명의 <황무지>속에 끌어 내오기까지는 좋았으나 그는 드디어 방대한 현실에 압도되어 겨우 슬프고도 충실한 카메라와 같이 향수할 뿐이었다. 나아가서 그는 굳센 비판까지는 가지지 못하였다." 김기림, 「시인의 정신의 포즈」, 『김기림전집』, 심설당, 1988.

178) 김기림, 「돌아온 시적 감격」, 『김기림전집』, 심설당, 1988.

179) 김기림, 「고전주의와 낭만주의」, "우리는 이 로맨티시즘이라는 말 대신에 휴매니즘이라는 말을 바꾸어 넣어도 좋다." 『김기림전집』, 심설당, 1988.

180) 위의 글.

4. 결 어

김기림은 한국 현대시사에서 최초로 서구적인 개념의 시론을 체계화하여 그것을 우리시에 적용한 시인이자 시론가이다. 그의 시론은 한마디로 '과학으로서의 시학'이라는 말로 대변된다. 그는 기회 있을 때마다 -동서양을 막론하고- 과거의 모든 시론은 단순한 예지나 직관적인 통찰을 주관적으로 피력한 것이어서 진정한 시론이 아닌 까닭에 새로운 시학은 '과학으로서의 시학'이어야 한다는 것을 주장했다.

그러나 그가 말하는 바 '과학으로서의 시학'이란 심리학과 사회학 그리고 언어학이 결합된 시의 연구의 어떤 방법론임을 알 수 있었다. 그가 그렇게 주장할 수 있었던 근거는 시를 '인간과 인간의 어떤 심리적 교섭'이라고 생각하여 인간과 인간의 관계는 사회를, 시란 언어를 매재로 한 예술을, 그 감동은 심리적인 효과를 의미하는 것으로 이해했기 때문이다. 그리하여 그는 이 세 가지 조건을 만족시킬 그 나름의 시학을 탐구했으나 도달한 것은 리차즈의 심리학적 비평 이상이 아니었다.

다만 한 가지 오해를 했던 것은 그가 리차즈의 비평에 시의 사회적 의미가 반영되어 있지 않다고 본 것이다. 그러나 사실은 그렇지 않다. 리차즈는 마리놉스키의 신화인식에 토대하여 문학의 형식이란 사회적으로 긴장된 삶을 문학적으로 푸는 어떤 원리라고 보았기 때문이다. 즉 리차즈 시론의 중심개념인 '반대되는 충동의 조화(reconciliation of opposite impulses)'는 그가 사는 사회적 갈등의 문제를 문학적으로 풀려는 심리학적 명제였다.

김기림은 '새로운 과학의 시론'을 제창하면서 과거의 모든 시론을 부정했지만 그 지향하고자 했던 세계는 결국 당대 영미(영국과 미국)에서 크게 유행하고 있었던 리차즈 시론이 아니었다.

한편 김기림은 지금까지 쓰여진 한국의 현대시들을 전적으로 부정하고 '새로운 시'를 쓰기를 제창하였다. 그것은 종래의 한국시가 모두 센티멘탈리즘과 편내용주의를 추수했다고 판단했기 때문이다. 그리하여 그는 원칙적으로 시에서 감정의 직정적 토로나 관념적 내용의 직설적 표현을 금기시하였다.

김기림은 센티멘탈리즘에 대한 이해가 정확하지 못하였다. 그 결과 그는 감상과 감정을 혼동하여 단순히 감정의 표현을 목적 삼는다는 이유에서 '서정시'라는 장르 자체까지를 부정하게 된다. 김기림은 또한 장르적으로 고대 그리스의 삼대 장르의 하나인 서정시와 그것의 현대적 유산이라 할 시도 구분하지 못하였다. 김기림의 시론의 기초가 흔들리게 한 요인은 이렇듯 그가 그리스적 개념의 '서정시'와 오늘날의 '시' 그리고 오늘날 시의 하위 개념으로서 '좁은 의미의 서정시'를 혼동한데서 비롯한 것이다.

김기림은 모더니즘이 '센티멘탈리즘'과 '편내용주의'를 극복하여 현대시의 한 귀감이 될 수 있음을 피력하였다. 그러나 그가 의미하는 모더니즘은 일관된 개념이 아니어서 전체적인 논리에서 볼 때 모순되는 부분이 많다. 그 중에서도 문제되는 것은 그가 이 용어의 범주에 어떤 경우 영미 모더니즘과 구라파 아방가르드를 포함시켜 사용하는가 하면 다른 경우에는 이 중에서 영미 모더니즘만을 국한하여 사용했다는 점이다. 그러나 영미 모더니즘은 고전주의적 세계관을 지향하고 구라파 아방가르드는 낭만주의 세계관을 지향하는 까닭에 이 양자는 하나의 범주로 포괄할 수 없는 개념임이 물론이다. 그의 모더니즘론이 지닌 이 같은 당착은 김기림이 서구 현대문학사조에 대하여 정확한 인식을 가지지 못한데 그 원인이 있다고 할 수 있다. 필자의 판단으로 김기림이 의도했던 모더니즘이란—그의 혼란된 용어 사용에도 불구하고—내심 영미의 모더니즘을 지칭한 것이 아니었나 생각한다.

김기림이 제창한 소위 '새로운 시'란 간단히 '모더니즘 시'이다. 구체적으로 그에 관한 진술을 소상히 살펴보면 이미지즘이나 네오클래씩 특히 네오클래씩(주지주의)의 시에 가깝다. 그러나 여기에 한 가지 더 부가되는 특징이 있다. 바로 휴머니즘이다. 따라서 김기림이 이상으로 생각했던 '새로운 시'란 이처럼 영미의 주지주의에 휴머니즘을 결합시킨 시라고 말할 수 있다. 그러나 이 양자는 서로 모순이 되는 개념임으로 구체적 실천에 있어서 과연 그것이 어떻게 가능할지 문제다. 주지주의가 토대한 흄의 세계관은 반낭만주의, 반휴머니즘을 지향하고 있기 때문이다. 그러한 관점에서 김기림의 '새로운 시'란 실제 시작과는 거리가 먼 관념적 개념이라고 말할 수밖에 없다.

▸▸▸ 참고문헌

김기림, 『김기림전집2 시론』, 심설당, 1988.
_____, 『김기림전집3 문학론』, 심설당, 1988.(이하의 논문과 책은 모두 이 전집에 수록되어 있음)

「방법론 시론」, ≪문장≫, 1940. 2.
「시학의 방법」, ≪문장≫, 1940. 2.
「시와 언어」, ≪인문평론≫, 1940. 5.
「과학과 비평과 시」, ≪조선일보≫, 1937. 2. 21-2. 26.
「비평과 감상」, ≪조선일보≫, 1935. 11. 29-12. 5.
「30년대의 소묘」, ≪인문평론≫, 1940. 10.
「우리 新文學과 근대의식」, ≪인문평론≫, 1940. 10.
「「모더니즘」의 역사적 위치」, ≪인문평론≫, 1939. 10.
「1933년 시단의 회고」, ≪조선일보≫, 1933. 12. 7-12. 13.
「30년대 掉尾의 시단 동태」, ≪인문평론≫, 1940. 12.
「感傷에의 반역」, ≪조선일보≫, 1931. 2. 11-2. 14.
「시와 인식」, ≪조선일보≫, 1931. 2. 11-2. 14.
「시의 방법」, ≪조선일보≫, 1932. 4.
「시의 「모더니티」」, ≪신동아≫, 1933. 7.
「현대시의 표정」, ≪조선일보≫, 1933. 8. 9-8. 10.
「새 인간성과 비평정신」, ≪조선일보≫, 1934. 11. 16-11. 18.
「기교주의 비판」, ≪조선일보≫, 1935. 2. 10.-2. 14.
「시와 현실」, ≪조선일보≫, 1936. 1. 1-1. 5.
「시의 회화성」, ≪조선일보≫, 1934. 5.
「감상에의 반역」, ≪시원≫, 1935. 4.
「시의 난해성」, ≪시원≫, 1935. 5.
「객관세계에 대한 시의 관계」, ≪예술≫, 1935. 5.
「시의 「르네상스」」, ≪조선일보≫, 1938. 4. 10.
「「프로이드」와 현대시」, ≪인문평론≫, 1939. 11.
「우리 시의 방향」, 『전국문학자대회에서의 강연』, 1946. 2. 8.
「우리 시의 방향」, 『전국문학자대회에서의 강연』, 1946. 2. 8.
「공동체의 발견」, ≪문장≫, 1946. 7.

「전위시인집에 부침」, ≪경향신문≫, 1946. 10. 31.
「시와 민족」, ≪신문화≫, 1947.
「오전의 시론」, ≪조선일보≫, 1935. 4. 20.
「현대시의 주위」, ≪조선일보≫, 1935. 4. 20.
「시의 시간성」, ≪조선일보≫, 1935. 4. 21-4. 23.
「인간의 결핍」, ≪조선일보≫, 1935. 4. 24.
「동양인」, ≪조선일보≫, 1935. 4. 25.
「고전주의와 낭만주의」, ≪조선일보≫, 1935. 4. 26-4. 28.
「돌아온 시적 감격」, ≪조선일보≫, 1935. 5. 12.
「각도의 문제」, ≪조선일보≫, 1935. 6. 4.
「시의 용어」, ≪조선일보≫, 1935. 9. 27.
「의미와 주제」, ≪조선일보≫, 1935. 10. 1-10. 4.
「속 오전의 시론」, ≪조선일보≫, 1935. 9. 17-10. 4.
「몇개의 斷章」, ≪조선일보≫, 1935. 9. 17-10. 4.
「시의 제작과정」, ≪조선일보≫, 1935. 9. 17-10. 4.
「시인의 정신의 「포즈」」, ≪조선일보≫, 1935. 9. 17-10. 4.
「질서와 시간성」, ≪조선일보≫, 1935. 9. 17-10. 4.
「사상과 기술」, ≪조선일보≫, 1935. 9. 17-10. 4.
「말의 의미」, ≪조선일보≫, 1935. 9. 17-10. 4.
『時의 理解』, 을유문화사, 1950.
「시인과 시의 개념」, ≪조선일보≫, 1930. 7. 24-7. 30.
「「피에로」의 독백」, ≪조선일보≫, 1931. 1. 27.
「상아탑의 비극」, ≪동아일보≫, 1931. 7. 30-8. 9.
「현대시의 발전」, ≪조선일보≫, 하기문예좌담·문예편, 1934. 7. 12-7. 22.
「시인의 세대적 한계」, ≪조선일보≫, 1940. 4. 23.
「시의 장래」, ≪조선일보≫, 1940. 8. 10.
「시조와 현대」, ≪국도신문≫, 1950. 6. 9-6. 11.
「詩評의 再批評」, ≪신동아≫ 3권 5호, 1933. 5.
「신춘의 조선시단」, ≪조선일보≫. 1935. 1. 1-1. 5.
「乙亥年의 시단」, ≪학등≫ 3권 12호, 1935. 12.
「毛允淑씨의 「리리시즘」」, ≪조선일보≫, 1933. 10. 29-10. 31.
「鄭芝溶詩集을 읽고」, ≪조광≫ 2권 1호, 1936. 1.
「「사슴」을 안고」, ≪조선일보≫, 1936. 1. 29.

「촛불을 켜놓고, ≪조선일보≫, 1939. 12. 25.
「「하나」選後感」, ≪삼천리≫ 7권 12호, 1935. 12.
「「城壁」을 읽고」, ≪조선일보≫, 1937. 9. 18.
「감각·육체·「리듬」」, ≪인문평론≫ 2권 2호, 1940. 2.
「憤怒의 美學」, ≪민성≫ 4권 4호, 1948. 4.
「「T.S.엘리엇」의 詩」, ≪자유신문≫, 1948. 11. 7.
『文學槪論』, 문우인서관, 1946.
「현문단의 不振과 그 展望」, ≪동광≫ 4권 10호, 1932. 10.
「최근의 미국 評論壇」, ≪조선일보≫, 1933. 8. 4-8. 6.
「수필·불안·「가톨리시즘」」, ≪신동아≫ 제23호, 3권 9호, 1933. 9.
「예술에 있어서의 「리얼리티」·「모랄」문제」, ≪조선일보≫, 1933. 10. 21-10. 24.
「문학비평의 태도」, ≪조선일보≫, 1934. 3. 25-4. 3.
「將來할 조선문학은」, ≪조선일보≫, 1934. 11. 14-11. 15.
「女性과 현대문학」, ≪여성≫, 1940. 9.
「정치와 협동하는 문학」, ≪경향신문≫, 1947. 6. 8.
「예술에 있어서의 정신과 기술」, ≪문장≫ 속간 4권 1호, 1948. 10.
「민족문화의 성격」, ≪서울신문≫, 1949. 11 .3.
「「紅焰」에 나타난 意識의 흐름」, ≪삼천리≫ 3권 9호, 1931. 9.
「「로망·로랑」과 「장·크리스토프」」, ≪동아일보≫, 1932. 2. 19.
「신문소설「올림픽」 시대」, ≪삼천리≫ 3권 9호, 1931. 9.
「「스타일리스트」李泰俊씨를 논함」, ≪조선일보』, 1933. 6. 25-6. 27.
「「武器와 인간」단평」, ≪조선일보≫, 1933. 7. 2-7. 4.
「「어네스트·헤밍웨이」의 작품」, ≪조선일보≫, 1934. 11. 2.
「李箱의 文學의 한모」, ≪태양신문≫, 1949. 4. 26-4. 27.
「소설의 破格」, ≪문학≫ 6권 3호, 1950. 5.
「午後와 無名作家들」, ≪조선일보≫, 1930. 4. 28-5. 3.
「「노벨」문학상 수상자의 「프로필」」, ≪조선일보≫, 1930. 11. 22-12. 9.
「新民族主義 문학운동」, ≪동아일보≫, 1932. 1. 10.
「서클을 鮮明히 하자」, ≪조선일보≫, 1933. 1. 4.
「시대적 고민의 심각한 縮圖」, ≪조선일보≫, 1933. 8. 29.
「傑作에 대하여」, ≪시와 소설≫ 1호, 1936. 3.

전봉건

현대성 시론의 전개와 새로운 '현대시'의 탄생

1. 전후 모더니즘론의 지형도와 전봉건 시론의 위치

1950년대 문단에서는 크게 전통지향성과 모더니티 지향성이 대립구도를 형성하고 있었다.[1] 전쟁이후에 등장한 신인들이 청록파로 대표되는 구세대의 전통서정시를 거부하고, 모더니즘 이론의 수입과 그 운동의 확산에 앞장섰다는 점은 이러한 대립적인 지향성이 세대논쟁의 양상을 띠고 있었음을 의미하고 있다. 이는 해방과 해방직후의 혼란, 그리고 전쟁을 경험한 젊은 세대들이 기존의 '전통서정시가 현실에 너무도 무력하다'라는 인식을 지녔으며,[2] 동시에 한국전쟁을 통해 세계대전을 경험한 서구적 현실과 한국의 현실을 동일시[3]하였기 때문이다. 따라서 1950년대 모더니즘론의 가장 큰 질문은 '현대성'에 집중되어 있었고, 신

* 박슬기 / 충북대학교 강사

1) 김윤식, 『한국현대문학사』, 일지사, 1991, 55-59쪽 참조.
2) 한수영, 『한국현대비평의 이념과 성격』, 국학자료원, 2000, 206쪽.
3) 최유찬, 「1950년대 비평연구(1)」, 한국문학연구회 편, 『1950년대 남북한 문학, 평민사, 1991, 15쪽.

세대와 구세대들은 '현대의 인식'에서 가장 큰 차이를 보였던 것이다. 단적으로 백철이 현대를 '일시적인 불안의 시대'이자, '과도기적 상황'으로 규정[4]하자, 신세대 비평가들은 1950년대가 세계사적 흐름과 같은 현대의 일반 조건에 처해있다[5]고 반박하였다. 시대 인식에 대한 이러한 차이는 결국 '현대성'이란 무엇인가, 이는 다시 '현대의 문학이란 어떠해야하는가'라는 질문으로 확장되었다. 지성과 서정, 운율과 이미지, 사상과 기법이라는 1950년대 모더니즘론의 다양한 논쟁들은 결국 '어떤 시가 현대시인가'라는 질문으로 요약될 수 있다. 이러한 문학사적 논쟁, 좁게는 모더니즘 논쟁 속에 전봉건의 시론은 출발하고 있다.

전봉건[6]은 다른 시인들과 달리, 독자적인 시론집을 펴내고, 문학논쟁에 활발히 참여함으로써 자신의 시론을 개진해왔다. 그러나 많은 연구가 이루어진 시의 경우와는 달리 시론의 경우는 연구가 미비한 편이다.[7] 이는 1950년대 모더니즘론이 하나로 통합되기 어려운 상이한 갈래

4) 백철, 「전형기의 문학」, ≪사상계≫, 1955. 10.

5) 대표적으로 백철의 진단에 대해 직접적으로 반발했던 이영일(「역사적 경험과 문학」, ≪시와 비평≫, 1956. 1.)의 견해가 그러하다. 이봉래 역시, '20세기의 시대사조는 불안, 공포, 절망, 부조리, 허무 등의 파멸적 요소로써 형성되어 있다는 것은 이미 우리들의 상식이다'라고 언급하며(「신세대론」, ≪문학예술≫, 1956. 4.), 당대의 상황을 현대의 보편적인 조건으로 파악하고 있다.

6) 전봉건은 1950년 ≪문예≫지에 「願」, 「四月」, 「祝禱」등을 추천받아 등단하였다. 한국전쟁이 발발하자 징집되었다가 1951년 중동부 전선에서 부상당하고 제대한 그는 1957년 김종삼, 김광림과 함께 연대시집 『전쟁과 음악과 희망과』(자유세계사)을 내고, 이후 1988년에 타계할 때까지 7권의 시집과 6권의 시선집, 5권의 산문집, 1권의 시론집을 내었으며, 다수의 평론을 발표하였다. 특히 그의 시론집인 『시를 찾아서』(청운출판사, 1961)는 그의 시론을 집약하고 있다.

7) 시론 자체에 집중한 본격적인 연구는 아직 없으며, 몇 안 되는 단평이 시론을 소개하는 데 그치고 있다.
김지연(「전봉건의 시론과 시에 관한 연구」, ≪어문연구≫, 한국어문교육연구회, 1998. 12)의 경우, 시론을 그의 시 「춘향연가」와 관련시켜 논의하고 있으나, 이 글에서 논자는 시론을 통해 시를 해명하는 작업에 그치고 있다. 이승훈(「전봉건의 시론」, 『한국현대시론사』, 고려원, 1993)의 연구는 전봉건의 시론에 대한 짧은 견해 표명에 그치고 있어서 본격적인 연구라고 보기 어렵다.

를 보여주었으며, 전봉건의 시론 역시 어느 한쪽으로 편입시켜 논의하기 어려운 지점을 보여주고 있기 때문이라고 판단된다. 그는 1950년대 대표적인 모더니스트로 평가받는 동시에, 50년대 모더니즘 운동의 최중심에 서 있었던 후반기의 방계 동인으로 분류되면서[8])도 후반기 동인의 모더니즘론을 비판하고 나름의 모더니즘론을 전개하고 있다. 바로 이러한 전봉건 시론의 위치를 문제삼은 한수영은 전봉건의 시론이 후반기 동인의 모더니즘을 비판하는 과정을 통해, 현대시에서의 서정의 문제나 운율의 문제를 야기하였으며, 이는 50년대 모더니즘 시론에서 매우 중요한 의미를 차지하게 되었다[9])고 말한다. 한수영의 연구는 50년대 모더니즘 논의에서 거의 다루어지지 않았던 전봉건 시론의 중요성을 환기하였으며, 모더니즘 논쟁 속에 전봉건 시론의 문학사적 자리를 마련하였다는 의의를 지니고 있다. 이 글에서는 전봉건 시론과 당대의 비평이나 문학론과의 관계를 염두에 두면서 전봉건 시론의 전체적인 면모를 고찰하여 그의 시의 현대성에 대한 인식을 살피는 것을 목표로 한다.

2. 시의 현대성의 근원으로서의 '현대정신'

1950년대 모더니즘론에서 제기된 현대성의 문제에 전봉건이 뚜렷한 견해를 내놓은 것은 일차적으로 후반기 동인의 모더니즘 시를 비판하는 글을 제출하면서였다.

> 즉 시에서 음과 개념을 쪼차내고 주로 이마―쥬만 의존하며 개인의

---

8) 오세영, 「후반기 동인의 시사적 위치」, 『20세기 한국시 연구』, 새문사, 1991, 274-275쪽 참조.
9) 한수영, 앞의 책, 246쪽.

> 심상세계를 오토마틱하게 기술하던 1920년대의 모더니스트들의 버릇과 같은 소부루죠아적 의식을 그 작품에 청산하지 못하면서 부르짖는 (중략) 개인주의적, 부르죠아적심리주의문예 바로 그것이었다는 놀라운 사실에 대해서, 또는 백보를 양하여(양보하여)그들은 형식, 방법을 선행시켜서, 그 다음에 그것에 그들의 사회참가의 의식을 추종시키려고 하다고, 즉 구체적으로 말하면 모더니즘이라는 용기(그릇)를 설정하고 그것에 의식을 담는 것으로서, 작품이 사회참가한 것으로 된다는 이론을 갖는다고 해도, 이것이 그들의 의식적인 과오라는 것에 대해서, 왜냐하면 의식이 먼저 있고, 형식, 방법은 그 후에 있는 것이라는 것, 즉 의식이 결정되면 그 의식은 자연히 적합한 형식 방법을 요구한다는 정확한 창작론에 대해서[10]

인용된 부분은 후반기 동인에 대해 신랄한 비판을 가한 부분이다. 다소 난잡하지만 그의 비판의 요지는 후반기 동인의 모더니즘이 '시에서 음과 개념을 쫓아내고 주로 이미지에 의존하여 개인의 심상 세계를 오토매틱하게 기술하'고 있으며, 이는 모더니즘이라는 용기만을 설정하고 그것에 의식을 담은 것이라는 것이다. 다시 말하면, 그들이 모더니즘을 '이미지'라는 기법적인 측면에서만 수용하였으며, 이 때문에 그들의 시가 현실과의 관계를 가지지 못하는 개인적인 심리주의 문예로 빠지게 되었다고 주장하고 있다.

이러한 주장은 후반기 동인의 모더니즘의 철학적 기반을 문제삼는 것이다. 현대적 상황에 대한 미적 저항으로서의 의미를 지니는 모더니즘의 토대[11]없이 기법적 측면만을 수용함으로써, 그들의 모더니즘은 전대의 모더니즘과 같이 피상적인 것에 불과했다는 것이다. 따라서 이 인용글의 후반부에서 제기한 '형식, 방법을 선행시켜서 거기에 사회 참가 의식을 담으려고 했'다는 주장은 바로 그런 점에서 후반기 동인의 모더니

---

10) 전봉건, 「詩의 批評에 對하여－詩와 批評의 위기」, ≪문예≫, 문예사, 1953, 12, 48쪽.
11) M. 칼리니스쿠, 이영옥 외 역, 『모더니티의 다섯 얼굴』, 시각과 언어, 1993, 53-54쪽 참조

즘이 진정한 '현대성'을 구현하지 못했다는 진단이다. 여기에는 모더니즘의 철학적 기반이란 근원적으로 '현대'에 대한 이해에서 출발하는 것이며, 그들은 이 '현대'에 대한 이해가 불충분하여 기법적인 면에 천착할 수밖에 없었다는 통찰이 깔려있다. 전봉건의 현대성에 관한 논의는 이러한 점, '현대'에 대한 인식에서 출발하고 있다.

> 우리는 지금 바로 '현대의 사상'이나 '현대의 정신'을 생산하고 이룩할 자리에 처해 있는 것이 우리 자신이라는 것을 자각하고 인식하고 있는 동시에(중략)인간을 전쟁의 계곡에서 구출할 수 없었다는 역사적인 증언으로서의 그 '허무의 심연'이 인간과 지구에 미치는 해악 속에 살면서 그 해악에서 발생되는 고뇌 속에 살면서 그 해악에 대하여 우리가 가지는 우리의 자각 아마 인류는 절명하여 버릴지도 모른다는 위기의식에 의해서 초래된 그러기에 이미 단 하나의 우리의 행동 이런 우리의 자각 이것을 전파하여서 처음 그 '허무의 심연'은 우리에게 있어서 우리의 정신 소위 현대 정신의 기초가 될 수 있었던 것이 아닌가.[12)]

이 글에서 그는 우리가 현대를 운위할 수 있는 자격은 '현대에 대한 자각에서 시작되는 인식'이며, '전세계사에의 질문으로서 얻어지는 인식'에서 온다고 말하고 있다. 다소 추상적이지만, '현대에 대한 자각에서 시작되는 인식'이란 현대가 어떤 곳인지를 인식하는 것이며, 이는 세계사적인 보편성으로서 당대의 현실을 인식함을 의미한다. 그는 '실제로 제 1차, 제 2차 대전의 대규모적인 살륙 파괴 등은 현대가 허무와 절망의 도가니 속에 빠졌다는 증언'이라고 언급함으로써, 한국의 현대를 세계사적 현대와 동일한 것으로 보고 있다.

이러한 인식 자체는 다른 모더니즘 시인들과 다르지 않으나, 중요한 것은 여기서 그가 이러한 상황에 맞서 '현대의 정신'을 생산하고 이룩할 사람은 바로 '우리 자신'이라는 점, 그리고 바로 이러한 주체적인 현대

12) 전봉건, 「現代와 그 認識과 文學」, ≪조선일보≫, 1955. 5. 5.

인식은 행동을 수반한다는 것을 강조하고 있다는 점이다. 현대의 상황인 '허무의 심연'이 개인주의적이고 퇴폐적인 정신의 기초가 되었던 것이 아니라, 오히려 그것을 극복하고 넘어서려는 현대정신의 기초가 될 수 있다는 것이다. 이러한 견해는 현대를 인식하는 '주체'의 시각에서 출발하여야만 현대적 상황을 극복할 수 있는 미적 저항으로서의 모더니즘이 성립될 수 있음을 지적하고 있는 것이다.

이러한 주장은 '니힐을 초극하고 부조리한 현실을 지양시키는 통일된 인간의 형성이 요구되고 있는것이다'라[13]는 최일수의 주장과 일맥상통한다는 점에서 민족문학론과 만나고 있다. 최일수는 주체성의 확립을 통한 서구문학의 비판적 수용을 강조하면서, 올바른 민족전통의 계승 위에서만 현대문학이 설 수 있다[14]고 주장하고 있다. 전봉건의 현대인식이 '주체'를 강조한다는 점에서 이와 유사한 것이라고 한다면, 그는 전통 단절론과는 다른 위치에 서 있다는 것을 알 수 있다. 따라서 이는 이봉래가 주장한 것처럼 우리에겐 근대가 없기 때문에 전통이 없고, 따라서 우리의 현대는 전통의 단절로부터 시작된다라고 주장한 것[15]과는 차원이 다른 것이다. 주체의 문제를 강조하면서 그는 전통과 유기적 관계를 맺지 않고 서구적 사조에 무조건적으로 몸을 담아서는 안되며, 전대의 전통 속에서 현대시를 창작해야한다는 인식을 뚜렷하게 보이고 있는 것이다.

> 우리는 손의 운동은 동시에 그시가 있은 이 전에 있어졌든 우리의 전시대의 모든 시에대한 반성과 비평을 치룬 운동이라야할 것이다.(중략) 서구풍에의 치우침도 시의 「카로리이」나 「비타민」을 섭추하는 범위안에서라면 원래 찬성한바이지만 이제 「아세아」적인 입장에서 「치우침」

13) 최일수, 「우리문학의 현대적 방향」, ≪자유문학≫, 1956. 12.
14) 위의 글.
15) 이봉래, 「한국의 모던이즘」, ≪현대문학≫, 1956. 4.

> 비판의 시기 속에 우리는 자리잡고 있는것이 아닌가고 나는 생각한다. 이런 자각이 작자자신을 세계적인 장소에 두게하는 일이라고 생각된다.[16]

인용글에서 그는 현대시의 운동이 '전시대의 모든 시에 대한 반성과 비판' 위에서 이루어져야한다는 점을 강조함으로서 전통단절론과의 차이를 분명하게 한다. 이는 외래사조를 지나치게 추종할 것이 아니라 '아세아'적인 시를 써야하며, 오히려 이러한 자각이야말로 우리 시가 세계적 보편성에 합류하는 길이라고 주장하고 있다. 앞서 모더니즘의 기법만을 수용하였다고 후반기 동인의 모더니즘을 비판한 이유는 바로 이러한 주장에 와서야 명확하게 밝혀진다. 즉, 후반기 동인의 모더니즘은 전대의 시에 대한 비판적 검토 없이, 외래사조를 맹목적으로 추종한 뿌리없는 것이었다는 주장이다.

이 글에서 그는 보들레르를 대표적인 현대시인으로 놓고 있다. 그 이유는 보들레르가 '새로운 시'를 썼기 때문이 아니라, 그가 전대 시인들의 방법과 사상의 계보 속에 놓여있었기 때문이라는 것이다. 즉 무조건적인 전대 시인의 비판과 외래 사조의 기법적인 수용에서는 '현대시'가 나올 수 없다는 것이며, 이는 전통단절론을 주장한 다른 시인과 다른 자리에서 그가 현대시를 고민하고 있다는 점을 알려준다. 또한 전대 시의 계보 속에 현대시가 놓여있어야' 한다는 전봉건의 주장은 즉, 모든 시인들은 역사에 대한 예민한 의식을 지니고 과거적 현대를 명민하게 인식하여야만 자신의 현대성을 인식할 수 있을 것이라는 것[17]이며, 따라서

16) 전봉건, 「現代詩의 衣裳-詩人의 손」, ≪현대문학≫, 현대문학, 1955. 5, 57쪽

17) 이 역사의식은 일시적인 것에 대한 의식인 동시에 영속적인 것에 대한 의식이며, 또한 일시적인 것과 영속적인 것을 일시에 의식하는 것으로서, 작가를 전통적으로 만드는 것이다. 그리고 그것은 동시에 작가로 하여금 시간 속의 자기 위치, 즉 자기의 현대성을 가장 예민하게 의식하도록 만들어 주는 것이다.
(T.S. Eliot, Tradition and Individual Talent, in *Selected English Critical Texts*, ed Sang Sup Lee(Seoul: Sinasa, 1993) p.553. 이러한 엘리어트의 주장은 주로 전통단절론에서 이용되었지만, 고석규의 경우에서 보이듯이 전통계승론의 주장에서도 이용되었다.

'전통과 모더니티는 가장 유기적인 것이다'라는 고석규의 주장[18]과도 일치하는 점이 있다.

당대 모더니즘 시인들과 달리 그는 전통단절론의 대척점에 서 있었으나, 그러나 그것이 바로 청록파로 대표되는 전통서정시를 직접적으로 계승하는 것은 아니었다. 앞서 살펴보았듯이, 현대시란 절망적인 현대적 상황을 극복할 수 있는 힘을 지녀야하는 것인데, 그들의 전통서정은 이 '현대'라는 공간으로부터 벗어나 있는 것이었기 때문이다.

> 현대시란 무엇인가, 현대시란 어떤 것인가고 물었을 때, 나로서는 현대의 고뇌를 짊어진다는 시인 스스로의 생각을 토양으로 하고 이루어진 시라고 대답하고 싶습니다. (중략) 여기까지의 애기의 내용이 이 글의 맨 첫머리에 적었던 '그런데 그 결과로 이루어지는 1+1=3이나 0의 상태, 계산이 되지 않고 해설이 불가능한 냄새, 소리, 빛깔이 바로 오늘의 것이어야 한다는 것을 잊어서는 안되겠다', 그 중에서 가장 문제가 되는 어구였던 '오늘의 것'이 의미하는 것이었습니다.[19]

이 글에서 전봉건은 서정주의 「신라인의 통로」와 박태진의 「오후가 흘러드는 창」에 사용된 언어를 대비하면서 설명하고 있다. 현대시에는 현실과는 거리가 먼, 신라인의 정서나 이국취미를 담는 것이 아니라, 오늘의 언어로 오늘의 현실을 담아야한다는 주장을 하고 있다. 그는 서정주의 전통의식을 비판하면서, 그가 시적 전통으로 가져온 '신라'라는 과거가 '신라 인형이 들어있는 유리 상자'[20]와 같은 것이라고 하며 이를 부정한다. 그러나 동시에 전통의 것을 많이 배우고 알아야한다[21]라는

이는 결국 엘리어트 이론의 곡해에서 비롯되었다기 보다는 전통이 어떤 것인가에 대한 상이한 이해에서 비롯되었다고 볼 수 있다.

18) 고석규, 「모더니티에 관하여」, 『여백의 존재성』, 책읽는 사람, 1993, 66쪽.

19) 전봉건, 『시를 찾아서』, 청운출판사, 1961, 243-244쪽 참조.

20) 전봉건 외 대담, 「傳統意識과 詩作의 實際」, 『현대시』 1권, 자유문화사, 1962. 8쪽.

21) 위의 글, 9쪽.

주장을 하고 있는데, 이 때 그가 예로 들고 있는 전통이란 춘향전과 같은 조선 평민의 문학, 그리고 일제 시대의 3·1 운동, 동학운동 같은 것이다. 즉, 그가 말하는 전통이란 엘리어트의 말대로 현재에 영향을 미치는 과거적 현재, 그것을 명확하게 인식함으로써 자신의 현대성을 더욱 예민하게 느낄 수 있는 그러한 전통이며, 오늘의 현실과는 아무 상관없는 고대적 과거는 아니어야 한다. 현재에 영향을 미치지 않고, '현대의 고뇌'를 담고 있지 않는 과거는 결국 또 하나의 이국취미에 불과하다는 진술에는 전통으로서의 과거가 오늘과의 관계 속에서 영향을 미칠 수 있는 것이라야 한다는 의미가 들어있다.

이러한 역사의식은 과거의 과거성 뿐만 아니라 과거의 현재성을 더욱 중요하게 생각[22]한다는 점에서 그는 어떤 통합적인 계보 위에서 산출되는 현대시의 현대성을 매우 중요하게 생각하고 있다. 즉, '오늘의 것'이란 '현대의 고뇌'에서 산출된 것으로 그것은 먼 과거의 것도 아니고, 외국의 것도 아닌 '주체적인 당대 현실'에 대한 고뇌를 반영한 것이다. 이상과 같은 전봉건이 주장하는 '현대적 인식'이란 두 가지 초점, 즉 현대를 바라보는 주체적 인식에서 현실과의 밀접한 관련 속에서 길항작용하는 인식임을 알 수가 있다.

3. 시의 현대성의 두 가지 차원

3.1. 서정과 지성의 통합가능성 – 상상력으로서의 이미지

전봉건의 시론집 『시를 찾아서』는 총 9개의 장으로 구성되어 있다.[23]

22) T. S. Eliot, 앞의 글, 553쪽.

이 가운데, 시적 기법에 대해 논의하고 있는 장은 총 6장이다. 이러한 구성으로 보면 이 시론집은 시적 기법을 중심에 놓고 쓰여진 것이라는 점을 알 수 있다. 이 시론집에서 주로 거론하는 문제는 언어와 이미지인데, 이 문제는 다시 이미지의 문제로 압축된다.

> ① 그것은 우수한 시란 티끌만한 틈도 없이 째여진 시라는 것입니다. 그리고 이 티끌만한 틈도 없이 째여진 시는 앞에서도 얘기했듯이 시인의 언어에 대한 영원하고 철저한 실증과 방황만이 결과할 수 있는 것입니다.[24]

> ② 계산, 분명히 나는 시 쓰기, 시만들기를 계산을 하듯이 한다. 한편의 시를 만드는데 있어서 동원하는 모든 문자는 내 펜으로 해서 어김없이 계산된다. 이 경우 1+1=0이다. 절대로 1+1=0이나 3이 되어서는 안된다. 어떤 象을 빚어내는 여러개의 문자와 문자의 관계와 연락을 내 자신이 입으로 어김없이 설명할 수 있어야 한다. 한편의 작품속에 이루어져 있는 계산은 그토록 선명한 것이어야 한다.[25]

인용에서 전봉건은 시 창작에 있어서 두 가지의 문제를 제기하고 있다. 하나는 우수한 시란 잘 짜여진 시이며, 이는 시인이 언어를 어떻게 선택하고 배열하느냐에 달려 있다는 것이다. 두 번째는 시는 쓰여지는 것이 아니라 만들어지는 것이라는 주장이 그것이다. 엘리어트는 '좋은 시는 시인의 감성의 훌륭함에 있는 것이 아니라, 시를 만드는 과정, 즉 잘 배치하는 힘에 있다'[26]라고 주장하면서, 더욱더 확실히 '시는 지적인

23) 「두 개의 現實과 두 개의 정말」, 「詩와 1+1=0이라는 것」, 「1+1=0의 快樂」, 「올페우스의 하아프」의 네 장에서는 시란 무엇인가에 대해 천착하고 있고, 「戀愛와 言語」, 「詩와 女子, 讀者와 돈 · 판」, 「素材, 動機, 主題」, 「이메지에 대하여」, 「音樂性에 대하여」, 「比喩에 대하여」,에서는 시적 기법에 대해 논의하고 있고, 마지막으로 「現代詩란 무엇인가」에서는 시의 현대성에 대해 논의하고 있다.

24) 전봉건, 앞의 책, 101-102쪽 참조.

25) 위의 책, 108쪽.

26) T.S. Eliot, 앞의 글, p.558.

활동으로 가장 고도하게 짜여진다'[27]라고 말하고 있다. 엘리어트의 이러한 주장은 시인의 감정은 보통 사람들과 다를 것도 특별할 것도 없으며, 오히려 그의 능력은 일상적인 제재, 일상적인 감정을 가지고 와서 잘 짜고, 구조화시키면서 '특별한' 어떤 것으로 만드는 것이다. '몰개성론'과 관련된 이러한 주장은 시를 정서의 표현이 아니라 정서로부터의 도피[28]로 보며, 따라서 시의 주지성을 가장 강조한 것이라고 할 수 있다.

그러나 전봉건은 이러한 엘리어트의 주지적 시론을 수용하면서도, 시인의 내면을 강조한다는 점에서 갈라진다. 전봉건에 있어서도 시의 언어란 일상적이고 오늘의 언어로서 이루어져야한다. 그러나 언어가 그 자체의 사물이자 대상이 되는 것을 그는 거부하고 있는데, '시인이 사물로서 믿는 언어는 어딘가 여전히 도구인 것'[29]이라고 주장하고 있다. 이때 언어가 담지하고 있는 것은 시인의 내면이며, 이 시인의 내면은 이미지로 나타난다. 여기서 전봉건의 독특한 이미지론이 시작되고 있다.

> 이미 세상은 폐허입니다. 그리고 이런 폐허에서 살기 위해서는 엘류아르가 아니더라도 '있을 수 없을 것만 같이 육감적인 여자들'의 존재가 필요하게 되는 것입니다. 즉 꿈=이메지가 필요하게 되는 것입니다. 그러니까 이 꿈은 있어도 좋고 없어도 좋은 그런 시시한 꿈이 아닙니다. (중략) 다시 말하면 이제 살기를 원하는 사람에게 최후로 남겨진 음식물과 같은 것입니다. 그러니까 이메지란 맨 처음에 말했듯이 강력한 희망, 그리고 탐욕스런 생명이 넘쳐나는 꿈인 것입니다.[30]
>
> 이렇게 보면 가장 강한 생명력의 긴장을 내부에 지니는 시인의 정신이 어찌할 수 없이 잉태하는 것이 이메지라고 하겠읍니다. 그렇기 때문

27) T.S. Eliot, "The Perfect Critic", *The Sacred Wood; Essays on Poetry and Criticism* (London: Methuen, 1966) 8쪽.
28) T. S. Eliot, "Tradition and Individual Talent", p.560.
29) 전봉건 · 이승훈 대담, 「詩에 이르려는 기원」, ≪현대시학≫, 현대시학사, 1973. 6, 38쪽.
30) 전봉건, 앞의 책, 152-153쪽.

> 에 이메지는 현실과 대립하는데 그치는 것이 아니라 한발자욱 더 나아가서 현실에 반항하는 것이 됩니다. 그리고 그럼으로써 그것은 보다 인간적인 것이 되는 거라고 할 수 있읍니다.[31)]

> 시에 있어서의 이메지의 존재방식은 보통 두 가지가 있읍니다. 그 한 가지는 밤하늘에 반짝이는 성좌들처럼 있는 경우이고, 다른 한가지는 구름처럼 있는 경우입니다. (161)

일단 그는 운율이나 리듬의 시를 거부하고 있다. 이는 우리말이 리듬에 맞지 않다는 것이며, 정형시의 운율로는 현대의 정신을 담아낼 수 없다는 이유에서 그러하다. 오히려 현대시는 이미지 시인데, 독특한 것은 그의 이러한 견해가 당대의 이미지즘의 견해와 다르다는 점이다. 그는 조향의 「바다의 층계」에 나타나는 이미지를 '성좌처럼 존재하는 이미지'로 규정한다. 이 이미지는 '고착된 상태의 이메지', '자기운동을 그만 둔 이메지'이며, 우리의 눈이 신선해지는 풍경 이상이 아니라고 언급[32)] 하고 있다. 즉, 그는 조향의 시에서 나타나는 즉물적인 이미지를 부정하고 '구름처럼 존재하는 이미지'를 더욱 강조하고 있는 것이다.

그런데 이 '구름처럼 존재하는 이미지'는 문자들과는 관계없이 '의식이 언어 그 자체에 잠겨들어 박히치 않고 제 특질대로 자유로이 구비쳐 흐르는 것'이며, 그것은 또한 시인의 정신이 어찌할 수 없이 잉태하는 것이라는 것이다. 그러므로, 그것은 '꿈'으로 규정된다. 전봉건이 끊임없이 시인을 '내면, 현실에 대항하여 그 영혼의 비밀을 내비치는 자'라고 강조했다는 점을 염두에 두면, 시인의 내면을 밖으로 드러내 보이는 것이라고 할 수 있다.

이미지에 대한 이러한 규정은 이미지를 주관의 감정 표출 혹은 그 것

---

31) 위의 책, 160쪽.
32) 전봉건, 앞의 책, 163쪽.

의 형상화로 보지 않고 사물들 사이의 관계에서 생성되는 정서적 등가물[33]로 보던 이미지즘의 그것과는 사뭇 다른 것이다. 전봉건의 이미지 개념은 오히려, 시는 무엇인가보다 시인은 누구인가의 물음이 제기되었던 낭만주의 시대에 시인의 내면에 있는 어떤 것을 밖으로 밀어내는 원동력으로 기능했던 '상상력'에 가까운 것이다.

코울리지는 상상의 심미적 기능보다는 그것의 인식적 능력을 강조하였다. 그의 이차적 상상의 특징은 감각적 지각의 생경한 자료들을 정신 속에서 일단 분해, 확산, 분산하였다가 다시 새로운 통일체로 재창조하는 것이었는데, 그는 상상의 심미적 기능보다는 그것의 인식적 능력을 강조[34]하였다. 즉, 외부 사물을 인식하고 변형시키는 주체의 측면이 가장 강조되는 이러한 상상력의 측면을 전봉건은 염두에 두고 있는 것으로 보인다. 코울리지의 이러한 상상력 논의를 비판하는 리차즈에 있어서도, 상상은 의미구조의 각 단위가 하나의 공통된 통일적 목적을 위해서 개별적인 자주성을 포기하는 것이 그 특징이며, 그러므로 이해되는 방식이나 효과적인 결합에 있어서도 부단한 상호작용을 거듭하게 된다고 언급[35]하고 있다.

이렇게 상상을 개략해보았을 때, 전봉건의 이미지론, 즉, '성좌처럼 존재하는 이미지', 그리고 '구름처럼 존재하는 이미지'의 구분은 뚜렷해진다. 즉, 앞의 것은 말 그대로 형상 자체이고, 두 번째는 오히려 그 이면에 있는 상상의 작용에 가까운 것이다. 특히, 그가 '이메지가 들어와서 단절된 의식은 다시 흐르기 시작하고, 이메지는 스스로 자유분방하게 운동하기 시작한다'[36]라고 언급한 사실은 이것이 단순한 형상으로서의 이미지가 아니라 시인의 의식과 관계되는 하나의 상상력으로서 기능

33) 오세영, 「한국 모더니즘시의 전개와 그 특질」, 『20세기 한국시 연구』, 145쪽.
34) 이상섭, 『영미비평사』, 민음사, 1996, 96-98쪽 참조.
35) I. A. Richards, 김영수 역, 『문예비평의 원리』, 현암사, 1981, 324-326쪽 참조.
36) 전봉건, 앞의 책, 165쪽.

한다는 점을 더욱 확실히 알 수 있다.

이런 점에서 전봉건의 이미지론은 단순한 기법의 차원에서 머무는 것이 아니라, 그 이면에 있는 시인의 문제, 시인의 내면의 문제를 제기한다는 점에서 당대의 모더니즘론을 넘어서는 측면을 지니고 있다. 즉, 이것이야말로 고석규가 제기한 서정과 지성의 통합적인 문제인 것이다. 시의 서정성이 시인의 내면에의 발언, 표현, 그리고 상상력과 관계된다면, 시가 짜여지는 것이나, 계산된다고 말하는 지성의 표현[37]은 결국 전봉건의 이미지 형태론을 통해서 통합되고 있다. 즉, 언어의 측면에서 지성의 측면을 강조했다면, 그의 이미지 형태론은 그 이미지가 시인의 내면에서 나오는 것이며, 현실에 대항하는 '꿈'과 같은 것이라고 주장함으로써 서정의 측면을 강화한 것이라고 볼 수 있는 것이다. 즉, 앞서 살펴본 바와 같이 의식의 측면에서 현대와 과거의 계보 위에 서 있는 현대시는 이렇게 지성만을 강조하는 모더니즘 시나 서정만을 강조하는 전통 서정시의 사이에서 그 둘의 통합을 모색하고 있는 시인 것이다.

3.2. 사상과 기법의 총체로서 현실 지향적 시

1965년에 세대지를 통해 김수영과 전봉건은 격렬한 논쟁을 벌였다. 발단은 김수영이 「난해의 장막」(≪사상계≫, 1964. 12)을 통해 '양심은 없는 기술만을 구사하는 시를 주지적이고 현대적인 시라고 생각하는 모양이다'라고 하며 전봉건의 시와 평론을 공격한데 이어 전봉건이 「사기론」을 통해 그의 참여시와 '양심론'을 비판하는 글을 실었고, 김수영이 다시 「文脈을 모르는 詩人들－詐欺論에 대하여」(≪세대≫, 1965.3)을 통해서 자신의 말을 재설명하고 전봉건의 태도를 비판한 것으로 막을 내렸다.

37) 전봉건·이승훈 대담, 「시의 散文性과 知性」, ≪현대시학≫, 현대시학사, 1973. 12, 43쪽.

이 논쟁은 서로의 시와 비평의 문체와 태도를 문제삼으며 감정적인 싸움으로 발전하는 바람에 생산적인 논의로 확장되지 못했으나, 그 일면에 현실지향적인 시에 대한 양자의 견해 차이를 드러내고 있다는 점에서 고찰해볼 필요가 있다. 흔히 기교주의 논쟁으로 알려진 이 논쟁은 그러나, 김수영의 경우 시의 기법보다는 '양심'이라는 사상적 측면을, 전봉건의 경우 사상을 표현하는 시의 기법을 문제 삼았기 때문에 발생한 것으로, 단순히 기교만을 문제 삼았다고 보기 어렵다. 전봉건은 이 논쟁에서 시에서의 사상의 존재를 부정하고 있지 않으며, 사상이 어떤 방식으로 형상화되어야 하는가를 주장하고 있었기 때문이다.

> 즉 시에 대한 방법론적인 비평정신과 그리고 사회에 대한 최소한의 결의, 비평정신을 미처 가질 줄 몰랐던 것이기 때문이다. 그리고 이 문제야말로, '시'에 대한 사회의 대한 비평정신의 제문제야말로 지금 우리가 다루어야하는 가장 절박된 중대한 문제일 것이다.[38]

이 인용에서 보듯이 전봉건은 시에 있어서 기법의 문제만을 중시하지는 않는다. 그는 후반기 동인의 모더니즘을 비판하는 이 글에서, 그들이 '방법론적인 비평정신'을 가지지 못했다고 비판하고 있으며, 그것이야말로 시가 가져야 하는 가장 중대한 문제라고 언급하고 있다. 이와 관련하여, 후반기 동인이 모더니즘을 그릇만 가져왔다고 비판하면서 의식이 먼저 있은 후에 방법이 따라와야 한다는 것을 강조한 사실도 시가 사회현실을 직시하고 그에 대항하는 비평정신을 가져야한다는 점을 강조하고 있는 것이다. 이러한 생각은 넓은 의미에서 참여적 성격을 지니는 것[39]이다. 그러나 한수영이 지적하듯이 '어떻게'보다는 '무엇을' 쓰느냐

38) 전봉건, 「現代詩의 衣裳－詩人의 손」, 56쪽.

39) 한수영은 전봉건의 모더니즘론은 넓은 의미에서 현실지향적인 성격을 지니고 있는 것이며, 바로 이러한 점에서 박인환, 이봉래의 모더니즘론과 같은 범주에 묶여질 수 있는 것이라고 주장한다. 그러나 그는 전봉건이 모더니즘시가 '어떻게' 쓸

에 중점을 두었던 것은 아니라고 보인다[40]. 그는 '주제'란 있어야하는 것이긴 하지만, 시가 되기 위해서 반드시 필요한 것은 아니라고 주장하고 있기 때문이다. 그런 점에서 그의 현실지향적 시는 김수영의 참여시와는 차원을 달리하고 있는 것이다. 오히려, 그는 주제와 기법을 조화롭게 통일시킨 시를 주장하고 있었다.

이를 좀더 자세히 고찰해보기 위해, 먼저 그의 「사기론」을 살펴볼 필요가 있다. 그는 '도대체 시인이 현실을 똑바로 본다는 것은 무엇을 말하는 것이겠읍니까. 요사이 쉬운말로 간단히 말하자면 「사회참여」나 「현실참여」가 될 것입니다. 시인이 정치문제나 사회문제를 등한시하지 않고 그 문제들에 대하여 분명하고 확고한 태도를 취하며, 직접 그 문제들에 참가해드는 것 말입니다.'[41]라고 말하며, 그러나 김수영의 시에서는 이러한 '현실에의 직시'[42]가 나타나는 것이 아니라 '현실에의 관심'이 드러나고 있을 뿐이라고 말하고 있다. 이 글에서 구체적인 설명이 나타나 있지 않기 때문에, 현실에의 직시와 관심의 차이는 다른 글에서 찾아 볼 수 밖에 없다. 그러나 이 현실에의 관심만 드러나 있다고 한 끝에 김수영의 시를 예를 들면서, 그것은 산문이지 시가 아니다라고 비판하고 있다는 점에서 현실에의 직시와 관심의 차이는 '시란 어떠한 것인가'의 문제로 귀결된다.

시가 현실에 충실한다는 것은 시가 현실의 꽁무니에 매어 달리거나

것인가에 골몰할 것이 아니라, '무엇을' 쓸 것인가를 고민해야한다고 하였다고 하지만(한수영, 앞의 책, 243쪽), 전봉건의 경우 방법과 주제의 문제를 모두 중요한 것으로 보고 있다.

40) 나의 입장으로서는 「무엇을」과 「어떻게」 이 두 가지가 다 시의 본질이라고 알고 있습니다(전봉건 · 이승훈 대담, 「詩에 이르려는 기원」, ≪현대시학≫, 현대시학사, 1973. 6, 28쪽).

41) 전봉건, 「詐欺론-金洙映 시인에게 부쳐」, ≪세대≫, 세대사, 1965. 2, 275쪽.

42) 위의 글, 275쪽.

> 현실의 꽁무니를 시종처럼 따라다니면서 현실을 模寫하는 일이 아니라는 것입니다. 그것은 현실을 발판으로 하고 현실과 대결하면서 현실 위에 새로운 시적 현실을 창조한다는 일을 말합니다.[43]

그가 김수영의 참여시를 부정했던 이유는 '참여'가 시인다운 방식으로 이루어져야 한다는 점을 지적하고자 했기 때문이다. 인용에서 보듯이, 시가 현실에 충실한다는 것은 현실의 사물을 객관적으로 나열하는데 그치는 것이 아니라, 현실을 토대로 하여 그 위에서 '새로운 시적 현실을 창조'하는 방법으로 이루어져야 한다. 이는 그가 현실에 저항하는 사상의 문제를 부정하는 것은 아니며, 사상을 어떻게 형상화하느냐를 중요시하고 있는 것이다. 따라서 그는 '아무리 참여의 시라고 해서 테마가 앞설 수는 없'으며, 테마와 작품이 똑같이 중요하게 다루어져야 한다[44]고 주장하고 있다.

1965년에 김수영과의 논쟁에서 제기했던 주제와 기법의 문제는 1973년에 있었던 이승훈과의 대담에서 정리되어 나오고 있다. 그는 김춘수의 무의미시를 언어놀이를 통해 언어의 의미에서 탈출하고자하는 것으로 보는 이승훈의 견해에 사회적 의미를 부가시킨다. 기법에 천착한 것처럼 보이는 무의미시는 단순히 기법의 천착에서 얻어진 것이 아니라, 현실에 대한 '사고로서 벌인 대결'의 결과라는 것이다. 즉, 시인을 억압하는 오늘의 의미, 현실, 역사와의 대결에서 그는 언어로서, 사고로서 대결을 벌였고, 이 대결을 통한 절망이 의미없는 무의미를 낳았고, 이것이 바로 김춘수의 '정직성'이며, 시인이 가져야할 정직성[45] 이라는 것이다.

시인이 가지는 현실지향적인 성격은 어떤 '사상'을 지녔는가에 의해

---

43) 전봉건, 앞의 책, 240쪽.
44) 전봉건, 「토대없는 參與의 시:시단월평」, ≪세대≫, 세대사, 1967. 8, 281쪽.
45) 전봉건·이승훈 대담, 「金春洙의 虛無 또는 永遠」, ≪현대시학≫, 현대시학사, 1973. 11, 83-84쪽 참조.

결정되는 것이 아니라, 그것을 어떻게 구성하고 조립하여 나타내느냐에 달려있다는 이러한 주장은 현대시의 문제로 연결된다.

> 현대시가 우리를 감동케 한다면 그것은 그것이 현실 위에 새로이 창조된 시적 현실인 것이기 때문이며, 이 새로운 것을 조립하여 만들어내는 것은 다름아닌 시인의 기술인 것입니다. (중략) 시의 역사상으로 보아 현대는 현대시의 특성(현실과의 정면대결, 치열한 교섭을 거침으로써 생성된다)으로 해서 어느 때보다도 시인의 시를 만드는 기술의 고독한 우수성이 강력하게 요구되는 시대일 것이다, 라는 나의 소견을 적어두기로 하겠읍니다.[46]

앞서 살펴보았던 현대시의 요건은 바로 이 지점에 와서 완전한 결론을 얻게 된다. 인용에서 전봉건은 현대시가 주는 감동은 시가 '현실 위에 새로이 창조된 시적 현실'이기 때문이며, 이러한 시적 현실의 재창조는 '시인의 기술'에 의해 이루어지는 것이라고 주장하고 있다.이 주장만 놓고 보면, 그가 기법의 우위를 주장하는 것처럼 보이지만, 바로 다음 구절, 즉, 현대시의 존재론적 기반이 '현실과의 정면대결'을 그 특징으로 하고 있다는 점에서 시가 담고 있는 주제의 문제를 등한시하고 있는 것이 아니라는 점을 알 수 있다. 이는 동시에 '방법이 방법이전의 것과의 관계를 몰락하지 않는 한에 있어서만 방법'[47]이라는 것이라는 고석규의 주장과 닿아있는 동시에, 역설적으로 방법이전의 것이 방법과의 관계를 몰락하지 않아야한다는 것을 주장하는 것이기도 하다. 즉, 이러한 주장은 현실과 정면 대결하는 주제의 문제와 그것을 형상화하는 기법의 문제가 조화롭게 통일된 시를 이룩하고자 하는 것이다.

---

46) 위의 책, 244쪽.
47) 고석규, 「李箱 十二週忌－모더니즘의 교훈」, 『여백의 존재성』, 161쪽.

4. 전봉건 시론의 문학사적 의의

이상과 같은 전봉건 시론의 특성을 '시의 현대성'에 두고 살펴보았다. 그것은 크게 세 가지 방향으로 이루어질 수 있었다. 하나는 현대적 인식의 문제였고, 그 현대적 인식을 시작의 층위에서 살펴보았을 때, 그것은 기법의 측면과 주제의 측면으로 나누어질 수 있는 것이었다. 요약하면 그가 말하는 시의 현대성이란 현대적 상황에 대해 대결하고 저항하는 시인의 현대적 인식에서 출발하는 것이며, 기법적인 측면에서 이미지, 주제적인 측면에서 현실을 재구성하여 그것에 대항하는 사상을 골자로 하고 있다. 이러한 점을 염두에 두었을 때, 그가 후반기 동인의 모더니즘 운동과 서정주류의 전통서정시, 그리고 김수영류의 참여시를 모두 비판하면서 그의 독자적인 시론을 형성하였음을 알 수 있다. 후반기 동인의 모더니즘은 그것이 외래사조를 이식하여 기법적인 측면에서만 가져왔기 때문에, 서정주 류의 전통서정시는 그것이 오늘의 현실을 담지하지 못하고 신라라는 고대적 과거에 집착하였기 때문에 진정한 현대시가 되지 못한다는 것이다. 또한 김수영의 참여시는 그것이 시의 형태를 갖추고 있지 못하기 때문에 지양해야 하는 것이다. 이와 같은 그의 비판은 현대시란 오늘의 현실을 담보하여야 하는 것, 그리고 그것을 기법과 주제 양 측면에서 담아내어야 한다는 그의 결론을 이끌어내기 위한 전제였던 것으로 보인다. 요약하면 그가 지향하는 현대시란 각각 전통과 현재의 유기적 관계에 놓여있는 시, 서정과 지성이 통합된 이미지의 시, 그리고 주제와 기법이 조화롭게 통일되어 있는 시라고 종합할 수 있다.

이러한 전봉건의 시론은 1950년대 모더니즘 시론의 다양한 갈래 중 하나로 포섭되면서도 첨예한 문학적 논쟁 사이에서 그 통합을 지향하고 있었다는 점에서, 매우 독특한 위치를 점하고 있는 것으로 보인다. 시의 기법적인 측면을 중시하였던 모더니즘 시를 비판하고, 또한 내용만을 중시하였던 참여시를 비판하면서, 그 둘의 조화로운 통일을 강조하였던 전봉건의 시론은 전대의 모더니즘 운동의 기법적인 측면을 극복하고 더 깊이 있는 모더니즘 운동을 이끌었던 1960년대 현대시 동인과의 연관성 속에서 그 문학사적 의의를 찾아 볼 수 있을 것이다.

▸▸▸ 참고문헌

전봉건, 『시를 찾아서』, 청운출판사, 1961.
______, 「시의 비평에 대하여 : 시와 비평의 위기」, ≪문예≫, 문예사, 1953. 11.
______, 「오늘과 시인의 모습 : J.S. 「밧하」의 교훈」, ≪예술집단≫, 1955. 2.
______, 「현대의 그 인식과 문학」, ≪조선일보≫, 1955. 5. 5.
______, 「현대시의 의상 : 시인의 손」, ≪현대문학≫, 현대문학, 1955. 5.
______, 「시, 예술, 사랑」, ≪문학예술≫, 1955. 8.
______, 「오늘과 시인의 모습」, ≪예술집단≫, 1955. 12.
______, 「문학적 미양식—김동리씨의 선민의식과 학생문제」, ≪신세계≫, 1956. 4.
______, 「문학계분열의 양상 : 이념 · 사조 · 민족성에 있어서의 필연성」, ≪자유세계≫, 자유세계사, 1956. 11.
______, 「현대시의 노래의 출처」, ≪자유세계≫, 자유세계사, 1957. 5.
______, 「시인과 식자의 광장 : 시의 이해와 감상의 제일조건」,≪자유문학≫, 자유문학자협회, 1957. 9.
______, 「2월의 시평」, 세계일보, 1959. 2. 14.
______, 「오는 고운 말 · 가는 고운말」, ≪신사조≫, 신사조사, 1964. 1.
______, 「카멜레온의 소묘 : 박목월의 시세계」, ≪세대≫, 세대사, 1964. 5.
______, 「환상과 상처 : 정진규의 경우」, ≪세대≫, 세대사, 1964. 11.
______, 「「사기」론 : 김수영 시인에게 부쳐」, ≪세대≫, 세대사, 1965. 2.
______, 「시론 없는 새로운 시인 : 나의 처녀작을 말한다」, ≪세대≫, 세대사, 1965. 9.
______, 「시의 재미를 찾아서: 시단 월평」, ≪현대시학≫, 현대시학사, 1967. 7. 8-9.
______, 「현실이란 것 : 이달의 화제」, ≪현대문학≫, 현대문학, 1966. 10.
______, 「참여라는 것 : 이달의 화제」, ≪현대문학≫, 현대문학, 1966. 11.
______, 「꿈이라는 것 : 이달의 화제」, ≪현대문학≫, 현대문학, 1966. 12.
______, 「토대없는 참여의 시 : 시단월평」, ≪세대≫, 세대사, 1967. 8.
______, 「그 무렵의 선배 : 나의 데뷔시절」, ≪풀과 별≫ 3, 풀과 별사, 1972. 9
______, 「요즈음의 시」, ≪한국문학≫, 한국문학사, 1976. 7.

전봉건 외 대담, 「전통의식과 시작의 실제」, ≪현대시≫ 1권, 자유문화사, 1962.
전봉건 · 이승훈 대담, 「72년의 시」, ≪현대시학≫, 현대시학사, 1973. 1.
전봉건 · 이승훈 대담, 「시의 현대성과 비평」, ≪현대시학≫, 현대시학사, 1973. 2.
전봉건 · 이승훈 대담, 「시와 인식 · 존재」, ≪현대시학≫, 현대시학사, 1973. 3.

전봉건 · 이승훈 대담, 「신경증과 시인」, ≪현대시학≫, 현대시학사, 1973. 4.
전봉건 · 이승훈 대담, 「영상언어 그 주변」, ≪현대시학≫, 현대시학사, 1973. 5.
전봉건 · 이승훈 대담, 「시에 이르려는 기원」, ≪현대시학≫, 현대시학사, 1973. 6.
전봉건 · 이승훈 대담, 「김종삼과 밧하와 이상」, ≪현대시학≫, 현대시학사, 1973. 7.
전봉건 · 이승훈 대담, 「쓰여지는 일이 없는 시」, ≪현대시학≫, 현대시학사, 1973. 8.
전봉건 · 이승훈 대담, 「시와 에로스」, ≪현대시학≫, 현대시학사, 1973. 9.
전봉건 · 이승훈 대담, 「續 · 시와 에로스」, ≪현대시학≫, 현대시학사, 1973. 10.
전봉건 · 이승훈 대담, 「김춘수의 허무 또는 영원」, ≪현대시학≫, 현대시학사, 1973. 11.
전봉건 · 이승훈 대담, 「시와 산문성과 지성」, ≪현대시학≫, 현대시학사, 1973. 12.

황동규

시의 유형과 시론의 양상

1. 들어가며

한국 현대시사와 작금의 문단에서 황동규는 문학 엘리트와 문화 대중의 상당수를 독자로 거느리고 있다는 점에서 아주 드물게 행복한 시인이다.[1] 너도 나도 최소한의 노력으로 최대한의 것을 획득하려 정신없이 뛰고 있는 이 세상에서 최대한의 노력으로 최소한의 것을 얻는 것에 만족해야 하는 문학의 바보스러움이 지닌 매력[2] 때문에 문학을 하는 것이라고 답한 바 있는 그로서는 의외의 성과라 할 수 있다.[3] "어찌 보면 황 시인의 삶은 한국문학과 같은 궤적을 그리고 있기도 하다. 70, 80년대 한국문학의 황금기에 그 자리를 함께 했으며, '문학의 위기'가 입에 오

* 김의수 / 서울대학교 강사

1) 김명환, 「[문단 40년] 회갑에 거듭나는 황동규의 시」, ≪조선일보≫ 1998. 4. 7.

2) 「나는 왜 문학을 하는가<68>:시인 황동규」, ≪한국일보≫ 2003. 7. 24 (특집) 기획, 연재 21면 10판.

3) 새로운 변화를 시적 생명력의 근간으로 삼고 있는 시인은 이순을 넘긴 나이에도 시를 지속적으로 발표해 문단의 귀감이 되고 있다. 현대문학상(1968), 한국문학상(1980), 연암문학상(1988), 김종삼문학상(1991), 이산문학상(1991), 대산문학상(1995), 미당문학상(2002) 등을 수상했다.

르내리는 요즘 들어 강단생활을 접는 시인의 삶은 부럽기까지 하다."[4]는 평가를 받는 황동규의 입장에서, 물론 위의 진술이 몇 겹의 비유와 반어, 그리고 겸양의 알레고리이기는 하지만 말이다.

황동규가 스스로 밝히고 있듯 그의 시에 끼친 문학적 영향 및 선배시인에 대한 그의 관심의 밀도가 가장 높은 곳에 예이츠(William Butler Yeats, 1865－1939)[5]가 자리한다. 예이츠의 시 「Among School Children」의 마지막 구절에는 "How can we know the dancer from the dance?"라는 유명한 표현이 나온다. 과연 이 표현이 비유하는 바대로, 한 작품에서 순수한 내용과 완벽한 형식만을 완전하게 구별해내기란 불가능할 뿐만 아니라 무의미하기까지 하다. 이러한 형식과 내용의 불가분성을 전제로 한 양자의 조응적 관계로 내용은 내용대로 형식은 형식대로 더욱 긴장을 획득하게 되는 것이기 때문이다. 그러나 논의의 편의상 혹은 형식 논리로서나마 잠시 이 둘을 구분한다면, 그간 황동규 시의 '내용'에 관한 연구는 상당히 진척을 보였고 시인 스스로도 자신의 시세계, 세계관, 심지어 구조적 원리나 방법적 특성 등에 대한 많은 비밀을 시로 또 산문으로 풀어 놓아 해명된 바가 많지만, 그 '형식', 즉 시의 형태적 측면[6]에 대한 천착은 그다지 활발히 이루어지지 않은 듯 보인다.

> 형식의 측면에서 보아 황동규의 시들은 대체로 네 가지 유형으로 대별된다. 첫째 독립된 서정시들, 둘째 연작시들, 셋째 하나의 표제아래

4) [문화기획] / 오늘 '35년 정든 강단' 떠나는 황동규 교수 "새차 타는 기분… 이젠 문학 외길로" ≪문화일보≫ 2003. 8. 29 (특집) 인터뷰 21면 03판.

5) 황동규, '상징의 축제 －예이츠의 <국민학생들 속에서>의 마지막 연', 『現代英美詩硏究:－ 김치규(金致逵)教授 華甲紀念論文集』, 민음사, 1986, 11쪽.

6) 김현 비평은 바슐라르식 원형에서 출발, 작품의 짜임새를 등한히 하는 경향이 있었고, 이는 자신과는 확실한 거리가 있는 일로서 원형보다는 짜임새를 중시하고, 또 너무 조심스러워하는 자신이 싫을 정도였다는 황동규의 술회는 그가 그만큼 의식적으로 작품을 구성했다는 반증이기도 하다(황동규, 「'겨울노래'에서 '봄노래'로」, 『나의 시의 빛과 그늘』, 중앙일보사, 1994, 187쪽).

> 짧은 소제목들은 지닌 변주 형식의 시들, 그리고 넷째 그 스스로 극서정시라고 명명한 계열의 시들이 그것이다.
>
> 작품 양으로 보아 지금까지는 연작시 계열이 다수를 차지하고 있지만 이 연작시 특히 『풍장』이후 그는 이러한 형태로는 극적 효과를 거두기 어렵다고 판단한 것 같다.[7]

최동호(<문학사상>1989.11)의 이러한 지적도 구체적인 증명보다는 대략의 경향 내지 추세를 감지하여 뭉뚱그리고 지나간 경우가 아닌가 생각된다. 위의 몇 가지 유형으로 도식화하기엔 그의 시가 훨씬 다양하고 또 복잡하게 얽혀 있는 양상으로 전개되고 있기 때문이다.

이처럼 그 동안의 연구와 조명에서 시의 형태에 기울였던 황동규의 관심[8]은 별로 주목받지 못한 채 당연시 혹은 무시되어 온 감이 없지 않다. 그러므로 "한 시의 형태 파악을 위해서는 그 시인이 쓴 다른 시들과 비교해 볼 필요가 있다."[9]는 김종삼에 대한 그의 말을 이번에는 황동규 자신을 향해 되돌린다. 매 순간 시를 어떻게 쓸 것인가 고민해 온 그의 시적 내밀성에 대한 선생 작업으로서 그의 외부로부터 길을 찾으려는 것이다.

물론 이 연구는 어떤 특정 이론에 의한 연역적 추론이기 보다는 사실적 결과의 수렴과 객관적인 들여다봄을 통한 귀납적인 특성을 가진다는 점에서 황동규의 시와 시론에 대한 다분히 試論的 성격의 작업이라 할 수 있다. 채 다듬어지지 않은 용어와 개념은 오히려 자기전복적이며 결과를 통해 도리어 다시 세워져야 하는 임시적 속성을 면치 못 할 수도 있다. 그러나 기존의 많은 연구와 평문들이 상호 복제의 동어반복과 좀

---

7) 최동호, 「사람과 사람 사이에서 숨쉬는 시들」, 『황동규 깊이 읽기』, 문학과지성사, 1998, 157쪽.

8) 황동규는 그의 산문 「잔상의 미학－김 종삼의 시세계」(『풍장』, 나남, 1984, 375-390쪽)에서 보듯 독특한 시 형태에 대한 지대한 관심을 곳곳에서 드러낸다.

9) 황동규, 「잔상의 미학」, (문학선)『풍장』, 나남, 1984, 379쪽.

더 화려한 수사로 크게 다르지 않은 당위론을 확대 재생산해 옴으로써 그의 시가 자꾸 신비화되거나 추상화된 점은 없는지 우려되는 마당에, 이러한 작업은 조금이나마 새로운 시도로서의 가치와 보다 본격적인 후속 연구를 위한 첫걸음에 해당한다는 한계와 의의를 동시에 지닌다. 예를 들어 그가 '진행형'의 시인이라는 것은 여러 연구자들의 공통된 수사에서도 확인할 수 있는 바[10], 허다한 그에 관한 평가의 결론 말미가 '탈주중', '여행중'식으로 끝나는 것을 지켜보는 일은 이제 차라리 식상하기까지 하다. 그러므로 그 여행의 거리와 시적 탈주의 경로를 실측해보는 일이 마침내 한 번쯤은 필요한 시점인 것이다.

2. 시적 성실성과 다양성

1961년의 첫시집 『어떤 개인 날』이후 2006년 현재 13번째 시집인 『꽃의 고요』에 이르기까지 그는 신작시집 기준으로 총 608편의 많은 시를 발표했다. 전집이나 선집을 제외하면 짧게는 2년에서 길게는 8년의 시차를 두며 45년간 평균 3년 반마다 한 권씩의 시집을 왕성하게 펴낸 셈이다.

시 집	수록편수	간격
1. 어떤 개인 날, 中央文化社, 1961.05.10 - 500부 한정판	30	(年)
2. 비가, 創又社, 1965. 03 / 1977.02 / 문학동네,1996.10.25(재간)	21	4

10) 장석주, 「존재에서 생성으로 탈주하기」, ≪시와사람≫ 2005 봄, 210쪽. - "지금도 황동규의 시는 탈주중이다."
이광호, 「기행의 문법과 시적 진화」, ≪작가세계≫ 1992 여름, 66쪽. - "그는 여전히 여행중이다."

3. 태평가, 創又社, 1968 – <평균율1, 1968>	46	3
4. 열하일기, 현대문학사, 1972 – <평균율2, 1972>	30	4
5. 나는 바퀴를 보면 굴리고 싶어진다, 문학과지성, 1978. 09. 25.	48	6
6. 악어를 조심하라고?, 문학과지성, 1986. 10. 05. (개정판1995)	31	8
7. 몰운대行, 문학과지성, 1991. 04. 30 (1994. 08. 20 재판)	54	5
8. 미시령 큰바람, 문학과지성, 1993. 11. 30.	47	2
9. 풍장, 문학과지성, 1995. 09. 20 (1998. 07. 15 재판)	70	2
10. 외계인, 문학과지성, 1997. 04. 15.	53	2
11. 버클리풍의 사랑 노래, 문학과지성, 2000. 02. 02.	50	3
12. 우연에 기댈 때도 있었다, 문학과지성, 2003. 02. 10.	60	3
13. 꽃의 고요, 문학과지성, 2006. 02. 10.	68	3
(6,7,8시집은 9에 중복된 「풍장」1, 2, 3부 각16, 18, 18편 제외 수치임)	총608편	총608편

특히 위의 표에서 알 수 있듯 초기보다 중반 이후에 오히려 더욱 많은 편수를 단기간에 집중적으로 발표하는 등, 시에 대한 그의 정열이 세월이 가도 전혀 식지 않음을 알 수 있는데, 이는 천재성을 인정받으며 등단했던 그가 초기의 영광에 안주하지 않고 부단히 창작의 길에 매진하였음을 증명하는 것이다. 이러한 성실성은 초기에 반짝 젊은 혈기로 타올랐다 명멸해 간 많은 천재 시인들[11]의 낭만적 운명에 비할 때, 우리 문학사상 흔치 않은 경우이며 자못 소중하기까지 하다.

한편 김종삼처럼 자신의 시론에 대해 거의 입을 다물었던 시인이 있었던 반면, 황동규는 마치 김춘수[12]만큼이나, 자신의 시에 대해 발언할

11) "너무 빨리 알려져 씩을 기회를 채 갖지 못하고 베어져 화목(火木)이 되는 시인들을 여럿 본다." (황동규, 「생전 처음 시 연재를 끝내며」, 『젖은 손으로 돌아보라』, 문학동네, 2001, 239쪽).

12) 물론 황동규는 김춘수의 경우처럼 학술적 체계를 갖추어 문학적 이론을 전개한 것은 아니라 할 수 있다.

기회가 많았던, 어찌 보면 진정 행복하고 달리 보면 아주 적극적인 입장이라 할 수 있다. 약 35편의 중복 수록된 부분을 제외하면 아래처럼 정식 출간된 산문집 속에 담긴 글들만도 150여 편이 넘는다.

산 문 집	편 수	비 고
(오늘의 詩論集) 사랑의 뿌리, 文學과知性社, 1976.	22	
(황동규散文集) 겨울 노래, 지식산업사, 1979. 2. 19	39	
(文學選) 풍장, 나남, 1984. 7. 5. – 문학선집(시, 산문, 평론 등)	37	– 詩를 제외한 산문·평론 편수
나의 시의 빛과 그늘, 중앙일보사, 1994. 2. 15.	(12)	– 1991~3년『문예중앙』연재
詩가 태어나는 자리, 문학동네, 2001. 5. 9.	13	– 위 1994의 개정 증보판
(散文集) 젖은 손으로 돌아보라, 문학동네 2001. 5. 9.	77	
	총188편	약35편 중복 수록 포함

물론 이 가운데는 『젖은 손으로 돌아보라』와 같이 시나 시론적 관련성이 별로 없는 신변잡기적 미셀러니 차원의 단상들도 혼재해 있다. 그러나 나머지 대부분은 자기 시의 근원적 배경이나 창작의 비밀을 자신의 문학관과 함께 피력한 에세이적 성격의 산문들이므로 이 허다한 글들의 도처에서 황동규 시의 내부를 지탱하고 있는 사유의 골격을 짚어내기란 그리 어려운 일이 아니다. 특히 이 밖에도 수많은 잡지와 신문에 기고한 그의 글들과 인터뷰, 대담까지를 합치면 그의 산문에 대한 연구만으로도 별도의 본격적인 연구가 필요한 실정이라 하겠다.

—"시 말고 산문은 안 쓰셨습니까?"
—"산문도 꽤 썼습니다. 산문을 많이 쓴 것은 처음 문학을 시작할 때

아버지하고 다른 것을 하자는 것이었습니다. 아버지는 산문을 안 쓰기로 유명한 사람입니다. 아마 한두 개도 안 썼을 거예요. 왜냐하면 아버지와 아들이 문학가로서 같이 일가를 이룬 경우가 없더군요. 음악가들은 그렇지 않죠. 화가도 대물림하는 경우가 많고요. 그런데 문학은 없어요. 문학은 예술의 어떤 장르보다 새로움이 중요합니다. 제가 아버지에게 배운 것도 많지만 안 배우려고 노력한 것도 참 많아요. 아버지는 문학 책을 주로 읽으셨지만, 저는 문학이 아닌 철학 책이나 비교종교학 같은 책도 많이 읽었거든요. 그렇게 아버지하고 달라야 한다고 노력했던 것이 오늘의 저를 만들었습니다."[13)]

황동규의 기억에 따르면, 그의 데뷔 무렵 비평가들은 시인들에게 각자 자신의 시론을 먼저 완성한 연후에 작품제작을 시작하라고 요구하는 분위기였고, 이러한 충고는 나름대로의 정당한 의의에도 불구하고 당시의 시인들에게 상당히 나쁜 영향을 끼친 바 있다고 술회한다.[14)] 주지주의, 쉬르레알리슴 등 생경한 이론에 맞추어 도식적 작품을 창작하는 병폐를 지적하고 있는 것이다. 시론이 먼저냐 시가 먼저냐의 선행 논쟁은 쉽사리 답을 구할 수 있는 문제가 아닌 만큼 한 예술가의 전생애적 조망과 관찰이 필요하고, 마침 황동규의 경우는 그러한 우리의 성찰에 아주 적절한 시금석이 되리라고 생각한다.

3. 다양한 실험과 단성적 비애의 노래—음악시론

그가 500부 한정판으로 출간한 첫 시집 『어떤 개인 날』(1961)속의 30편의 시들을 형태적으로 일별할 때 우리는 아주 다양한 양식의 시 형식

13) ≪월간중앙≫2004년 04월호－대담 · 정리 : 이경철(≪문예중앙≫주간) · 윤석진(≪월간중앙≫차장).
14) 황동규, 「시와 체험」, (문학선)『풍장』, 나남, 1984, 354-355쪽.

들이 골고루 시도되고 있음을 알게 된다. 최동호는 양식의 측면에서 황동규의 시들을 대체로 네 가지 유형으로 대별한 적이 있는데, 첫째 독립된 서정시들, 둘째 연작시들, 셋째 하나의 표제 아래 짧은 소제목을 지닌 변주 형식의 시들, 그리고 넷째 황동규 스스로 '극서정시'(drama lyric)라고 명명한 계열의 시들이 그것이다.[15] 그러나 본고에서는 이와는 다른 몇 개의 기본적 용어로 이를 유형화하여 논의의 편의를 기하고자 하는 바, 이는 다분히 상대적인 개념으로 어떤 절대적 기준에 의한 구분을 향한 실험적 성격을 가지는데, 먼저 시의 길이를 기준으로 <장시, 중시, 단시>[16]로 세분하여 시의 길이와 전체적인 호흡의 단위를 나누어 보았다. 이의 적용 기준은 인쇄된 시집면의 시 행이 21행(1면)을 넘는지, 혹은 42행(2면) 이상인지를 기준[17]으로 하였고, 이 경우 첫시집은 <장시－중시－단시>의 비율이 <16.7－23.3－60.0>% 정도로 드러난다. 처음 시작하는 초보자답게 시의 통상적 길이 면에서 보편적이고도 일반적인 현상이라고 볼 수 있을 듯하다. 아래 이하의 표는 <장시－중시－단시>를 합하여 총 30편의 시가, 다시 부가적으로 가지는 특성에 의해 그 중 각각 연작시, 변주시, 악장시 등으로, 그리고 전체 시편 중 순수한 산문시 형태의 시 편수와 '산문+운문' 형태의 혼성시적 구성을 보이는 경우의 수로 나누어 집계한 것이다.[18]

---

15) 최동호, 「사람과 사람 사이에서 숨쉬는 시들」, 『황동규 깊이 읽기』, 문학과지성사, 1998, 157쪽.

16) 이를 <장형, 중형, 단형> 정도의 개념으로 대치해도 무방하나 용어상의 통일을 위해 그대로 사용.

17) 산문시의 경우는 시각적 효과상 시집의 한 면, 즉 약 21행이 아니라 15행 정도를 기준으로 하여 적용.

18) 拙稿, 「黃東奎의 詩와 詩論의 관련 양상」, <한국현대문학과 종교>(한국현대문학회 동계 학술발표회), 2006년 1월 6일 (서울대학교)에서는 각 시집 속의 한 편 한 편마다 그 제목과 시형태적 특성을 밝혔으나 이 글에서는 구체적 명시를 생략하고 시집별 통계 수치만을 제시한다.

1시집	어떤 개인 날,1961	단 시	중 시	장 시	연작시	변주시	악장시	산문시	혼성시
	총 30 편	18	7	5	8	4	9	8	8

그런데 이 가운데 각각 8편(26.7%)씩의 <산문시>(26.7%)와 산·운문 <혼성시>가 목격되는 바, 전체 30편의 수록 편수 가운데 무려 53.4%에 이르고 있어 흥미롭다. 운문과 산문, 그리고 산·운문 복합형 혼성시의 고른 분포를 보여, 단지 시의 길이가 길거나 짧은 경우에 상관없이 다양한 형태적 실험을 시도한 것이 아닌가 추측할 수 있는 것이다. 특히 이런 실험성은, 필자가 일련의 연관 단위를 이루는 시들을 분류하기 위해 시인 자신의 여러 언급으로부터 차·변용하여 적용한 <연작시, 변주시, 악장시>[19]라는 시 유형의 경우 더욱 두드러진다.(용어의 미흡함을 무릅쓰고) 우선 결론부터 말하자면 이 역시 <26.7－13.3－30.0>%의 양상을 보이는 바, 작은 단형시('단시')들을 연작으로 묶고 중・장형의 시들은 변주 내지 악장, 정확히는 악장시적 형식을 통해 본격적으로 제시하고 있기 때문이다.

> 고전음악이 내 삶과 문학에 미치는 영향은 크다. 초기에는 리듬의 변화를 위해 작품을 음악의 악장들처럼 번호를 매겨 나누기도 했고, 최근에는 작품 이름을 그대로 등장시키기도 했다. …… 그러나 음악의 영향은 악장 흉내나 곡 이름 등장에 그치지 않는다. 그 동안 나는 좋은 그림과 조각과 건물에서도 음악의 혼을 느끼곤 했다. 내 문학은 실제 삶과

19) 황동규는 "자전적 에세이2: 창고(倉庫)가 없는 삶"(『황동규 깊이 읽기』, 문학과지성사, 1998, 39쪽.)에서 "고2때 작곡가가 되려 독학도 했으나 음대 가는 일에 실패한 '과거'가 있는 사람이라 … 여러 작품들이 번호, 즉 악장들로 나뉘어 … 그 악장들 사이의 리듬의 차이를 즐긴 흔적까지 캐낸다면 '실패한 음악가' 시인을 찾아낼 수 있을 것이"라고 말한 바 있는데, '변주시'와 '악장시'의 구별은 추후 별도의 논의를 통해 구체화하고자 한다.

> 음악 사이의 주고받음이라고까지 할 수 있을 것이다. 삶이 문학의 출발이지만 시가 음악의 혼에 접근하지 않으면 만족할 수 없었다. 음악이 나를 끈 구체적 동기는 문학처럼 최대한의 노력으로 최소한의 것을 기대할 수밖에 없게 된 오늘날 고전 음악의 운명이었을 것이다.[20]

일반적으로 잘 알려진 '연작시' 외에, 특별히 음악에 심취하여 많은 영향[21]을 받은 바 있는 시인의 음악적 발상이 '變奏'(variation)[22] 및 '樂章'(movement)의 개념을 시에 적용시켜 얻은 것이 바로 '변주시'와 '악장시'라 할 수 있을 것인데, 본고에서는 논의의 편의상 다음과 같은 시적 형태 혹은 구조를 지칭하는 명칭으로 이를 사용하고자 한다. 즉 '연작시가 하나의 시 제목 뒤에 「小曲1」, 「小曲2」, …와 같이 숫자를 붙여가며 발전시킨 형태라면, '변주시'는 「겨울 노래」라는 큰 제목 아래 다시 <미소>·<불> 등의 작은 시편들로 나뉘어 주제가 변주되고 있는 경우를 가리키고 이와 유사하면서도 약간의 차이를 보이는 '악장시'의 경우는 「기도」라는 큰 제목 속에 단지 <1>, <2>, <3>식으로 숫자로만 표시된, 연보다 더 큰 개념의 부속시들을 거느리는 형태로 설정한다. 그렇다면 「엽서」나 그의 데뷔시인 「시월」도 바로 이 악장시에 해당하며, <未明에>·<저녁 무렵>·<薄明의 풍경>을 아우르는 시집 제목과 동

20) [나는 왜 문학을 하는가]<68>시인 황동규 ≪한국일보≫ 2003. 7. 24 (특집) 기획, 연재 21면 10판.

21) 하루라도 음악을 듣지 않으면 불안할 정도이고('知音의 세계') 음악을 틀어 놓지 않으면 글이 잘 써지지 않는 못된 병에 걸렸다('음악과 나')고 스스로 말할 정도인 황동규는 자기 시의 형식이나 리듬에 음악의 영향이 컸음을 공공연히 밝히고 있다. 황동규, 『젖은 손으로 돌아보라』, 문학동네, 2001, 224쪽, 207쪽.

22) 주제·동기·음형(音型) 등을 여러 가지 방법으로 변형하는 기법을 변주라고 하며, 넓은 의미의 변주는 세계 각지의 음악에서 찾아볼 수 있으나, 음악형식으로서의 변주곡은 16세기 에스파냐와 영국의 류트음악 및 건반음악 속에서 비롯되고 있다. 그 후 독립된 악곡으로, 또는 악장으로서 변주곡은 오늘에 이르기까지 가장 중요한 음악형식의 하나가 되고 있다. 변주에는 아주 많은 방법이 있으며, 모든 변주곡에 공통되는 것은 변주하게 되는 원형, 즉 넓은 뜻에서의 주제가 존재하는 점인데, 이 주제와 변주와의 관계에 따라 변주곡은 다시 몇 가지로 분류가 가능하다.

명의 시 「어떤 개인 날」은 변주시라고 볼 수 있다. 이처럼 초보 시인은 (ephebe)[23] 첫 시집에서 아직은 어설프지만 시의 다양한 길이와 호흡, 결합, 그리고 그 결합과 분리를 시도하며 은 의욕적으로 시 창작의 길에 들어선다.

제2시집 『비가』는 특히 몇 가지 점에서 문제적이다. 이 시집은 "사실 내 문학이 앞날에 계속 의미를 갖는다면, 상당한 부분이 「비가」와의 싸움에서 얻어진 것이라고"할 정도로 시인에게는 중요했던 고비였고, 동시에 괴물처럼 지긋지긋한 존재인 것이다. 시를 고치는 문제에 있어서 「비가 제1가」는 약간, 나머지는 수차례에 걸친 손질과 퇴고로도 아직까지 흡족하지 못하다고 시인은 고백한다.[24] 그 이유는 무엇인가. 황동규 문학의 일종의 시금석적 성격을 띠는 이 시집은 그러므로 좀 더 깊게 들여다 볼 필요가 있다.

『비가』(1965)에 접어들어 우선 가장 눈에 띄는 변화는 산문시의 사라짐이다. 1시집에서 산문시와 혼성시를 합해 절반을 조금 상회할 정도로 의욕적으로 선보였던 산문적 호흡은 이제 완전히 사라져 단 한 편도 찾아 볼 수 없으며, 이러한 현상은 1978년의 제5시집 『나는 바퀴를 보면 굴리고 싶어진다』 직전까지 아주 오랫동안 이어진다. 1시집에서의 산문시가 대부분 단시 형태였고 혼성시[25]의 대다수가 이 산문 형태의 단시와 운문의 단시를 합하여 구조화한 것이었음을 감안하면 까다로운 호흡

23) 해롤드 블룸은 선배 시인(poetic father)을 'precursor, strong poet, prior poet' 등으로, 그리고 후배 시인을 'latecomer, later poet', 신인 시인을 'ephebe' 등의 용어로 설명하고 있는데, 그의 '詩人' 개념은 단지 '韻文의 著者'(verse-writer)만으로 국한되지 않는 포괄적 함의를 가진다.
(Harold Bloom, *Poetry and Repression*, New Haven : Yale Univ. Press, 1976, p.2.)

24) 황동규, 「비가」, 『나의 시의 빛과 그늘』, 중앙일보사, 1994, 96쪽.

25) 특히 하나의 혼성시를 구성하고 있는 산문시와 운문시의 각 부분을 대비적으로 비교하여 보면 이들 사이의 미묘한 역학 관계를 추출할 수 있을 것이고 이 사이의 어느 지점에서 양자 사이의 파탄이 비롯되었는지를 파악해보는 일도 의미 있는 작업이 될 것이다.

(리듬)의 산문시를 장황하게 끌고 나간다는 것이 힘에 부치는 일이 아니었을까 여겨진다.[26]

물론 산문과 산문시를 즉각 동일시할 수는 없지만, "산문 탄생의 진정한 아름다움은 시의 탄생처럼 조바심을 일으키지 않는다는 데 있다"[27]고 생각한 황동규로서는, 초기에 산문시를 형태나 언어적 긴장이라는 측면에서의 다소의 자유로움으로 파악했을 것이라고 추측해 볼 수 있다. 하지만 그는 곧 산문시가 자유시보다도 더 강한 내적 리듬을 필요로 하는 것임을 깨닫는다. 형태가 산문인 만큼 시의 내적인 리듬이 더욱 중요한 관건이 되기 때문이다.[28] 그러므로 최초에 그토록 왕성했던 산문시의 전면적 감소 현상은 그가 아직 제대로의 내적인 리듬을 충분히 감당할 수 없는 신인시인으로서의 한계를 노정했던 것으로 볼 수 있다.

2시집	비가, 1965	단 시	중 시	장 시	연작시	변주시	악장시	산문시	혼성시
	총 30 편	8	3	10	15	0	1	0	0

그런가 하면 상징주의 시와의 관계 측면에서도 사정은 다소 애매하다. 예를 들어, 『비가』가 그의 군 복무 시절의 작품이면서도 군대에 대한 언급이 극도로 제한되어 있다거나, 보들레르, 랭보 등 프랑스 상징주의 시인들을 지지했던[29] 황동규가 이에 관해 "좋은 시란 경험 현장에서 당장 태어나는 것이 아니라 후에 상상력과의 반응 속에서 새로 태어나

26) "산문은 느슨한 시가 아니다. 그 나름대로 최상의 언어와 정열을 요구하고, … 시보다도 더한 정열이 요구되기도 하는 것이다." – 황동규, 「책머리에」, 『젖은 손으로 돌아보라』, 문학동네, 2001, 6쪽.

27) 황동규, 「책머리에」, 『젖은 손으로 돌아보라』, 문학동네, 2001, 5쪽.

28) 황동규, 「시의 소리」, (문학선)『풍장』, 나남, 1984, 343쪽.

29) 황동규, 「내가 만난 시인들」, 『젖은 손으로 돌아보라』, 문학동네, 2001, 248쪽.

는, 또는 재창조되는, 작품이라는 낭만주의적인, 상징주의적인, 혹은 릴케적인, 주장에 동조하여 그에 맞는 작업을 한 것"[30]같다는 다소 모호한 술회를 한다는 점, 또 "『비가』는 당시 나에게 다가온 허무주의와 싸운 기록이기도 하지만, 동시에 나의, 한 인간의 영혼의 상태를 보여주려 한 시도"로서 자신도 모르게 이루려던 상징주의 시인 바, "우리나라에서 최초로 본격(적으로) 시도된 상징주의 시였는지도 모르겠다는 생각"까지도 서슴없이 밝히면서 『비가』의 제목도 릴케의 『두이노 城의 비가』에서 비롯되었음을 암시하는데, 정작 이 시기 그의 시에서는 상징주의 시의 주요 품목[31] 가운데 하나인 산문시가 자취를 감추는 때문이다. 물론 산문시가 상징주의의 필요조건인지 충분조건인지는 별도로 하더라도, 산문(prose)이 '音'에 관심을 가지고 있는 작가의 입장에서 그다지 만족스럽지 못한 것[32]이듯 산문시(prose poem) 역시 그러한 공리의 지배를 받기 쉬움은 어렵지 않게 짐작할 수 있다.

산문시만 증발한 것이 아니라 악장시인 <네 개의 황혼> 단 하나를 제외하고는 악장시나 변주시마저도 말끔히 사라졌다. 대신에 모두 15편이나 되는 연작시의 전성시대가 펼쳐진다. 소박한 소품적 사랑 노래였던 「소곡」 연작(1－8)이 (그것도 후반부에 조용히 등장하던) 직전 시집(=30편)에 비해, 『비가』의 전체 편수(=21편)는 줄면서도 오히려 더 많은 수의 연작시가 등장했다든지, 무려 13편이나 되는 「비가」 연작(서시, 1－12)이 시집의 앞머리에서부터 포진해 비극적 전망의 분위기를 더욱 의욕적으로 강조한다는 사실이 중요하게 지적되어야 한다. 고정된 '작품'이 아니라 생생한 '텍스트'를 분석하는 일은 이러한 독서 현장의 실제적 상황까지도 고려할 필요가 있다고 보기 때문이다.

30) 황동규, 「비가」,『나의 시의 빛과 그늘』, 중앙일보사, 1994, 99쪽.
31) 이상섭, 『문학비평용어사전』, 민음사, 1990(10판), 126쪽.
32) 김윤식, 『문학비평용어사전』, 일지사, 1976, 147쪽.

시인은 까다로운 내재율의 산문시와 (변주시·악장시·혼성시 등) 구조적 중층 구조의 난맥상을 과감히 떨쳐버리는 대신에 정통 서정시의 운문적 완성에 매진하고자 한다. 시의 길이가 길어지고 전체의 절반에 육박하는 장시 10편이 태어나는 계기는 이런 식으로 확보된다. 악장시로 편성되는 바람에 길어진 「네 개의 황혼」 말고는 모두 비극적 황홀을 노래한 슬픔의 노래(「비가」)들이다. 그만큼 시인에게는 중요한 작업이자 작품들인 셈이다. 그런데 그것들이 고쳐도 고쳐도 마음에 들지 않는 이유는 도대체 어디에 있는가. 그것은 이들이 제목만 '슬픈 노래'가 아니라 문자 그대로 '노래' 즉 '음악'이기 때문이다. 황동규는, 시가 지닌 틀이나 언어의 리듬 때문에 그리고 음색이나 울림 때문에 시인이 가장 정확한 낱말이라고 생각한 것을 버리게 되는 수가 자주 있을 수 있음을 지적하면서, '언어의 절제'를 통한 언어적 긴장의 추구를 강조하였다.[33] 단어만이 아니라 때로는 보편적인 문법까지도 파괴하거나 초월하게 되는데 이를 통해 언어와 언어 사이에 더 깊은 관계를 주는 힘(tension)이 확보된다고 보았던 것이다.

> 시 한 편을 완성할 때 형태를 부여하려는 힘과 그 형태를 받아들이지 않으려는 힘 사이에 팽팽한 싸움이 일어난다. 어떤 형태도 부자유이기 때문이다. 用器에 만족할 액체가 어디 있겠는가? 인간이 만든 형태는 대개 싸움을 포기할 무렵의 구조 요청 신호이다. SOS! 계속적인 형태 불인정 욕구가 이길 경우, 시는 超越詩가 되어 마음 상공으로 사라진다. 시는 웃는다.[34]

소년 시절 작곡가가 되고 싶었던, 하루라도 음악을 듣지 않으면 불안했을 뿐만 아니라 글 한 줄 써지지 않는다는 황동규는 "내 시의 형식이

33) 황동규, 「시의 소리」, (문학선) 『풍장』, 나남, 1984, 325쪽.
34) 황동규, 「시는 웃는다」, 『젖은 손으로 돌아보라』, 문학동네, 2001, 235쪽.

나 리듬에 음악 영향이 컸을 것"이라며, 메타포 등 기본적인 문학의 장치와 더불어 시의 음악적 특징을 중시했다.[35] 리듬, 소리와 소리 사이의 울림, 음성모음과 양성모음의 조화 혹은 대비가 주는 미묘한 효과, 반복 등 (인간의 절제된 언어로서의) 글이 지니는, 저 논리적 내용이나 산문적 의미를 넘어선 황홀 혹은 감동에 주목하면서 이들을 '넓은 의미의 <음악>'이라고 불렀다. "모차르트의 협주곡이나 베에토벤의 현악사중주에서 우리는 어떤 산문적인 혹은 논리적인 의미를 끄집어 낼 수 있단 말인가? 이들의 아름다움을 환치시킬 수 있는 어떤 언어의 집합을 모을 수 있단 말인가? 논리적 해설을 시도하면 할수록 절망이 올 뿐" 이라며 심지어는 미술에서조차 언어로 환치될 수 없는 부분을 "음악적"이라고 부르고 이중섭의 그림이 지닌 공간을 시적 혹은 음악적이라는 감탄사로 풀어내고 있는 것이다.[36] 모든 예술이 음악의 상태를 지향한다는 쇼펜하우어의 명제에 황동규가 유난히 집착하는 것만 보아도 우리는 그가 음악 자체는 물론 시의 음악성에 얼마나 치중하고 있는지 짐작할 수 있게 된다.

> 지금까지 정열/겨울노래들을 읽어온 사람들은 그 시들에 음악과 관련된 제목이나 암시가 많고, 한 작품을 소나타처럼 몇 개의 마당으로 나누고 각 마디에 각각 다른 속도를 부여하고 있는 사실에 눈길이 갔을 것이다. …… 청소년 시절에 음악은 나에게 예술이며 종교였다.[37]

이미 말했듯이 그는 시가 지닌 틀이나 리듬 혹은 음색 때문에, 즉 "언어의 리듬이나 울림을 위해 가장 정확한 단어를 포기하는 경우가 자주 있다"고 고백한 바 있다. 이에 그치지 않고 때로는 보편적인 문법까지도

35) 황동규, 「知音의 세계」, 『젖은 손으로 돌아보라』, 문학동네, 2001, 207, 224쪽.
36) 황동규, 「시의 소리」, (문학선) 『풍장』, 나남, 1984, 323쪽.
37) 황동규, 「'겨울노래'에서 '슬픈노래'로」, 『나의 시의 빛과 그늘』, 중앙일보사, 1994, 79쪽.

파괴하는 경우까지 생기게 되는데 "이점이 시를 문학의 모든 장르 가운데서 가장 자유로운 것으로 만들며 동시에 가장 속박이 많은" 원인을 이룬다는 것이다.[38] 우리가 시를 접하게 되면 산문을 읽을 때와는 다른, 좀 더 집중된 언어의 일군을 맞을 마음의 준비를 하고 있는 자신을 발견하게 되는데, 이러한 본능적인 긴장이야말로 '리듬'을 맞을 준비라고 설명하면서 황동규는 이를 '호흡'[39] 혹은 (제식훈련의) '구령'에 비유한다. 아기들이 노래를 배울 때 가사보다는 가락을, 가락보다는 박자를 먼저 익히듯이 박자는 그렇게 원초적인 것이며, 그렇다면 황동규에게 있어 시란 때로 언어(=의미)보다 먼저 소리로, 리듬으로 다가오는 것이라 할 수 있다.

그렇다면 리듬 때문에 언어가 제약을 받기도 하지만 오히려 그 제약 때문에 언어, 즉 시가 더 단련되기도 한다. "멜로디 없는 리듬은 생각할 수 있지만 리듬 없는 멜로디는 생각하기 힘"들기 때문이다.[40] 물론 그렇다고 해서 시적 리듬이 언어가 지닌 뜻과 완전히 분리된 것이라고 보아서는 안 된다. 특히 정형의 율격과 리듬은 서로 다른 것이라고 구별하면서, 황동규는 우리 시의 정형 기준을 음절(=글자수)로 보고 오늘날 한국에서는 정형시보다 자유시와 산문시가 현대시형의 중추를 이루며 그 리듬의 핵심은 내재율(=호흡)이라고 파악하기도 한다.[41]

하지만 의식적으로든 무의식적으로든 그가 이 무렵 상징주의 시와의 친연성에 귀 기울인 적이 있다면 "명백한 의미보다도 풍부한 암시성을 갖는 시"[42]를 위해 산문시를 버리고 베를레느('시의 음악성, 음악성에 의한

38) 황동규, 「시의 소리」, (문학선) 『풍장』, 나남, 1984, 325쪽.
39) 이를 내재율이라고 볼 수 도 있을 것이다. (황동규, 「시의 소리」, (문학선) 『풍장』, 나남, 1984, 338쪽.)
40) 황동규, 「시의 소리」, (문학선) 『풍장』, 나남, 1984, 336쪽.
41) 황동규, 「시의 소리」, (문학선) 『풍장』, 나남, 1984, 338쪽.
42) M. H. Abrams, 『문학용어사전』, 최상규 역, 대방출판사, 1985, 308쪽.

암시성')나 말라르메('언어를 음악의 보표처럼 사용하기')의 세계[43], 즉 소리와 음악, 리듬의 시론으로 선회하였다고 보는 것은 아주 자연스럽다. 여건상 별도의 논의로 밝혀야 하겠지만, 그리고 시에서의 '음악성'과 예술 장르로서의 '음악'이 비록 서로 구별되는 것이기는 해도, 음악에서의 소품(곡) 양식을 그대로 가져온 <小曲>연작들, 그저 제목을 차용하거나 주제 연상의 근원을 음악 작품에 둔 <어떤 개인 날>, <이것은 괴로움인가 기쁨인가> 등[44]과 그 자체가 음악의 한 양식인 '노래'를 제목으로 내세운 <겨울 노래>, <겨울 밤노래> 등은 이런 맥락에서 황동규의 음악적 친연성과 더불어 검토할 대상들이다. 주제나 소재 차원에서의 음악적 관련성, 악곡의 형식을 시 형태 구성 원리로 적용한 악장시, 변주시 등은 더 말할 나위가 없다.

이후로도 이러한 '음악시론'의 근저는 계속 발휘되어 제5시집『나는 바퀴를 보면 굴리고 싶어진다』(1978) 속의「계엄령 속의 눈」에서 단문이 중첩되는 스타카토의 리듬으로 화자의 마음 상태를 보여준다.[45] 논리로 강조를 수행하는 산문의 경우 반복은 회피의 대상이지만, 시는 속성상 반복을 통한 강조 및 주술적 효과[46]와 더불어 훌륭한 음악적 효과까지도 자아낸다. 황동규가 김수영의「풀」을 예로 들어 '눕는' 것과 '일어서는' 것, '운다'와 '웃는다'가 마침내는 하나로 보이게 되는 비밀스러운 길[47]을 열어 보였듯이, 논리를 초월하여 모순마저 화해시키는 힘을 우리가 시에서 발견하게 되는 것은 이러한 원초적 음악성이 시의 한 축을 지지하고 있기 때문인 것이다.

---

43) 이상섭,『문학비평용어사전』, 민음사, 1990(10판), 133-134쪽.

44) 황동규,「'겨울노래'에서 '슬픈노래'로」,『나의 시의 빛과 그늘』, 중앙일보사, 1994, 74-81쪽.

45) 황동규,「계엄령 속의 눈」,『나의 시의 빛과 그늘』, 중앙일보사, 1994, 165쪽.

46) "이 홍취의 세계는 논리의 세계를 뛰어넘는다."(황동규,「시의 소리」,『풍장』, 나남, 1984, 351쪽).

47) 황동규,「시의 소리」, (문학선)『풍장』, 나남, 1984, 353쪽.

4. 시의 가벼움과 확산/집중—'탈' 이론과 연작시론

이미 살폈듯이 시집 『비가』에서 「서시」 하나를 빼면 「비가」연작과 「네 개의 황혼」을 제외한 대부분의 시가 단시로서, 시집 전체의 분위기에 비해 수적으로나 질적으로나 다소 궁색하다. 더구나 원래는 연작 「비가 제12가」의 일부였다가 별도로 독립한 것이 「비가 서시」이고, 「네 개의 황혼」이 단시 4편으로 4개의 악장을 구성하는 악장시인 점을 감안하면 시집 『비가』의 비중은 거의 전적으로 「비가」 '연작'에 놓이게 된다. 산문시의 유장한 길이와 부피를 포기한 대신 황동규는 단형이 아닌 (중·장형)의 긴 시에 긴밀한 호흡을 실음으로써 이를 극복하려 했던 것이다. 특히 장시에다가 연작시의 관계망까지 덧씌워 「비가」는 더욱 깊은 울림을 획득하게 된다.

그런데 연작시란 무엇인가? 특정한 '탈'(mask)에 의한 일관된 하나의 목소리로 연이어 노래하는 것, 바로 그것이 아닌가. 일련의 시편 혹은 시집을 총괄하는 하나의 '탈'이 설정되면 그 탈의 일관성으로 해서 시집 혹은 관련 시편 전체가 하나의 연작시로 보이게까지 된다.[48] 이처럼 일군의 연작시의 근저에는 '탈'이론의 논리적 뒷받침이 은연중에 작용하고 있음을 쉽게 알아차리게 되는데, 바로 이 시기 황동규에게는 새로운 그 무엇이 서서히 준비되고 있었다고 보는 이유가 바로 여기에 있다. 『태평가』와 『열하일기』의 경우를 보자.

3시집	태평가, 1968	단 시	중 시	장 시	연작시	변주시	악장시	산문시	혼성시
	총 46 편	37	7	2	14	3	5	0	0

48) 황동규, 「탈의 완성과 해체」, (문학선)『풍장』, 나남, 1984, 400쪽.

우선 중·장시가 현저하게 감소하고 무려 37편에 이르는 단시를 쏟아 놓는다. 이는 비율 상으로도 80.4%라는 경이적 수치를 보이는 바, 직전 시집의 38.1%에 비하면 어머어마한 변모 양상이다. 이렇게 황동규는 『비가』의 상징 세계를 넘어 (그러나 상징의 흔적[49]을 여전히 풍기며) 『태평가』의 (풍자가 있는) 알레고리의 세계로 진입했다.[50] 이전의 초논리의 모순명제[51]에 의한 비극적 비유의 시 세계가 한결 다양해지면서 이제 깊이보다는 풍자적 알레고리와 반어가 펼치는 넓이의 장을 조망할 줄 알게 된 것이다.

이 같은 시 세계의 확산은 다양한 소단위의 연작시 및 변주시와 악장시 등을 통해 가능해지는데, 이 공간에서 시적 화자로 등장, 중요한 역할(role)을 맡는 것이 바로 작중 화자인 이순신, 전봉준, 이중섭 등의 '탈'(mask) 혹은 '가면'[52]들이다. 황동규는 "20세기가 시인들에게 강요한 것 가운데 하나는 '탈'이다. … 시인과 독자 사이의 감수성 차이가 극도로 넓어지는 시대에 이해의 뒷받침이 될 약속 역할을 탈이 담당"해 주었다며 탁월한 탈의 예로써 소월의 恨, 미당의 관능과 정열의 보히미안 탈, 지용의 탐미주의자, 청마의 의지의 인간 등을, 그리고 탈을 쓰지 않은 시인의 예로 김광섭, 김수영 등을 예로 제시한 바 있다.[53]

일반적으로 작가는 작품을 쓸 때 실제 작가의 개성(즉 자신)과는 달리 가면을 쓰고 있거나 어조를 변조하게 되는데,[54] 독자에 대해 특정한 태

49) 황동규, 「비가」,『나의 시의 빛과 그늘』, 중앙일보사, 1994, 97쪽.
50) 황동규, 「비가」, 『나의 시의 빛과 그늘』, 중앙일보사, 1994, 118, 154, 182쪽.
51) 황동규, 「시월과 그 언저리」, 『나의 시의 빛과 그늘』, 중앙일보사, 1994, 25쪽.
김정웅, 「불 담은 얼음 같은 시인 : 황동규」, ≪문학정신≫, 1986.11.
52) 가면극(Masque)－시극과 음악과 노래와 춤, 화려한 의상, 무대 쇼의 결합으로, 마지막엔 가면을 벗고 출연자들이 관중 속에서 파트너를 골라 한바탕 춤을 추며 끝을 내는 형식으로 진행된다. (M. H. Abrams, 『문학용어사전』, 최상규 역, 대방출판사, 1985, 157쪽).
53) 황동규, (문학선)『풍장』, 나남, 1984, 367-368쪽, 397쪽.
54) 김윤식, 『문학비평용어사전』, 일지사, 1976, 243쪽.

도를 표현하는 하나의 '발언(utter)者'를 내세우는 것으로 드러난다. 이는 그냥 '마스크'(Mask) 혹은 고전시대 연극배우들의 가면을 뜻하는 라틴어 'Persona'로 불리기도 하며,[55] 이것이 없다면 시나 소설은 그저 복잡한 말놀이에 불과하나, 이 설정 덕분에 독자들은 무제한의 상상적 참여에 동의하게 된다.[56] 물론 이러한 시적 논리의 근원을 추적해보면 엘리어트(T. S. Eliot)의 진술(Tradition and the Individual Talent, 1919)-"예술가가 보다 완벽하면 완벽할 수록 '작품을 창조해내는 정신'(the mind which creates)과 '고뇌하는 인간'(the man who suffers) 사이의 격리가 보다 완벽하게 이루어진다." -과 만나게 되는데,[57] 이 엘리어트와 황동규의 관련은 이미 주지하는 바이다.

하지만 '탈' 즉 '화자와 시인의 질적 거리'는 시인에게 자유를 주는 대신 시인의 실제적 삶이 지니는 윤리 문제에 소홀하기 쉽다는 함정을 가지기도 한다.[58] 탈의 시인이 탈을 벗고 시를 쓸 때, 다시 문제되는 것은 그 시인이 지닌 生觀인 것이다. 어쨌든 황동규는 제5시집『나는 바퀴를 보면 굴리고 싶어진다』(1978)에서도 이 <탈>이미지[59]의 적극적 등장이 돋보이는 시「정감록 주제에 의한 다섯 개의 변주」에서 '事故'라는 의미의 '탈'(trouble)과 '가면'이라는 동음이의어를 이용한 다중 의미의 '탈'(mask)을 중첩시켜 교묘하게 이중적으로 사용하는 시적 테크닉을 과시한다.

4시집	열하일기, 1972	단 시	중 시	장 시	연작시	변주시	악장시	산문시	혼성시
	총 30 편	23	4	3	20	0	3	0	0

55) M. H. Abrams,『문학용어사전』, 최상규 역, 대방출판사, 1985, 204-205쪽.
56) M. H. Abrams,『문학용어사전』, 최상규 역, 대방출판사, 1985, 208쪽.
57) 김윤식,『문학비평용어사전』, 일지사, 1976, 244쪽.
58) 황동규,「탈의 완성과 해체」, (문학선)『풍장』, 나남, 1984, 398쪽.
59) 김병익,「사랑의 변증과 지성」,『황동규 깊이 읽기』, 문학과지성, 1998, 85쪽.

전 시집에 이어 단시의 비중이 여전한 가운데 이번 시집은 다시 연작시의 약진이 두드러진다. 앞에서 언급했다시피 「비가」의 경우, 이러한 시리즈 시편 혹은 시집을 총괄하는 하나의 탈은 그 탈의 일관성으로 해서 시집 전체가 하나의 연작시로 보이게까지 한다.[60] 다시 말해 일군의 연작시의 근저에는 '탈' 이론의 논리적 뒷받침이 은연중에 작용하고 있는 바, 앞 시집에서 1－3 혹은 1－5편제 구성의 작은 소규모 연작들이 저마다 다양한 스펙트럼으로 시집의 분위기를 다양하게 하였다면, 그리고 더 앞의 「비가」연작들이 하나의 단성적 목소리를 집중적으로 들려주었다면, 이번 제4시집에서는 1밖에 없는 결여된 형태로서의 미흡한 연작시 「꽃 1」[61], 중・소단위 연작으로서의 「논」(1－3), 「허균」(1－4), 「아이오와 일기」(1－3) 시리즈, 그리고 10편의 대단위 구성으로 이루어진 「열하일기」(1－10) 들이 집단적으로 어우러지는 일대 연작시의 장관을 연출한다.

그런데 시의 '내용'적 차원에서 앞 시집들과 동궤에 놓이는 다음의 제5시집 『나는 바퀴를 보면 굴리고 싶어진다』(1978)는 시의 '형식'적 수준에서만 보면 다분히 이질적이어서 세심한 판별을 요한다. 단형의 시 형식을 통한 가벼운 몸놀림을 '탈' 이미지를 내세워 '확산'시킨 연작시의 제작 방식이 이 시집에 오면 겨우 사랑 노래 단 3편으로 현저히 감소할 뿐만 아니라 아래에서 보듯 다시 중·장시의 증가, 악장시·변주시는 물론 심지어는 산문시와 혼성시까지도 재집결하는 기현상을 보이는 것이다.

5시집	나는 바퀴－, 1978	단 시	중 시	장 시	연작시	변주시	악장시	산문시	혼성시
	총 48 편	29	13	6	3	4	2	4	5

60) 황동규, 「탈의 완성과 해체」, (문학선)『풍장』, 나남, 1984, 400쪽.
61) 「꽃2」는 나중의 제6시집 『악어를 조심하라고?』(1986)에 나타난다.

의욕적으로 詩作에 입문했던 제1시집의 난맥상에 조금 못 미치는 '골고루 현상'의 재등장, 이 갑작스런 다양화 시도의 기저가 도대체 무엇인가 하는 궁금증이 이제 이 시집 이해의 관건이다.

> 바로 그 무렵(1973, 4년경－필자)이 지금도 내가 아끼는 세 편의 <조그만 사랑노래> 시리즈(밑줄－필자)가 씌어진 때이다. 직장과 시 쓰는 일에 차차 익숙해지고 삶이 기계적으로 움직이기 시작하는 삼십대 중반, 흔히 예술가에게 찾아오는 위기 때였다. 이 시기를 제대로 넘기지 못하면 시는 쓰러지고 시인만 남는다. 그런 시인이 주위에 얼마나 많은가? 이때 나는 위기감 속에서 내 시세계를 다시 살피기 시작했고, 내 시의 출발점 자체를 재점검했던 것이다.[62]

시인은 이러한 자기반성의 결과 사랑노래의 전통을 찾아낸다. 지난날 잃어버린 사랑의 추억들도 되살아났다고 술회하면서 세 편의 「조그만 사랑노래」를 완성하였던 것이다. 그러나 그것들은 모두 이루지 못한 사랑의 노래들이다. 1970년대 중반의 시대적 상황의 문제도 문제이거니와 진짜 사랑을 위해서는 "사랑은 아무 것도 아니기"라는 인간적인 거듭남의 단계가 일종의 통과제의처럼 가로놓여 있었다. 그것은 역동적 상상력에의 목마름이었고 마침내 후속의 시집 하나를 건너 뛰어 7시집과 8시집에 이르면 「비린 사랑 노래」 1－6과 「더 비린 사랑 노래」 1－6, 그리고 「더욱더 비린 사랑 노래」 1－6 등을 낳도록 예비한다. 겨우 3편의 외로운 사랑 노래 연작시[63]가 도합 21편의 우렁찬 사랑 합창으로 확산, 거듭나게 된 것이다. 그리고 이 거듭남이 다음 단계의 또 다른 중요 국면으로 이어지는 풍경을 우리는 (사랑 노래가 건너 뛴) 제6시집에서 확인하게 된다.

62) 황동규, 「「즐거운 편지」의 얼개」, 『나의 시의 빛과 그늘』, 중앙일보사, 1994, 36쪽.
63) 이상섭, 『문학비평용어사전』, 민음사, 1990(10판), 282쪽에 보면 영시의 경우 연작시의 모개념이라 할 수 있는 연작소네트(sonnet sequence, sonnet cycles)의 특징으로 '관계의 여러 국면을 이용하여 연결되거나, 일종의 함축적인 플롯을 구성하는 그 관계의 발전과정을 따라가는 것'이라 설명하기도 한다.

5. 정신의 가벼움과 변화의 문법―극서정시와 여행시론

원래 황동규의 문학청년 시절은 자칭 '절대예술의 시대'였다. 회화나 조각, 심지어는 음악에서도 극적인 이야기들을 지닌 경우, 예를 들어 미술에서는 들라크루아나 루벤스, 음악에서는 표제음악, 오페라 등은 별로 거들떠보지도 않았던 것이다.[64] 그러던 그가 일상적 소재를 시의 문맥에 도입한다. 소설적 이야기까지는 아니라 하더라도 황동규 '극서정시'의 두드러진 특색은 다름아닌 일상사의 진술인데, 거기에 변주를 가하기 위해 인용부호, 물음표, 괄호, 느낌표 등 온갖 부호[65]의 적극적 활용[66]과 직접 화법의 대화체마저도 동원된다.

> 서정시만으로는 양이 차지 않는다. 노래와 더불어 삶의 이야기도 적고 싶다. 호흡 조절만이 아닌 숨소리가 들리는 시를 쓰고 싶다. 고분고분 말을 잘 듣지 않는 건방진(살아 있는 것들은 대개 건방지다) 시를 쓰고 싶다. 손님이 오시는 오늘 피었으면 좋겠는데, 끝내 피지 않고 내일 피는 꽃이 되고 싶다.
>
> 극(劇)의 구조를 지니고 싶다. 예술이란 다름아닌 삶을 극으로 바꾸는 장치일 것이다. 극화(劇化) 즉 인간화시켜서 삶에 되돌려주는 장치일 것이다. 극을 지닌 노래와 이야기와 몸짓! 회사와 은행과 상점들이 온통 늘어서 있는 이 거리에서 그래도 사람 만세!를 소리쳐 부르고 싶은 것은 극으로 만들 수 있는 삶 때문이다.[67]

---

64) 황동규, 「음악과 나」, 『젖은 손으로 돌아보라』, 문학동네, 2001, 205쪽.

65) 황동규·하응백, 「대담 : 거듭남을 찾아서」, 『황동규 깊이 읽기』, 문학과지성, 1998, 27쪽. 초기에는 부호를 거의 사용하지 않다가 <나는 바퀴를 보면 굴리고 싶어진다>(1978) 이후 본격적으로 사용. "쉼표든, 느낌표든, 괄호든 사용할 수 있는 기호는 다 해보자는 것".

66) 정효구, 「황동규 시의 연극성」, 『황동규 깊이 읽기』, 문학과지성, 1998, 205, 212, 214쪽.

67) 제6시집의 책 뒤 표4에 있는 「시인의 산문」.

황동규가 스스로 '극서정시'(drama lyric)라고 명명[68]한 시적 구조 실험은 그의 제5시집 ≪나는 바퀴를 보면 굴리고 싶어진다≫(1978) 이후 1980년대에 들어서서 두드러지게 나타나지만, 그 단초는 데뷔시인 <시월>이나 1974년의 글 「詩의 소리」 등에서도 이미 드러나기 시작한다. '構圖'(composition)와는 엄격히 구별되는 다른 개념으로서 동적인 평형관계로 요약 가능한 '빚는 힘'의 특성이야말로 쇼펜하우어가 말했듯 "모든 예술은 음악의 상태를 지향한다"고 할 때의 그것이며, 차라리 '劇化'라는 의미로 이해할 수 있다고 내세운다던지,[69] 1978년 봄(4, 5, 6월)의 시들에 대한 월평[70]에서 '이야기를 담은 시'와 '마음 상태의 시'로 나누어 설명하면서 그 자신이 '이야기시'에 대한 관심의 단초를 노출하였기 때문이다.

"심벌의 영원성인 서정에 현장성인 연극적, 사실적 요소를 집어넣은 것이 선생님이 말하는 극서정시라고 했습니다. 그냥 극시라고 하면 될 텐데, 왜 그렇게 서정을 강조합니까?"

"서양에 극시가 있어요. 엘리엇 등도 극시를 썼거든요, 그러니 혼동을 일으키지 않도록 서정이라는 말을 집어넣은 것입니다."[71]

그는 일찍이 소설이나 극이 분화 되지 않은 상태로서의 원시적·포괄적 原型詩로부터 언어의 절제를 통한 체험의 극화[72]로서의 시를 주목

---

68) 『악어를 조심하라고?』(문학과지성, 1986)에서는 '극의 구조를 가지고 싶다', '극화 즉 인간화' 등의 언급 정도가 보이다가 선집 『견딜 수 없이 가벼운 존재들』(문학과비평, 1988)의 '시인의 말'에 이르면 마침내 '극서정시'라는 용어가 황동규 스스로의 명명으로 등장하게 된다.

69) 황동규, 「시의 소리」, (문학선)『풍장』, 나남, 1984, 324쪽.
황동규, 「음악이 있는 삶」, 『젖은 손으로 돌아보라』, 문학동네, 2001, 188쪽.

70) 황동규, 「78년 봄의 詩」, (散文集)『겨울 노래』, 지식산업사, 1979, 266-269쪽.

71) ≪월간중앙≫2004년 04월호 – 대담 · 정리 이경철 (≪문예중앙≫ 주간) · 윤석진 (≪월간중앙≫) 차장

72) 한채영, 「시의 극적 화법 연구」, 부산대 석사학위논문, 1985, 11쪽.
[1] 극적 시(the dramatic poetry) [2] 극적 서정시(the dramatic lyric)
[3] 극적 구조(the dramatic structure) [4] 극적 자질(the dramatic propriety)

했다.73) 연극을 보며 관객은 제시된 문제에 대한 해명에의 기대감에 부풀게 되는데, 일반적으로 연극이 사람을 몇 시간씩 붙잡아 두는 힘은 바로 이것에 다름 아니다.74)

> …… 시가 자아의, 아니면 적어도 시적 자아의, 변화를 구체적인 체험 속에서 연출해야 한다는 생각을 하게 되었고, 자연스레 「극(劇)서정시」 이론이 탄생하게 되었다. 시인의 세계관이나 사회관 혹은 감정을 토로하거나 아름다운 정경을 그리는 시 대신, 시 속에서 무슨 의미 있는 일이 일어나 시적 자아에 존재론적인 변화를 일으키는 그런 시를 쓰려고 했던 것이다.75)

그는 이렇게 시에 어떤 정황이 제시되고, 시적 자아가 그것을 통과함으로써 내적 변화를 경험 하게 되는 짜임새의 「극(劇)서정시」를 시작의 경향으로 내세우게 된다. 그런 맥락에서 7부작 「죽음의 골을 찾아서」(제11시집)를 황시인 자신은 14년간 한 주제에 매달렸던 역작 「풍장」보다 한 발 더 나아간 대표작으로 꼽기까지 하였던 것이다. 하지만 우선은 제6시집부터 살피자.

6시집	악어를 조심-, 1986	단 시	중 시	장 시	연작시	변주시	악장시	산문시	혼성시
	총 31 편 (풍장 1-16제외)	22	3	6	6	3	1	0	0

[5] 극적 아이러니(the dramatic irony) [6] 극적 독백(the dramatic monologue) [7] 극적 요소(the dramatic element) 등에 공통적으로 쓰이는 수식어 '극적(the dramatic)'이란 용어는 극 장르에만 한정되는 개념이 아니며, 특히 [1][3][5]등은 극 장르와 비극 장르에 두루 쓰이는 개념이다. (강웅순, 「황동규 시 연구」, 경원대 박사학위논문, 2004, 91쪽에서 재인용)

73) 황동규, 「시의 소리」, (문학선)『풍장』, 나남, 1984, 321쪽.

74) 황동규, 「시의 소리」, (문학선)『풍장』, 나남, 1984, 325쪽.

75) 황동규, 「나의 삶과 문학」, 『젖은 손으로 돌아보라』, 문학동네, 2001, 194-195쪽.

「풍장」 제1부(1-16)가 시집 중간에 연작시로 묶여 제시되면서 시집을 앞뒤로 양분하지만, 이를 제외하고 보면 이 시집에서는 단형시가 조금 더 증가하고 중형시는 다소 감소하는 반면 장형시의 중요도가 높아진다. 특히 동명의 타이틀 시 <악어를 조심하라고?>는 무려 8면에 걸쳐 3개의 마당으로 구성되어 있는 '악장시'이자 각 번호마다 소제목까지 부기된 '변주시'에 모두 해당된다.

> 황동규의 '극서정시'란 시에 어떤 장황이 제시되고 시적 자아가 그것을 통과함으로써 내적 변화를 경험하게 되는 시적 짜임새를 말한다. 시가 내밀한 드라마를 갖는다는 것은 무엇인가? 재래적인 의미의 서정시란 어떤 고양되고 집중된 정서적 순간에 멈추어 있다. 시간은 서정시의 세계에서는 정지되어 있다. 서정시의 세계 안에 서사의 구조가 없고 다만 과거를 농축하고 미래를 선취한 '영원한 현재'만이 숨쉬고 있다는 것은 이러한 문맥에서 설명된다.[76]

"시에 어떤 정황이 제시되고, 시적 자아가 그것을 통과함으로써 내적 변화를 경험"하게 되는 짜임새의 「劇서정시」는 이론상 [1]일상사의 진술 [2]이야기 [3]대화체 [4]극화 = 인간화 [5]'거듭남'의 양식 [6]화자의 질적 변화 체험 [7]극의 구조 – 즉, <발단/전개/위기/절정/대단원>의 형식 구비 [8]구성과 내용이 유기적으로 연결/연관 [9]시공간의 병치 등의 요건을 구비해야 한다. 그런데 이런 것은 명시적 기준을 세워 그에 따라 구분할 수 있는 성질의 것이 아니므로 내적·정성적 분석이나 판별보다는 외적·정량적 차원으로 치환하여 통계화 하기가 곤란하다고 할 수 있다. 결국 극서정시 양식은 외형적인 요소만 가지고 판별해낼 수 있는 고정적 양식이 아닌 것이다. 그의 시의 새로운 형식이자 내용인 극서정시는 그의 시쓰기 전략, 즉 방식이자 주제이지 굳은 상태로 제시되는 고정

76) 이광호, 「시간 밖으로의 한 순간」, 『황동규 깊이 읽기』, 문학과지성사, 1998, 267쪽.

된 틀(형태)이기를 거부한다. 문학은 다른 학문처럼 우리를 직접 가르쳐 어떤 사실에 대한 지식을 주는 것이 아니라 인간의 진실, 인간 변화의 순간을 포착해내 진리를 드러내 깨닫게 하는 정직한 구조물이라 할 수 있으며 '시'야말로 "인간이 변하는 순간을, 초점으로 만들어, '극(劇)'적으로 보여주는"77) 대표적인 예술이기 때문이다. 그러므로 시의 내용과, 특히 상상력의 전개 방식을 면밀히 검토하여 적용해야 한다. 본고에서 극서정시만을 따로 통계처리하지 않은 것도 이런 이유에서이다. 이는 좀더 자세한 추후의 연구가 필요한 사항이며 이번 논의의 한계를 넘어선다.

이제 막 살펴보았듯이 제6시집 『악어를 조심하라고?』(1986)에서는 산문시 및 혼성시가 다시 사라지고 작가의 독특한 시법인 극서정시(drama lyric)의 실험이 두드러지게 나타난다. 하지만 이 극서정시란 이 시기에만 고유한 것이 아니고 어쩌면 초기로부터 후기에 이르는 전 시기에 걸쳐 작동하는 일종의 기본 원리와도 같은 것이다. 그러므로 이 시기의 또 하나 두드러진 특징으로서는 그의 '여행벽'과 관련된 '여행시론'을 들 수 있지 않을까 한다.

7시집	몰운대행, 1991	단 시	중 시	장 시	연작시	변주시	악장시	산문시	혼성시
	총 54 편 (풍장 17-34제외)	41	6	7	19	1	7	0	0

오랜만에 7편의 악장시들이 대거 출현하고 있다.78) 그 대부분은 속성상 중요한 가치를 지니는 시편들인데, 총 9면에 걸친 장시 「다산초당」

77) 황동규, 「인간 깊이 보기」, 『젖은 손으로 돌아보라』, 문학동네, 2001, 200쪽.

78) 첫시집의 9편 이후 실로 오랜만에 대거 출현한 제7시집의 악장시 유형은 다음의 8시집에서 8편, (연작시 모음인 제9시집을 건너) 제10시집에서 6편, 다시 제11시집에서 5편씩 등장한다.

과 8면짜리 「브롱스 가는 길」 그리고 가장 긴 10면짜리 초(超)장시 「견딜 수 없이 가벼운 존재들」이 주목할 만하다. '극서정시편들'인 이들 악장시의 '악장'(movement)은 어찌 보면 연극의 '막'(幕, act)과 유사한 개념이라 할 수 있겠는데 황동규의 극서정시가 음악시론의 궁극적 변주의 한 형태가 아닐는지 짚어 볼 대목이다. 그런데 무거운 외형의 산문시도 하나 없고 그저 가볍게 떠돌아다니는 여행의 과정이 초기시 속의 여행 분위기와 는 사뭇 그 무게를 달리 한다. 그런 와중에 중간 규모의 연작시들이 나타나는데 장시인 것은 하나도 없이 단 3편만이 중시의 규모를 가질 뿐, 거개가 단시의 연속적 중첩으로 구성되는 산뜻한 양상이다. 연작의 파노라마 혹은 계기적 장면의 집약은 일견 여행의 구조와 다르지 않다. 이렇게 계속적인 단시화 경향의 경쾌한 시편들이 여행시의 절정을 구가하며 한편으로는 극서정시의 미학을 성공적으로 구체화하고 있는 것이다. 결국 황동규는 제7시집 『몰운대행』(1991)에서 또 한번의 변신을 제대로 보여준다. 이 변신은 세상사는 일이 무거울수록 가볍게 살아가려는 自在의 정신에 가 닿는다. 이제 1995년 대산문학상을 수상한 제8시집을 넘겨보자.

8시집	미시령 큰_ 1993	단 시	중 시	장 시	연작시	변주시	악장시	산문시	혼성시
	풍장 53−70 풍장4부	(16)	(2)	(0)					
	총 47편 (풍장 53−70제외)	37	4	6	12	1	8	0	1

여전히 단시 강세 현상을 보이고 풍장 제3부의 18편마저 포함시킨다면 그 추세는 더욱 가팔라진다. 시인 자신이 소중하게 여기는 주요 사랑노래 연작시들과 8편이나 되는 악장시들이 역시 분포되어 있다. 같은 여행시편들이고 그 출간의 시차도 2년밖에 되지 않으며, 몰운대나 미시

령이 모두 강원도의 소속이듯 이번 시집은 전 시집과의 유사성이 도드라진다. 단 1편의 혼성시 「몰운대는 왜 정선에 있었는가?」가 유일하게 부분적으로 두 연의 산문시적 형태를 거느리고 있다는 점, 그리고 제목이 몰운대에 대한 시편이면서 시집 『몰운대행』이 아니라 『미시령 큰바람』에 실렸다는 점이 다소 특이하며, 7개의 악장으로 구성된 <李白 주제에 의한 일곱 개의 변주곡>이 숫자로만 된 악장시인지 또는 제목처럼 소제목이 무화된 변주시에 해당하는지 정도가 논란의 여지가 있다고 하겠다.[79)]

이렇게 황동규의 후기시는 대부분 여행을 통해 얻은 시적 활력소에 근거하고 있다.[80)] 그리고 그것은 그저 단순한 관광이나 유람이 아닌 체험의 확장이고 자동화된 삶, 아니 죽음을 거듭나게 하는 극적 구조 속으로 스스로 찾아 가는 도정이다. 즉 여행이 자신이 스스로 움직이며 펼치는 장면의 전환으로 이어지는 시퀀스라 한다면, 극서정시의 극적 장치로서의 무대는 막이 바뀜으로 해서 이루어지는 정신의 여행인 셈이다. 이것이야말로 정신의 가벼움과 변화의 문법이 만나 서로 거듭나는 현장이다. 현재의 세계를 자기 속으로 끌어들이는 서정시 속에 극적인 계기로서의 극의 구조를 가해 시의 구조적 갱신과 시적 자아의 내적 갱신을 동시에 도모한다. 이는 전신이 동원된 변신, 삶 자체가 형이상학이 되는 세계로의 진입으로 이어진다. 살아 있음의 격렬한 확인을 통해, 마침내 자기만의 예민한 시간과의 새로운 만남이 이루어진다.[81)] 새로운 시간과 만난 시인은 드디어 생과 사의 시간을 초월하는 극적 구조 속으로 여행

79) 「李白 주제에 의한 일곱 개의 변주곡」은 제목 자체에 '변주곡'이란 용어가 등장하지만 소제목을 달지 않고 그저 운문과 산문시를 섞은 혼성시의 형태로 빚어져 그 각각이 아라비아 숫자로 표기되어 있다. 하지만 이는 주제 차원에서의 변주보다는 시각적 효과 및 리듬 차원에서의 변주인 만큼 악장시로 보는 것이 더 타당하다고 생각된다.

80) 高榮燮, 「불교 문학과 생명 윤리」, 『2002년 만해축전 논문집』, 백담사.

81) "이제 시간의 얼굴이 보일 것이다." (제8시집 시인의 산문 중에서)

을 떠난다.

> 죽음을 길들여 자기 것으로 만들면 또 삶의 공포 가운데 가장 큰 것이 사라질 뿐만 아니라 언젠가는 죽도록 되어 있는 타자들과 운명공동체적인 연대감도 갖게 되는 것이다. 그러나 그 무엇보다도 죽음이 존재의 뿌리의 흙을 북돋워주지 않는 삶, 혹은 삶을 위한 제사 행위와 관계가 없는 죽음은, 의미가 없는 것이다. 삶과 죽음은 서로 손잡고 서로 상대의 일부를 이룰 때 각각 진정한 의미를 획득한다. 죽음이 있기 때문에 삶이 비로소 유한함을 벗어나 죽음처럼 무한한 것이 될 수 있는 것이다.[82)]

시인은 죽음이 존재의 근저를 북돋워주는 '의식'이고 삶을 위한 '제사' 행위'라고 보고 있다. 이는 「풍장」이 장례, 즉 죽음의 절차인 동시에 곧 우리 삶의 알레고리가 될 수 있음을 말한다.[83)] 14년만에 완결된 연작시 「풍장」은 아래와 같은 내력으로 독자에게 다가갔다.

<풍장>	최초 수록 시집	부	편 수	기 간
1-16	『악어를 조심하라고?, 1986』	제1부	16편	1982-86
17-34	『몰운대行, 1991』	제2부	18편	1987-91
35-52	『미시령 큰바람, 1993』	제3부	18편	1992-93
53-70	—	제4부	18편	1994-95
1-70	『풍장, 1995』	완간	70편	1982-95

따라서 연구의 목적과 비교의 경우에 따라 시집 ≪풍장≫을 아래와 같이 연작시의 결정판, 즉 하나의 독립된 체재로 간주할 것인지, 위와

82) 황동규, 『나의 시의 빛과 그늘』, 중앙일보사, 1994, 212-213쪽.
83) 황동규, 『젖은 손으로 돌아보라』, 문학동네, 2001, 191쪽.

같이 각각의 부분으로 구성된 4개의 모자이크, 다시 70개의 퍼즐로 여길 것인지 유의해야 한다.[84]

9시집	풍장, 1995	단 시	중 시	장 시	연작시	변주시	악장시	산문시	혼성시
	총 70 편	62	8	0	70	0	0	0	0

문제작이자 기념비적인 시집인 탓에 일찍이 숱한 논쟁[85]과 상찬의 평가를 받아왔으므로 이 자리에서는 그 형태적인 특징만을 문제 삼기로 하자. 그럴 때 우리는 각 부별로 시차를 둔 이 연작시군들의 대부분(62편)이 단시들이지만 제1부의 「풍장」 3, 5, 8, 12와 제4부의 「풍장」 53, 59도 거의 단시형으로 간주가 가능할 정도여서 이를 감안하면 단 2편(「풍장」1과 6)만이 중시에 해당한다. 장구한 시간 동안 죽음이라는 어두운 주제 내지 소재를 채택하여 진행된 순치의 작업 치고는 단 1편의 3면짜리 장시도 없이 너무 가벼운 결과물들을 산출한 셈이다. 물론 길아가 깊이의 다른 척도는 결코 아니다. 하지만 이는 나름대로의 승화를 통한 귀착이며 '예리하고 엄격한 시적 구조와 언어'로부터 '자유롭고 유연한 형식'을 구사하고자 이행하는 '동일성과 소통 지향의 정신'의 소산이라 할 수 있을 것이다.[86]

가장 적은 수의 낱말로 시를 쓸 것. 가능한 한 호흡의 낭비를 막을

84) 최종 집계표에서는 두 가지 상황을 모두 고려한 결과물을 제시할 것이다.

85) 황동규의 연작시집 『풍장』에 대한 두 편의 반대되는 입장에서의 평가로 「풍장」을 한국 시사의 「거대한 성취」로 보려는 서울시립대 권오만 교수의 「삶과 죽음의 깍지끼기」(「현대문학」, 1996.2)와 같은 작품에 대해 「장식적이고 관념적인 죽음을 다루고 있다」고 평하고 있는 충북대 정효구 교수의 「시 – 혼자 가는 길」(≪작가세계≫, 1996 봄) 등이 그러하다.

86) 이혜원, 「시의 시간, 시간의 시」, ≪서정시학≫ 제14권 3호(통권 23호), 2004 가을, 71쪽.

> 것. 언어의 오염 속에서 숨 덜 쉬고 사는 방법을 배울 것. '풍장' '비린 사랑노래' 시리즈 등에서 나는 마지막 말까지 생략하려 들었다. 맥락만 충분히 주어진다면 한두 낱말로 된 시도 사람의 정신을 흔들기에 충분하리라.[87)]

특히 이 「풍장」단시들의 내부를 찬찬히 들여다보면 나름의 독특한 질서가 내재되어 위의 논리와 긴밀히 조응하고 있음을 발견하게 된다. 시의 최종적인 종결부에서 모티브의 반복을 통한 되살림으로 결말을 매듭짓고 있는 음악에서의 코다(coda)[88)]의 방법론이 적극적으로 실천되고 있는 것이다. 제1부보다는 2부, 3부, 4부로 갈수록 이러한 결말을 취하는 빈도는 더욱 높아지고, 그 단순화의 경지는 2행이나 3행짜리는 말 할 것도 없이 심지어 다음과 같이 1행짜리 한 연을 종지부로 독립시켜 독특하게 마무리하기도 한다.

> 이곳에서 부처를 만나면 부처를 죽이고
> 루카치 만나면 루카칠
> 바슐라르 만나면 바슐라를
> 놀부 만나면 흥부를……
>
> 이번엔 달을 내려놓고.
>
> —「풍장4」 부분

> 바싹 마른 다리로 벌떡 일어나
> 뒤를 보며 달리다
> 바닷가에 널어논 그물에 걸려
> 벌렁 나자빠져 춤추듯 누웠다.

---

87) 황동규, 「생전 처음 시 연재를 끝내며」, 『젖은 손으로 돌아보라』, 문학동네, 2001, 242-243쪽.

88) coda : 모티브의 반복(다시 살리는 행위)
[1] [樂](악곡악장 등의) 최종 부분, 종결부 [2] (소설, 희곡 등의) 결말, 매듭

온통 맥박투성이 하늘.

—「풍장14」 부분

꽃 하도 이뻐 남작화!
노랑 혹은 파란 나비 모양 꽃 속으로
나비의 입을 지나 식도 속으로
(……)
꿀방울이 보이고
그 방울 점점 커지다
터진다.

봄이 온통 달다.

—「풍장 41」

서로 자리 슬쩍 바꿔
두 팔로 받치고 서 있으리.
싸락눈 맞으며.

다음엔 마음놓고 금가리.

—「풍장52」 부분

이 시들에서 공통적인 현상은 마지막에 독립시켜 마침표까지 찍어 강조하는 한 행짜리 終止聯이다. 하나같이 경쾌하고 단단하다. 한 줄을 그냥 덧붙인 것이라기보다는 오히려 이 단 한 줄을 제시하기 위해 그 앞에 군살같은 문맥을 풀어 놓은 것으로 봄이 더 타당하다. 심지어 제4부의 「풍장」65 이후 70까지에서는 마지막 구두점마저도 생략해 버린다.

선운사 도솔산 단풍 막 지고 난 뒤
나무의 나체들
그 하나도 황홀찮은 적막
빈 나무들 뒤로 사라지는

한 줄기 구겨진 길
고개를 돌리는 바람 소리

황홀찮은

―「풍장66」 전문

한번 불다 부력 놓치고 꺼지는
저 바람 소리같이
소리같이

눈 희끗희끗 친 끄트럭 밭 건너다가

―「풍장68」 전문

그러더니 마침내는 저 나중의 제12시집(2003) 속 '시인의 말'을 시집의 제목과 동일하게 "우연에 기댈 때도 있었다."라는 단 한 줄로 남겨 오히려 독자의 정신을 흔든다. 장황한 산문으로 심경을 서술하던 기존의 다른 시집들과는 달리 그 한 줄에 연도나 날짜도 없이 그냥 이름 석 자만 흘린다. 이것은 과연 우연인가 필연인가.

6. 거듭남의 순간과 다성적 자유의 노래—自在의 시학

이미 논의한 바대로 시에 나오는 화자 '나'와 시인 '자신' 사이의 현격한 간격은 '탈' 이론의 근거가 된다. 이번 시집에서 화자는 '외계인'의 탈을 쓰기도 하고 그 탈에 맞는 역(role)을 수행하는데 그 수법이란 일찍이 예이츠, 엘리어트, 발레리 등 20세기의 많은 시인들이 자신들의 시의 전제로 사용했고 황동규도 그들과의 영향 관계에서 자극된 바 크다. 탈을 사용하면 서정시는 '극적 독백(dramatic monologue)'의 성격을 띠게 된다.[89] 이렇게 황동규의 10번째 시집 『외계인』은 '탈' 이론이 극서정시로 이어지는 궤적과 함께 극서정시'의 한 정점을 보여주고 있다는 평가에 걸맞게, 새롭게 거듭남을 통해 달라진 자유롭고 개방적인 경이와 호기심의 시선으로 충만하다. "그러나 그 어느 곳도 십 년만 안 가면 다시 처음 가는 곳이 되는 것이 아닌가. 인간도 마찬가지이리라. 이제 잘 아는 시도 사람도 새로 만나야 하지 않겠는가."[90]라며 시인은 정신의 가벼움과 시선의 자유로움을 지향한다. 그런데 사실 인간의 행위 중 '극적'인 것으로 인식되는 것은 특별한 조건을 갖는다. 그것은 일상적 행위와 전혀 별개의 그 무엇이 아니라 일상적 행위 중에서 특별한 순간에 발휘된다.[91] 이는 다시 말하면 자유로운 순간의 시간성[92]이기도 하다.

10시집	외계인 1997	단 시	중 시	장 시	연작시	변주시	악장시	산문시	혼성시
	총 53 편	37	10	6	15	2	6	2	0

우선 이 시집의 시적 형태 변화를 고찰하기 위해서는 사안에 따라 미리 점검해 보아야 할 점이 있다. 직전 시집으로서의 비교 대상 선정을 연작시집 『풍장』(1995)으로 잡느냐 아니면 「풍장」 제4부만이 실린 『미시령 큰바람』(1993)으로 잡느냐의 문제가 가로놓인다. 이는 『풍장』 연작의 '탈'이 너무도 강력하여 그만큼 돌출적, 독보적이기 때문이기도 하고, 기발표된 연작시들을 한 데 묶어 재출간한 선집으로서의 성격을 띠기도 한다는 점 때문이다. 그러나 연작시형이 우세하게 드러나는 경

89) 황동규, 「탈의 완성과 해체」, (문학선)『풍장』, 나남, 1984, 396쪽.
90) 황동규, 「시인의 말」, 제10시집, 『외계인』(1997).
91) 홍재범, 「<'극적'인 것>의 생성 맥락에 대한 고찰」, ≪한국현대문학연구≫ 12집, 국학자료원, 2002. 12, 481쪽.
92) 이혜원, 「시의 시간, 시간의 시」, ≪서정시학≫ 제14권 3호(통권 23호), 2004 가을.

우 악장시형에의 파급 효과보다는 변주시형에의 위축 현상이 두드러진다는 통계적 결과가 이번에도 들어맞고 있어, 연작시와 변주시의 반비례 관계가 혹시 특별한 상보적 관계는 아닌지 흥미롭고, 다행히도 그 외의 시 형태적 측면에서 이러한 구분은 거의 불필요한 양상으로 드러난다. 즉 『풍장』의 단시지향성이 아주 강했고 이번 시집 역시 그런 추세의 자장에서 벗어나지 않는 것이다. 다만 지적하고 싶은 것은 첫째 『풍장』이 연작이라는 특징 이외의 다른 양식적 눈돌림이 예외적으로 적었던 사정이 반대급부적으로 이번 시집에서는 새로운 방향성으로 드러나지 않을 수 없는데, 이것이 어떤 특정한 의미를 지닌 움직임인지 하는 문제와, 둘째 전편 70편의 연작시의 위력이 그대로 '탈'의 이미지로 견고히 구축된 대척 지점에 시인 자신의 본원적 이미지는 어떠한 모습으로 정립되고 있었을까 하는 의문이다. 바람 속으로 그렇게 죽음을 초월해 나아간 것이 과연 '시인'일까, '탈'일까? 유독 이번만큼은 그 점이 자못 궁금해지는 것이다.

"예술가의 미래는 …… 아무도 발을 들여놓지 않은 눈에 새로 길을 내는 일이다. …… 진짜 예술가들이 정치나 도덕을 자기 작품 속으로 직접 끌고 들어오는 일을 싫어하는 것은 그것들이 들어올 때 작품의 미래가 이미 생눈이 아니고 미리 길을 낸 눈이기 때문이다."[93] 그래서인지 자기 자신을 '풍장'하며 지구를 떠났던 시 「풍장」 속의 시인은 눈 쌓인 김포들을 가로질러 거듭난 「외계인」의 시선으로 새로운 지구에 귀환한다. 일찍이 「초가」에서 간파했듯, 정치 사회 문화의 속내가 너무 빤히 들여다보여 사는 일을 포기한 인간, 그것이 시인이 내세운 '탈'이자 자신의 운명[94]이었다면 그것은 땅 위에 잘못 온 '귀양살이꾼'으로서의 '시인관'에 다름 아니다. 날개가 너무 커 걸을 수 없는 슬픈 새의 운명 —

93) 황동규, 「생각은 아름답다」, 『젖은 손으로 돌아보라』, 문학동네, 2001, 166쪽.
94) 황동규, 「계엄령 속의 눈」, 『나의 시의 빛과 그늘』, 중앙일보사, 1994, 171쪽.

이 '저주받은 시인'의 전설은 사실 시인들 스스로의 자기 정의인 셈이었던 것이다. 그런데 시 「외계인」을 통해 그는 자신의 저주받은 운명을 갱신한다. 시인은 말한다.

> "이제 경계들이 무너져가고 있다. 문학의 장르도 무너졌고, 미술의 회화 조각 사이의 경계도 무너졌다. 인터넷에는 국경이 없고 경제와 범죄도 국제적이다. 인간의 복제도 이론상 가능하게 되었다. 그것을 오히려 기회라고 보는 낙관주의자도 있을 것이다. 그러나 '같음'보다는 '다름'에 아름다움이 있는 것이다. 나는 고통스럽지만 동서양의 틈새에서 살게 된 것을, …… 다행으로 생각하고 있다. 현대 서양인이 아니었기 때문에 내 시에는 지나친 자의식이 없고, 전통적인 동양인이 아니었기 때문에 내 시에는 거듭남의 의지가 있는 것이다."[95)]

그래서일까. 이번 제10시집에서도 역시 새로운 깨달음의 형태로 거듭나는 극적 순간들이 자주 목격된다. 물론 그것은 극의 시작에서는 없었던 새로운 무엇을 깨달은 상태에 도달하는 것을 목표로 한다. <'극적'인 것>을 발생시키는 내적 변화에 있어서 가장 필수적인 계기는 <발견(으로서의)－깨달음>(anagnorisis)이기 때문이다. 이 깨달음은 생각할 수 없는 것을 깨닫는 것으로, 가장 <'극적'인 것>을 기점으로 이전과 이후의 삶의 모습과 방향이 확연히 달라져 있어야 한다.[96)] 긴장이 해소된 뒤에 관객들이 인물의 변화에 공감, 동참하지 못한다면 그것은 단순한 재미를 준 것에 불과[97)]하지 진정한 거듭남의 순간은 아니기 때문이다.

철저한 내적 망명 끝에 이루어질 수 없는 꿈을 성취하길 갈망하는 것이 시인의 운명이라면 귀양터에서 겨레와 인류의 꿈을 꾸준히 공급해주

---

95) 황동규, 「동서양 틈새에서 글쓰기」, 『시가 태어나는 자리』, 문학동네, 2001, 324쪽.

96) 홍재범, 「<'극적'인 것>의 생성 맥락에 대한 고찰」, ≪한국현대문학연구≫ 12집, 국학자료원, 2002. 12, 489-490쪽.

97) 홍재범, 「<'극적'인 것>의 생성 맥락에 대한 고찰」, ≪한국현대문학연구≫12집, 국학자료원, 2002. 12, 497쪽.

는 것이야말로 시인의 소임일지도 모른다. '방심한 수상한 사내', '몰래 도시를 염탐하는 악어', '유배지로 흘러온 몽상가', 이러한 자기 정의(definition)의 시도는 자기도취적인 유아론으로 내닫는 것이 아니라 차라리 시인됨의 의미에 대한 지속적인 탐구에 해당한다는 점에서 황동규의 '시인론'이자 결국 그의 '시론'인 셈이다.[98)]

11시집	버클리풍의-, 2000	단 시	중 시	장 시	연작시	변주시	악장시	산문시	혼성시
	총 50 편	22	23	5	5	0	5	0	0

제11시집 『버클리풍의 사랑 노래』(2000)는 시인의 직업, 건강, 생활과 경제, 가족사, 자동차[99)] 등—주변의 일상을 주소재로 하여 이루어진 眞景生活圖에 해당한다. 98년 1월부터 반 년 간의 미국 캘리포니아 주립 버클리大 교환교수 생활이라는 반쯤은 일이며 반쯤은 여행인 고독 체험이나 內耳의 종양(진주종)을 제거하며 겪은 병상 체험과 그 수술 후유증, IMF 경제 위기 속 사회 전반의 고통 등을 담담하게 그러나 극적으로 그려낸다. 보통의 일상에서라면 당혹감으로 다가오는 걸림돌이 이 세상의 내 족적(足跡)에 해당한다는 소박한 진실에의 눈뜸이다. 시집 제목과 동명의 시 「버클리풍의 사랑 노래」도 알고 보면 사랑하는 사람을 위해 몰래 설거지를 해주는 식의 잔잔한 일상의 감동이 생활 속에서의 자연("새파래지"는 "언덕", "샛노란 유채꽃", "異國"의 "햇빛" 등)을 교감하게 되는 극적 계기와 함께 은은히 제시된다.

시건 소설이건 인간의 내부를 버리고 표면을 그리는 게 지금의 우리

98) 유종호, 「낭만적 우울의 변모와 성숙」, 『악어를 조심하라고?』, 문학과지성사, 1986, 110쪽.
99) 총 50편의 시로 편집된 이번 시집에서 '자동차'가 등장하는 시가 15편이나 된다.

> 다. 겉을 그리는 일은 스피디하고 스마트하다. 그러나 인간의 내부는 원래 사람의 성(聖) 과 속(俗)이 힘겹게 만나는 장소이고 표면은 성과 속이 따로 노는 장소가 아니겠는가. 따로 노는 게 편하다면, 편하지 않게 살고 싶다. (시집 뒷표지 시인의 산문)

시 형태의 구성 면에서도 우선 중시의 약진이 선명하게 감지되나 후반부의 「無明 속에서」 하나를 제외한 나머지 시들은 아주 근소한 차이로 단시의 기준을 상회하는 것들이어서 총 9페이지나 되는 장시[100] 「안개의 유혹」 이후로 당분간 긴 시를 피해보고자 한다는 그의 언급[101]대로 전반적으로는 단시의 우세 현상으로 특징지을 수 있다. 또 하나 특이한 것은 매 시집들마다 조금씩 엿보이던 변주시가 하나도 안 보인다는 사실이다. 그 이유는 무엇일까? 먼저 바로 앞에서 언급했던 연작시와 변주시의 반비례 관계가 하나의 해답이 될 것이다. 그런데 실제로 이 시집 속엔 5편의 「버클리 시편」 연작과 2편의 「어려운 것들」 연작이 있을 뿐이다. 첫 시집(8편)과 제6시집(6편), 그리고 다음에 올 제12시집(2편) 수준의 초라한 연작시 수확이 아닐 수 없다. 그렇다면 다른 이유는 없는가?

> 황동규의 시는 너울거리며 나아간다. 삼각 파도처럼 낙차가 큰(작품의 완성도를 말하는 것이 아니다) 그의 시들은, 그러나 보통의 시에서는 발견하기 어려운 '복선'에 의해 서로 밀고 당기며 그 울림을 극대화한다. 시적 자아의 화학적 변화를 위한 시쓰기 전략인 극서정시(그의 시는 여행을 떠난다는 특징 이외에도, 시공간의 몽타주를 통해 시의 시공간을 확대시키면서 시의 긴장 강도를 높인다는 '차별화 전략'을 찾아볼 수 있다. 문답형 문체도 이 효과에 가담한다. 그의 극서정시들은 언어의 표면 장력을 떠올리게 한다)가 한 편의 시에 해당하는 것이라면, 그 시편

---

100) 이번 시집에는 「산당화의 추억」(4면), 「죽음의 골을 찾아서」(8면), 「범종 소리, 들어갈 수 없는」(9면), 「안개의 유혹」(8면), 「小遺言詩」(5면) 등 초장시들이 등장하는데, 다음 시집에서도 마찬가이다.

101) 황동규, 「토막생각들4」, 『젖은 손으로 돌아보라』, 문학동네, 2001, 270쪽.

> 들이 모인 시집은, 그야말로 커다란 한 편의 시이다. 마른 우물이 나오는 「재입원 이틀째」와 소금 골이 있는 「죽음의 골을 찾아서」, 혹은 「산당화의 추억」과 「바우아 데비의 그림」에 나오는 뱀에서만 두드러지는 것이 아니다. 이 시는 수시로 저 시 속으로 침투한다. 저 시는 또 이 시 속으로 잠입한다. 거듭 말하지만, 이번 시집은 한마디로, 끝없이 '홀로움'이 변주되는 한 편의 시이다.[102] (밑줄—필자)

그가 따로 변주시를 설정하지 않은 것도, 무리하게 벋어나가던 연작시를 조금 거둔 것도, 위의 진술에서 해명을 얻을 수 있다. 극서정시의 극적 모멘트는 매우 탄력적인 것이어서 유사하거나 인접한 시편은 물론 먼 인연의 실핏줄만으로도 유배갔던 재회의 시편들에게까지 간시적 텔레파시[103]를 발사한다. 극적 구조를 통해 획득한 정신의 가벼움과 시선의 자유로움은 무소부재하며 자유자재하여 어디든지 가 닿는다.

12시집	우연에 기댈–, 2003	단 시	중 시	장 시	연작시	변주시	악장시	산문시	혼성시
	총 60 편	51	6	3	2	2	1	0	0

이 시집 속에서 그는 특이하게도 예수와 불타, 니체와 원효 같은 초월적 존재들을 서로 만나게 하고 대화를 나누게 함으로써 연극적 상황[104]을 연출한다. 속은 비슷한데 겉이 달라 보이는, 혹은 우리가 잘못

102) 이문재, 「마른 우물, 에로스, 설렘」, 「버클리풍의 사랑 노래」, 문학과지성사, 2000, 132-133쪽.

103) 황동규, 「거듭남의 시학」,『나의 시의 빛과 그늘』, 중앙일보사, 1994, 267쪽에서도 도처에 산재한 자기시의 간시성(intertextuality)의 경우를 확인할 수 있음.

104) '극적'이란 단어는 일상생활에서 '시적'이나 '소설적'에 비해 상당히 자주 사용된다. 그러나 정반대로 '극적'인 텍스트(희곡이나 시나리오, 방송 대본 등)는 앞의 두 장르의 텍스트에 비해 일반 독자에게 거의 읽히지 않는다. 반면에 읽기가 아닌 보기라는 관점에서 생각한다면 역시 가장 광범위하게 '극적'인 텍스트가 향유되고 있다. 일상의 언어생활 중 '연극적'이란 말은 매우 부정적인 어감의 거

알고 있는 이항대립(binary opposition)적인 것들 사이의 경계를 고발하며 이를 무화하려는 의도이다. 대립이 아니라 긍정이요 포용이다. 그의 말대로 "삶은 죽음이 타는 심지"인 것이다. 이런 무경계의 공간을 역설적으로 한번 구분해보자.

산문시는 단 한 수도 없고 악장시 1편, 변주시 2편, 연작시 겨우 2편, (초)장시 3편[105], 중시 6편 중 2편(「한 걸음 한 걸음 이리 얄아지니」, 「초여름의 꿈」)은 거의 단시에 근접해 있는 실정, 그리고 단시 51편. 2005년 현재 40여년을 부단히 시작에 전념해온 황동규의 가장 최근 시집 속 총 60편의 현황표 치고는 매우 단출하다. 물론 이것이 단지 (그것도 거칠게 작성한) 현황표이지 문학적 성적표는 아니지만, 그리고 시의 형태로 작품적 성과의 우열을 매길 수는 도저히 없겠지만 이제 황동규 시 형태의 최종형은 '단시'가 아닌가 조심스레 짐작해 본다. 그리고 딱 두 편짜리 연작시<쨍한 사랑노래>와 <더 쨍한 사랑노래>에는 앞으로 <더욱더 쨍한 사랑노래>가 추가되어 이런 '유사 제목 양식'의 모든 사랑 노래들이 자기들끼리 한 무리의 초거대 연작시군으로 어울리는 장면을 기대해 본다.

— 신작 시집에 수록된 '시인의 말'이 제목과 같은, '우연에 기댈 때도 있었다'라는 단 한 줄뿐이네요.

— 줄이고 줄이다보니 한 줄이 됐어요. (웃음) 기댄다는 것은 의지한다는 것이지요. 삶 자체는 필연과 우연, 둘 다에 의지할 수밖에 없으니까….[106]

짓된 말과 제스츄어를 의미하는 반면에 '극적'이란 단어는 상대적으로 긍정적인 문맥에서 사용되며 '긴장과 놀라움'의 성격을 내포한다. 특히 <'극적'인 것>의 핵심적 자질은 '긴장'보다는 '변화'에 있다. 겉으로 드러난 충격적인 면에 극적인 것이 놓여 있는 것이 아니라, 사건 전개의 이면에 담겨 있는 내면적인 긴장의 요인이 더욱 중요한 극적 요건이라는 점이다.

(홍재범, 「<'극적'인 것>의 생성 맥락에 대한 고찰」, ≪한국현대문학연구≫ 12집, 국학자료원, 2002. 12, 479-483쪽.)

105) 「풀이 무성한 좁은 길에서」(8면), 「적막한 새소리」(4면), 「젊은 날의 결」(8면) 3편

줄기차게 진행해온 그의 시적 도정의 첫머리가 의외로 단 한 줄의 제사(題詞)처럼 가볍고 외롭다. 이전 시집의 '바싹 마른' 늙어감보다는 그래도 내심 단단하다. 황동규는 그 이유를 "≪외계인≫(1997)을 낼 무렵 귀 수술을 받았어요. 30여 년 동안 키워온 병이었는데, 수술 후 원기를 찾았다고 할까. 그 다음에 낸 ≪버클리풍의 사랑노래≫(2000)와 이번 시집이 나로서는 이전보다 힘이 더 있는 시집이에요."라는 말로써 대신한다.

> — 나의 시는 점점 젊어진다고 자신해요. 시라는 '젊은 애인'과 연애하니 내가 젊어지고, 젊은 느낌으로 쓰니 시가 젊어질 수 밖에요."
> — 그가 말하는 시의 '젊음'이란 단지 외형만의 젊은 감각이 아니라 '문제가 생겼을 때 우회하지 않는' 치열한 정신을 뜻한다.
> — 그는 "동료 교수들로부터도, 나의 시가 화해나 사랑 고백을 위해 곧잘 쓰인다는 말을 들었다"며 시인으로서의 행복을 살짝 비껴 표현하기도 했다.[107]

위의 기사는 이번 시집이 아니라 직전의 『버클리풍의 사랑노래』(2000)를 출간했을 무렵의 발언이므로 거기에서 3년만큼 그의 시는 더 젊어졌어야 마땅하다. 전작에 비해 전체 시 편수는 50에서 60으로 10편이 늘었다. 그러나 마지막 시가 실린 최종 면수는 118면에서 102면으로 축소된다. 상당한 분량의 시행들이 줄어든 셈이다. 그러나 시란 본래 언어경제적이고 압축·집약적인 문학 장르이므로 대상 시집들 속의 등장인물이나 시적 화자('탈')들의 숫자 및 대화의 분량을 헤아려 비교해 보는 것만큼이나 이런 단순 비교 자체로는 큰 의미를 지니기 힘들다. 우연히 집적된 것 같아 보이는 결과들의 귀납적 종합이 분석의 결과로 어떤 필연을 산출해 내기도 하고, 필연적으로 연역해 들어간 추리에서 우연의 원인을 마주치기도 하는 것이다. 다만 중요한 것은 중기 이후로 그가 지속적

---

106) 박주일, 「새 시집 '우연에 기댈 때도 있었다'」, ≪동아일보≫, 2003. 2. 20.
107) 유윤종, 「시집 '버클리풍의 사랑노래' 시인 황동규」, ≪동아일보≫, 2002. 1. 28.

으로 보여 온 '단시지향성'이 우연이든 필연이든 하나의 중요한 특징으로 자리 잡게 되었으며, 이 단형 시형의 필연적 추구 (혹은 우연적 결과)가 그에게는 '거듭남'의 '순간'을 극적으로 포착하여 살아 있는 구체적인 '인간'을 시로써 구축하는 일에 다름 아니라는 사실이다. 그 인간은 시인 혼자만이 아니라 시인 내부의, 그리고 시 내부의 '사람들'이고 그들이 연작으로 또 동시에 합창하는 다성적 자유의 노래야말로 '自在의 시학'이다.

7. 나가며

그간 황동규의 시 세계 및 수사적 장치에 관해서는 상당한 연구의 성과가 축적되어 온 편이다. 지금까지 황동규의 시는 주로 인식적 측면과 기법적 측면에서 두드러진 특성을 지닌 것으로 평가되어 왔고, 이제 그의 풍부한 비유와 유창한 울림은 많은 부분 해독이 되었으며, 특별히 난해한 시를 지향한 것도 아니어서 새삼 재독을 요하지도 않는다.

하지만 이러한 의의에도 불구하고 기존의 논의들에서는 접근의 객관성이라는 측면에서 거의 진공상태였다고 해도 과언이 아니다. 이는 기존의 논의들이, 증명하기는 어렵고 논하기엔 편한 주제적 측면을 위주로 문제 삼는다거나 시 세계의 변모를 주로 시인 자신 혹은 최측근 정실비평가들의 용어를 빌려 상호복제해 왔기 때문이 아닌가 싶다. 이에 본고가 試論적인 통계의 방법까지 동원하면서 황동규의 시와 시론에 접근하려는 것은 바로 이러한 구체적이고 객관적인 방법만이 저간의 논의들이 노정한 관념 편향을 극복할 수 있을 것이라 생각했기 때문이다. 이런 맥락에서 본 연구자는 황동규의 적지 않은 분량의 시들이 내적으로는 어떤 시론의 외부에 위치하고 있으며, 그러한 이론적 측면과 시의 기법적 측면이 어떤 형태로 매개되며 변모해 가는지를 살펴보고자 하였다.

황동규 시인이 대중과 평론가들 모두의 마음을 사로잡으며 오랫동안 사랑과 주목을 받아온 까닭은 무엇보다도 그의 시가 보여주는 '한결같은 새로움' 덕분이라 할 때, 그 새로움은 변신을 위한 변신이 아니기에 진솔하고도 강렬하다. 그는 시를 '쓰는' 것이 아니라 시로 '산다'. '시를' 산다. 그의 시는 恨을 위주로 했던 전통적인 사랑의 서정시들과도 구별되고, 기법만을 중시하면서 시대의 변화에 대응하려고 했던 모더니즘 내지 포스트모더니즘적 경향의 실험시들과도 구별된다. 비록 직접적인 참여 혹은 순수 식의 주의 주장은 아니었지만 그의 시는 늘 동시대의 시들과 연결되어 있었을 뿐 아니라 오히려 당대의 시들을 선도하는 자리에서 부단한 모색의 길을 걸음으로써 자기 갱신을 이루어 오늘에 이르렀다는 점에서 연속적, 발전적 족적을 남긴다.

> 황동규 중기 이후의 시를 정의하는 데 적절한 낱말에는 어떤 것이 있을까? 한국의 현대시를 의중에 두고서도 전통적이란 말은 어울리지 않는다. 그의 시는 그렇게 얌전하지도 다소곳하지도 않다. 그렇다고 실험적이라든가 전위적이란 말을 붙인다는 것은 더욱 온당치 않아 보인다. 그러기에는 그의 시가 너무나 의젓하게 안정되어 있기 때문이다. 형태적 균질감을 유념하면서 언어의 경제적 처리에 고심하는 신고전적 지향이라고 하는 것이 타당할 것 같다. 그렇게 생각할 때 그의 근작들이 보여주는 소재 접근과 처리의 다양성은 괄목할 만한 것이다.108)

극서정시 이론에 토대한 근작들이 보여주는 긍정과 화해지향성은 그것이 추상적 진술이나 인용하기 좋은 시적 표현 몇 구절로 드러나는 것이 아니라, 여백을 포함하여 작품의 구조라는 틀(뼈대) 속에 분리할 수

108) 유종호, "낭만적 우울의 변모와 성숙", 『악어를 조심하라고?』, 문학과지성사, 1986, 106쪽.

없는 전체로 어우러져 있다는 점에서 중요하다.[109] 특히 이 '분리할 수 없는 전체'라는 개념은 그에게 가장 많은 영향을 끼쳤던 예이츠(W. B. Yeats)의 시 「Among School Children」의 유명한 일절과도 부합한다.[110] 그러나 본고는 이를 오히려 역설적으로 적용해 황동규의 시와 시론이 초기로부터 후기로 변모해온 관계 양상을 전방위적으로 조망하고자 하였고, 비록 거친 분석과 미흡한 적용이나마 그의 시 세계 및 시 이력 전반에 걸친 형태적 변모 양상을 하나의 틀에 담아 살필 수 있었다. 그 결과, 2006년 현재 가장 최근의 제 13시집까지의 시적 형태의 변모와 그 시론적 의미를 일별한 것이 다음의 표다.

	시 집	수록편수	단시	중시	장시	연작시	변주시	악장시	산문시	혼성시
1	어떤 개인	30	18	7	5	8	4	9	8	8
	1961	100.0	60.0	23.3	16.7	26.7	13.3	30.0	26.7	26.7
2	비가	21	8	3	10	15	0	1	0	0
	1965	100.0	38.1	14.3	47.6	71.4	0.0	4.8	0.0	0.0
3	태평가	46	37	7	2	14	3	5	0	0
	1968	100.0	80.4	15.2	4.3	30.4	6.5	10.9	0.0	0.0
4	열하일기	30	23	4	3	20	0	3	0	0
	1972	100.0	76.7	13.3	10.0	66.7	0.0	10.0	0.0	0.0
5	나는 바퀴-	48	29	13	6	3	4	2	4	5
	1978	100.0	60.4	27.1	12.5	6.3	8.3	4.2	8.3	10.4
6	악어를 -	31(16)	22	3	6	6	3	1	0	0
	1986	100.0	71.0	9.7	19.4	19.4	9.7	3.2	0.0	0.0
7	몰운대行	54(18)	41	6	7	19	1	7	0	0
	1991	100.0	75.9	11.1	13.0	35.2	1.9	13.0	0.0	0.0

109) 유종호, "낭만적 우울의 변모와 성숙", 『악어를 조심하라고?』, 문학과지성사, 1986, 113쪽.

110) 예이츠의 시 「Among School Children」의 마지막 구절에 나오는 "How can we know the dancer from the dance?"를 가리킴.

8	미시령	47(18)	37	4	6	12	1	8	0	1
	1993	100.0	78.7	8.5	12.8	25.5	2.1	17.0	0.0	2.1
9	풍장	70	62	8	0	70	0	0	0	0
	1995	100.0	88.6	11.4	0.0	100.0	0.0	0.0	0.0	0.0
10	외계인	53	37	10	6	15	2	6	2	0
	1997	100.0	69.8	18.9	11.3	28.3	3.8	11.3	3.8	0.0
11	버클리-	50	22	23	5	5	0	5	0	0
	2000	100.0	44.0	46.0	10.0	10.0	0.0	10.0	0.0	0.0
12	우연에-	60	51	6	3	2	2	1	0	0
	2003	100.0	85.0	10.0	5.0	3.3	3.3	1.7	0.0	0.0
13	꽃의 고요	68	63	4	1	0	0	1	1	0
	2006	100.0	92.6	5.9	1.5	0.0	0.0	1.5	1.5	0.0
전체	총 편수	608	450	98	60	189	20	49	15	14
	%	100.0	74.0	16.1	9.9	31.1	3.3	8.1	2.5	2.3

(제 6, 7, 8시집은 9에 중복된 괄호 속 「풍장」시편들의 수를 제외한 수치 및 비율임)

예이츠의 영향[111]으로 삶과 시를 일치시키려고 애썼던 황동규는, 다시 태어나도 또 다시 "결국은 문학의 길을 택하리라고 나는 생각한다. 그 점에 있어서만은 나는 지구상의 그 어떤 생물보다도 복받은 생물일지 모른다."고 고백한다.[112] 그렇다면 결국 시란 그에게 있어 종교이자 구원에 해당한다. 그것도 결과적으로는 기복의 신앙[113]인 셈이다. 그는

111) 황동규, 「내가 만난 시인들」, 『젖은 손으로 돌아보라』, 문학동네, 2001, 248-249쪽.
112) 황동규, 「나의 길」, 『젖은 손으로 돌아보라』, 문학동네, 2001, 30쪽.
113) "종교도 복을 빌거나 천국에 가려는 마음으로 빠져본 적은 없다. 원래 기독교 집안이어서 성경을 읽은 것이 문학에 도움됐을 것이다. 기억에 남는 것은 고등학교 1학년 때 어머님의 반 강요로 청량리에 사는 한 장로님이 자신의 집에서 예배를 보는 모임에 한 일년 참석한 일이었다. 당사자들은 원시교회라고 생각했겠지만 이즈음으로 말하면 '휴거' 교회에 가까운 것이었다. 예수의 재림이 매 주일 한 걸음씩 다가오는 긴박감이 예배를 지배하곤 했으나 나는 예언서의 치열함에 더 관심이 있었고 그 후에는 그나마 교회와 멀어지게 되었다. 대학에 와서는 니체에 경도되기도 하고 이십년 전부터는 책을 통해 선불교에 빠지게 되었다. 깨달음이란 결국 용맹정진의 '스토이시즘'에서 해탈의 '에피큐리어니즘'으로 넘어

또한

"나는 아직 내 삶과 문학에 결정적인 형태를 부여하고 싶지 않다. 현재진행형인 것이다. 이미 만들어진 것에는 늘 불만이다. 내 몸의 감각과 마음의 눈은 삶을 살아 숨쉬는 극(劇)으로 바꿀 새로운 장치들을 늘 찾고 있다. 내 삶과 문학의 현주소이다."[114)]

라며, 아직 한 권 정도는 더 시집을 쓸 힘이 남아 있을 것 같다고 하였다. 그리고 얼마 되지 않아 그의 말대로 벌써 열세 번째 시집 『꽃의 고요』(문학과지성사, 2006)가 출간되었다.

그런데 필자는 이 시집이 나오기 이전에 이미 다음 시집의 단시화 경향[115)]을 예상한 바 있었고, 위의 표에서 보듯 그 예측은 과연 적중했다. 누구나 그렇겠지만 이전의 성과를 계승, 발전시키며 거기에 새로운 요소를 담아 부단히 자기갱신의 노력을 하는 과정이 문학의 길이라는 점에서 황동규의 개별 시집들은 이전 시집의 계승과 극복, 지속과 갱신이라는 두 가지 관계를 일정하게 유지하고 있다고 볼 수 있다. 특히 이번 시집에서 혹자는 이미 새로운 변화의 시작을 감지하기도 하지만,[116)] 아직 여행중인 진행형의 시인인 만큼 그에 대한 섣부른 결론은 잠시 보류

가는 순간일 것이다. 서양의 이 두 사생관을 한 줄에 꿰고 있는 것이 선의 매력이다. 그러나 책으로 배우는 선은 백 권을 읽어봐야 한번의 용맹정진의 성취보다 못하다고 지금도 생각하고 있고, 나 자신 깨친 자이기는커녕 불교도라고 치부한 적도 없다. 다만 영원히 시들지 않는 꽃들을 즐기며 계속 일류 레스토랑에서 식사를 하려는 극락이나 천당에 대한 욕망이 대표하는 기복신앙(祈福信仰)을 잠시 제쳐놓고 종교가 인간에게 무엇을 요구하는지 생각해보면, 종교도 최대한의 노력으로 최소한의 것을 얻는 장치가 아닌가 하는 생각이 든다."

－「[나는 왜 문학을 하는가]<68>시인 황동규」, ≪한국일보≫, 2003. 7. 24. (특집) 기획. 연재 21면.

114) 황동規, 「나의 삶과 문학」, 『젖은 손으로 돌아보라』, 문학동네, 2001, 193쪽.

115) 拙稿, 「黃東奎의 詩와 詩論의 관련 양상」, <한국현대문학과 종교>(한국현대문학회 동계 학술발표회 발표문), 2006. 1. 6(서울대학교).

116) 이숭원, "황홀하고 서늘한 삶의 춤", 『꽃의 고요』, 문학과지성사, 2006, 121, 143쪽.

하기로 한다. 다음에 다가올 열네 번째 시집은 과연 어떠한 모습일지, 그리고 그 시 세계의 요체가 제4기의 종반부가 될지, 제5기의 신세계를 개척하는 새 마당을 펼칠는지, 이를 점쳐보는 일은 흥미로우면서도 문학에서 예언이 가능한지를 다시 한번 실험해보는 일이 될 것이다.

▸▸▸ 참고문헌

황동규, (오늘의 詩論集)≪사랑의 뿌리≫, 文學과知性社, 1976.

______, (황동규散文集)≪겨울 노래≫, 지식산업사, 1979. 2. 19.

______, (文學選)≪풍장≫, 나남, 1984.7.5－문학선집(시, 산문, 평론).

______, ≪나의 시의 빛과 그늘≫, 중앙일보사, 1994. 2. 15.

______, ≪詩가 태어나는 자리≫, 문학동네, 2001. 5. 9.

______, (散文集)≪젖은 손으로 돌아보라≫, 문학동네, 2001. 5. 9.

______, 「상호 데생 : 김현－싫은 놈이다」, 황동규 깊이 읽기, 문학과지성사, 1998 (<현대문학>, 1973. 8)

______, <문예중앙>연재 －나의 시의 빛과 그늘 : 살아있는 집의 기록,1-11－14권 2호(1991 여름)-16권 4호(1993 겨울)

______, 「시인의 시론 : 알레고리와 상징의 밀회」, <작가세계> 1992 여름.

______, 「시인이 만난 시인들 : 두보에서 김춘수까지」, <작가세계> 1992 여름.

______, 「현재진행형인 나」, 황동규 깊이 읽기, 문학과지성사, 1998 (<국민일보>1996. 4. 20)

______, 「창고가 없는 삶」, 황동규 깊이 읽기, 문학과지성사, 1998.

______, 「초겨울의 본과 베를린」, 황동규 깊이 읽기, 문학과지성사, 1998.

______, 「자선대표시선, 시인연보, 연구서지」, <시와시학> 제31호, 1998 가을.

______, 「문학적 자전 : 대화의 힘」, <시와시학> 제31호, 1998 가을.

______, 「짧은 시론」, <시와사람> 10권1호 통권36, 2005 봄.

황동규 · 하응백, 「대담－거듭남을 찾아서」, 황동규 깊이 읽기, 문학과지성사, 1998.

오규원의 시론 연구

1. 들어가는 말

한국 근현대시사를 통틀어볼 때, 시와 시론을 병행했던 시인은 많지 않다. 여기에는 창작을 이론보다 우위에 있는 특수한 영역으로 보는 선입견이 개입되어 있다. 또한 그것은 창작의 과정을 객관화하고 그것들을 언어로 체계화하는 일에 익숙하지 않은 한국시의 현실을 반영하는 것이기도 하다. 한국 근대시사에서 시론에 대한 관심을 처음 보여주었던 시인은 김억이고, 황석우, 주요한, 유춘섭 등이 비슷한 시기에 시에 대한 생각들을 단편적으로 발표했다. 그 후에도 시인들마다 창작과 관련된 짤막한 단상을 발표하는 일은 종종 있었다.

그러나 그러한 생각들이 체계를 갖춘 본격적인 시론으로 나타나게 되는 것은 1930년대부터라고 해야 할 것이다. 박용철, 김기림, 임화 간에 벌어진 기교주의 논쟁은 시에 대한 이론적인 입장의 차이를 선명하게 보여준 획기적인 시사적 사건이었다. 그 중에서도 특히 김기림은 문학

* 문혜원 / 아주대학교 교수

이론에 대한 전반적인 정리와 함께, 모더니즘 시론의 이론적인 기틀을 마련했다. 전후의 김수영, 조향, 김광림, 문덕수, 김춘수, 김규동, 문덕수, 송욱 역시 시와 시론을 병행했던 시인들이다. 공통적인 것은 이들이 대부분 모더니즘적 경향을 보이는 시인들이라는 점이다. 그것은 시를 제작의 산물로 보는 시론적인 특징에 연유한다. 시를 제작이라고 본다면 구체적인 제작의 방법론을 생각하지 않을 수 없기 때문이다.

시론사적으로 볼 때 오규원의 시론은 식민지 시대부터 전개되어온 모더니즘 시론의 연장선상에 놓여있다. 그의 시론은 기본적으로 유희적인 입장에서 출발한다. 시가 인간의 삶이나 사회 현실과 같은 외적인 요소에 봉사하는 것이 아니라 만족을 주는 것이라는 칸트적인 의미의 무목적성을 중시하는 것이다.[1)] 이에 바탕한 그의 시론은 크게 3기로 나누어지는데, 각각의 단계는 시론집 『현실과 극기』(1976), 『언어와 삶』(1983), 『가슴이 붉은 딱새』(1996)에 대응한다. 1기 시론에서 그는 현실이나 삶의 문제를 배제하고 대상에 대한 즉물적인 묘사를 강조하고 있다. 이는 당시 시단의 추상화 경향을 극복하는 대안으로 선택된 것이다. 이 과정에서 그는 언어가 가지고 있는 인식의 측면을 주목하게 된다. 2기의 시론은 대상을 새롭게 인식하는 해석의 측면에 집중되어 있다. 시인은 주어진 세계를 재해석하려는 욕구를 지니기 마련이고, 그 방법은 언어를 통한 것이다. 그러나 주체의 인식을 강조하는 이같은 입장은 대상을 다시 한 번 관념화시키는 결과를 낳을 수도 있다. 대상에 덧씌워진 기존의 관념을 탈피하는 방법으로 또 다른 관념을 찾는 것이다. 3기 시론은 이러한 딜레마를 어떻게 극복할 것인가에 대한 해결책을 제시하는 것이다.

---

1) 오규원, 「Hand Play 論」(1970), 『현실과 극기』, 문학과지성사, 1976, 22쪽.
이하에서는 편의상 『현실과 극기』를 Ⅰ, 『언어와 삶』을 Ⅱ, 『가슴이 붉은 딱새』를 Ⅲ으로 각각 표시하기로 한다. 또한, 『현실과 극기』, 『언어와 삶』에 실린 글의 경우, 발표 시기에 따른 시론의 변화를 알아보기 쉽도록 원래 발표된 연도와 제목을 따로 표시하기로 한다.

그는 방법론까지를 버리고 관념 대신 실재의 현상을 제시하는 방식을 택한다. 그의 '날이미지'는 현상과 현상의 생성 과정까지를 포함하는 입체적인 이미지 시론으로서, 현상의 드러냄과 해석의 욕망이라는 이중적인 과제를 통합한 형태이다.

동일한 시인의 작품에 대해 서로 다른 평가가 내려지는 것은, 이러한 시론의 변화에 기인한 것이다. 그는 『현실과 극기』에서 김수영의 시가 자신의 시적 출발점과는 정반대에 있는, 구체적인 경험에 바탕을 둔 진실성을 가진 시라고 평가한다.2) 그러나 『언어와 삶』에서 오규원이 주목하고 있는 것은, 김수영 시의 현실과의 관련성이 아니라 언어를 사용하는 방식이다. 김수영의 시는 명확히 드러내기 위한 진술이 아니라 '관념을 밑으로 깔고 읽는 사람이 찾아내도록' 고도로 조작된 언어로 이루어져 있다. 오규원은 여기서 김수영 시의 진실성이 삶의 진실성에서 오는 것이 아니라 방법론에서 온 것이라고 설명하고 있다.3) 그러나 세 번째 시론집인 『가슴이 붉은 딱새』에서 김수영의 시는 이미지론을 설명하는 하나의 예이다. 그는 김수영의 「눈」에서 '때묻지 않는 백색의 정신의 상징물'4), 장식적 요인을 모두 제거한 현상의 세계를 보고 있다. 이러한 해석의 차이는 오규원의 시론적인 입장의 변화를 반영하고 있는 것이다. 이처럼 오규원의 시론은 대상에 대한 즉물적 묘사에서 대상을 새롭

2) "그의 시도, 그의 산문도, 어느 것이나 구체적인 자신의 경험 위에서 출발한다. 그러므로 그것이 설사 '시시한' 경험이라도 그의 신념에 닿아있어, 개인의 사소한 경험 그것이 결코 우리가 말하고자하는 정치, 경제, 사회, 문화, 모든 분야와 결코 분리되어 있는 게 아니라, 분리되어 있기는 커녕 그 모든 것의 가장 민감한 具象體임을 시로 강조한다."－ 오규원, 「한 시인과의 만남」(1976), Ⅰ, 15쪽.

3) " (…) 김수영의 진술은 그 솔직성에도 불구하고 소피스트의 어투를 깔고 있다. 뿐만 아니라 그의 진술은 명확히 드러내기 위한 진술이 아니라 관념을 밑으로 깔고 읽는 사람이 찾아내도록 되어있다. 그가 소피스트의 어투를 사용하는 것은 진술이 시적 긴장 속에 있도록 하기 위한 방법적 장치이다."－오규원, 「여섯 개의 관점 또는 시점」(1980), 『언어와 삶』, 문학과지성사, 1983, 111쪽.

4) 오규원, 『가슴이 붉은 딱새』, 문학동네, 1996, 64쪽.

게 해석하는 인식론적인 방법을 모색하는 것으로 변화하고, 다음 단계에서는 그 방법론까지를 부정하고 현상을 드러내는 방향으로 전개되고 있다.

2. 제 1기(『현실과 극기』)-대상의 즉물적 묘사

오규원의 1기 시론은 추상에 대한 구상의 의지로 요약될 수 있다. 이는 1960년대 시의 추상화 경향에 대한 비판에서부터 비롯된다. 그는 1960년대 시인들의 내면화 경향이 한국시의 영역을 확대했다는 의의가 있는 것은 사실이지만, 한편으로 시를 추상화시킴으로써 또다른 문제점을 야기했다고 지적한다. 60년대 시인들은 사물을 이미지화함으로써 자연을 주된 소재로 했던 전통적인 한국시의 영역을 확대했고, 내면공간을 객관화함으로써 시를 자연발생적인 주관적 감정의 표현으로 보는 자연발생적인 시관에서 한 단계 진전된 양상을 보인다. 그러나 내면공간을 확대하게 되면서 시인 개인과 외부 사이에 위화감이 조성되고 개인의 내면으로만 안착하는 소극적인 경향을 보이는 것이 사실이다.[5] 또한 그들의 시에 나타나는 내면세계는 한 개인의 특수한 심리나 정서를 반영하는 것이 아니라 익명성으로 존재함으로써, 외부세계에 맞서는 고유한 개인의 내면을 보여주는 것이 아니라 역으로 현대 문명사회의 비인간화 경향을 닮아가게 된다. 오규원은 이를 '관념과 추상에 의해 공제되는 자기 삶의 결손'[6]이라고 표현하고 있다. 1기 시론은 이같은 추상화 경향을 극복하는 방법으로 구상화를 지향하고 있다.

이는 오규원 자신의 시에도 중요한 영향을 미치고 있다. 첫시집 『분

5) 오규원, 「형식과 자유」(1972), Ⅰ, 35쪽.
6) 오규원, 「이상과 쥘르의 대화」(1976), Ⅰ, 55쪽.

명한 사건』에서 그는 '대상을 투명하게 파악'하려고 노력했고, "대상이 되는 불투명한 관념이나 심상을 구체적인 사물로 치환시키거나 또는 의인화, 의물화시켜 그 추상성을 구상성으로 바꾸어놓"[7]으려고 시도하고 있다.

언어는 추억에
걸려있는
18세기형의 모자다.
늘 방황하는 기사
아이반호의
꿈 많은 말발굽쇠다.

—오규원, 「현상실험」 부분

안경 밖으로 뿌리를 죽죽 뻗어나간
나무들이
서산에서
한쪽 다리를 헛짚고 넘어진 노을 속에
허둥거리고 있다.
키가 큰 산오리나무의 귀가
불타고 있다.

—오규원, 「분명한 사건」 부분

'언어'는 모자나 말발굽쇠와 같은 구체적인 사물로 치환되고, 노을지는 풍경은 의인법을 빌려서 나무들이 다리를 헛짚고 허둥대는 것으로 표현되고 있다. 그럼으로써 추상화된 관념들은 구체적인 형상으로 나타나게 되는 것이다. 그러나 이러한 비유는 추상적인 관념을 시각적인 것으로 대체하는 데는 성공했을지 모르지만, 결국 다른 관념을 불러온다는 한계를 지니고 있다. '언어'를 대신하는 '18세기형의 모자'나 '아이반

7) 오규원 · 이창기 대담, 「'날 이미지'로 시를 살아가는, 한 시인의 현상적 의미의 재발견」, ≪동서문학≫, 1995 여름, 246쪽.

호의 말발굽쇠'는 또다른 설명을 필요로 하는 것이다. 언어가 투명해지기 위해서는 설명을 필요로 하는 관념을 완전히 제거해야만 한다.

이런 맥락에서 볼 때, 구상화가 가장 잘 이루어진 예는 사물시이다. 그것은 하나의 관념을 다른 관념으로 대체하는 은유적 사고의 틀을 배제하고 사상(事象)을 그대로 배치한다. 오규원은 사물시의 이러한 방식이 구상화의 대표적인 예이며, 이러한 과정을 통해 시의 추상화 경향을 극복할 수 있다고 생각한다. 그 예로 『해』에서 이상의 세계를 향한 소박한 희구를 보여주었던 박두진의 시는 『오도(午禱)』, 『거미와 성좌』에서는 믿음과 의지의 시로 변화하는데, 이 때 시는 개인의 체험공간을 벗어나 이념으로서의 관념의 영역에 놓인 것이었다.[8] 이는 이데아를 지향하는 종교적 이상주의로서 추상화 경향이 짙은 것이다. 그러나 이러한 박두진의 시세계는 『사도행전』과 『수석열전』에 와서 관념의 한계를 벗고 담담한 묘사와 서정을 회복하게 되는데, 그 계기는 사물의 발견에 있다.

> 인고의 순간을 견디고 고고하게 직립한, 단일화된 인간(使徒)과 단일화된 사물(水石)의 발견은 그의 초극의지를 깊이 자극하고, 그리고 대부분의 작품에 간결한 행구분과 사물의 순수한 모습을 볼 수 있도록 한다.[9]

'수석(水石)'이라는 구체적인 사물을 발견하게 되면서 박두진의 시는 개별적이고 구상적인 사물과 인간을 발견하고 있다. 그 결과 『수석열전』은 박두진의 의지적이고 관념적인 특징과 사물이 가지고 있는 구상성이 결합된 이상적인 형태를 갖추고 있는 것이다.

그는 이러한 박두진의 시적 특징을 김현승과 박목월의 시와 대비하여

8) 오규원은 박두진의 이러한 변화의 원인을 시대적인 환경과 연결시켜 설명하고 있다. 『해』에서 지향하는 순수한 이상의 세계가 시대 현실에 부딪치면서 좌절을 겪은 후, 그것을 극복하는 방법으로 의지의 시로 변모한다는 것이다.

9) 오규원, 「선비의식과 초극의지」 I , 1974, 132-133쪽.

설명한다. 김현승의 시에서 '고독'은 실생활에서 오는 외로움과 쓸쓸함이 아니라 신 앞에 있는 인간 본연의 실존적인 상황이며 절대적인 것이다. 즉 추상화된 관념의 대표적인 예인 것이다. 그러나 김현승은 소재상으로는 비시적인 고독을 미적으로 잘 승화시킴으로써 관념으로 이루어진 시가 가지는 위험성에서 벗어나고 있다. 박목월은 이와 정반대로 내용을 보다 시적으로 수용할 수 있는 방법에 중점을 둔다. 그의 시에 나타나는 선명한 이미지는 표현하고자 하는 사상(事象)을 가장 정확히 추출해내기 위한 방법적인 것이다. 박두진의 『수석열전』은 그러한 정반대의 생각을 한꺼번에 수용하려고 한 것으로 평가된다.

그럼에도 불구하고 오규원은 대상을 투명하게 묘사하려는 노력이 번번이 한계에 부딪치는 것을 깨닫게 된다. 대상을 명확히 묘사하려고 할수록 언어에서 점차 멀어진다는 느낌을 가지게 되는 것이다. 이는 언어가 대상을 묘사하는 기계적인 도구에 그치는 것이 아니라, 인식의 측면을 가지고 있기 때문이다. 언어에는 인식(해석)의 기능과 표현의 기능이 있다. 대상에 대한 앎은 언어를 통한 앎이고, 그 앎을 구체화하는 것 역시 언어인 것이다. 주체와 대상의 관계는 인식과 표현이라는 두 가지의 기능이 동시에 작동함으로써 비로소 발생한다.

이에 비추어볼 때 사물의 즉물적인 묘사는 언어의 양면 중 표현의 기능에만 충실한 것일 뿐, 인식의 측면은 고려하지 않는 것이다. 특히 언어가 사물을 그대로 베껴내는 것이라고 할 때, 언어는 대상을 찍어내는 사진기와 다르지 않으며 시인 역시 사진기의 동작을 가능하게 하는 기계조작자에 지나지 않는다. 그러나 언어는 그 자체가 인식의 기능을 가진 것이고, 시인은 해석의 욕망을 지닌 존재이다. 따라서 대상을 기계적으로 묘사하는 것 이상의 시를 꿈꾸는 것은 당연한 일이다.

3. 제2기(『언어와 삶』)－대상에 대한 인식의 중요성

시는 사실을 베끼는 것이 아니라 주어진 대상에 숨겨져 있는 본질을 읽어내고 그것을 언어로 드러내는 것이다. 그렇다면 주어진 대상의 본질을 읽어내는 주체의 역할이 강조될 수밖에 없다. “모든 인간이 던지는 종국적인 질문은 ‘나’라는 존재로 향하게 되어있다. ‘나’가 곧 세계이며 그 세계의 시작과 끝인 탓이다. ‘나’가 부재하는 세계란 인간과 관계를 맺고 있지 않는 시간과 공간이다. 그 시간과 공간을 향해 질문을 던지는 시인은 없다. 한 시인이 세계를 투명하게 인식하고자 한다면 그것은 곧 ‘나’의 존재를 올바르게 파악하고자 하는 노력이다. 세계란 ‘나’의 형식이며 본질이며 허상이며 실상이어서 ‘나’를 가장 잘 비추는 거울인 탓이다.”10)라는 대목은 그런 맥락에서 이해될 수 있다. 그러나 그것이 주체의 일방적인 우위를 선언하는 것은 아니다. 다음 글은 오규원이 생각하는 시가 어떤 것인지를 잘 보여준다.

> 모네의 <수련>은 대상이 색채 속에 녹아버린다. 조르쥬 쇠라의 색채 분할은 화면을 모자이크처럼 단순화시킨다. 고갱의 그림은 原住民化되어 있다. 그런데 고호의 붓놀림은 대상과 대상의 내부에 숨어서 좀처럼 그 모습을 드러내지 않는, 대상을 이 세계에 있게 하는 그 무엇을 대상과 함께 언어화한다.
>
> 그러므로 그의 붓놀림과 함께 있는 색채는 색채가 아니라 바로 언어이다. 대상을 화면에 고정시키거나 유착시켜 놓은 그림이 아니라, 오히려 우리 눈에 그 움직임을 좀처럼 보여주지 않고 있는 대상을, 붓놀림을 통해 어떻게 살아있고 나아가고 있는가를 보여주는 한 편의 시이다. (중략)
>
> 어떠한 대상을 묘사하거나간에, 결코 잠이 든 사물을 발견할 수 없는 세계, 어떠한 풍경의 어떠한 사물들도 꿈꾸며 불타고 있는 세계 － 이 그림을 자세히 보라. 밀밭의 밀은 쭉쭉 몸을 뻗으며 움직이고 있고, 길

10) 오규원, 「시인은 ‘이미지의 의식’이다」, ≪문예중앙≫, 2000 봄.

> 은 달리고, 농부의 다리는 힘차며, 지붕은 숨을 쉬고, 말음 모가지를 힘차게 내뻗고 있다. 호흡하는 색채와 선, 이 살아있는 언어의 세계가 그의 세계이다.[11]

모네의 그림이 색채 안에 대상을 완전히 용해시키고 있다면, 쇠라의 그림은 대상을 점으로 분할해서 극히 단순화시켜버린다. 두 경우 모두 주체의 해석이 대상을 압도하는 것이다. 이에 비해 고흐의 그림은 대상과 그 안에 숨어있는 대상의 본질까지를 한꺼번에 드러내고 있다. 오규원이 생각하는 시는 이와 유사한 것이다. 즉 주어진 대상의 외형만을 그대로 모방하거나 정반대로 작가의 주관적인 시각으로 대상을 덧칠하는 것이 아니라, 대상의 숨겨진 본질까지를 언어로 표현하고자 하는 것이다. 그가 생각하는 시는 대상을 있는 그대로 드러내는 기계적인 단순성이 아니라 그것을 뒷받침하는 시적 인식이 병행되어야 하는 것이다.[12] '단순성'이 의식을 명확하고 효과적으로 나타내는데 도움을 주지만, 사물에 대한 인식을 바탕에 깔지 않는다면 단편적일 수밖에 없다는 그의 말[13]은 이러한 생각을 뒷받침한다.

중요한 것은 "나름의 세계로 우리가 알고 있는 진실이라든지 가치에 변화를 주고 또 사고나 행위에 새로운 감수성을 첨가"[14]하는 것이다. 그가 김혜순의 시를 긍정적으로 평가하는 이유 역시 이 때문이다.

> (…) 그의 작품들은 퍽 일관성있는 방법론을 갖추고 있다. 그것은 시적 대상을 어떤 관념으로 파악하거나 재해석하는 게 아니라 그 대상을

---

11) 오규원, 「언어와 삶, 그리고 꿈의 세계」II, 14-15쪽.

12) "나는 적어도 시란 내가 심은 꽃이 최소한 건물의 색깔이 낡았음을 알 수 있게 하는 존재여야 하고, 지금까지 알고 있던 식구들의 미적 감각이나 도덕 감각이란 일종의 고정관념이었음을 깨닫게 하는 존재여야 한다고 생각한다." - 오규원, 「문화 현상 속의 시」II, 1980, 155쪽.

13) 오규원, 「여섯 개의 관점 또는 시점」II, 1980, 116쪽.

14) 같은 글.

주관적으로 왜곡시켜 언어로 정착시키는 작업을 통해서 대상을 새롭게 드러냄과 동시에, 그 새롭게 드러난 대상을 있게 하는 언어의 존재 또는 언어의 아름다움이 어떤 것인가를 우리 앞에 내보임—바로 그것이다.[15)]

위의 글에서 오규원이 강조하고 있는 것은 방법론이다. 대상을 '관념'으로 재해석하는 것이 아니라, 자신만의 주관적인 왜곡을 거쳐서 새롭게 드러내는 '방법적 드러냄'을 중시하는 것이다. 그것은 시의 내용에 해당하는 사회현실이나 관념이 아니라 그것을 드러내는 '언어'에 주목하는 것이다.

오규원의 광고시 역시 같은 맥락에서 설명될 수 있다. 광고가 가지고 있는 사회적 의미와 자본주의 비판을 연결시키는 것은 주제적인 측면을 강조하는 것이다. 그러나 정작 오규원이 광고에서 주목하는 것은 그것의 자본주의적인 속성과 그를 통한 현실 비판이라는 외부적인 주제가 아니라 자본주의 사회의 현상의 하나로서의 광고이며, 그것의 본질을 드러내는 방식, 즉 언어를 통한 현상의 드러냄이다. 광고는 대상이나 현상의 표면 아래 숨겨진 본질을 드러내는 것이라는 면에서, 그가 생각하는 시의 본래 의미에 충실한 것이다.[16)] 그에게 있어서 중요한 것은 여전히 '개별화된 현실'이며 문학적인 현실이다. 따라서 오규원의 광고시를 근거로 해서 그의 시가 갑자기 사회현실에 대한 비판으로 옮아갔다고 보는 것은 잘못이다. 오히려 그는 이 대목에서, 자신의 시가 70년대의 참여시들과 다르다는 것을 뚜렷하게 밝히고 있다. 70년대의 시들은 암호화, 구호화함으로써 시인의 임무를 다했다고 생각하지만, 시인에게 중요한 것은 현실의 장막을 걷어버리거나 뚫고 바라보는 '방법론'을 마

15) 오규원, 「방법적 드러냄」Ⅱ, 1981, 313쪽.
16) "언어의 해석에 의해서 세계를 바라보기보다는 현상을 가지고 본질을 드러낼 수 없을까라는 생각인데, 광고에 관한 시나 요즘 여러 작품들이 여기에 해당한다" — 오규원·김동원·박혜경 대담, 「타락한 말, 혹은 시대를 헤쳐나가는 해방의 이미지」, ≪문학정신≫, 1991. 3.

련하는 일이라는 것이다. 그의 광고시는 현상을 바라보는 하나의 방식일 뿐이다.

그러나 주체의 인식론적인 측면을 강조할 때, 대상은 늘 왜곡될 가능성을 가지고 있다. 롤랑 바르트의 말처럼, "시선은 항상, 무엇인가를, 누군가를 찾는다, 그것은 걱정스러운 기호이다." 그러나 대상의 숨겨진 본질을 발견하고 드러내는 것 역시 이 '걱정스러운 기호' 덕분이다. 오규원은 대상을 새롭게 해석하고자 하는 욕망과 해석이 불러올 수 있는 왜곡의 위험 사이에서 갈등한다. 이 갈등을 어떻게 해결할 것인지가 그의 3기 시론의 주제이다.

4. 제3기(『가슴이 붉은 딱새』)－인식론과 존재론의 결합

오규원의 3기 시론은 이미지 시론이라고 정의될 수 있다. 세 번째 시론집인 『가슴이 붉은 딱새』에서 그는 인간중심적인 시선과 관념의 흔적을 제거하고 장식적 요소까지를 삭제한, 이미지의 시학을 주장하고 있다. 그의 시론이 이미지로 귀결되는 것은, 관념을 피하기 위해 또다른 관념을 불러올 수밖에 없는 말의 특징 때문이다. 말의 함정을 벗어나기 위해서 그는 관념적인 설명 대신 실재의 사물을 제시할 것을 주장한다. 그것은 '설명하지 않기 위한 언어'이며, '제시의 언어'이다.

그가 이미지 시론에 이르게 되는 과정은, 김춘수가 무의미시론에 도달하게 되는 과정과 유사하다.[17] 김춘수의 무의미시론[18]은 '의미의 발

17) 주체를 강조하는 인식론의 측면과 세계를 있는 그대로 드러내려는 존재론적인 관점의 마찰은 김춘수에게서도 발견되는 부분이다. 주체가 대상을 명명함으로 해서 존재하게 한다는 생각(「꽃」)은 주체의 인식론적인 우위를 뒷받침하는 부분이지만, 그러한 인식의 우위가 오히려 대상의 본질을 왜곡한다는 깨달음(「꽃을 위한 서시」)

생을 배제하기 위해 대상을 지우는 것'이다. 대상 자체는 소멸되고 대신 이미지만이 남는다. 오규원은 김춘수의 무의미시론이 발생하는 과정을 충실히 설명하고 있지만, 무의미시가 탄생하는 부분에서는 김춘수와 입장을 달리한다. 설령 무의미시가 대상 자체가 소멸된 것이라고 하더라도, 그 대신 이미지가 대상이 되어 사실성을 얻고 있으므로 '무의미'하다고 할 수 없다는 것이다. 그러므로 대상이 소멸되었다고 말하는 것은, 의미를 덮어씌우는 대상이 없어졌다는 뜻으로 새겨져야 한다.[19]

인식론적인 고민 끝에 현상학으로 전환한 두 시인의 시론이 정반대로 나뉘는 대목은 바로 이 지점이다.[20] 김춘수가 대상의 소멸을 주장하며

사이에 갈등이 발생하는 것이다. 이 갈등 앞에서 김춘수는 관념론적인 입장을 포기하고 철저한 현상학으로 전환한다. 그것이 관념이나 사회현실 뿐만 아니라 의미 자체를 제거하는 '무의미시'가 생겨나는 과정이다. 무의미시는 대상 자체가 소멸하는 것이며, 대상 자체가 소멸하므로 그것을 인식하는 주체의 우위도 당연히 폐기된다. 사물이 남는 것이 아니라 사물의 현상만이 남고 명사가 아닌 서술어만 남는 것이다. 이는 대상에서도 주어 부분을 지우고 서술어로 일관함으로써, 주체 우위의 사고는 완전히 부정된다.

18) 김춘수에 따르면, 이미지는 그 기능에 따라 비유적 이미지와 서술적 이미지로 나뉜다. 전자가 관념을 설명하기 위한 도구적인 이미지라면, 후자는 이미지 자체가 목적이다. 또한 서술적 이미지는 사생적인 소박성을 가지고 있는 것과 사생성까지를 부정하는 것으로 나뉘는데, 무의미시는 이 중 후자에 해당한다. 사생적 소박성을 가진 서술적 이미지가 관념을 배제하고 대상을 충실히 그려내는데 집중하는 것이라면, 무의미시가 바탕하고 있는 서술적 이미지는 대상 자체가 사라짐으로 인해 이미지가 곧 대상이 되어버리는 것이다. 김춘수의 이미지론은 이처럼 대상의 소멸과 이미지의 실체론으로 귀결된다.－김춘수의 이미지론에 대한 자세한 내용은 문혜원, 「김춘수의 시와 시론에 나타나는 이미지 연구」, 『한국 현대시와 모더니즘』, 신구문화사, 1996 참고.

19) 오규원, Ⅲ, 142-146면 참고.

20) 오규원은 이러한 차이를 근거로, 김춘수를 아이디얼리스트, 자신을 리얼리스트라고 표현하고 있다.－"저는 아이디얼리스트인 김춘수 시인과 달리 리얼리스트입니다. (…) 모든 시적 대상이 일차적으로 사실적 존재로 나타나는 것은 저의 작품에 일관되어 있을 것으로 보입니다. 그 다음, 저의 '날이미지시'는 개념적이고 사변적인 의미에서 벗어나 날것으로서의 사물과 사물의 현상을 이미지화하는 것을 그 특성으로 합니다. 그러므로 김춘수 시인과는 달리 사물을 주관적으로 관념화하는 경우는 좀처럼 보기 힘들 터입니다."(오규원 · 이광호 대담, 「언어 탐구의 궤적」, 『오규원 깊이읽기』, 문학과지성사, 2001, 38쪽) 이는 곧 추상 지향과 구상 지향으

현상 자체를 부정하는 극단의 추상화 경향으로 기울어지는데 반해, 오규원은 정반대로 이미지를 실재화함으로써 자신의 구상의 의지를 관철시킨다. 김춘수가 대상의 소멸을 지향하는데 반해 오규원은 오히려 대상을 살려내는 방법을 모색하는 것이다.[21)]

그가 이미지를 실재화하는 방법은 환유적 원리에 기초한 것이다. 그는 자신의 「현상실험」과 「후박나무 아래 1」을 비교하면서 은유적인 언술과 환유적인 언술을 구분한다.[22)] 유사성에 의한 선택과 대치인 은유는 대치적 substitutive이다. 즉 의미론적인 유사성에 바탕해서 한 관념이 다른 관념으로 대치되는 것이다. 「현상실험」에서 '언어'를 '추억에 걸려 있는 18세기형의 모자'라고 표현하는 형태가 그것이다. 이 방식을 따르면, 하나의 관념은 또 다른 관념으로 대체되어 대상을 그대로 드러내지 못한다. 이에 비해 환유는 인접성에 의한 결합과 접속의 축으로서 서술적 predicative이다. 이 때 사물들은 어떤 관념이나 사물을 해명하기 위해서 차용된 것이 아니라 한 국면에서 연상되는 것이다. 예를 들어 「후박나무 아래 1」에 나오는 '어미개, 태반, 후박나무, 싸락눈'은 어떠한 관념을 대체하는 것이 아니라 시간과 공간의 인접성에 의해 연결된 것들일 뿐이다. 이는 개념이나 사변과는 대립하는 사실과 현상을 중시하는 것이다.

여기서 주목할 것은 서술적인 문맥 속에 나타나는 환유적인 사물들이

로 바꾸어 말할 수 있을 것이다.

21) 이남호는 이 부분을 "김춘수의 시는 대상 자체가 소멸해버린다. 김춘수의 시는 대상을 지워버리고 언어와 이미지를 실체로 취급한다. 그것은 철저하게 언어 속의 공간이다. 그러나 오규원의 시에서는 대상 자체가 중요하게 살아있다. 그는 언제나 대상을 보고, 그 대상으로부터 날이미지를 얻는다. 오규원은 대상으로서의 사실을 포기하기는커녕 그것에 강하게 집착한다는 면에서 김춘수와 전혀 다르다."고 적확하게 지적하고 있다(이남호, 「날이미지의 의미와 무의미」, 위의 책, 270쪽)

22) 오규원, 「은유적 체계와 환유적 체계」, ≪작가세계≫, 1991 겨울 참고.

단순히 사실적인 의미만의 그것이 아니라 심상화된 사물이라는 점이다. 그것은 눈에 보이는 사물을 그대로 베껴낸 것과 달리, 시인의 의식의 표현이다. 즉 사실이 아니라 사실적인 것이며, 감각적 지각과 환유적 인식의 표상적 의미이다. 오규원은 이를 '사진적인 사실적 이미지'가 아니라 '생성적인 사실적 이미지'[23]라고 표현한다. 사진적인 이미지가 이미지즘적인 시 혹은 묘사시로 분류되는 형태의 시들이라면, 이것과 오규원의 날이미지의 차별성은 '생성'을 포함한다는 것이다. 그가 말하는 사실적인 현상에는 생성의 과정이 포함되어 있다. 이 생성은 완료된 것이 아니라 과정을 담고 있는 것이고, 그 과정은 곧 '시간성'의 개입이다.

뜰 앞의 잣나무가 밝은 쪽에서 어두운 쪽으로 비에 젖는다
서쪽 강변의 아카시아가 강에서 채전 방향으로 비에 젖는다
아카시아 뒤의 은사시나무는 앞은 아카시아가 가져가 없어지고 옆구리로 비에 젖는다
뜰 밖 언덕에 한 그루 남은 달맞이가 꽃에서 잎으로 비에 젖는다
젖을 일이 없는 강의 물소리가 비의 줄기와 줄기 사이에 가득 찬다

세잔느라면 이런 현상을 어떻게 구현할까? '뜰 앞의 잣나무'에서부터 '달맞이'가 비에 젖는 것까지의 현상은 공간적 동시성의 측면에서도 볼 수도 있지만 시간적 순차성의 측면에서도 볼 수 있다(개별적 사물 나름의 시간적 순차적 현상까지 포함하여). 이 현상의 시간적 순차성을 그림이나 사진은 표현하기 어렵다. 시에서는 가능한 이 시간의 순차성이 '살아있는 현상'의 구현을 가능하게 한다. 모든 존재가 현상으로 자신을 말한다고 할 때, 그리고 참된 의미에서 모든 존재의 그 현상이 그 '존재의 언어'라고 할 때, 그 언어는 존재의 시간적 생성과 함께 일어난다. 이 생성의 시간적 언어인 현상을 기록할 수 있다면 그것은 '살아있는(生) 언어'이며 동시에 굳어있지 않은 의미로서의 이미지일 것이다.[24]

---

23) 오규원·이창기 대담, 앞의 글, 251쪽.
24) 오규원, Ⅲ, 169-170쪽.

인용된 시(오규원, 「우주 2」)에서 비는 사물들을 차근차근 적신다. 강변의 아카시아가 강에 인접한 부분부터 젖는다는 것은, 비가 강 쪽에서부터 온다는 것일 수도 있고, 채전이 강보다 가까운 곳에 있다는 의미일 수도 있을 것이다. 아카시아로 가려진 은사시나무는 '아카시아가 가져가 없어진' 것이라고 표현되고, 시야에 남아있는 은사시나무는 옆구리에 비를 맞는 것이라고 표현된다. 자세히 보면 같은 사물에서도 위치에 따라 상황에 따라 비를 맞는 '시간'이 다르다. 잣나무는 밖으로 가지를 내어민 부분부터 비에 젖고 달맞이꽃은 꽃이 먼저 비를 맞고 잎이 젖는다.

이처럼 주관적으로 행해지는 해석은 대부분 '시간성'과 결합되어 있다. 이것은 이 시가 다른 사생시와 구별되는 중요한 특징이다. 사생시가 풍경화를 지향할 때, 그것은 공간적인 풍경을 대상으로 하고, 고정된 풍경은 곧 시간의 부재를 의미한다. 그러나 오규원은 정지되어 있는 풍경 속에 흐르고 있는 시간까지를 그려내고자 하는 것이다.[25)]

그는 눈에 보이는 현상에서, 그 현상이 만들어지기까지의 시간적 순차성을 표현하고자 한다. 이는 생성과 변화를 간직하고 있는 세계를 개념화된 언어로 풀어내기 위한 방법이다. 즉 대상의 생성과 변화과정을 '날것' 그대로 담아내려는 언어적인 시도인 셈이다. 그의 '날이미지'는 이처럼 현상의 이면에 흐르는 생성의 과정을 포착하는 것이다. 그것은 현상을 평면적으로 베끼는 것이 아니라, 현상 속에 숨어있는 비의를 찾아서 같이 드러내는 것, 즉 "눈에 보이는 사실보다 더 무겁고 충격적인 심리적 총량으로서의 사실감"[26)]을 시로써 표현하는 것이다.

이렇게 만들어지는 날이미지는 현상과 현상 이면의 생성의 과정을 결합한 새로운 형태를 갖는다. 거기에는 눈앞의 대상의 실재성만이 아니

---

25) 문혜원, 「길, 허공, 물물, 그를 따라 떠나는 여행」, 『돌멩이와 장미, 그 사이에서 피어나는 말들』, 하늘연못, 2001 참고.

26) 오규원, Ⅲ, 135쪽.

라 그 이면을 보는 주체의 해석이 개입된다. 현상을 있는 그대로 그리고자 하는 것이 이미지의 존재성을 인정하는 것이라면, 현상 이면에 있는 시간적 순차성을 발견하고 그것을 드러내는 것은 주체의 해석이 첨가되는 것이다. 그럼으로써 오규원은 주체의 인식론적인 우위(해석의 욕망)와 사물의 존재론(대상을 있는 그대로 묘사하는 것) 사이의 갈등을 해결한다.

5. 오규원 시론의 위상

오규원의 시론은 결국 이미지 시론으로 귀결되며, 그것은 현상을 그대로 드러내되 그 안에 있는 현상의 생성 과정을 시간성으로 표현하는 것이다. 그는 이러한 이미지를 '날이미지'라고 표현하고 있는데, 이는 '살아있는(生) 즉, 개념화되거나 사변화되기 전 두두물물(頭頭物物)의 현상'으로서, '관념을 배제한, 살아있는 그대로의 이미지'를 의미하는 것이다. 이 때 '살아있는'이라는 형용사는 '(인간의 관념을 빌려) 가공하지 않은' 그대로의 '날것'이라는 의미와 '어떠한 것이 만들어지는 생성의 과정을 담은'이라는 의미를 동시에 가지고 있다. 즉 현상이 만들어지기까지의 시간적 순차성을 강조하는 것이다.

이 때 주체는 대상이 관계하는 장으로서의 현상의 이면에 숨어있는 것들을 드러내는 역할을 한다. 그것은 대상에 대한 주체 나름대로의 해석이 아니라 현상을 보다 더 현상적으로 드러내기 위해, 그 이면의 현상의 구성 원리를 드러내는 것이다. 그가 자신의 시의 이미지를 '현상적 사실'과 '환상적 사실'이라는 양극을 가진다고 표현한 것은 바로 이를 설명하는 것이다. 즉 대상의 '현상적 사실'을 그대로 드러내되, 주체의 인식에 의해 그 이면에 숨어있는 '환상적 사실'까지를 드러내는 것이다.

그것이 바로 '물물의 시(詩)인 현상과 물물의 신화(神話)인 환상'의 결합인 '날이미지'의 시이다.[27] 현상이 대상 자체의 그대로 존재함이라면, 환상은 그 현상 이면에 흐르는, 현상을 있게 하는 어떠한 요인들인 것이다. 이 때 이미지는 공간적인 평면성을 극복하고 시간적인 인접성과 그에 따르는 입체성을 확보하게 된다.

이미지를 시론의 중요한 주제로 생각했던 것은 김춘수, 김광림, 김규동의 시론 역시 마찬가지다. 김춘수는 기능에 따라 이미지를 도구적인 비유적 이미지와 그것 자체가 목적인 서술적 이미지로 분류했다. 이는 대상 자체를 소멸시키는 무의미시론으로 귀결된다. 김광림은 존재성이 어떻게 다른 감각으로 전화하는가에 초점을 맞추어 이미지를 설명하고 있다.[28] 또한 김규동은 조형적 연관성에 사고의 과정을 결합시킨 이미지의 논리성을 추구하고 있다.[29]

김광림과 김규동의 시론이 주어진 이미지를 어떻게 해석하는가에 중점을 두고 있다면, 김춘수와 오규원의 시론은 이미지를 어떻게 만드는가 하는 창작과정에 집중되어 있다. 이미지의 실재성을 인정한다는 면에서 김춘수와 오규원은 일치하지만, 김춘수는 그 지점에서 극단적인 추상으로 가는 반면, 오규원은 그것을 구상화하고 있다. '날이미지'는 현상이 생성되는 시간성을 포함함으로써, 이미지를 고정적이고 평면적인 것이 아닌 입체성을 가진 것으로 변화시킨다. 이는 '이미지= 시각성, 공간성'으로 인식되어온 기존의 견해를 극복함으로써, 이미지 시론의 영역을 한층 확장시켰다는 의의를 가지고 있다.

---

27) 오규원, 「시인은 '이미지의 의식'이다」, 앞의 글.
28) 문혜원, 「김광림의 이미지 시론 연구」, ≪비교문학≫ 31집, 2003. 8 참고.
29) 문혜원, 「전후 주지주의 시론 연구」, ≪한국문화≫ 33집, 2004. 6 참고.

▸▸▸ 참고문헌

김준오,「현대시의 자기반영성과 환유 원리」≪작가세계≫, 1994 겨울.

김진희,「출발과 경계로서의 모더니즘」≪세계일보≫, 1996. 1.

문혜원,「길, 허공, 물물, 그를 따라 떠나는 여행」『돌멩이와 장미, 그 사이에서 피어나는 말들』, 하늘연못, 2001.

오규원,『현실과 극기』, 문학과지성사, 1976.

______,『언어와 삶』, 문학과지성사, 1983.

______,『가슴이 붉은 딱새』, 문학동네, 1996.

______,「은유적 체계와 환유적 체계」, ≪작가세계≫, 1991 겨울.

______,「시인은 '이미지의 의식'이다」, ≪문예중앙≫, 2000 봄.

오규원·김동원·박혜경 대담,「타락한 말, 혹은 시대를 헤쳐나가는 해방의 이미지」, ≪문학정신≫, 1991. 3.

오규원·이창기 대담,「'날 이미지'로 시를 살아가는, 한 시인의 현상적 의미의 재발견」, ≪동서문학≫, 1995 여름.

이광호,「에이런의 정신과 시쓰기」≪작가세계≫, 1994 겨울.

이광호 편,『오규원의 깊이읽기』, 문학과지성사, 2001.

이남호,「날이미지의 의미와 무의미」『오규원 깊이 읽기』, 문학과지성사, 2001.

저자소개

나민애_서울대학교 강사
신범순_서울대학교 교수
오형엽_수원대학교 교수
권정우_충북대학교 교수
최승호_서울산업대학교 교수
임수만_서울대학교 강사
조연정_서울대학교 국어국문학과 박사과정 수료
오세영_서울대학교 교수
박슬기_충북대학교 강사
김의수_서울대학교 강사
문혜원_아주대학교 교수

(논문 게재순)

20세기 한국시론 1

초판1쇄 인쇄 2006년 12월 20일 | **초판1쇄 발행** 2006년 12월 28일
지은이 한국현대시학회 | **펴낸이** 최종숙 | **펴낸 곳** 도서출판 글누림
책임편집 김주헌
편집부 이태곤 | 권분옥 | 박소정 | 이소희
마케팅부 안현진 | 정태윤
등록 제303-2005-000038호(등록일 2005년 10월 5일)
주소 서울 성동구 성수2가 3동 301-80 (주) 지시코별관 3층
전화 3409-2055 | **팩스** 3409-2059 | **이메일** nurim3888@hanmail.net
ISBN 89-91990-42-8 93810
ISBN 89-91990-41-x (전2권)

정가 18,000원

* 잘못된 책은 교환해 드립니다.